S.F.
V.

Anne Tyler

Engel gesucht

Roman

Aus dem Amerikanischen von
Sibylle Hunzinger

S. Fischer

Die amerikanische Originalausgabe erschien 1998
unter dem Titel ›A Patchwork Planet‹
bei Alfred A. Knopf, New York.

Deutsche Ausgabe:

Satz: Fotosatz Otto Gutfreund GmbH, Darmstadt
Druck und Einband: Clausen & Bosse, Leck
Printed in Germany 1998
ISBN 3-10-080020-6

In liebendem Gedenken
an meinen Mann,
Taghi Modarressi

I

Ich bin ein Mann, dem man vertrauen kann, so sehen mich meine Kunden. Oder wenigstens glaube ich das. Warum würden sie mir sonst ihren Hausschlüssel geben, bevor sie in Urlaub fahren? Oder mich damit beauftragen, ihren Speicher aufzuräumen, im Frühjahr ihre Klimaanlage in die Fensteröffnung zu wuchten, ihre ausrangierten Möbel in den Keller zu schleppen? »Vorsicht, junger Mann, das ist Hepplewhite«, sagt Mrs. Rodney, und dann geht sie in die Küche, um eine Kanne Tee zu kochen. Ich konnte in diesem Keller an alles rankommen. Ich hätte den Kellerausgang aufschließen können, um nachts hereinzuschlüpfen und in all ihren Sachen herumzukramen – ihrem Hepplewhite-Schreibtisch, ihrem japanischen Lackschmuckkästchen und den sechs Schubladen ihres gebauchten Eßzimmerbuffets. Nicht daß ich das tun würde. Aber das weiß sie ja nicht. Sie nimmt es einfach an. Sie hält es für selbstverständlich, daß ich ein guter Mensch bin.

Dabei geht mir auf, daß ich es bin, der das nicht für selbstverständlich hält.

Am allerletzten Tag eines miesen alten Jahrs lehnte ich im Bahnhof Baltimore an einem Pfeiler und wartete auf den Zehn-Uhr-zehn-Zug nach Philadelphia. In Philadelphia wohnt meine kleine Tochter. Ihre Mutter hat nach unserer Scheidung dort einen Rechtsanwalt geheiratet.

Normalerweise wäre ich mit dem Auto gefahren, aber mein Auto war in der Werkstatt, und deshalb mußte ich das Geld für eine Fahrkarte hinblättern. Eine *Menge* Geld. Ganz zu schweigen davon, daß man zu einer bestimmten Zeit an einem bestimmten Ort sein muß, was mir verhaßt ist. Und, dort warteten viel mehr Menschen, als ich erwartet hatte. Das Luftige, Leichte, Saubere,

Glasierte, das Penn Station gewöhnlich für mich hatte, war von der Menschenmenge verschluckt. Ältere Ehepaare mit Gepäck im Partnerlook belagerten die Bänke, und eine Horde Collegekids hatte ihre Kleidersäcke über den Fußboden verstreut. Ein grauhaariger Typ lief rum und sprach nacheinander verschiedene Leute an. Ein betuchter Typ, das konnte man sehen: sonnengebräunte Haut, schicker Rollkragenpullover, dunkelbeigefarbener Kurzmantel. Er ging auf eine Frau zu, die allein dasaß, und fragte sie etwas. Dann kam er zu einem Mädchen im Minirock rüber, das in meiner Nähe stand. Ich hatte schon gedacht, daß ich gar nicht abgeneigt wäre, selber ein Gespräch mit ihr anzufangen. Sie hatte langes blondes Haar, länger als ihr Rock, was den Eindruck hervorrief, als hätte sie vergessen, die untere Hälfte ihres Outfits anzuziehen. Der Mann sagte: »Fahren Sie zufällig nach Philadelphia?«

»Also, in Richtung Norden, ja«, sagte sie mit so 'ner tonlosen, verhuschten Stimme, die enttäuschend war.

»Aber nicht nach Philadelphia?«

»Nein, nach New York, aber ich bin ...«

»Trotzdem vielen Dank«, sagte er und steuerte auf die nächste Bank zu.

Jetzt hatte er meine ungeteilte Aufmerksamkeit. »Ma'am«, hörte ich ihn fragen, »fahren Sie nach Philadelphia?« Die alte Dame gab irgend etwas zur Antwort, das ich nicht verstehen konnte, und sofort wandte er sich an die Frau neben ihr. »Philadelphia?« Man beachte, daß er immer einsilbiger wurde. Als die Frau »Wilmington« zu ihm sagte, gab er gar keine Antwort mehr; er hastete einfach die Reihe entlang weiter und blieb vor einem der Ehepaare mit Partnerlook-Gepäck stehen. Ich löste mich von dem Pfeiler und schob mich unauffällig näher, dabei sah ich zu Bahnsteig E hinüber, als dächte ich an meinen Zug. Die Frau erzählte dem Mann, was sie an Silvester vorhatten. Sie paßten auf ihre Enkelkinder auf, die in New York City wohnten, sagte sie, und ihr Mann meinte daraufhin: »Na ja, nicht direkt in New York

City, Schatz, in White Plains«, und der grauhaarige Mann rief beinahe mit Stentorstimme: »Aber meine Tochter verläßt sich auf mich!« Und weg war er.

Also, *ich* fuhr nach Philadelphia. Er hätte mich fragen können. Ich wußte natürlich, warum er es nicht tat. Ich machte zweifellos einen dubiosen Eindruck auf ihn mit meinen drei Tage alten schwarzen Bartstoppeln, der lädierten Lederjacke und all dem Staub und den Spinnweben aus Mrs. Moreys Garage. Er hätte mir trotzdem eine Chance geben können. Statt dessen streifte er mich nur kurz mit einem Blick und schwenkte ab zu der Bank am anderen Ende des Saals. Inzwischen sah er ziemlich fertig aus. »Bitte!« sagte er zu einer Frau, die ein Buch las, »sagen Sie mir, daß Sie nach Philadelphia fahren!«

Sie ließ das Buch sinken. Sie war in den Dreißigern, vielleicht fünfunddreißig – jedenfalls älter als ich. Typ Grundschullehrerin, in einem weiten braunen Mantel mit einem Muster, das aussah, als ob er von oben bis unten mit Federn bedeckt war. »Philadelphia?« sagte sie. »Warum? Ja, da fahre ich hin.«

»Dürfte ich Sie dann um einen Gefallen bitten?«

Ich blieb ein paar Meter entfernt von ihnen stehen und sah mit gerunzelter Stirn auf mein linkes Handgelenk. (Stören Sie sich nicht daran, daß ich gar keine Uhr habe.) Auch ohne hinzugucken, spürte ich, wie die Frau wachsam wurde. Der Mann muß es auch gespürt haben, denn er sagte: »Nichts allzu Kompliziertes, das kann ich Ihnen versichern.«

Man kündigte jetzt die Ankunft meines Zuges an. (»Den verspäteten Zehn-Uhr-zehn-Zug« nannte ihn der Lautsprecher. Es ist immer der »verspätete« Dies oder Das.) Die Leute setzten sich langsam in Richtung Bahnsteig E in Bewegung, dabei zogen die älteren Ehepaare ihre Rollenkoffer hinter sich her, als hätten sie große entkräftete Haustiere an der Leine. Falls die Frau im Federmantel etwas sagte, bekam ich es nicht mit. Ich hörte als nächstes wieder den Mann sprechen. »Meine Tochter fliegt nämlich heute nachmittag für ein Studiensemester ins Ausland«, sagte er gerade. »Sie fliegt in Philadelphia ab; die Fluggesellschaft gibt einen Preisnachlaß, wenn man in Philadelphia abfliegt. Deshalb habe ich sie heute morgen in einen Zug gesetzt. Bin anschließend einkaufen gegangen und habe meine Frau beim Nachhausekommen in heller Aufregung vorgefunden. Unsere Tochter hatte ihren Paß vergessen. Sie hatte vom Bahnhof Philadelphia aus angerufen; wußte nicht, was sie jetzt machen sollte.«

Die Frau gluckste anteilnehmend. Ich an ihrer Stelle wäre still gewesen. Hätte abgewartet, worauf der Typ hinauswollte.

»Deshalb habe ich zu ihr gesagt, sie soll sich nicht von der Stelle rühren. Bleib auf dem Bahnhof, habe ich gesagt, und daß ich hier schon jemand auftreiben würde, der ihr den Paß mit raufbringt.«

Eine sehr glaubhafte Geschichte! Warum fuhr er nicht selber hin, wenn es so dringlich war?

»Warum fahren Sie nicht selber hin?« fragte die Frau.

»Ich kann meine Frau nicht so lange allein lassen. Sie ist an den Rollstuhl gefesselt. Parkinson.«

Ich hielt dies, ehrlich gesagt, für eine ziemlich fadenscheinige Ausrede. Außerdem überstieg es das, was ich für ein normales Maß an Unglück halte. Nicht nur eine dusselige Tochter, sondern auch noch eine schwerkranke Frau! Ich ließ meinen Blick zu den beiden wandern. Die Frau sah den Mann mit leicht zurückgeneigtem Kopf und nachdenklich geschürzten Lippen an. Der Mann hielt ein Päckchen in der Hand. Er mußte es aus seiner Manteltasche gezogen haben: kein einfacher Umschlag, was das Nächstliegende gewesen wäre, sondern einer von diesen wattierten im Taschenbuchformat. Aha! Wattiert! Damit man nicht fühlen konnte, was drinsteckt. Und von meinem Standort sah es so aus, als ob er außerdem mit Heftklammern verschlossen wäre. *Vorsicht, Lady*! sagte ich leise.

Als ob sie mich gehört hätte, sagte sie zu dem Mann: »Das ist hoffentlich nicht irgendeine Art Konterbande.« Sie sprach es »Kontrabande« aus, was mich auf den Gedanken brachte, daß sie vielleicht doch keine Lehrerin war.

»Nein, nein«, sagte der Mann zu ihr. Er ließ ein trockenes Lachen hören. »Nein, ich kann Ihnen versichern, daß es keine Kontrabande ist.«

Wiederholte er ihren Fehler absichtlich? Ich konnte es nicht sagen. (Oder vielleicht hieß das Wort ja *wirklich* »Kontrabande«.) Inzwischen erwachte der Lautsprecher wieder zum Leben. Der verspätete Zehn-Uhr-zehn-Zug fuhr jetzt am Bahnsteig ein. Räder quietschten. »Ich mach's«, entschied die Frau.

»Oh, wunderbar! Das ist wunderbar! Vielen Dank!« sagte der Mann zu ihr und gab ihr das Päckchen. Sie war schon im Begriff aufzustehen. Sie nahm ihre große Umhängetasche auf, schob den Riemen über die Schulter und legte das Päckchen auf das Buch, das sie gelesen hatte. »Also, dann wollen wir mal sehen«, sagte der Mann. »Sie haben helles Haar, Sie tragen einen gemusterten braunen Mantel... Ich rufe das Münztelefon an, wo meine Tochter wartet, und sage ihr, nach wem sie Ausschau halten soll. Sie wird dann am Informationsstand auf Sie warten. Ihr Name ist Esther Brimm – sie hat rotes Haar. Sie können ihr Haar gar nicht übersehen. Sie hat Jeans und eine Jeansjacke an. Fragen Sie sie, ob sie Esther Brimm ist.«

Er folgte der Frau durch die Doppeltür und die Treppe hinunter, obwohl das nicht erlaubt war. Ich hielt mich dicht hinter ihnen. Die Kälte tat gut nach dem gerammelt vollen Wartesaal. »Und *Sie* sind?« fragte der Mann.

Eine affektierte Art zu fragen. Sie kamen auf den Bahnsteig und blieben so plötzlich stehen, daß ich fast in sie reingerannt wäre. Die Frau sagte: »Ich bin Sophia –« und dann noch so etwas wie »Maiden«, das ich nicht genau verstehen konnte. (Der Zug dröhnte, Fahrgäste trappelten vorbei.) »Falls wir uns aber verpassen sollten...«, sagte sie mit erhobener Stimme.

Für den Fall, daß sie sich verpaßten, sollte er seinen Namen und seine Telefonnummer auf den Umschlag schreiben. Darauf wäre jeder Dummkopf gekommen. Aber er schien mit seinen Gedanken sonstwo zu sein. Er sagte: »Ehm... was ich noch sagen wollte

– leben Sie hier in Baltimore? Ich meine, kommen Sie wieder *zurück*, oder bleiben Sie in Philadelphia?«

Ich hätte fast laut losgelacht. Na bitte! Er hatte schon vergessen, daß er ihr dankbar war, fing an, die Zuverlässigkeit seines barmherzigen Engels in Zweifel zu ziehen. Aber sie nahm es ihm nicht übel. Sie sagte: »Oh, ich lebe schon eine *Ewigkeit* in Baltimore. Jetzt fahre ich nur bis morgen zu meiner Mutter. Das mach ich jedes Wochenende: mit dem Zehn-Uhr-zehn-Patriot-Zug samstags morgens hin und irgendwann am Sonntag zurück.«

»Tja, also!« sagte er. »Also, ich bin Ihnen wirklich sehr dankbar.«

»Ist schon in Ordnung«, sagte sie, lächelte und drehte sich zum Einsteigen um.

Ich hatte gehofft, daß ich neben ihr sitzen konnte. Ich hatte vor, ein Gespräch anzufangen – zu erwähnen, daß ich gehört hatte, worum der Mann sie gebeten hatte, und vorzuschlagen, daß wir gemeinsam den Inhalt seines Päckchens untersuchten. Aber der Wagen war schon fast voll, und sie setzte sich neben eine Dame mit einer Pelzmütze. Ich schaffte es nicht näher an sie heran als bis neben einen schwarzen Jungen mit einem Walkman auf dem Kopf eine Reihe halblinks hinter ihr auf der anderen Seite vom Gang. Das einzige, was ich sehen konnte, war der strohblonde Dutt einer Lehrerin in einem Netz und ein Stück von der Rundung der Wange.

Na ja, wie auch immer, wieso witterte ich da überhaupt ein dickes Ding? Vermutlich einfach aus Langeweile. Ich pellte mich aus meiner Jacke und rutschte nach vorn auf meinem Sitz, um einen Blick in die Plastiktasche an der Rückenlehne vor mir zu werfen. Eine zerknitterte McDonald's-Tüte, eine Papierserviette mit Ketchupflecken, der Unterhaltungsteil einer Zeitung, mit nach oben gefaltetem Kreuzworträtsel. Das Rätsel war erst halb gelöst, ich hatte aber keinen Bleistift bei mir. Ich sah zu dem schwarzen Jungen hinüber. Er hatte wahrscheinlich auch keinen

Bleistift dabei, und er war sowieso ganz in seine Musik versunken – lange braune Finger klopften den Takt auf seinen Knien.

Dann bemerkte ich zufällig gleich hinter ihm, draußen vor dem Fenster, den Mann mit dem Paß, der telefonierte. Telefonierte? Hier unten neben den Gleisen? Tatsächlich: Es war eins von diesen kleinen Handys, mit denen man nervtötende Geschäftsleute in der Öffentlichkeit dauernd angeben sah. Ich beugte mich näher zum Fenster hin. Irgendwas war hier faul, dachte ich. Vielleicht schmuggelte er Drogen oder arbeitete für den CIA. Vielleicht war er ein Terrorist. Ich wollte, ich hätte Lippenlesen können. Aber schon klappte er sein Telefon zu, schob es in die Tasche und wandte sich zur Treppe. Und unser Zug glitt aus dem Bahnhof hinaus.

Ich sah jetzt wieder die Frau an. Genauer gesagt, das Päckchen. Es ruhte auf ihrem Buch, das auf ihrem federgemusterten Schoß lag. (Klar, daß sie zu der Sorte gehörte, die den Mantel sittsam zugeknöpft ließ, egal, wie lange die Reise dauerte.) Die Verschlußlasche war mit einer fast lückenlosen Reihe Heftklammern gesichert. Aber Heftklammern waren kein Problem. Man konnte sie aufbiegen, zum Beispiel mit einer Nagelfeile oder einer Münze, unbemerkt herausziehen und dann wieder reinstecken. *Nun mach's schon*, sagte ich in meinem Kopf zu ihr. Sie sah an ihrer Sitznachbarin vorbei nach rechts zum Fenster hinaus. Jetzt konnte ich noch nicht einmal mehr ihre Wange sehen, bloß ihren Dutt.

Zu der Zeit, als ich noch ein jugendlicher Delinquent war, hab ich immer eingebrochen und die Privatpost der Leute gelesen. Und ihre Fotoalben angesehen. Ich war ganz scharf auf Fotoalben. Meine Kumpels waren hinter Autoschlüsseln, Zigaretten und Schnaps her. Während sie um mich herum in Kommoden und Schränken wühlten, saß ich auf dem Sofa, in irgend jemandes Hochzeitsfotos vertieft. Und selbst wenn ich etwas mitnahm, war es immer etwas Persönliches. Einmal eine kleine Schneekugel vom Nachttisch im Schlafzimmer eines Mädchens. Ein anderes Mal ein

Messingei, das auf geschuppten Vogelklauen stand und geöffnet ein altmodisches Säuglingsfoto zeigte. Ich bin nicht stolz darauf. Ich würde lieber eingestehen, ein Juwelendieb gewesen zu sein, als zuzugeben, sechs von einem Satinband zusammengehaltene Briefe mitgenommen zu haben, aber genau das habe ich getan, als wir eines Nachts das Türschloß bei den Empreys aufgebrochen haben. So ist es nun mal. Was soll ich dazu sagen.

Deshalb überkam mich etwas wie, ja, fast wie Neid, als diese Sophia das Päckchen unangetastet ließ – es nicht befingerte, nicht schüttelte, nicht versuchte, das kleinste Stückchen Lasche hochzuziehen. Ein geradezu glühender Neid. Und der Wunsch stieg in mir auf, daß ich *auch* so sein konnte. Mann, ich hätte das Päckchen mit bloßen Zähnen aufgerissen, wenn ich gekonnt hätte.

Der Schaffner kam und ging. Auf die vorübergleitenden Reihenhäuser folgten Fabrikgebäude und dann dichter Wald und eine weite, graue Wasserfläche, aber ich nahm kaum etwas wahr außer Sophias Päckchen. Ich sah, daß ihre Hände ruhig auf dem braunen Papier lagen; sie war nicht der zapplige Typ. Glatte, ovale Fingernägel, blaßrosa, und rundliche, weiße Finger wie bei Frauen auf Heiligenbildern. Ihr Buch lag von mir aus gesehen verkehrt herum, so daß ich den Titel nicht lesen konnte, ich wußte aber, daß es etwas Lesenswertes und Lehrreiches war. Ach, diese Leute, die immer alles vorausplanten! Die daran dachten, ein Buch mitzunehmen, statt im letzten Moment an einen Zeitungskiosk zu stürzen, um eine *Sportillustrierte* zu kaufen oder – schlimmer noch – sich mit einem schon halb gelösten Kreuzworträtsel zu begnügen.

Es wurmte mich mehr, als ich zugeben mochte, daß mich der Mann mit dem Paß übergangen hatte.

Wir näherten uns inzwischen Wilmington, und die Dame mit der Pelzmütze sammelte langsam ihre Sachen zusammen. Wenn sie ausgestiegen war, wollte ich den Platz tauschen. Ich würde warten, bis Sophia ans Fenster gerutscht war, und mich dann neben sie setzen.

»Morgen«, würde ich sagen. »Interessantes Päckchen haben Sie da.«

»Wie ich sehe, haben Sie da so'n Päckchen bei sich.«

»Darf ich fragen, was in dem Päckchen da drin ist?«

Oder etwas in der Art. Es würde mir schon was einfallen. Aber als der Zug hielt und die Dame aufstand, schob Sophia nur ihre Knie zur Seite, um die Frau durchzulassen. Sie blieb da sitzen, wo sie saß, auf ihrem Platz am Gang, weshalb ich keine Möglichkeit sah, meinen Schachzug auf unverfängliche Weise auszuführen.

Wir ließen Wilmington hinter uns. Fuhren kilometerweit an Rohrleitungen und feuerspeienden Schloten vorbei. Ich hatte inzwischen mitgekriegt, daß der Junge neben mir Rap hörte. Er hatte die Lautstärke so weit aufgedreht, daß ich ihn aus den Kopfhörern rieseln hören konnte – diesen aufdringlichen, leiernden Sprechgesang, der den Stimmen ähnelt, die man im Traum hört.

»Philll-adelphia!« rief der Schaffner.

Klar, daß Sophia viel zu früh in die Startlöcher ging. Wir konnten die Skyline von Philadelphia noch nicht sehen – bläuliche Gebäude, die im blassen Wintersonnenlicht leuchteten, die Baumkuchenform der Liberty Towers, die sich höher und höher und höher in den Himmel schob –, aber sie war bereits aufgestanden, um im Gang zu warten. Der Ausstieg war hinten, deshalb mußte sie sich mit dem Gesicht zu mir drehen. Ich bemerkte erste Anzeichen eines Doppelkinns bei ihr. Sie lehnte sich gegen den Sitz und schwang leicht mit den Schaukelbewegungen des Wagens mit. EINMÜTIGE BEGEISTERUNG BEI DER KRITIK! stand hinten auf ihrem Buch. Der wattierte Umschlag war fast ganz zwischen dem Buch und ihrem wohlgerundeten Busen verschwunden.

Ich zog meine Jacke an, stand aber noch nicht auf, sondern wartete, bis der Zug zum Halten gekommen und sie an mir vorbeigegangen war. Dann schnellte ich blitzartig raus auf den Gang direkt vor einen Fettsack mit Aktentasche. Ich folgte Sophia so dicht auf, daß ich den Staubgeruch ihres Mantels in der Nase hatte. Er war aus Samt oder etwas Samtartigem. Samt riecht immer nach Staub, selbst wenn er direkt aus der Reinigung kommt.

Es gab das übliche Gezerre an den automatischen Türen, die nichts lieber tun, als die Fahrgäste einzuklemmen – Knopf drükken, Dösköppe! –, und das übliche Geschiebe und Gestoße auf der Wagenplattform, und dann stiegen wir aus, hinein in neues Menschengedränge. Man merkte, daß Sophia sich hier auskannte. Sie sah sich nicht lange um, sondern schlug sofort mit knallenden Absätzen eine schnelle Gangart an. Es waren niedrige Blockabsätze, aber auf ihnen war sie so groß wie ich. Das war mir schon aufgefallen, als wir noch im Zug standen. Im Augenblick war sie etwas größer, weil sie vor mir die Treppe hinaufging.

Selbst als wir durch die Wartehalle gingen, sah Sophia sich nicht um. Das Innere des Bahnhofs 30. Straße ist so riesengroß und hoch und lärmerfüllt – ein Schock nach dem gemütlichen Baltimore –, daß die meisten Ankommenden einen Moment stehenbleiben, um das Gesamtbild auf sich wirken zu lassen. Nicht so Sophia. Sie klapperte, mit mir ein paar Meter hinter sich, einfach weiter.

Es wartete nur eine einzige Person am Informationsstand. Ich entdeckte sie schon von weitem jenseits einer fußballfeldgroßen Fläche Marmorboden: ein Mädchen in Jeans und Jeansjacke mit wuscheligem, faszinierend rotem Haar. Es umgab ihren Kopf wie eine Aureole, die bis knapp auf die Schultern reichte. Es war *wundervolles* Haar. Ich war zutiefst beeindruckt. Sophia indessen gab nicht zu erkennen, daß sie sie gesehen hatte. Sie ging jetzt langsamer, geradezu bedächtig und setzte dabei die Füße leicht auswärts, wie Frauen es häufig tun, wenn sie würdevoll wirken wollen. Offen gestanden, sie fing an, mir auf die Nerven zu gehen. Sagte der Dutt nicht alles über sie, dachte ich – das Netz, in dem er steckte, die perfekte Doughnutform und der niedrige Sitz, alles so matronenhaft und so mausgrau. Und Esther Brimm stand währenddessen wie eine brennende Kerze auf ihren spindeldürren Blue-Denim-Beinen da.

Als wir zur Informationsinsel kamen, schwenkte ich nach rechts zu einem Aufsteller mit Fahrplänen. Ich hörte, wie Sophias Absätze vor Esther haltmachten. »Esther Brimm?« fragte sie.

»Miss Maynard?«

Heisere, kehlige Stimme, wie ich's mag.

»Ihr Vater hat mich gebeten, Ihnen etwas zu übergeben ...«

Ich nahm einen Fahrplan aus dem Gestell und wandte mein Gesicht beiläufig den beiden zu. Erst als Esther sagte: »Ja, meinen Paß«, zog Sophia den Umschlag hinter dem Buch hervor und reichte ihn ihr.

»Tausend Dank«, sagte Esther, als sie ihn in Empfang nahm, und Sophia antwortete: »Keine Ursache. Gute Reise.« Dann drehte sie sich um und klapperte in Richtung Ausgang 29. Straße.

In null Komma nichts hatte ich sie vergessen. Ich war jetzt auf Esther konzentriert. *Mach ihn schon auf!* sagte ich zu ihr. Statt dessen nahm sie ihren Kleidersack, der vor ihren Füßen lag, und ging zu den Telefonen hinüber. Ich kurvte hinter ihr her und studierte dabei meinen Fahrplan.

Es waren diese indiskreten Telefonhauben, wo man Schulter an Schulter mit dem Nebenmann mitten im Trubel steht. Als Esther den Hörer abnahm, stand ich schon direkt neben ihr und griff mir auch einen Hörer. Ich war so nahe bei ihr, daß ich mit den Spitzen meiner Turnschuhe ihren Kleidersack hätte berühren können. Ich hörte jedes Wort von ihr. »Dad?« sagte sie.

Ich klemmte mir den Hörer ans Ohr und hielt den Fahrplan zwischen uns, aber so, daß ich sie noch beobachten konnte. Aus dieser Nähe war sie nicht mehr so attraktiv. Sie hatte eine durchscheinende, kränklich wirkende Haut, wie man sie häufig bei Rothaarigen sieht. »Ja«, sagte sie, »ich hab ihn.« Und dann: »Na, klar. Das denk ich mal. Ich meine, er ist noch zu, mit Heftklammern dran und allem. Was? Dann warte mal eben.«

Sie legte den Hörer hin und fing an, die Lasche aufzureißen. Als die Heftklammern eine nach der anderen aufgesprungen waren, zog sie die Umschlagränder auseinander und linste hinein –

steckte praktisch ihre sommersprossige Nase hinein. Dann nahm sie den Hörer wieder auf. »Jawoll«, sagte sie. »Alles bestens.«

Und so bekam ich nie zu sehen, was in dem Umschlag war. Es hätte alles mögliche gewesen sein können: ungefaßte Diamanten, Crack... Aber irgendwie glaubte ich das nicht. Das Telefongespräch hatte mich überzeugt. Sie hätte ein kriminelles Genie sein müssen, wenn sie diese Sorglosigkeit in der Stimme hätte spielen wollen, diese ungezwungene Lässigkeit eines Menschen, der ganz genau weiß, daß er der Stolz und die Freude seiner Eltern ist. »Hör zu«, sagte sie, »richte Mom aus, daß ich vom Flughafen noch mal anrufe, ja?« Sie schmatzte in die Muschel und hängte ein. Sie legte sich den Tragegurt ihres Kleidersacks über die Schulter und ging auf einen der Ausgänge zu. Ich schaute ihr nicht einmal nach.

Die übliche Routine für den Besuch bei meiner Tochter war, daß ich so gegen zehn Uhr morgens aufkreuzte und dann irgend etwas mit ihr unternahm. Nichts Weltbewegendes. Vielleicht gingen wir in ein billiges Kaufhaus oder führten im Park ihren kleinen Hund spazieren. Anschließend aßen wir irgendwo noch einen Happen; dann brachte ich sie zurück und fuhr nach Hause. Das passierte genau alle vier Wochen – am letzten Samstag im Monat. Die Idee ihrer Mutter. Wenn man ihrer Mutter Glauben schenkte, war Ehemann Nr. 2 der Superdad; aber ich durfte nicht von der Bildfläche verschwinden, damit Opal ein Gefühl von wiesagtmandochgleich hatte. Bindung.

Aber infolge von einem, das zum anderen kam – streikendes Auto zu streikendem Wecker –, war ich an diesem Tag mächtig spät dran. Ich glaube, es war schon fast zwölf, bis ich überhaupt aus dem Bahnhof rauskam, und da ich nicht auch noch Geld für ein Taxi hinblättern wollte, nachdem ich schon die Fahrkarte gekauft hatte, rannte ich mehr oder weniger den ganzen Weg bis zu ihrer Wohnung (sie lebten in einem dieser noblen Häuser direkt am Rittenhouse Square). Als ich auf die Klingel drückte, sah ich noch unordentlicher aus als sonst. Das konnte ich gleich an Natalies Gesichtsausdruck ablesen, als sie die Tür aufmachte. Sie ließ den Blick sozusagen an mir runter- und wieder raufdriften und sagte »Barnaby« mit ausdrucksloser Stimme. Opals kleiner Hund hüpfte um meine Füße herum – ein sehr munterer Dackel.

»Hallihallo, Natalie«, sagte ich und klopfte nun an meinen Klamotten herum, um sie ein bißchen in Ordnung zu bringen. Natalie war natürlich die Gepflegtheit in Person. Sie trug eine schmale graue Rock-und-Pullover-Kombination, und ihr Haar war wie aus einem Guß – glatt, glänzend braun –, mit einer kleinen Welle gerade oberhalb der Stelle, wo es ihr auf die Schultern fiel. Oh, sie war schon, solange ich sie kannte, eine Schönheit gewesen; nur daß mir jetzt aufging, daß sie schon immer etwas allzu Selbstzufriedenes an sich gehabt hatte. Damals, als ich sie kennenlernte, dachte ich noch: Wie könnte sie *nicht* mit sich zufrieden sein? Und ihre tranige, träge Langsamkeit kam mir immer sexy vor. Jetzt machte sie mich nur ungeduldig. Ich sagte: »Ist Opal fertig?«, und Natalie brauchte eine volle Minute, um sich jeden Aspekt dieser Frage zu überlegen. Dann sagte sie schließlich: »Sie ist in ihrem Zimmer. Sie weint sich die Augen aus.«

»Sie weint?«

»Sie dachte, du hättest sie versetzt.«

»Na gut, ich weiß, daß ich ein bißchen zu spät komme – « sagte ich.

Sie hob den einen Arm und betrachtete das winzige Zifferblatt der Uhr an der Innenseite ihres Handgelenks.

»Da ist einiges dumm gelaufen«, sagte ich. »Kann ich jetzt zu ihr?«

Nachdem sie eine Weile darüber nachgedacht hatte, drehte sie sich um und entschwand, was ich als Zustimmung wertete.

Ich ging allein zu Opals Zimmer einen langen, mit Orientteppichen bedeckten Flur entlang. Ich kämpfte mich an dem Dackel vorbei und klopfte an ihre Tür. »Opal?« rief ich. »Bist du da drin?«

Keine Antwort. Ich drehte den Türknauf rum und steckte den Kopf ins Zimmer.

Man hätte nie gedacht, daß dies das Zimmer einer Neunjährigen war. Die Tagesdecke war mit aufgenähten Entchen verziert, und an den Wänden waren Poster mit Kinderreimen. So, wie es aussah, hätte es allenfalls das Zimmer eines Säuglings oder eines Kleinkinds sein dürfen.

Ich sah zuerst zum Bett hinüber, weil ich vermutete, daß sie dort liegen würde, wenn sie weinte. Aber sie saß in dem weißen Schaukelstuhl am Fenster. Und sie weinte auch nicht. Sie funkelte mich vorwurfsvoll von unten herauf an.

»Ope«, sagte ich, von Herzlichkeit triefend.

Opals Kinn blieb in ihrem Kragen vergraben.

Ich wußte, daß ich so was nicht denken sollte, aber meine Tochter war mir nie besonders reizvoll vorgekommen. Sie war schon immer ein bißchen dicklich gewesen, hatte ein rundes Mondgesicht, farbloses Haar und einen weichen, rosafarbenen, halb offen stehenden Mund, dessen Oberlippe so kurz war, daß sie die Schneidezähne entblößte. (Ich habe sie immer »Häschen« genannt, bis Natalie bat, das nicht mehr zu tun – und warum hätte sie mich sonst darum gebeten, wenn sie nicht selber gemerkt hätte, daß Opal einem Kaninchen ziemlich ähnlich sah?) Es nützte auch nichts, daß Natalie sie in jene Art Kleider steckte, die man in Dick-und-Jane-Büchern sieht – pastellfarben und mit viel Chichi –, deren gesmokte Oberteile über ihrer Brust spannten und deren Puffärmel ihr in die Arme schnitten. Wenn es nach mir gegangen wäre, ich hätte etwas Legeres für sie ausgesucht. Aber was hatte ich schon zu melden. Als Vater machte ich keine besonders gute Figur.

Trotzdem wollte ich das Beste für sie. Ich würde ihr nie absichtlich weh tun. Ich ging zu dem Schaukelstuhl hinüber und hockte mich vor sie hin. »Opel-dopel«, sagte ich, »Liebling.«

»Was.«

»Jag deinen Hund weg. Er frißt meine Brieftasche.«

Auf ihrem Gesicht erschien jetzt der Anflug von einem Lächeln, aber sie unterdrückte es. Die beiden Grübchen ihrer Mutter vertieften sich in ihren Wangen. Der Hund knabberte tatsächlich an meiner Brieftasche herum. Er hieß George Farnsworth; Gott weiß, warum. »George Farnsworth«, sagte ich streng, »falls du knapp bei Kasse bist, sag's gleich und bitte um ein Darlehen, ja?«

Jetzt hörte ich deutlich ein leises Lachen. Ich schöpfte Hoffnung. »He, Ope, es tut mir leid, daß ich zu spät komme«, sagte ich. »Zuerst hatte ich Probleme mit dem Auto, weißt du...«

»Du hast doch *immer* Probleme mit dem Auto.«

»Dann hat mein Wecker gestreikt...«

»Der streikt doch *immer.*«

»Na ja. Nicht immer«, sagte ich zu ihr. »Du rätst im Leben nicht, was dann passiert ist, als ich nach Penn Station kam. Es war wie in 'nem Agentenfilm. So'n Typ geht auf die Leute zu und zieht was aus der Manteltasche. ›Ma'am‹«, – ich legte einen drohenden, geheimnisvollen Unterton in meine Stimme – »›würden Sie mir den Gefallen tun, dieses Päckchen mit nach Philadelphia zu nehmen?‹«

Opal sagte nichts, aber ich konnte sehen, daß sie zuhörte. Sie sah mich mit ihren rötlich-grauen Augen an, deren Wimpern ein wenig feucht waren.

»›Geben Sie es meiner Tochter in Philadelphia; da ist bloß ihr Paß drin‹, sagte er, und ich dachte bei mir: ›Ha! Ich wette, das ist bloß ihr Paß!‹ Also bin ich nach unserer Ankunft in Philadelphia der Frau nachgegangen, die gesagt hat, daß sie's machen würde.«

»Du bist ihr nachgegangen?«

»Ich wollte sehen, was passiert. Deshalb bin ich ihr zu ihrem Rendezvous mit der Tochter in Gänsefüßchen gefolgt, und anschließend hab ich mich noch bei den Telefonen rumgedrückt, während die Tochter einen Anruf nach –«

»Du hast dich bei den Telefonen rumgedrückt?«

Ich kam langsam ins Schwimmen. (Die Geschichte hatte nicht

das, was ich eine Pointe nennen würde.) Ich sagte: »Ja, und dann, ähm...«

»Du hast die ganze Zeit bloß auf dem Bahnhof rumgetrödelt! Nicht bloß, daß du nicht richtig auf dein Auto achtgibst und deinen Wecker zu stellen vergißt, verplemperst du auch noch deine Zeit auf dem Bahnhof, als ob es dir piepegal wäre, *wann* du mich siehst!«

Es war direkt unheimlich, sie hörte sich an wie ihre Mutter. Wie ihre Mutter damals – in der trostlosen Schlußphase unserer Ehe. Ich sagte: »Komm, Liebes. Komm, laß mal gut sein.«

Was Wort für Wort auch aus dieser Phase stammte. Eine Art Reflex, vermute ich mal.

»Du hast versprochen, daß du um zehn Uhr kommst«, sagte sie, »statt dessen verplemperst du deine Zeit mit einer... einer Horde Agenten! Du hast völlig vergessen, wo du eigentlich hinwolltest!«

»Erstens gebe ich sehr wohl auf mein Auto acht, Opal. Ich behandle es wie meinen Augapfel. Ich kann nichts dafür, daß das Auto älter ist als ich. Und ich habe auch nicht vergessen, meinen Wecker zu stellen. Ich weiß nicht, warum er's nicht getan hat; manchmal tut er's eben einfach nicht, okay? Ich weiß nicht, warum? Und ich hab gedacht, daß es dir Spaß machen würde, etwas über die Leute zu erfahren, mit denen ich meine Zeit verplempert habe, wie du das nennst. Ich hab gedacht: ›Mannomann, ich wollte, Opal könnte das hier sehen‹, und bin ihnen extra nach, damit ich dir später bei Pommes und einem Burger davon erzählen könnte. Wär das nicht 'ne Sache? Pommes und 'n Burger bei Little Pete's, Opal, und ich erzähl dir dabei meine Wahnsinnsgeschichte?«

Aber es funktionierte nicht. Opals Augen färbten sich noch rötlicher, und dieses eine Mal hielt sie den Mund fest geschlossen.

»Sieh dir George Farnsworth an! *Der* möchte gehn«, schlug ich vor.

In Wirklichkeit lag George Farnsworth, die Schnauze auf den

Pfoten, völlig desinteressiert neben dem Schaukelstuhl. Aber ich sagte: »Erst führen wir George im Square aus, und dann gehn wir rüber zu –«

»Es kommt mir so vor«, sagte Natalie, »als ob Opal lieber zu Hause bliebe.«

Sie stand in der Tür. Die Scheißorientteppiche hatten ihre Schritte verschluckt.

»Hab ich recht, Opal?« fragte sie. »Möchtest du dich lieber verabschieden?«

»Verabschieden?« sagte ich. »Ich bin doch gerade erst gekommen! Ich hab gerade den weiten Weg gemacht!«

»Es ist deine Entscheidung, Opal.«

Opal sah angestrengt auf ihren Schoß. Nach einer langen Pause murmelte sie irgend etwas.

»Wir konnten dich nicht verstehen«, sagte Natalie.

»Auf Wiedersehen«, sagte Opal zu ihrem Schoß.

Ich wußte aber, daß sie das nicht ernst meinte. Sie wollte nur ein bißchen überredet werden. Ich sagte: »Na, komm, Ope...«

»Könnte ich dich einen Augenblick sprechen?« fragte mich Natalie.

Ich stand seufzend auf. Opal blieb sitzen, aber ich sah einen verstohlenen Blick aufblitzen, als ich mich umdrehte, um hinter Natalie her den Flur entlangzugehen. Ich wußte, ich hätte Opal überreden können, wenn ich etwas mehr Zeit gehabt hätte.

Wir blieben nicht im Wohnzimmer, sondern gingen weiter in die Küche, die am anderen Ende der Wohnung lag. Wahrscheinlich dachte Natalie, meine Jeans würden ihre kostbaren Polstermöbel versauen. Ich war noch nie in der Küche gewesen und nahm mir einen Augenblick Zeit, mich umzusehen (altmodische Kachelwand und Schränke weit über Kopfhöhe), bis bei mir ankam, was Natalie sagte.

»Ich habe nachgedacht«, sagte sie. »Vielleicht ist es besser, wenn du nicht mehr kommst.«

Das hätte mir eigentlich recht sein müssen. Es war schließlich nicht so, daß mir diese Besuche Freude machten. Aber man weiß ja, wie es ist, wenn einem jemand urplötzlich erklärt, daß man etwas lassen soll. Ich sagte: »Was, nur weil ich an *einem* Samstag zufällig ein bißchen zu spät gekommen bin?«

Ihr Blick war irgendwie auf eine Stelle etwas links von meiner linken Schulter gerichtet. Ihr Gesicht war so ungerührt wie das einer Statue.

»Lieber Himmel. Ich komme aus einer anderen Stadt hier angefahren«, sagte ich zu ihr. »Aus einem anderen Bundesstaat. Da kannst du doch nicht von mir erwarten, daß ich auf die Minute pünktlich bin.«

»Es ist komisch«, sagte sie nachdenklich. »Ich habe immer geglaubt, daß es sehr wichtig für Opal ist, mit dir in Verbindung zu bleiben. Aber jetzt frage ich mich, ob du ihr am Ende nicht mehr Schaden als Nutzen bringst. Die vielen Samstage, an denen du zu spät gekommen oder früher gegangen bist, oder ganz abgesagt hast.«

»Es ist nur ein- oder zwei- oder dreimal oder so vorgekommen, daß ich abgesagt habe«, antwortete ich.

»Und selbst wenn du kommst, könnte ich mir vorstellen, daß ihr allmählich dämmert, was für ein Leben du führst.«

»Was für ein Leben ich führe? Mein Leben ist ganz okay!«

»Ein möbliertes Zimmer«, zählte sie auf, »ein Hilfsarbeiterjob, ein Haufen arbeitsscheuer Freunde. Kein Ehrgeiz und keine Ziele. Mit dreißig noch immer kein Collegeabschluß.«

»Neunundzwanzig«, korrigierte ich sie. (Der einzige Vorwurf, gegen den ich etwas einwenden konnte.)

»In drei Wochen dreißig«, sagte sie.

»Tja.«

Auf einmal war da Stille, so ungefähr wie wenn im Supermarkt das Hintergrundgedudel plötzlich aufhört, und man hat es eigentlich gar nicht gehört, aber jetzt merkt man auf einmal, daß es weg ist.

Und genau in diesem Augenblick sah ich auf der Fensterbank

hinter ihr unsere alte Keksdose aus Porzellan stehen. An die Existenz dieser Keksdose hatte ich mich seit Jahren nicht mehr erinnert. Sie hatte einen gewölbten Deckel und war mit Streifen bemalt, so daß sie aussah wie ein Vogelkäfig, und vor den rautenförmigen Fensterscheiben wirkte sie ungeheuer schäbig und hausbacken. Sie brachte mich ganz aus dem Konzept. Das nächste, was ich wahrnahm, war, daß Natalie aus der Küche glitt, und mir blieb nichts anderes übrig, als ihr zu folgen.

Aber in der Diele sagte ich zu ihr: »Na, schön.« Und anschließend draußen im Flur drehte ich mich um und sagte noch mal: »Na, schön, darüber ist das letzte Wort noch nicht gesprochen!«

Sie schloß die Tür fast geräuschlos.

Der Zug, mit dem ich zurückfuhr, war voll besetzt und obendrein eiskalt. Es gab Probleme mit der Heizung. Ich saß neben irgend so einem Latinotyp, der offenbar ein bißchen früh mit seiner Silvesterfeier begonnen hatte. Der Kopf fiel ihm immer wieder vornüber auf die Brust, und die Fahne, die ihn umwehte, war praktisch feuergefährlich. Schräg gegenüber, auf der anderen Seite vom Gang, saß ein sehr junges Ehepaar und bemühte sich, einen Säugling zu beruhigen. Der Mann sagte: »Vielleicht hat er Hunger«, und die Frau sagte: »Ich hab ihn gerade gefüttert.« Der Mann sagte: »Vielleicht ist er naß.« Ich weiß nicht, warum sie mich so traurig machten.

Danach sah ich irgendwie nur noch Familien um mich herum. Ein Kleinkind lugte über die Rückenlehne, und seine Mutter umarmte es und zog es herunter. Ein Vater kam mit einem kleinen Mädchen aus dem Zugrestaurant auf mich zu, und das Mädchen hielt ganz vorsichtig einen Pappbecher in beiden Händen. Der Ausländer und ich waren anscheinend die einzigen ohne Anhang.

Auf gleicher Höhe mit uns, musterte der Vater uns flüchtig (den wippenden, schwankenden Kopf des Ausländers und mich, den Kerl mit dem hochgeklappten Kragen und dem Riß im Ärmel der Lederjacke, aus dem die Wattierung hervorkam) und wandte dann den Blick wieder ab. Das brachte mich auf den Mann mit dem Paß, der mich nicht hatte ansehen wollen. Und das brachte mich auf die Frau im Federmantel. Sophia. Sophia war so ehrlich gewesen. So prinzipienfest. So wohlerzogen selbst dann, wenn sie dachte, daß niemand sie sah.

Ach, was macht manche Menschen tugendhafter als andere? Ist es etwas Angeborenes? Verspüren sie nie das lustvolle, aufregende Verlangen, die Welt in Stücke zu hauen?

Ist es nicht vielleicht möglich, daß gute Menschen einfach Menschen sind, die *Glück* gehabt haben? Könnte das nicht die Erklärung sein?

2

Ich arbeite für ein Unternehmen, das Bizeps-Vermietung AG heißt. Wie ich da hingekommen bin, ist ein Kapitel für sich. Jedenfalls bieten wir im wesentlichen einen Service für alte und gebrechliche Menschen an. Wenn Sie irgendwas nicht heben können, wenn Sie sich irgendeiner Arbeit nicht gewachsen fühlen, nicht verzagen – rufen Sie uns an! Angenommen, Sie wollen im Herbst Ihre Gartenstühle in der Garage gestapelt haben. Oder im Frühjahr Ihre Teppiche aufgerollt und verstaut. Wir erledigen das für Sie. Viele von unseren Kunden erteilen uns einen Dauerauftrag – zum Beispiel für eine Stunde pro Woche. Andere rufen einfach je nach Bedarf an.

Als ich an dem Samstag meiner mißlungenen Reise nach Philadelphia heimkehrte, hatte ich auf dem Anrufbeantworter eine Nachricht von meiner Chefin. »Barnaby. Hier ist Virginia Dibble. Könnten Sie mich so schnell wie möglich zurückrufen? Wir haben einen dringenden Auftrag für heute abend.«

Ich mochte Mrs. Dibble wirklich. Sie war so eine zierliche, quirlige Dame, ein ganzes Stück älter als meine Mutter, trotzdem hatte ich sie einen Nachtstuhl zwei Stockwerke runterschleppen sehen, als wir mal zu wenig Leute hatten. Deshalb wählte ich ihre Nummer, obwohl ich nicht gerade in allerbester Stimmung war. »Was gibt's?« fragte ich sie.

»Ach, die arme Mrs. Alford«, kam sie gleich zur Sache. »Sie braucht jemand, der ihr den Weihnachtsbaum zusammenbaut.«

»Den was?«

»Den zweieinhalb Meter großen künstlichen Weihnachtsbaum. Er steht oben bei ihr auf dem Speicher, sagt sie, und sie braucht jemand, der ihn ihr runterholt und aufstellt.«

»Mrs. Dibble«, sagte ich. »Es ist Silvester.«

»Oh, haben Sie etwas vor?«

»Ich meine, Weihnachten ist schon 'ne Woche her, was will sie jetzt mit'm Baum?«

»Sie sagt, daß ihre sieben Enkelkinder sie auf der Durchreise besuchen. Sie übernachten bei ihr auf dem Rückweg von ihrem Skiurlaub, und sie möchte, daß das Haus anheimelnd wirkt, sagt sie, und nicht trist und verstaubt.«

»Ah, ja.«

Enkelkinder regierten die Welt, nach der Mehrzahl unserer Kunden zu schließen.

»Man muß ihn ihr auch schmücken«, sagte Mrs. Dibble. »Sie sagt, sie kommt mit den oberen Zweigen nicht mehr zurecht und hat Angst, sich den Oberschenkelhals zu brechen, wenn sie auf einen Trittschemel steigt.«

Was die Welt außerdem noch regierte, war der Oberschenkelhalsbruch – ich meine, die Angst davor. Die große Alptraumvision in den Kreisen, in denen ich verkehrte.

Ich sagte: »Könnte sie ihren Enkelkindern nicht erklären, daß sie einen Baum gehabt hat, ihn aber schon wieder abgeräumt hat. Sagen Sie ihr, daß viele Leute ihren Baum am 26. Dezember rausschmeißen.«

Aber ich wußte, was Mrs. Dibble mir antworten würde (»Wir sind die Muskeln, nicht der Kopf«, sagte sie immer); deshalb wartete ich nicht, bis ich es hörte. »Außerdem«, fügte ich schnell hinzu, »ist mein Wagen in der Werkstatt, und ich kriege ihn erst am Montag wieder.«

»Oh, Martine kann fahren«, sagte Mrs. Dibble. »Ich dachte, ich schicke Sie zusammen hin, damit Sie schneller fertig sind. Können Sie's machen, wenn Martine Sie abholt?«

»Tja«, sagte ich. »Ich denke schon.«

»Die anderen haben heute alle was vor. Ich rufe Martine noch mal an und sage ihr, daß sie Sie abholen soll.«

Bei der Bizeps-Vermietung gab es elf Vollzeitbeschäftigte. Das hieß, daß neun mir bekannte Personen an Silvester etwas vorhatten. Und das waren keine besonders erfolgreichen Menschen. Mehrere von ihnen hätte man als Verlierer bezeichnen können. Aber trotzdem hatten sie etwas gefunden, was sie am Silvesterabend mit sich anfangen konnten.

Ich wohnte im Ostteil der Stadt, im Keller eines Zweifamilienhauses, draußen in der Northern Parkway. Martine wohnte in der Innenstadt, in der St. Paul Street. Sie würde gut zwanzig Minuten brauchen, um zu mir zu kommen; also hatte ich Zeit, mir ein Sandwich mit Erdnußbutter zu machen. (Ich hatte den ganzen Tag nichts weiter gegessen als einen Beutel Chips in Penn Station.) Dann holte ich mir eine Cola und ging zum Essen raus auf die Terrasse, von wo aus ich einen schmalen Streifen von der Straße sehen konnte. Ich hockte nie in meinem Zimmer, wenn es sich vermeiden ließ. Es war in Wirklichkeit bloß ein Hobbyraum, den die Familie über mir vermietet hatte, weil sie das Geld brauchte.

Der Himmel hatte sich inzwischen bewölkt, und es wurde allmählich dunkel. Als die Terrassenlampen angingen, war das ein merklicher Unterschied, obwohl es noch nicht viel später als vier sein konnte. Die Laternen an der Terrasse wurden durch Bewegung eingeschaltet. Wenn jemand in ihre Nähe kam, gingen sie alle auf einmal an. Dann, nach dreißig Sekunden, gingen sie wieder aus. Gewöhnlich machte ich mir einen Jux mit ihnen. Ich machte einen Schritt vorwärts, blieb bewegungslos stehen, machte wieder einen Schritt vorwärts... Einmal, als die Hardestys nicht da waren und ich mit dem Mädchen gegrillt habe, das ich damals gerade kennengelernt hatte, sagte ich zu ihr, daß man die Lampen nicht auf Dauerbeleuchtung umschalten könnte (was eine glatte Lüge war) und daß wir immer in Bewegung bleiben müßten, wenn wir sehen wollten, was wir essen. Da saßen wir nun, rutschten gewaltig auf unseren Stühlen herum und führten mit übertriebenen Gebärden unsere Gabeln zum Mund. Nach dem Essen fingen wir dann an, ein bißchen zu knutschen, und die Laternen gingen natürlich aus. Wir dachten nicht mehr daran, bis sie aufstand, um sich ihr T-Shirt auszuziehen, und PENG! gingen sie alle wieder an. Ich habe gelacht, bis mir der Bauch weh tat.

Doch an diesem Nachmittag war ich nicht so vergnügt. Ich saß über mein Sandwich gebeugt auf einem vergammelten Gartenstuhl, und die Laternen gingen ziemlich schnell mit leisem Klicken aus.

Ich war gerade mit Essen fertig, als Martine in die Einfahrt einbog. Sie fuhr den verbeulten roten Pickup ihres Freundes, eine hochbeinige Karre mit engstehenden Scheinwerfern. Ich warf meine Cola-Dose in einen Pflanzenübertopf, ging um den Wagen herum und stieg auf der Beifahrerseite ein. »Hallo, Martine«, sagte ich. »Kein Date mit deinem Fuzzi an Silvester?«

»Der liegt mit 'ner Darmgrippe flach«, sagte sie und setzte zurück auf die Straße. »Und was hast du für 'ne Entschuldigung, Mr. Erdnußbutterfahne?«

»Kein Bock mehr auf Frauen.«

»Ah, ja!«

Sie schaltete und fuhr los.

Martine saß beim Fahren auf einem Kissen, weil sie sehr klein war. Gott weiß, was ihr eingefallen war, bei der Bizeps-Vermietung anzufangen. Sie konnte allerhöchstens einundvierzig Kilo wiegen – ein winziges Mädchen mit einem Katzengesicht, blasser Haut und einer schwarzen, an den Ohrläppchen gestutzten Haarhaube. Aber zäh, das mußte man ihr lassen. Ein Fliegengewicht mit Stahlarbeiterblut in den Adern. Zerkratzte spitze Knöchel auf dem Lenkrad; eine überdimensionale schwarze Nylonjacke, die nach Motoröl roch. »Wie war dein Trip nach Philadelphia?« fragte sie, und in ihrer Stimme war etwas Heiser-Krächzendes, das bei mir das Bedürfnis hervorrief, mich zu räuspern.

Ich sagte: »Beschissen!«

»Beschissen?«

»Die erste Pleite war, daß ich mit dem Zug fahren mußte. Der Wagen streikt schon wieder.«

»Was is' es denn diesmal?«

»Die Lenkung.«

»Ja, ja. Geschieht einem ganz recht, wenn man eine gefährdete Art besitzt«, sagte sie.

»Sag das meinem Großvater. Er war der Erstbesitzer. Glaubst du vielleicht, ich gehe im Vollbesitz meiner geistigen Kräfte los und kaufe mir eine Corvette Sting Ray? Also mußte ich für 'ne Fahrkarte Geld hinlegen. Und was macht Natalie, als ich nach Philadelphia komme? Sie schickt mich postwendend nach Hause zurück. Sagt, sie hat beschlossen, daß ich meine Besuche einstellen soll.«

»Aber das kann sie nicht allein beschließen!« sagte Martine.

»Sie behauptet, daß ich Opal mehr Schaden als Nutzen bringe.«

»Setz dich gleich mit deinem Anwalt in Verbindung!«

»Mach ich auch.«

Tatsächlich hatte ich gar keinen Anwalt, aber es war mir irgendwie zu mühsam, das zu erklären. Statt dessen saß ich zusammengesackt auf meinem Sitz und sah zu, wie draußen die Welt vorüberzog: schmucklose Backsteinhäuser, hellgelbe Rasenflächen, Sträucher, mit Lichterketten behängt, die gerade aufleuchteten.

»Jedenfalls«, sagte ich, »ist ihr Mann Anwalt. Die gehören bestimmt irgend 'ner Verbindung oder so an, irgendeinem Geheimzirkel, den sie gegen mich mobilisieren kann. O Gott. Ich weiß nicht, wie ich mich je an so 'ne Frau hab binden können.«

»Und? Warum hast du's gemacht?«

»Ich glaube, es war ihr Haaransatz«, sagte ich.

Martine lachte.

»Im Ernst«, sagte ich. »Sie hatte so 'ne silberne Spange, die das Haar straff nach hinten zog, so daß man ihre Stirn sehen konnte. Ihre reine, klare Stirn. Sie hat mich gewissermaßen hypnotisiert, könnte man sagen.«

Martine wich einem Laster mit einer Ladung Schnaps aus, der am Bordstein parkte.

»Es wird langsam Zeit, daß ich mehr auf den Gesamteindruck achte«, sagte ich, »statt immer wieder auf irgendeine Stirn abzufahren.«

»Bei mir ist es der Mund«, sagte Martine.

»Was du nicht sagst.«

Ich fing an, auf einem Daumennagel herumzukauen, und verdeckte dabei wie zufällig mit der Faust meinen Mund.

»Als ich Everett kennenlernte, hab ich nur seinen Mund gesehen. Diese geschwungene Oberlippe. Hab ich gefragt, ob er 'n festen Job hat oder ob er der Typ ist, der heiraten will?«

Ich sagte: »Heiraten?« und klemmte die Fäuste zwischen meine Knie.

»Hab ich gefragt, warum er immer noch bei seiner Mom wohnt, die ganz hin und weg von ihm ist und ihm das Frühstück ans Bett bringt und die Raten für seinen Laster bezahlt, wenn er kein Geld hat?«

»Wahnsinn«, sagte ich. »Ich hätte nie gedacht, daß du heiraten könntest, genaugenommen.«

»Warum nicht?«

»Tja, ich weiß nicht ...«

»Denkst du, ich bin noch nicht alt genug? Ich bin sechsundzwanzigeinhalb!«

»Klar bist du *alt* genug, nehm ich doch an.«

»Oder denkst du, ich bin nicht begehrenswert und weiblich genug? Nicht sexy genug? Was?«

»Häh? Nein! Ich finde dich sehr ähm ...«

Es nützte nichts, daß sie mir in diesem Augenblick mit gerunzelter Stirn so einen mürrischen, alles andere als verlockenden Blick zuwarf, aber ich sagte: »Sehr attraktiv! Ehrlich!«

»Everett sagt, daß ich ihn an einen zehnjährigen Jungen erinnere.«

Da war was dran – eines der wenigen Male, daß ich mit Everett einer Meinung war. Ich sagte: »Quatsch!«

»Als ich ihm sagte, daß ich mir zu Weihnachten Unterwäsche

wünsche, hat er mich gefragt, ob Sport-BHs aus schwarzer Spitze überhaupt hergestellt würden.«

Ich fing an zu grinsen, beherrschte mich aber gleich.

»Vielleicht sollten wir beide fürs neue Jahr ein paar gute Vorsätze fassen. Uns gegenseitig versprechen, daß wir uns in Zukunft nicht mehr so bescheuert aufführen.«

»Ja, vielleicht«, sagte ich.

Aber sie konnte vermutlich meiner Stimme entnehmen, daß ich nicht die Energie dazu hatte. Wenn man hart an die Dreißig ist, kommen einem diese guten Vorsätze irgendwie sinnlos vor.

Ich wollte, Natalie hätte sich nicht bemüßigt gefühlt, mich an meinen Geburtstag zu erinnern.

Mrs. Alford wohnte in Mount Washington in einem weißen Holzhaus im Kolonialstil, das ziemlich geräumig, aber heruntergekommen war, wie die meisten Häuser unserer Kunden. (Reiche Leute würden sich eine Ganztagshilfe engagieren, nicht bloß jemanden von der Bizeps-Vermietung. Und arme Leute können sich noch nicht mal uns leisten.) Sie hielt, eine Wolljacke um die Schultern geschlungen, hinter ihrer Doppeltür Ausschau. Eine Frau mit der Figur einer Taube: ein schmuckes Köpfchen und eine weit vorgewölbte, tiefreichende Brust. Als wir uns anschickten, die Treppe raufzugehen, machte sie die Tür auf und rief: »Guten Abend, Barnaby! 'n Abend, Martine! Wie nett, daß Sie so kurzfristig kommen konnten!«

»Oh, für Sie doch immer, Mrs. A.«, sagte ich zu ihr. Ich ging an ihr vorbei in den Flur und blieb dort in Erwartung ihrer Instruktionen stehen. Das Haus roch nach Heizungsluft, Eintopfgerichten und, ja, einfach altem Haus. Ein Weihnachtsbaum würde ihre Enkelkinder keinen Moment täuschen. Aber sie war so lebhaft und entschlossen, wie sie da mit strahlendem Lächeln zu uns emporschaute, das Haar glatt gekämmt, die Lippen sorgfältig nachgezogen. »Der Baum ist oben auf dem Speicher, in einem weißen Karton mit einem roten Deckel«, sagte sie, »und der Schmuck müßte irgendwo in der Nähe liegen, ich weiß aber nicht genau, wo. Ich hab ihn schon einige Zeit nicht benutzt, denn letztes Jahr an Weihnachten bin ich bei meiner Tochter gewesen, und das Jahr davor... Ja, was hab ich das Jahr davor gemacht?«

»Seien Sie unbesorgt, Mrs. A., wir schaffen das Zeug schon runter, egal, wo's steckt«, sagte ich zu ihr.

»Aber passen Sie auf, daß Sie mir nicht durch die Decke treten.«

»Aber so was würden wir doch nie tun!«

Wir hielten es bei der Bizeps-Vermietung so, daß wir uns bemühten, jedem Kunden immer wieder dieselben zwei oder drei Leute zu schicken. Deshalb kannten Martine und ich uns in Mrs. Alfords Haus schon aus. Wir kannten den Weg nach oben und wußten, wo in der Flurdecke im ersten Stock die ausziehbare Bodenleiter war. Trotzdem glaube ich nicht, daß einer von uns schon mal auf dem Speicher war. Wir kletterten nach oben – Martine dicht hinter mir, flink wie ein Affe – in ein eisiges, finsteres Loch hinein. Ich grabbelte über dem Kopf herum, bis ich den Zug an der Glühbirne erwischt hatte, und schlagartig wurde das ganze Gerümpel sichtbar: Truhen, Koffer und Lampen, Kaminböcke, Küchenstühle ohne Sitz, Tischventilatoren von so altertümlicher Machart, daß man die ganze Hand in den Drahtkorb hätte stecken können. Nichts, was jemanden überrascht hätte, der in seinem Leben schon so viele Speicher gesehen hatte wie ich. Ich sagte: »Na, schön, wenigstens gibt's in der Mitte einen richtigen Fußboden«, und Martine meinte: »Weißer Karton, roter Deckel, weißer Karton, roter Deckel«, während sie sich an einer Musiktruhe, einem Aschenbecher mit Fuß und einer offenen Pappschachtel voller Türklinken vorbeimanövrierte. »Hier ist er«, sagte sie.

Aber mir war schon etwas anderes ins Auge gefallen: eine Kleiderpuppe drüben am Kamin; keine gewöhnliche Kleiderpuppe, kein ausgepolsterter Segeltuchtorso. Das hier war eine lebensgroße, hölzerne Silhouette mit Kopf und allem, flach wie eine Anziehpuppe. Das Gesicht war oval und hatte einen erstaunten Ausdruck – runde blaue Augen, zwei Punkte für die Nasenlöcher und ein rosafarbenes O für den Mund – und braune, aufgemalte Korkenzieherlocken an beiden Seiten. Die Arme waren leicht abgespreizt und endeten oberhalb der Ellenbogen; die Beine steckten in einer Halterung, die die Figur aufrecht hielt. »Mensch, das ist 'ne Zweitfigur«, sagte ich zu Martine.

»Was?«

»Das ist Gaitlins praktische Zweitfigur für Damen. Mein Urgroßvater hat sie erfunden.«

Martine sah hinüber. Sie sagte: »Aber wozu soll die gut sein?«

»Hör mal zu«, sagte ich und las von einer kleinen, unten angebrachten Messingplakette ab: »›Gaitlins Holzmanufaktur, Baltimore, Maryland, Patentschutz beantragt.‹«

»Und woher weiß man, wie weit die Kleider sein müssen, die man mit der nähen will?«

»Das ist keine Schneiderpuppe. An der kann man sein Outfit zusammenstellen, bevor man es trägt. Zum Beispiel, wenn man vorhat, auf 'ne Party zu gehn ... Na ja, es hört sich 'n bißchen blöd an, aber früher konntest du in jedem Schlafzimmer 'ne Zweitfigur finden. Heute gibt's die nirgends mehr. Ich hab selber noch keine gesehen.«

»Diese altmodischen Erfindungen schaffen mich noch«, sagte Martine. »Die Leute haben sich, scheint's, immer schreckliche Mühe gegeben, bei allem die umständlichste Methode rauszufinden. Könntest du mir hier mal kurz helfen, Barn?«

Ich wandte mich von der Zweitfigur ab und trat zu ihr, um mit Hand anzulegen.

Der Karton mit dem Weihnachtsbaum hatte eine handhabbare Größe und eine Aussparung an den Schmalseiten, die als Handgriff diente, es stellte sich aber heraus, daß er ziemlich schwer war. Ich stöhnte, doch Martine gab keinen Laut von sich. Es war mir schon aufgefallen, daß die beiden Mädchen, die bei uns angestellt waren, sich da völlig gleich verhielten – sie atmeten ruhig und gleichmäßig weiter, wo wir Jungen vernehmlich geächzt hätten. »Laß mich lieber vorgehen«, sagte ich, als wir bei der Leiter ankamen, aber Martine erwiderte nur: »Glaubst du etwa, ich kann das nicht halten?«

»Na, schön«, sagte ich zu ihr. »Dann eben nach dir.« Und sah mit Genugtuung, wie sie so tat, als ob es ihr überhaupt nichts ausmachte, daß sechzig Pfund Weihnachtsbaum auf ihre Brust auftrafen, als sie die Leiter halb herunter war.

Mrs. Alford wartete im Wohnzimmer auf uns – sie hatte ihre Wolljacke achtlos beiseite geworfen, und ihre altersfleckigen Hände verflochten sich geradezu vor Tatendrang. »Oh, gut«, sagte sie. »Aber was ist mit dem Schmuck?«

Ich sagte: »Eine Sekunde, Mrs. A.«, und wir setzten den Karton auf dem Teppich ab.

»Aber Sie haben gesehen, wo er ist«, sagte sie. »Sie haben die Schachteln doch gefunden?«

»Keine Sorge, die finden wir schon«, sagte Martine zu ihr.

»Hoffentlich sind sie nicht unten im Keller.«

Martine und ich sahen uns an.

Sie waren doch auf dem Speicher. Als wir wieder raufgingen, entdeckten wir sie auf einem abgeschalteten Heizkörper – zwei Pappschachteln, auf denen in krakeliger Schrift mit Wachsmalstift *Weihnachten* geschrieben stand. Sie waren sehr viel leichter als der Baum. Wir konnten ohne Mühe jeder eine tragen.

Auf dem Weg zur Leiter warf ich noch einen Blick auf die Zweitfigur. »Natürlich war sie nichts für Tage, an denen man sich zu dick oder zu klein vorkommt«, sagte ich zu Martine, »oder für einen von jenen Tagen, wo die Frauen sich ewig nicht entscheiden können, was sie anziehen sollen.«

Martine sagte: »Was?«, und setzte hinzu: »Ich brauche zwei Minuten dazu.«

Was nur allzu deutlich zu sehen war, verkniff ich mir zu sagen.

Als wir wieder ins Wohnzimmer kamen, hatte Mrs. Alford inzwischen den Karton mit dem Weihnachtsbaum ausgeleert und die Zweige auf dem Teppich aufgehäuft. Sie sagte: »Da drüben in die Ecke, da haben wir ihn immer hingestellt. Aber wir müssen darauf achten, daß er nicht vorm Fenster steht. Mein Mann kann es nicht leiden, wenn der Baum vorm Fenster steht.«

Daß die Verstorbenen im gegenwärtigen Leben wieder auftauchten, hatte ich schon so oft gehört, daß es mir kaum mehr auffiel.

Martine stellte den Stamm auf, während ich die Zweige aufschüttelte, damit sie etwas natürlicher wirkten. Ich baute nicht zum erstenmal einen von diesen Bäumen zusammen (viele von unseren Kunden waren zu künstlichen Bäumen übergegangen), aber ich habe mich nie so recht daran gewöhnt, daß die Zweige so weich waren. Jedesmal wenn ich hineingriff, war ich fast ein bißchen enttäuscht – ich erwartete, gepiekst zu werden, und dann geschah nichts.

Mrs. Alford erzählte uns von ihren Enkelkindern. »Die Älteste ist sechzehn«, sagte sie, »und ich bin überzeugt, daß es ihr piepegal ist, ob ich einen Baum habe oder nicht, aber die Kleinen sind in so einem niedlichen, begeisterungsfähigen Alter. Und sie sind nur für eine Nacht hier. Da bleibt mir nicht viel Zeit zum Eindruckmachen, verstehen Sie?«

Dann lachte sie fröhlich, damit wir nicht glaubten, sie meine das ernst, aber sie konnte natürlich keinem von uns auch nur einen Moment lang etwas vormachen. Sie meinte es todernst.

Wir hatten mal einen Kollegen, Gene Rankin, der hat schon nach drei Wochen das Handtuch geworfen. Er sagte, er könnte es nicht aushalten, derart in das Leben anderer Menschen hineingezogen zu werden. »Jedesmal wenn ich nicht aufpasse, sitze ich im Wohnzimmer von irgend 'ner alten Dame und esse Kekse«, sagte er, »und dann dauert's nicht lang, bis die Geschichten von der undankbaren Tochter dran sind, und dann kommt die Heulphase und das Angebot, in das Zimmer eines erwachsenen Sohns zu ziehen.« Mrs. Dibble sagte ihm, daß er sich daran gewöhnen würde, aber sie sagte das nur, weil sie keine Lust hatte, einen neuen Mitarbeiter anzulernen. Man gewöhnt sich nie daran.

Als wir anfingen, die unteren Zweige anzubringen, stellte sich heraus, daß der Baum so groß war, daß wir ihn ein Stück von der Wand wegziehen mußten. Martine zwängte sich dahinter und rief mir zu, was sie brauchte. »Okay, jetzt die rot markierten Zweige. Jetzt die gelb markierten«, und ich reichte sie ihr. Mrs. Alford erzählte weiter. Sie saß auf einer Fußbank und hatte die Arme um die Knie geschlungen. »Als die Sechzehnjährige in dem Alter war«, sagte sie, »– in dem niedlichen, herzigen Alter, meine ich –, hab ich mal einen Schlitten und ein ganzes Rentiergespann oben auf unserm Dach angebracht. Ich bin zum Dachfenster rausgeklettert und hab sie am Firstbalken festgeschnürt. Aber da war ich auch noch ein ganzes Stück jünger.«

»Mann, oh, Mann. *So* jung bin ich nie gewesen«, sagte ich.

Es mußte schroffer geklungen haben, als ich beabsichtigt hatte, denn Martine sagte zu Mrs. Alford: »Kümmern Sie sich nicht um Barnaby. Er hat 'n Horrortrip nach Philadelphia hinter sich.«

»Oh, war das ein Philadelphia-Samstag?« fragte Mrs. Alford.

»Natalie sagt, er soll ganz wegbleiben«, erklärte Martine.

»Ach, Barnaby, es tut mir wirklich leid, das zu hören.«

Martine kroch hinter dem Baum hervor und zog sich ihre Jacke aus. Darunter trug sie eine Latzhose und ein Thermohemd mit langen Ärmeln, die ihr nur knapp bis zu den bleistiftdünnen Handgelenken reichten, und in dem sie wie ein verhungertes Waisenkind aussah. »Sieh doch mal nach, ob du in einer der Schachteln noch 'ne Lichterkette findest«, sagte sie zu mir.

Aber Mrs. Alford war mir zuvorgekommen. Sie zog sie Hand über Hand hervor – diese altmodische Art Lichterkette mit den langweiligen Glühbirnen. »Das ist was Schreckliches, so eine Scheidung«, sagte sie. »Vor allem, wenn das Kind mitten zwischen den Fronten steht.«

Ich sagte: »Ich könnte nicht direkt sagen, daß sie in der *Mitte* ist.«

»Er muß mit seinem Anwalt sprechen«, sagte Martine.

»Natürlich muß er das!« sagte Mrs. Alford. »Als mein Neffe und seine Frau sich getrennt haben –«

»Oder aber zur Rechtshilfe gehn.«

»Oh, die Rechtshilfe ist eine wunderbare Einrichtung!«

»Hm«, sagte ich unverbindlich.

»Oder, noch eine andere Möglichkeit: Mein Bruder ist Anwalt«, sagte Mrs. Alford zu mir und befestigte eine verkratzte blaue Glühbirne am untersten Zweig. »Natürlich im Ruhestand, aber trotzdem ...«

Ich wechselte das Thema. Ich sagte: »Mrs. Alford, können Sie sich an die Zweitfigur erinnern, die Sie oben auf dem Speicher haben?«

»Zweitfigur?« fragte sie und hob einen weiteren Zweig auf.

»Was ich gerne wüßte: Haben Sie die selber gekauft? Oder ist das ein Familienerbstück?«

»Mir ist nicht ganz klar, wovon Sie reden«, sagte sie.

»Von der Holzfigur oben an Ihrem Kamin. So 'ne Art Kleiderpuppe.«

»Ach, die. Die hat meiner Mutter gehört.«

»Na, raten Sie mal, wo die hergestellt worden ist«, sagte ich zu ihr. »In der Holzmanufaktur von meinem Urgroßvater.«

»In seiner Holzmanufaktur?«

»In seinem Betrieb, wo hölzerne Schuhspanner und künstliche Gliedmaßen hergestellt wurden.«

»Grundgütiger«, sagte Mrs. Alford.

Ich konnte erkennen, daß das von ihr nur Höflichkeit war. Sie wandte sich ab vom Baum und fing an, den Weihnachtsschmuck auszupacken, das meiste davon selbstgemacht: Ketten aus Transparentpapier, verblichen und brüchig vom Alter, mit roter Plakatfarbe angemalte Kiefernzapfen. »Irgendwann muß ich mal den Speicher entrümpeln lassen«, sagte sie. »Wozu brauche ich eine Kleiderpuppe? Ich habe mir noch nie im Leben ein Kleid genäht. Höchstens, daß ich mal ein bißchen Quiltarbeit mache, aber jetzt, wo meine Augen nachlassen, kann ich das auch kaum mehr. Seit drei Jahren bin ich an einem Quilt von unserem Planeten zugange. Ist das nicht lächerlich?«

»Na ja, es pressiert ja wohl nicht, oder?« (Zwecklos, daß ich ihr noch mal in aller Ausführlichkeit erklärte, daß die Zweitfigur keine Schneiderpuppe war.)

»Ein einziger kleiner blauer Planet, und ich brauche dazu eine Ewigkeit!«

»Aber das Schärfste daran ist«, sagte ich und griff nach einer der Ketten, sie machte ein trockenes, zirpendes Geräusch wie eine Grille. »Die Zweitfigur ist entstanden, weil ein Engel erschienen war und die Idee mitbrachte.«

»Ein Engel?« sagte Mrs. Alford.

»Jedenfalls behauptet meine Familie das. Sie sagen, der Engel ist eines Tages in den Laden spaziert: eine stattliche, hochgewachsene Frau mit goldblondem Haar, das in Form eines zur Krone gewundenen Zopfs auf ihrem Kopf ruhte. Sie sagte, sie will Schuhspanner, aber als mein Urgroßvater ihr welche zeigte, hat sie sie kaum angesehen. ›Was Frauen wirklich brauchen‹, sagte sie – das waren ihre eigenen Worte; mein Urgroßvater hat einen schriftlichen Bericht hinterlassen –, ›was Frauen wirklich brauchen, ist ein *Kleider*spanner. Ein Duplikat von ihrer Figur. Wie oft habe ich schon ein Gewand für einen besonderen Anlaß angezogen‹, sagte sie – man beachte: ›Gewand‹ –, ›nur um dann festzustellen, daß es nicht das passende war, und mußte mich dann im allerletzten Moment für ein anderes entscheiden, zu dem ein anderer Hut gehörte, anderer Schmuck, andere Handschuhe und Schuhe.‹ Und dann ging sie wieder.«

Martine starrte mich mit leicht geöffnetem Mund an. Mrs. Alford sagte: »Tatsächlich!« und hängte eine Kuh aus Knetmasse an einen der unteren Zweige.

»Ich glaube, daß sie gegangen ist, hat meine Familie überzeugt, daß sie ein Engel war. Wenn sie ein Weilchen geblieben wäre – wenn sie zum Beispiel irgendwas Kleines gekauft hätte oder beim

Preis gehandelt hätte –, wäre sie auch nur irgendeine Kundin mit dem üblichen Geplapper gewesen. Aber indem sie ihre Botschaft überbrachte und dann verschwand, schien sie so etwas wie – wie ein Vorbote zu sein. Sie ging meinem Urgroßvater nicht mehr aus dem Kopf. Ehe die Woche um war, hatte er für sich das Muster einer Zweitfigur angefertigt und bezahlte die künstlerisch begabte Tochter eines Nachbarn dafür, daß sie ein Gesicht und Haare draufmalte. Verstehen Sie, daß man auf Bestellung seine eigenen Gesichtszüge draufmalen lassen konnte, das war der Clou.«

Mrs. Alford reichte mir einen verbogenen, mit Alufolie bezogenen Pappstern, der fünf verschiedene Zacken hatte. Ich stieg auf den Schemel und befestigte ihn an der Baumspitze.

»Deswegen«, sagte ich, »hat mein Urgroßvater seine Stiftung für Bedürftige gegründet, nachdem ihn die Zweitfigur zum reichen Mann gemacht hatte. Und deshalb hat die Stiftung einen Engel oben auf dem Briefkopf.«

Martine sagte: »Oh, ich hab immer gedacht, daß dieser Engel bloß ein Engel im *allgemeinen* ist!«

»Nein, ich kann dir verraten, daß dieser Engel ein ganz besonderer Engel ist«, sagte ich.

»Ich verstehe nicht«, sagte Mrs. Alford. »Sprechen Sie von der Gaitlin-Stiftung?«

»So ist es«, sagte ich.

»Wollen Sie damit sagen, daß Sie einer von *diesen* Gaitlins sind?«

»Tja, immer wenn ich ihnen genehm bin, bin ich einer.«

»Davon hatte ich ja keine Ahnung!«

»Ich bin das schwarze Schaf«, gab ich ihr zur Antwort.

»Ach, hören Sie auf«, sagte Mrs. Alford. »Sie haben doch gar kein Talent zum schwarzen Schaf.«

»Versuchen Sie mal, das meiner Familie zu erzählen«, erwiderte ich. »Meine Familie würde es freudig begrüßen, wenn ich den Namen wechseln und mich in Zukunft Smith nennen würde.«

»Das glaube ich nicht!«

Der Baum war jetzt fertig – der gesamte Christbaumschmuck

hing, bis auf eine Schneeflocke aus Papier, die Mrs. Alford gedankenverloren noch in der Hand hielt. Sie wirkte bekümmert, zugleich aber auch erfreut und begierig auf weitere Neuigkeiten. (Die Leute denken immer, daß meine Familie schrecklich betucht sein muß, dabei würde ihnen klarwerden, wenn sie zwei und zwei zusammenzählten, daß die Stiftung den Löwenanteil der Beute verschlungen hat.)

»Er übertreibt«, sagte Martine. Wahrscheinlich befürchtete sie, ich könnte meine kriminelle Vergangenheit aufs Tapet bringen, von der unsere Kunden natürlich nichts wußten. »Barnaby hat ein sehr enges Verhältnis zu seiner Familie. Jedesmal wenn ich ihn sehe, kommt er gerade von einem Besuch bei seinen Großeltern zurück.«

»Das sind meine Großeltern Kazmerow«, erklärte ich, »nicht die Gaitlins.«

»Schließ mal die Lichterkette an, Barnaby.«

»Die Gaitlins besuche ich nur an den höheren Feiertagen«, sagte ich zu Mrs. Alford. »Thanksgiving. Weihnachten. Ist Ihnen schon mal aufgefallen, wie kurz die Zeit zwischen Thanksgiving und Weihnachten ist? Ich habe den Truthahn noch nicht ganz verdaut, da bin ich schon wieder da zum Gänsebraten, und ich sitze auf dem immer gleichen Stuhl und erzähle den immer gleichen Verwandten, daß ich, ganz richtig, noch Arbeiter bin, daß ich meine wahre Berufung noch nicht gefunden habe und auch von meinem Engel noch nichts gehört habe; vielleicht im nächsten Jahr.«

»Sie haben auch einen Engel?« fragte Mrs. Alford.

»Alle Gaitlins haben einen Engel«, sagte ich. »Das ist ein Muß. Mein Bruder Jeff hat seinen Engel gesehn, da war er jünger, als ich jetzt bin.«

»Was hat er zu ihm gesagt?« wollte Martine wissen.

»Er, das heißt, sie hat ihm nur gesagt, daß er seine Aktien abstoßen soll, das war direkt vor dem Schwarzen Montag.«

»Ist das nicht ein bißchen ... materialistisch gedacht für einen Engel?«

»Ja«, sagte ich, »dieser Engel war mir schon immer etwas suspekt. Außerdem war sie brünett. Und ich behaupte, Engel sind blond.«

Mrs. Alford warf mir einen verständnislosen Blick zu. Ich sagte: »Keine Angst, Mrs. Alford, ich meine es nicht ernst«, nahm ihr die Schneeflocke aus der Hand und hängte sie an den Baum. (Sie war so groß wie ein Reibekuchen, ein bißchen verdrückt und aus einem Geschenkpapier ausgeschnitten, das so alt war, daß die Nikoläuse, die darauf abgebildet waren, noch Zigaretten rauchten.) »Und ich glaube«, sagte ich, »meine Familie meint es im Grunde genommen auch nicht ernst. Du liebes bißchen, die gehen ja noch nicht mal zur Kirche! Mein Vater ist überzeugter Atheist! Die Engel sind nur so 'n, wie soll ich sagen, Erkennungszeichen für Eingeweihte, dank dessen sie sich einbilden können, sie wären was Besonderes. Verstehen Sie? Ich wette, daß es in Ihrer Familie auch so was gibt.«

»Na ja ...«, sagte sie zweifelnd.

Ich bückte mich und schloß die Lichterkette an, und als ich mich wieder aufrichtete, verbreitete der Baum ein schwaches, trübes Licht, und Mrs. Alford hatte die Hände unter dem Kinn gefaltet. »Oh! Wie schön!« sagte sie.

Einige Zweige hingen herunter – die Zweige, an denen die Tiere aus Knetmasse baumelten. Ein paar Glieder von den Papierketten waren aufgegangen. Den Kiefernzapfen waren ziemlich viele von ihren Schuppen abhanden gekommen, was ihnen ein etwas räudiges Aussehen verlieh. Aber Mrs. Alford sagte: »Ist es nicht eine Augenweide?«

Ich sagte: »Ja, das ist es.«

Als wir dann zu dem Transporter zurückkamen, war es dunkel, und ein kalter Nieselregen fiel. Martine mußte die Scheibenwischer anschalten. Während sie fuhr, füllte ich die beiden Rapportbögen aus, einen für sie und einen für mich, riß die Durchschrift von ihrem Bogen ab und steckte ihn ihr hinter die Sonnenschutzblende. Dann lehnte ich mich in meinem Sitz zurück und sagte: »Oh, Mann, oh, Mann!«

Die Lichter der entgegenkommenden Autos huschten unablässig über Martines Gesicht und ließen ihre Haut noch gelber aussehen als sonst.

Wir fuhren an einem Stadtbus vorbei, der bis auf den Fahrer leer war und dessen Fenster ein ebenso trübes Licht abgaben wie die Glühbirnen an Mrs. Alfords Baum. Wir fuhren an einer geisterhaft erleuchteten Einkaufspassage vorbei, wo schon alle Läden geschlossen waren und zerzauste Lamettabüschel im Wind hin und her schaukelten.

Ich sagte: »Dieses Wetter wird viele Silvesterpläne durcheinanderbringen.«

»Meine nicht«, antwortete Martine.

»Ich dachte, du hast keine.«

»Woher willst 'n das wissen?«

»Hast du nicht gesagt, daß Everett krank ist?«

»Ja, aber ich geh zu 'ner Fete von meinem Bruder. Das heißt, mein Bruder und seine Frau geben 'ne Fete, und ich hab gesagt, daß ich mich um die Kinder kümmere.«

Martine hatte 'n ganzen Haufen Neffen, für deren Unterhaltung sie ständig sorgte – sie ging mit ihnen in den Zoo oder in den Zirkus oder ließ sie bei sich übernachten. Ich weiß nicht, wo sie die Energie dazu hernahm. Ich hätte das nie geschafft. Ich konnte mich kaum an den Namen von meinem einzigen Neffen erinnern.

Ich sagte noch mal: »Oh, Mann, oh, Mann«, und diesmal sah Martine zu mir herüber.

Ich sagte: »Heute morgen in Penn Station, da lief so 'n Typ rum, der hat die Leute angequatscht, ob sie für ihn was nach Philadelphia mitnehmen würden.«

»Boa! 'n irrer Bombenleger!«

»Er hat behauptet, daß es der Paß für seine Tochter ist«, sagte ich.

»Der Paß! Na, klar.«

Und dann ... ich weiß nicht, warum ich das dann gesagt habe.

Ich hatte wirklich vorgehabt, die Geschichte einfach so zu erzählen, wie sie passiert war, das schwöre ich. Aber dann hab ich gesagt: »Und als er *mich* gefragt hat, hab ich ›ja‹ gesagt.«

»Nein!«

»Doch«, sagte ich. (Einen Moment lang dachte ich, daß sie mir nicht glaubte.) »Er hat gesagt, daß ich ein ehrliches Gesicht hätte«, setzte ich hinzu. »Wie hätte ich da ablehnen können?«

»Dabei wollte er möglicherweise deinen Zug in die Luft jagen.«

»Na, schön, offensichtlich hat er's ja nicht getan«, sagte ich, »sonst säße ich jetzt nicht hier und würde dir die Geschichte erzählen. Nein, ich bin ziemlich sicher, daß es wirklich ein Paß war. Natürlich hab ich's nicht direkt nachgeprüft. Die Dame neben mir, eine blonde Dame, hat dauernd zu mir gesagt: ›Ach, riskieren Sie doch mal einen Blick! Nur einen winzigen Blick!‹ Aber ich hab's nicht getan.«

Wir fuhren langsamer und bogen in meine Einfahrt ein. Unsere Scheinwerfer erhellten die Terrasse mit zwei dunstgeschwängerten Lichtbalken.

»Na, egal«, sagte ich.

Ganz plötzlich fühlte ich so was wie 'ne Art innere Erschlaffung. *Wozu das Ganze? WOZU?* »Ich hab das Päckchen nach Philadelphia mitgenommen und seiner Tochter übergeben«, sagte ich. »Und das war's dann.«

Martine hatte jetzt den Motor auf Leerlauf geschaltet und hatte sich mir zugewandt. Für jemand, der so klein war, hatte sie eine schrecklich große Nase – einen imposanten Zinken, der sogar einen Schatten warf –, und die Augenbrauen über den stechend schwarzen Augen waren ebenfalls groß und kohlrabenschwarz. Sie sagte: »He, Barn. Hast du nicht Lust, mit auf die Fete von meinem Bruder zu kommen?«

»Wer, ich?«

»Weißt du, die würden sich bestimmt freuen. Und du könntest mir bei der Schatzsuche helfen.«

»Ach«, sagte ich. »Nö. Trotzdem vielen Dank.«

Dann klopfte ich ihr auf die Schulter (kleines knochiges Schulterblatt unter Schichten von glattem schwarzen Nylon) und sprang aus dem Wagen.

Als die Terrassenlampen diesmal aufflammten, waren sie mir nur lästig. Ich überquerte die Steinplatten und ging ohne mein übliches Spielchen die Kellertreppe hinunter, schloß die Tür zu meinem Zimmer auf und ging hinein; ich pellte mich aus meiner Jacke, ließ sie auf den Boden fallen und knipste auf dem Weg zur Küche das Licht an. Eigentlich war es mehr eine Hausbar als eine Küche. Aber sie hatte einen kleinen eingebauten Kühlschrank, und ich angelte darin nach einer Dose Bier. Dann schaltete ich den Fernseher ein, der oben auf der Bar stand. Ein aufgekratzter Löhli mit Fliege dachte laut darüber nach, was bei dem Regen wohl aus dem Silvesterfeuerwerk werden würde. Ich machte es mir auf der Couch bequem.

Die Couch war eine Schlafcouch mit zerknüllten Decken, die von der vorangegangenen Nacht noch unaufgeräumt war. Sonst gab es nur noch einen Schaukelstuhl, der mit einem glatten roten Kunststoff bezogen war, an dem ich im Sommer kleben blieb und der im Winter klamm wurde. Ich hatte noch nicht mal 'n Schrank – hab meine Klamotten einfach in den Regalen unter der Bar verstaut. Mein Herd war ein Kocher mit zwei Platten, und mein Badezimmer, in einer Ecke abgeteilt, bestand aus einem rostigen Ausguß und einem Klo; Duschgelegenheit eine Treppe höher. Jeden Samstagmorgen kam Mimi Hardesty auf Zehenspitzen die Treppe heruntergeschlichen, um in der Waschmaschine rechts neben dem Heizkessel die Familienwäsche zu waschen. Jeden Abend tobten die Hardesty-Gören oben über meinem Kopf herum und lärmten, bis die Deckenrosette der Lampenbefestigung leise zu summen begann wie ein Muschelgehäuse.

Na ja, das hört sich schlimmer an, als es war. Ich war wohl nur einfach ziemlich down an diesem Abend. ›Da sitze ich nun‹, dachte ich, ›bin demnächst dreißig und ein halber Obdachloser.

Und bringe meiner eigenen Tochter mehr Schaden als Nutzen. Ich lebe in einer Welt, wo alle alt oder krank oder behindert sind, wo so ungefähr der einzige Freund, den ich habe, ein Mädchen ist – und sogar der erzähle ich Lügen.‹

Und nicht mal eine Notlüge. Einfach eine angeberische, blöde, überflüssige Lüge.

Ich glaube, es war Mrs. Alfords Schuld. Oder nicht direkt ihre Schuld, aber dieser Job machte mich manchmal fix und fertig. Diese Leute mit ihren unechten Bäumen und ihrer unechten Fröhlichkeit; ihren geräuschgedämpften, nach Heizungsluft riechenden Häusern; ihren Enkelkindern, die auf dem Weg irgendwohin, wo es schöner war, schnell mal bei ihnen hereingeschneit kamen.

Dieser Kollege, der bei uns aufgehört hat: Gene Rankin, der hatte einen pfiffigen Einfall gehabt. Er hat sich einen Küchenwekker an den Gürtel gehängt, den er immer dann, wenn es mühsam wurde, klingeln ließ. »Hoppala«, sagte er darauf zu dem Kunden. »Ein Notfall, ich muß weg.« So mußte man es machen.

Wie ich zu dem Job bei Mrs. Dibble gekommen bin: Ich war neunzehn Jahre alt, hatte gerade die High School hinter mir und war auf der Suche nach einem Ferienjob, mit dem ich die Zeit bis zum Studienbeginn am College überbrücken konnte. Nur wollte mich niemand haben, weil die High School, in die ich gegangen war – seien wir ehrlich –, eher so 'ne Art Erziehungsanstalt war. Ganz zu schweigen davon, daß viele Leute in unserer Wohngegend Wut auf mich hatten, weil ich bei ihnen eingebrochen hatte und ihre Post gelesen hatte. Deshalb hörte sich mein Vater bei seinen Kuratoriumsmitgliedern um. (Er war damals Leiter der Stiftung.) Schließlich hat er dann diesen einen Knacker, Brandon Pearson, dazu überredet, mir Arbeit in seinem Baumarkt zu geben. Aber ich konnte sehen, daß Mr. Pearson seine Belegschaft über meine Gefährlichkeit ins Bild gesetzt hatte. Sie beobachteten jede Bewegung von mir mit Argusaugen und paßten auf, daß ich ja nirgendwo mit Geld in Berührung kam, obwohl es nicht Geld war, was mich in Versuchung führte. Ich bekam immer irgendwelche Belanglosigkeiten zu erledigen, und als der Geschäftsführer einmal merkte, daß ich damit beschäftigt war, einen zweiten Haustürschlüssel für einen Kunden anzufertigen, hat ihn fast der Schlag getroffen. Wahrscheinlich hat er gedacht, daß ich auch gleich noch einen für mich machen würde.

Ich arbeitete die zweite Woche in dem Job, da kam eine Frau in einem geblümten Kleid herein und wollte ein Brett kaufen. Das war Mrs. Dibble, obwohl ich das da natürlich noch nicht wußte. Sie sagte, daß dieses Brett 67,3 Zentimeter lang sein sollte, und ich sagte zu ihr, daß ich es für sie zurechtsägen würde. Ich wußte nicht, daß der Kunde das ganze Brett kaufen mußte. (Außerdem hatte sie so nette Lachfältchen in den Augenwinkeln.) Ich schnappte mir eine Säge vom Verkaufsrack an der Wand und legte los. Ich machte einen ziemlichen Krach dabei. Der Geschäftsführer kam angerannt. »Was ist das denn? Was ist denn hier los?«

»Oh, er sägt mir nur ein Stückchen Regalboden zurecht«, schrie Mrs. Dibble.

»Ja, ist denn das die Möglichkeit! Das ist doch gar nicht Ihre Aufgabe«, sagte Mr. Vickers zu mir. »Was denken Sie sich denn eigentlich?«

Ich weiß, da hätte ich aufhören müssen. Aber mir gefiel der Ton nicht, in dem er mit mir sprach. Ich tat so, als hörte ich ihn nicht. Sägte immer weiter. Als ich fertig war, trat ein abgründiges, hallendes Schweigen ein, und dann sagte Mr. Vickers klar und deutlich: »Sie sind entlassen, mein Junge.«

»Oh!« sagte Mrs. Dibble. »Oh, nein, werfen Sie ihn nicht raus! Er hat das nur gemacht, weil ich ihn darum gebeten habe! Ich habe ihn gebeten und beschworen; ich habe ihn auf Knien angefleht!«

Aber Mr. Vickers' Entschluß stand fest, das konnte man sehen. Keine Frage, daß er froh über den Vorwand war.

Ich war nicht allzu niedergeschmettert. Ich hätte den Laden sowieso nicht mehr viel länger aushalten können. Deshalb sagte ich zu Mrs. Dibble: »Ist schon in Ordnung.«

Aber Mrs. Dibble fing an, in ihrer Handtasche herumzukramen. Sie förderte eine cremefarbene Geschäftskarte zutage und sagte: »Bitte«, und gab sie mir.

Auf der Karte stand BIZEPS-VERMIETUNG AG. »Wenn Ihre Muskeln nicht mehr mitmachen.« Virginia Dibble. Gen.-Dir.

»Ihr neuer Arbeitsplatz«, sagte sie zu mir.

»Au«, sagte ich. »Mrs., ähm –«

»Unsere Kunden sind alt oder gebrechlich, oder es fehlt ihnen einfach nur etwas, und zuallererst fehlt ihnen Ihre Art Gutherzigkeit.«

»Ma'am«, sagte Mr. Vickers.

Und ich sagte: »Mrs. Dibble –«

Ich vermute, Mr. Vickers wollte sagen: »Ma'am, ich glaube, ich sollte Sie davon in Kenntnis setzen, daß dieser junge Mann ein abgeurteilter Straftäter ist oder abgeurteilt worden wäre, wenn seine Familie ihn nicht ausgekauft hätte.«

Und ich wollte sagen: »Mrs. Dibble, falls Sie daran gedacht haben, daß ich was Schweres heben soll, muß ich Ihnen leider sagen, daß ich an Muskelschwund leide.«

Aber sie ließ keinen von uns zu Wort kommen. »Morgen früh um neun«, sagte sie und tippte mit dem Zeigefinger auf die Karte. »Kommen Sie zu dieser Adresse.«

Später, als sie mich besser kannte, sagte sie zu mir, daß es meine stoische Haltung gewesen war, die sie für mich eingenommen hatte. »Daß Sie gegen das, was da passierte, nicht protestiert haben. Daß Sie keine Fisimatenten gemacht haben. Sie haben irgendwie zum Ausdruck gebracht: ›Na gut, wenn das Leben nun mal so ist.‹ Ich habe das bewundert. Ich fand das sehr Zen-mäßig von Ihnen.« Und sie klopfte mir auf den Arm und schenkte mir dieses warmherzige Lächeln, bei dem ihre Lachfältchen in Aktion traten.

Im Fernsehen wurden die Leute nach ihren guten Vorsätzen fürs neue Jahr gefragt. Die Passanten sagten, daß sie sich vorgenommen hatten, zehn Pfund abzunehmen oder mit dem Rauchen oder Trinken aufzuhören. Sie wollten in einen Gymnastikkurs gehen oder anfangen zu joggen. Irgendwie hatte es immer was mit dem Körper zu tun. Außer bei diesem einen Typ – so 'n schlaksiger Schwarzer in einem Parka mit Kapuze. Der sagte: »Tja, ich kann mich einfach nicht entscheiden. Vielleicht geh ich wieder zur Kirche. Vielleicht melde ich mich in 'ner Fahrschule für Lasterfahrer an. Ich kann einfach keinen Entschluß fassen.«

Als ob nur ein einziger guter Vorsatz pro Jahr erlaubt wäre.

Ich trank mein Bier aus und stellte die Dose auf den Boden neben dem Telefon. Mein Anrufbeantworter blinkte, aber ich erwartete keine umwerfenden Neuigkeiten zu dieser Zeit. Es sei denn, irgendein Bekannter gab 'ne Fete, und es fiel ihm plötzlich mein Name ein. Ich beugte mich vor und drückte auf den Knopf.

»Barnaby«, sagte meine Mutter, »hier sind Mom und Dad.«

Na, toll.

»Wir wollten dir nur ein glückliches neues Jahr wünschen, Schatz. Wir hoffen, daß es der Anfang von lauter Gutem sein wird – gute Nachrichten, gute Vorsätze, ein ganz neuer Anfang! Ruf uns doch mal an, wenn du Zeit hast. Wiederhören.«

Klick.

Ich ließ mich auf mein Bett zurückfallen und starrte an die Decke. ›Wir hoffen, daß es das Ende von all dem Kummer ist, den du uns bereitet hast‹, das war es, was sie wirklich sagte. ›Wir hoffen, daß du endlich, endlich vorhast, dich zu bessern; wir hoffen, daß du dieses Jahr ein nettes Mädchen kennenlernst und einen Job findest, von dem wir unseren Nachbarn erzählen können, ohne daß wir uns schämen müssen. Wir hoffen, daß du endlich Instruktionen von deinem Engel bekommst.‹

Ja, warum kam mir da dieser Gedanke?

Ich weiß es nicht, aber er kam mir.

Sophia Was-nochmal? Maynard. Die Frau im Zug. Angenommen, Sophia Maynard war mein Engel.

Das war natürlich Unsinn. Ich hatte mich über den Quatsch mit den Engeln lustig gemacht, seit ich alt genug war, um geradeaus zu denken. Wenn das nicht die Gaitlins *in nuce* waren, sagte ich immer zu ihnen: Sie bildeten sich ein, daß sie sogar zum Himmel einen Draht hätten!

Und trotzdem.

Ich sah ihr goldblondes Haar, ihren Federmantel, ihren Knoten, der einem Zopf (so kam es mir jetzt vor) gar nicht so unähnlich war.

Das Problem bestand darin, daß ich offenbar der erste Gaitlin in der Geschichte war, der keinen Schimmer davon hatte, was sein Engel ihm hatte sagen wollen.

3

Sie hatte wieder den Federmantel an und dieses Mal Stiefel statt der Halbschuhe, die sie letzte Woche getragen hatte. (Über Nacht war ein leichter Schnee gefallen – die Art rücksichtsvoller Schnee, die auf dem Rasen liegenbleibt und auf Straßen und Gehwegen schmilzt.) Würde ein Engel gefütterte schwarze Nylonstiefel mit Kunstpelzbesatz tragen? Na, sicher; warum nicht? Genausogut konnte er in Penn Station auf einer Bank sitzen und in der *Baltimore Sun* lesen.

Ich schob mich näher heran und tat so, als wollte ich zum Fenster hinter ihr hinausschauen. Der Zehn-Uhr-zehn-Zug war laut Anzeigetafel ausnahmsweise pünktlich. Ich konnte nur ein leeres Stück Gleis sehen, aber ich stützte mich mit einem Knie auf die Bank, lehnte die Stirn an die Scheibe und spähte hinunter. Ich glaube, sie fühlte sich bedrängt. Sie kroch irgendwie in sich zusammen; versteckte sich hinter der Zeitung. Ich überließ ihr wieder die Bank und wandte mich ab, um ihr zu zeigen, daß von mir keine Gefahr ausging.

Natürlich hätte sie das gewußt, wenn sie wirklich mein Engel gewesen wäre.

Schauen wir mal, was *ich* anhatte: weißes Oxfordhemd und braune Cordhose. Keine Krawatte (es gab schließlich Grenzen), aber ich hatte statt meiner Lederjacke mein einziges Tweedjackett angezogen, hatte mir, so gut ich konnte, die Haare gestutzt und mich morgens rasiert. Ich war so glattrasiert, daß mir mein Gesicht ganz fremd vorkam. Fühlte sich irgendwie wie Kunststoff an. Oder wie lackiert. Die Haut spannte mir straff über die Knochen, so kam es mir vor.

Als der Lautsprecher meinen Zug ankündigte, ging ich vor allen anderen die Treppe zum Bahnsteig runter, damit sie nicht dachte, daß ich ihr folgte. Und unten blieb ich mit dem Rücken zur Treppe stehen. Ich spürte aber ihr Näherkommen, wie man einen Luftzug, einen plötzlichen Temperaturwechsel in einem Zimmer spürt. Ihre Präsenz, die die Treppenstufen herabschritt. Ich hielt den Blick starr auf irgendeinen Punkt am fernen Ende des Schienenstrangs gerichtet.

Zwei junge Frauen standen in der Nähe. Es waren Schwestern, allem Anschein nach, beide dunkelhaarig, hübsch und ganz in Schwarz gekleidet. Die größere versuchte die kleine zu überreden, mit ihr bis nach New York zu fahren. Die kleine beharrte darauf, daß sie in Philadelphia aussteigen wollte. Ich schätzte die Zahl der übrigen Fahrgäste: allerhöchstens zwanzig. Es durfte Sophia nicht allzu schwerfallen, eine Sitzbank zu finden, wo sie alleine saß. Dann würde ich daherkommen, lässig, wurschtig. »Ist dieser Platz noch frei?« Oder vielleicht gar nicht fragen. Einfach hinsetzen, plumps, und irgendwo in die Gegend gucken, bevor sie sagen konnte, daß sie den Platz für einen Freund freihielt.

Nicht, daß sie richtig lügen würde, das würde sie nicht.

Aber einfach auf Nummer sicher gehen.

Am Horizont tauchte unser Zug auf, noch war er nur ein Pünktchen, aber er wurde größer. Ich trat näher an die Bahnsteigkante. Der Mann neben mir trug Kopfhörer und hatte den Bügel unter dem Kinn statt über dem Kopf, was ihn wie eine bärtige Ausgabe von Abraham Lincoln aussehen ließ. Unmittelbar hinter ihm kramte Sophia in ihrer Handtasche nach der Fahrkarte, obwohl es noch lange nicht Zeit war, sie griffbereit zu haben.

Der Zug hielt neben uns an. Abe Lincoln und die zwei Schwestern stiegen durch die Tür ein, die mir am nächsten war, aber ich ging zu der Tür hinüber, an der Sophia wartete. Mehrere Leute stiegen aus, und dann stieg eine Frau mit einem Säugling ein. Sophia folgte ihr. Der nächste war ich. Ich war zu dicht hinter ihr, blieb ein wenig zurück und wartete ab.

Leider war der Wagen fast leer. Da würde sie sich natürlich fragen, warum ich mir nicht eine Sitzbank für mich alleine suchte. Dumm. Sie entschied sich für einen Platz auf der rechten Seite, und einen schrecklichen Moment lang sah es so aus, als wollte sie auf dem Platz am Gang sitzenbleiben, dann rückte sie aber mit einer raschen Bewegung ans Fenster rüber. Und das war auch gut so, denn ich hatte einer ganzen Menschenschlange hinter mir den Weg versperrt. Blitzschnell setzte ich mich neben sie. Sie schaute unverwandt zum Fenster hinaus.

Fahrgäste schlurften den Gang entlang, und ich betrachtete ihren Hinterkopf, wenn sie an mir vorbeigegangen waren. Ein Kid mit einem Irokesenschnitt – stoppelige weiße Kopfhaut und gepiercte Ohren. Zwei Nonnen mit kurzen marineblauen Schleiern, in unförmigen Mänteln und klobigen Schuhen. Ein gebückter alter Mann taperte vorbei. Ich gab mir solche Mühe, stillzusitzen und mit meinem Ellbogen nicht an Sophias Ellbogen zu kommen, daß ich ganz steif war. (Normalerweise ruckte und zuckte und zappelte ich mit den Füßen und trommelte mit den Fingern.) Nichts zu machen: Ich hatte irgendwie kalte Füße. Muffensausen.

Einen Mordsschiß, um ehrlich zu sein.

Der Zug vibrierte und setzte sich in Bewegung. Sophia suchte irgend etwas in der Tasche, die neben ihren Füßen stand, und förderte ein Stück Zeitung zutage. Es war so gefaltet, daß der Wirtschaftsteil obenauf war. Der Wirtschaftsteil! Gott im Himmel. Ich fragte mich, warum ich mich selbst an der Nase herumführte. Hatte ich einfach nichts anderes, womit ich meinen Kopf beschäftigen konnte? Oder was?

Wir fuhren an winterlichen Hinterhöfen vorbei, wo die Leute Holzabfälle, rostige Schaufeln und hochkant gestellte PVC-Planschbecken deponiert hatten – alles mit Schnee überzogen. Der Schaffner kam durch den Wagen und sagte: »Die Fahrkarten, bitte!« Als Sophia dem Schaffner ihre Fahrkarte gab, sah ich, daß sie eine Timex-Uhr mit einem breiten schwarzen Lederarmband trug.

Von ihr hatte ich bestimmt keine Botschaft zu erwarten. Sie ärgerte sich bloß darüber, daß ich mich neben sie gesetzt hatte; und da saß ich nun wie ein Idiot und wartete darauf, daß sie mir sagte, wie ich mein Leben leben sollte.

Sie hätte mich ausgelacht, wenn sie das gewußt hätte.

Als mein Urgroßvater *seinen* Engel sah, brachte sie die Luft in der Holzmanufaktur zum Leuchten. Ein von ihr ausgesäter »Goldstaub, der im Dämmer hing«, berichtete er, »beglückte uns noch eine Stunde mindestens, nachdem sie ging«. Der Reim war Absicht. Urgroßvater hatte seinen Bericht als Versepos mit dem Reimschema A, A, A... verfaßt, bis ihm offenbar die Wörter ausgingen, die auf A enden, und fuhr dann mit dem Reimschema B, B, B fort... und so weiter. Es war nicht unbedingt das, was man ein literarisches Meisterwerk nennen würde. Allerdings hütete meine Familie es wie einen Schatz. Sie bewahrten es in einem Bücherschrank mit Glastüren im Arbeitszimmer meines Vaters auf. Ein in graues Leinen gebundenes Hauptbuch mit braunen Lederecken, das auf den ersten drei Seiten eine mit Bleistift geschriebene Kontenführung enthielt und dessen folgende siebzehn Seiten die Überschrift ›Ein schicksalhafter Besuch im April 1898‹ trugen. Seit dieser Zeit ist es Tradition bei uns, daß *jeder* Gaitlin einen Bericht über seinen Engel anfertigt. Allerdings war der von meinem Urgroßvater der einzige in Gedichtform. Ich selber hatte vor, bei der Prosa zu bleiben, wenn es soweit war. Und gleich von Anfang an würde ich meine Zuverlässigkeit, meine angeborene Solidität und Vertrauenswürdigkeit hervorheben. Es ist verkehrt, geschwollen und poetisch zu werden, wenn man einen Leser davon überzeugen will, daß man einen Engel gesehen hat.

Sophia sagte: »Entschuldigen Sie, bitte.«

Sie hielt jetzt ihre Tasche in beiden Händen, war bis an die Kante von ihrem Sitzplatz vorgerutscht, hatte die Knie in meine Richtung gedreht und schickte sich an aufzustehen. Ich sagte: »Oh!«, erhob mich und trat in den Gang. Sie schlängelte sich vorbei, stattlich und breithüftig, und ging nun auf das vordere Ende des Wagens zu. Wollte sie mich verlassen? Was hatte sie vor? Ich setzte mich wieder hin und sah zu, wie sie erst an einem und dann noch an einem zweiten leeren Platz vorbeiging, was mich halbwegs beruhigte. Sie machte auch an der Toilette nicht halt, sondern verschwand durch die Tür am Ende des Wagens. Vielleicht wollte sie sich was zu essen kaufen. Und ihr entwertetes Ticket steckte noch oben im Fahrkartenhalter, ihre Zeitung lag noch auf dem Sitz. Ich war ziemlich sicher, daß sie zurückkommen würde.

Ich sah nach, was für Meldungen sie gelesen hatte. Pläne für die Fusion zweier Banken. Wachsende Besorgnis über den Kursverfall der Staatsanleihen von Maryland.

Wahrscheinlich war sie irgend so 'ne Art Finanzspekulantin. Und ich war total meschugge; diese Zugfahrt hatte mich für nichts und wieder nichts 'ne Stange Geld gekostet, ganz zu schweigen vom Wohlwollen meiner zahlungsfreudigsten Kundin. Ich hatte heute alle Vorhänge von Mrs. Morey zum Waschen abhängen sollen. Und ich hatte ihr im allerletzten Moment gesagt, daß ich verreist wäre. »Verreist?« sagte sie. »Sie können nicht verreist sein! Es ist keine Philadelphia-Woche; heute ist der erste Samstag im Monat!«

Oh, für die Hälfte aller alten Damen von Baltimore war mein Leben ein weit geöffnetes Buch.

Plötzlich stieg der Lärmpegel, ich blickte zum vorderen Ende des Wagens und sah Sophia zur Tür hereintreten und würdevollen, gemessenen Schrittes zurück in meine Richtung wallen. Sie hatte mich schließlich doch nicht verlassen. Ich war so voller Dankbarkeit, daß ich einen Moment lang dachte, sie hätte ein Geschenk für mich, als ich bemerkte, daß sie etwas in den Händen hielt. Aber es war bloß ein Styroporbecher mit Kaffee. Sie blieb neben mir stehen, ich sprang auf und – o Gott!

Stieß gegen ihren Kaffee. Er ergoß sich ihr vorn über den ganzen Mantel.

»Ach du grüne Neune!« sagte ich. »Ich bin so ein – o Gott, ich werd nicht mehr! Ich bin so ein schrecklicher –«

»Schon gut«, murmelte sie, aber so leise und unwillig, daß man hören konnte, es war nicht gut. Und wer konnte ihr das verdenken? Dunkle Flecken verunzierten den Federmantel. Sogar ihre Hände waren naß. Sie schwenkte eine Hand in der Luft und hielt mit der anderen den Becher fest. »Gestatten Sie«, sagte ich und nahm ihr den Becher ab – wir standen beide noch in gespannter Haltung da und federten die Schaukelbewegungen des Zuges ab –, damit sie ein Papiertaschentuch aus ihrer Tasche angeln konnte. Sie wischte sich die Hände ab, rettete sich auf ihren Sitz und begann, an den Flecken auf ihrem Mantel herumzutupfen. Ich setzte mich vorsichtig neben sie. »Ich könnte mich ohrfeigen«, sagte ich. Noch durch das Styropor fühlte ich, daß der Kaffee heiß war, was alles nur noch schlimmer machte. »Sie haben sich hoffentlich nicht verbrannt«, sagte ich zu ihr.

Sie sagte: »Nein ...«, hörte auf, an ihrem Mantel herumzureiben, und sah zu mir her. In freundlicherem Ton setzte sie hinzu: »Wirklich. Es ist alles in Ordnung. Ich hätte mir von dem Verkäufer einen Deckel draufmachen lassen sollen, wie er's mir angeboten hat.«

»Na ja, wie konnten Sie ahnen, daß Sie neben so einem unbeholfenen Trottel sitzen würden«, sagte ich. Ich gab ihr den Becher. Dann nahm ich ihr das zu einer Wurst zusammengedrehte, durchgeweichte Papiertaschentuch aus der Hand und stopfte es in die Plastiktasche an der Rückenlehne vor mir. »Ich glaube, es waren die Nerven«, sagte ich zu ihr. »Ich bin wahrscheinlich ein bißchen nervös.«

»Nervös? Wegen einer Zugfahrt?«

Ich sah ihr in die Augen. ›Verstehst du denn nicht?‹ war der Gedanke, den ich ihr zusandte, aber sie erwiderte meinen Blick freundlich und ohne ein Anzeichen des Verstehens. Ihre Augen waren blau. Ihr Mund war groß, schön geformt und mit einem allzu leuchtenden Rotton geschminkt. Der puderbestäubte Flaum an der Silhouette ihres Kinns glänzte golden im Gegenlicht aus dem Fenster hinter ihr.

Ich sagte: »Ich, äh, bin unterwegs nach Philadelphia, um meine kleine Tochter zu besuchen, obwohl heute nicht mein Besuchstag ist.«

»Ah«, sagte sie. »Nun, ich bin überzeugt davon, daß schon alles gutgehen wird.«

War das eine offizielle Prophezeiung? Nein, natürlich nicht. Reiß dich zusammen, Gaitlin! Sie trank einen Schluck von dem verbliebenen Kaffee und rückte auf ihrem Platz hin und her, damit sie die Zeitung unter sich hervorholen konnte. Ich sagte: »Und außerdem!« (Ich war bereit, nach jedem Strohhalm zu greifen. Ich wollte das Gespräch nicht abreißen lassen.) »Nicht nur, daß heute nicht mein regulärer Besuchstag ist, es soll in Zukunft *gar keinen* Besuchstag mehr für mich geben.«

Ihr Blick kehrte wieder zu mir zurück. »Warum das denn?« fragte sie schließlich.

»Letztesmal hatte ich Probleme mit meinem Auto und bin zu spät gekommen, und ihre Mutter hat behauptet, ich hätte ihr das Herz gebrochen«, sagte ich.

Dann fügte ich hinzu: »Meinem kleinen Mädchen, nicht ihrer Mutter. Der Himmel weiß, nicht ihrer Mutter.«

Sophia lachte. Ein schwacher Duft von Blüten, vermischt mit Kaffee, streifte mich, als hätte sie Rosenblätter gekaut.

»Also fahre ich heute aufs Geratewohl hin«, sagte ich. »Ich weiß nicht mal, ob Opal zu Hause ist.«

Was ja nun leider Gottes auch durchaus stimmte. Ich hatte an Opal gar nicht gedacht. Ich hatte vorgehabt, auf dem Absatz kehrtzumachen und mit dem nächsten Zug zurückzufahren, sobald ich in Philadelphia angekommen war. Aber ich sagte: »Kinder brauchen ihren Vater. Man kann solche Bindungen nicht einfach zerreißen.«

»Nein, das kann man wirklich nicht«, sagte sie zu mir. »Wie alt ist sie denn?«

»Sie ist, ähm, neun? Ja, neun.«

»Oh, mit neun brauchen sie unbedingt ihren Vater.«

»Das Problem ist nur«, sagte ich (in Ermangelung eines anderen Gesprächsthemas), »ich bezweifle, daß meine Besuche überhaupt etwas sind, worauf sie sich freut. Ich hab sie einmal im Monat besucht, und das war's dann. Immer am letzten Samstag im Monat. Wenn sie noch so jung sind, können sie sich in einem Monat total verändern! Ganz zu schweigen davon, daß sie ein Mädchen ist. Was verstehe ich schon von Mädchen? Haben Sie Töchter?«

»Oh, nein«, sagte Sophia. Sie zögerte einen Moment, dann setzte sie hinzu: »Ich bin genaugenommen nicht verheiratet.«

Ich wäre wirklich überrascht gewesen, wenn sie mir gesagt hätte, daß sie verheiratet ist, aber ich sagte nur: »Sie sind zumindest mal ein kleines Mädchen *gewesen*. (Obgleich ich mir selbst da nicht ganz sicher war.) Sie können sich daran erinnern, wie das ist.«

»Ja, ja, aber ich fürchte, ich bin nicht repräsentativ«, sagte sie. »Ich war ein Einzelkind. Ich glaube, das trägt dazu bei, daß Kinder länger kindlich bleiben, meinen Sie nicht auch?«

»Opal ist auch ein Einzelkind«, sagte ich. »Oh, entschuldigen Sie – ich heiße Barnaby Gaitlin.«

»Sophia Maynard«, sagte sie zu mir.

»Wenn man Sie nach Ihrer Meinung fragen würde, Sophia«, sagte ich, »zu welcher Grundsatzentscheidung würden Sie jemand in meiner Lage raten?«

»Ich würde Ihnen natürlich raten, nicht lockerzulassen«, sagte sie.

»Nicht lockerzulassen?«

»Aber ganz gewiß! Ich versichere Ihnen, daß Opal ihren Daddy unter allen Umständen auch weiterhin sehen will.«

»Ach, Opal«, sagte ich.

Opal hatte mich eigentlich nie »Daddy« genannt. Das hörte sich nach jemand anderem an – jemand, der sie in faden Lokalen mit beflockten Tapeten zu einer Shirley Temple einlud. Ich kam mir langsam wie ein Schwindler vor.

»Aber das muß ich Ihnen doch nicht sagen«, meinte Sophia, »sehen Sie sich doch an.«

»Bitte?«

»Sie sind doch schon unterwegs zu ihr!«

»Ach so. Nur daß dieser, na ja, dieser Besuch einfach eine – rein zufällige Unternehmung war, sozusagen.«

»Ich weiß genau, was Sie meinen«, sagte Sophia.

»Wirklich?«

»Die Intuition ist manchmal unser zuverlässigster Wegweiser, meinen Sie nicht auch?«

»Die Intuition? Hm«, sagte ich und spitzte die Ohren.

»Sie können die *Eingebung* haben, einen Zug zu besteigen, ohne daß Sie wissen, warum Sie das tun«, sagte sie.

»Tatsächlich?«

»Und wenn Sie zu Ihrer Exfrau kommen, werden Sie die Eingebung haben, genau die Worte zu finden, die sie dazu bewegen werden, ihre Meinung zu ändern.«

»Aber hören Sie«, sagte ich, »ich bin nicht sicher, ob im Augenblick ... ich glaube, daß meine familiäre Situation jetzt gar nicht mehr das Vordringlichste ist.«

»Ich will Ihnen eine Geschichte erzählen«, sagte Sophia.

Ich wurde mucksmäuschenstill. Ich sagte: »Okay.«

»Vor zwei Wochen bin ich zu Besuch zu meiner Mutter gefahren. Na schön, ich mache das jede Woche; sie ist schon älter und lebt allein. Aber dieses Mal war sie so schlecht gelaunt und streitsüchtig. Ich habe ihr einen Tee gekocht, und sie sagte: ›Der Tee schmeckt modrig.‹ ›Modrig?‹ sagte ich. ›Ich hab ein frisches Päckchen Teebeutel angebrochen, wie kann er da modrig schmekken?‹ Und sie sagte: ›Ich weiß es nicht, aber er tut es.‹ Und daraufhin ich: ›Na schön, Mutter.‹ Das war noch nicht mal eine Viertelstunde, nachdem ich gekommen war, stellen Sie sich das vor. Ich war noch mitgenommen von der Reise. Aber ich sagte:

›Na gut, Mutter‹, nahm meine Tasche und zog los, um neue Teebeutel zu kaufen. Ich ging in die Richtung, wo in der Nähe der kleine Laden ist, und als ich dort hinkam, wissen Sie, was ich gemacht habe? Ich bin geradewegs dran vorbeigegangen, bin immer weiter- und weitergegangen, bis ich zum Bahnhof 30. Straße kam, und dort bin ich in einen Zug gestiegen und bin nach Hause gefahren. Und die ganze Fahrt über hab ich gedacht: ›O Gott, was hab ich getan?‹ Dann hat irgend etwas zu mir gesagt: ›Du hast die Eingebung gehabt, das zu tun, deshalb muß es richtig sein.‹ Also, was ich sagen wollte, an dem Abend hat mich meine Mutter angerufen, was sie sonst fast nie tut – sie hat so eine altmodische Einstellung zum Telefonieren –, und sie sagte: ›Ich möchte mich entschuldigen, Sophia. Ich weiß nicht, was in mich gefahren war. Ich habe mein Verhalten den ganzen Tag über bereut, und ich verspreche dir, daß ich mich zusammennehmen werde, wenn du nächste Woche kommst.‹ Und getreu ihrem Wort war sie am vergangenen Samstag, als ich wieder zu ihr kam, ein völlig anderer Mensch.«

Mir war nicht klar, was *ich* mit dieser Geschichte zu tun hatte. Ich sagte: »Tja, das ist sehr interessant.«

Sie muß meine Enttäuschung gespürt haben, denn sie sagte: »Sie finden, daß ich mich schrecklich benommen habe, nicht wahr?«

»Nein, nein. Ganz und gar nicht.«

»Sie sind schockiert darüber, daß ich sie einfach so habe sitzenlassen.«

»Ich bin überhaupt nicht schockiert«, sagte ich. »Ich weiß Bescheid über diese betagten Altvorderen. Über die Sorte, die sich von vorne bis hinten bedienen läßt, und die Sorte, die sich partout nicht helfen lassen will, die bescheidene, altruistische Sorte und die verschrobene, mäkelige, unzufriedene Sorte ... Ich glaube, es gibt kein Modell im Angebot, das ich nicht kenne. Das sind in erster Linie die Kunden meiner Firma.«

»Was ist das für eine Firma?« wollte Sophia wissen.

»Sie heißt Bizeps-Vermietung. Wir gehen zu den Leuten nach

Hause und erledigen die Arbeiten für sie, denen sie nicht mehr so recht gewachsen sind.«

»Oh, was für eine nützliche Dienstleistung!«

»Nun ja, wir tun, was wir können«, sagte ich. (Ich wollte in einem möglichst guten Licht erscheinen.) »Und was machen Sie?«

»Ich arbeite bei einer Bank. In der Wechselkreditabteilung«, sagte sie. Und während ich das verdaute, lachte sie kurz auf und sagte: »Nichts entfernt so Hilfreiches wie das, was Ihre Firma tut!«

»Oh, ich weiß nicht«, sagte ich. »Ein Kredit kann äußerst hilfreich sein.«

Ihre Mundwinkel senkten sich und verformten das Gesicht zu einer leichten Grimasse. (Ihr völlig unbewußt.) »Und können die Leute einfach anrufen, und Sie schicken dann jemand vorbei?« wollte sie wissen. »Oder geht das irgendwie nach dem Kalender?«

»Sowohl als auch. Wir bieten beides an«, sagte ich zu ihr.

»Wäre es zum Beispiel möglich, daß man einer Kundin die Einkäufe ins Haus trägt oder den Abfalleimer nach draußen bringt? Diese lästigen kleinen Alltagsdinge?«

»Oh, die lästigen kleinen Alltagsdinge sind unsere Spezialität«, erklärte ich ihr. Dann dämmerte mir, daß sie möglicherweise an ihre Mutter dachte, deshalb setzte ich hinzu: »Wir arbeiten aber nur in Baltimore.«

»Ich habe an meine Tante Grace gedacht. Sie lebt in Baltimore und ist noch nicht auf fremde Hilfe angewiesen. Sie würden es nicht für möglich halten, wie unabhängig sie noch ist. Aber sie hört allmählich schlecht, und sie ist brüchig wie dürres Holz; sie hat Probleme mit den Knochen. Es kommt vor, daß sie sich einfach so einen Knochen bricht, wenn sie nicht aufpaßt.«

»Osteoporose«, meinte ich sachkundig.

»›Tante Grace‹, sage ich immer zu ihr, ›du mußt jemand um dich haben! Such dir eine Hausgenossin, die bei dir wohnt und dir dieses und jenes abnimmt!‹ Aber *oh*, nein, nein. Doch nicht Tante Grace. ›Ich möchte mein Haus für mich allein haben‹, sagt sie, und natürlich kann man ihr das im Grunde nicht verdenken.«

»Ja, wir haben so etwas jeden Tag vor Augen«, sagte ich, und in dem Bemühen, wieder auf das alte Thema zurückzukommen, setzte ich hinzu: »Aber wie auch immer. Sie glauben also an Intuition.«

»Ja, sicher.« Sie nickte ein paarmal mit dem Kopf und umschloß den Kaffeebecher mit beiden Händen.

»Sie glauben also, daß man zum richtigen Handeln einfach hingeleitet wird.«

»Aber ja«, sagte sie zu mir.

Ich hielt mich für eine Weile zum Stillsein an. Ich offerierte ihr eine geraume Spanne Schweigen zum Auffüllen; ich setzte eine Miene auf, von der ich hoffte, daß sie Aufnahmebereitschaft signalisierte. Doch sie ließ ihre Chance ungenutzt verstreichen. Sie trank nur einen Schluck von ihrem Kaffee. Neben ihrem Kopf huschten kahle Bäume vorbei.

»Also«, sagte sie schließlich.

Ich saß jetzt so bolzengerade da, daß man hätte annehmen können, mich hätte ein elektrischer Schlag getroffen.

Aber sie sagte nur: »Erzählen Sie mir mehr von Ihrer Firma.«

»Meiner Firma«, echote ich.

»Wie viele Leute sind dort beschäftigt? Würden Sie sagen, daß sie erfolgreich ist?«

»Oh, ja, das Geschäft läuft prima.«

Und da gab ich auf und ließ mich einfach mit der Strömung treiben – ich erzählte ihr von den beiden Firmenporträts, die in der Zeitung erschienen waren, und von den Briefen, die wir von dankbaren Kunden und ihren Angehörigen bekamen, von ihren Söhnen und Töchtern, die irgendwo anders wohnten und jetzt nachts wieder ruhig schlafen konnten, weil wir es übernommen hatten, die schweren Gegenstände ihrer Eltern hin- und herzuräumen. Sophia hielt mit leicht schräggeneigtem Kopf den Blick unverwandt auf mein Gesicht gerichtet. Ich begriff, daß sie einen ausgezeichneten Kreditberater abgeben mußte. Sie hatte so eine Art, die Bereitschaft erkennen zu lassen, daß sie den ganzen Tag zuhören konnte.

Ich beschrieb ihr meine Lieblingskunden – die kleine schwarze Großmutter, die nicht zu bremsen war, deren Kinder uns immer einen Notruf schickten, wenn sie sich wieder mal zu übernehmen drohte (»Kommen Sie schnell! Mama schwört, daß sie heute im oberen Stock die Fenster putzt!«); und unsere »Tallulah-Bankhead«-Kundin, Maud May, die in einer langen Elfenbeinspitze Zigaretten rauchte, literweise Martini trank und mich »Dahling« nannte. Dann das Kuriositätenkabinett. Ditty Nolan, die erst vierunddreißig war, und körperlich so fit wie ich, die aber nicht in der Lage war, sich der Außenwelt zu stellen. Oder Mr. Shank, ein bemitleidenswerter, einsamer Mann, der vor allem aus unseren Offerten »wir nehmen auch den kleinsten Auftrag an« und »wir sind rund um die Uhr für Sie da« Nutzen zog und mitten in der Nacht bei uns anrief und darum bat, daß sofort jemand zu ihm kam, um irgendeinen läppischen, an den Haaren herbeigezogenen Job zu machen wie das Befestigen eines Schlafzimmerfensterladens, der im Wind hin und her klappte.

Als wir dann in Wilmington ankamen, war ich bei Mrs. Gordoni angelangt, die sich unser Honorar nicht leisten konnte, die uns aber dringend brauchte (rheumatische Arthritis), so daß wir unsere Rapportbögen immer frisierten – bloß eine halbe Stunde aufschrieben, wenn wir den ganzen Vormittag bei ihr waren. »Eine ganze Weile wußte keiner von uns, daß die andern es genauso machten«, sagte ich. »Dann ist alles rausgekommen. Unsere beiden weiblichen Angestellten, Martine und Celeste: die haben gar keine Stunden aufgeschrieben, wenn sie bei ihr gewesen waren. Was sehr viel leichter auffällt, als wenn man zu wenig aufschreibt.«

»Ach, wie schön«, sagte Sophia. »Dieser Art von Gutherzigkeit begegnet man nicht oft im Geschäftsleben.«

»Oh, ich wollte mich nicht rausstreichen«, sagte ich. »Ich meine, gewöhnlich verlangen wir Geld für unsere Arbeit.«

»Trotzdem«, sagte sie und bedachte mich mit einem langen, ernsten Blick, und dann nickte sie, als teilten wir ein Geheimnis. Aber ich wußte nicht, *was* für ein Geheimnis. Und ehe ich noch etwas sagen konnte, ging der Schaffner durch den Wagen und rief Philadelphia aus.

Selbst jetzt hatte ich die Hoffnung auf irgendeine Art Offenbarung noch nicht aufgegeben. Ich fuhr fort, jede noch so beiläufige Bemerkung von ihr hin und her zu wenden, und ließ ihr jede Chance, meinem Leben eine neue Richtung zu geben. Beim Aussteigen sagte sie zum Beispiel: »Sehen Sie nur, wieviel schneller die Leute sich hier bewegen«, und ich blinzelte und sah mich um. Schneller? Die Leute? Sich bewegen? Was war der tiefere Sinn davon? Aber ich sah nur die gewohnte Menschenmenge, die wie gewohnt zur Treppe strudelte. »Es überrascht mich immer wieder, wie anders die Atmosphäre in Philadelphia ist als in Baltimore«, sagte sie, und ich sagte: »Atmosphäre. Ja«, und stolperte, als ich mich anschickte, die Treppe hinaufzugehen, so sehr war ich damit beschäftigt, die Atmosphäre unter die Lupe zu nehmen.

In der Bahnhofshalle blieb ich stehen, wandte ihr das Gesicht zu und fragte mich, ob nicht wenigstens ihr Abschiedsgruß irgend etwas Instruktives für mich enthalten könnte. »Also«, sagte ich, »es hat Spaß gemacht, sich mit Ihnen zu unterhalten.«

»Ja, dasselbe kann ich auch von mir sagen!« erwiderte sie. Aber sie blieb nicht stehen, und so war ich gezwungen, ihr zu folgen. Sie sagte: »Ich fand das über Ihre Firma so faszinierend. In welche Richtung müssen Sie?«

»In welche Richtung muß ich?« wiederholte ich und hörte mich an wie ein Vollidiot.

»Wohnt Ihre Tochter hier in der Nähe?«

»Oh. Ja, sie wohnt beim Rittenhouse Square.«

»Meine Mutter auch. Wollen wir zusammen ein Taxi nehmen?«

»Also –«

Ich war nie auf den Gedanken gekommen, daß am Ziel der Reise mein Tun und Lassen vor den Augen eines Beobachters stattfinden könnte. Ich sagte: »Nein, danke. Ich –«

»Obwohl – es ist *wirklich* ein schöner Tag zum Laufen«, meinte sie.

Ein schöner Tag?

Wir gingen hinter einer Gruppe von Teenagern zum Ausgang 29. Straße hinaus, wobei ich allerdings absichtlich langsam ging und fieberhaft überlegte, wie ich da wieder rauskommen konnte. Angenommen, Sophias Mutter wohnte durch irgendeinen gräßlichen Zufall bei Natalie im Haus. Was dann?

Das Wetter war besser geworden, fand ich, als wir auf der Straße ankamen. Es war etwas wärmer geworden, und die Sonne versuchte zu scheinen. Ich sagte: »Man kann sich aber trotzdem noch kalte Füße holen.« Ich sah zu der Schlange von wartenden Taxis hinüber, in der Hoffnung, sie würde es sich anders überlegen und doch noch eins nehmen. Aber sie ging schnurstracks daran vorbei, und, richtig, sie hatte ja diese Stiefel an.

In der Market Street fragte sie: »Haben Sie denn irgendein Mitbringsel für Ihre Tochter?«

»Nein«, sagte ich. Ich schlug den Kragen von meinem Jackett hoch. (Tweed war nicht halb so warm wie Leder.) »Es war ein so plötzlicher Entschluß. Sie ist wahrscheinlich noch nicht mal zu Hause«, sagte ich. »Ich sollte meine Verluste nicht noch vergrößern und den nächsten Zug nach Hause nehmen.«

»Wie dumm«, sagte Sophia, die mich anscheinend nicht hörte. »Wenn ich daran gedacht hätte, hätten wir am Bahnhof noch was besorgen können. Da sind doch all diese Läden.«

»Das ist nicht schlimm«, sagte ich. »Ich hätte sowieso keine Ahnung gehabt, was ich ihr kaufen soll.«

»Sie hätten ein Stofftier nehmen können. Irgend so was. Alle kleinen Mädchen mögen Stofftiere.«

Wir wichen einem entgegenkommenden Mann mit einem Einkaufswagen voller Lumpen aus. Sophia war jetzt in die Gangart eines gemächlichen Flanierens verfallen. Ich hatte das Gefühl, daß mich jemand hinten festhielt. »Als *ich* neun war«, sagte sie, »war mein Lieblingsspielzeug ein Stoffbär mit Namen Ariadne.«

»Ariadne?«

»Ja, ich war sehr phantasievoll. Ich mochte die griechischen Sagen und solche Sachen. Das kam wohl daher, daß ich ein Einzelkind war. Ich war eine richtige kleine Leseratte, wie Sie sich vielleicht denken können.«

Sie hatte auch die altkluge Redeweise eines Einzelkinds, fand ich. Ich unterließ es aber, sie darauf aufmerksam zu machen.

»Mein Vater hat Ariadnes Namen immer wieder vergessen. Er nannte sie meistens Rodney. ›Komm her, Sophia, und hol Rodney rein! Er liegt hier draußen auf der Terrasse, und es soll ein Gewitter geben.‹«

Sie lachte.

Da sah ich sie an, und mir war unumstößlich klar, daß sie nicht mein Engel war. Sie war eine durchschnittliche Bankangestellte, bürgerlicher Mittelstand, mittleres Alter, keinerlei persönliche Besonderheiten, und es zeigte, auf welchem Tiefstand *mein* Leben angekommen war, daß ich es mir auch nur einen Moment lang hatte anders vorstellen können.

Wenn ich den Mut dazu gehabt hätte, hätte ich in diesem Moment und an dieser Stelle kehrtgemacht. Mein halber Samstag war schon futsch. Aber es hätte einen komischen Eindruck gemacht, wenn ich mich ohne einen vernünftigen Grund einfach auf dem Absatz umgedreht hätte und davongerannt wäre. Deshalb vergrub ich die Hände in den Taschen und marschierte weiter.

Im Grunde haßte ich diese Stadt, wenn ich's mir recht überlege – diese breiten, fahlen, tristen Bürgersteige, auf denen der Wind Papierabfälle vor sich her trieb.

Ich sagte: »Wo genau wohnt Ihre Mutter?«

»In der Walnut Street«, antwortete Sophia. »Und Ihre Tochter?«

»Locust«, sagte ich.

Dem Himmel sei Dank.

Ein Laster donnerte vorbei, und wir gingen eine Weile schweigend nebeneinander her, bis Sophia mich fragte: »Ist Ihre Exfrau aus Philadelphia?«

»Nein«, sagte ich, »aber ihr Mann.«

»Ach, dann ist sie wieder verheiratet.«

»Ja.«

»Das muß schwierig für Sie sein.«

»Schwierig? Wieso?« fragte ich.

»Sie mit jemand anderem zu sehen, meine ich. Es läßt sich doch wohl nicht vermeiden, daß es irgendwie ein bißchen ...«

»Das ist für mich kein Thema«, sagte ich, und dann blieb ich an der Ecke 22. Straße stehen und setzte hinzu: »Also, hier muß ich jetzt –«

Aber Sophia bog in die 22. Straße ein und ging weiter. Ich hatte gehofft, sie würde in östlicher Richtung weitergehen. »Dann muß es eine gütliche Trennung gewesen sein«, rief sie mir über die Schulter zu.

Ich sagte: »Oh ...« und legte einen kleinen Spurt ein, um sie einzuholen. »Es war *sozusagen* eine gütliche Trennung«, sagte ich. (Keine Lust, in die blutigen Details zu gehen.)

»Waren Sie sehr jung, als Sie geheiratet haben?«

»Du lieber Himmel, ja. Ich war viel zu jung. Und sie war noch jünger. Wir haben an ihrem zwanzigsten Geburtstag geheiratet.«

Dann sah ich zufällig die Straße runter, und wer kam da auf uns zumarschiert? Natalie. Sie trug einen roten Mantel und hatte Opal an der Hand. Es war beklemmend, denn mir hatte gerade für einen Sekundenbruchteil das Bild vor Augen gestanden, wie sie an unserem Hochzeitstag ausgesehen hatte: ganz rausgeputzt fürs Standesamt, so blaß und proper und feierlich, in einem roten Mantel, der nicht derselbe war, würde ich mal sagen, aber ganz ähnlich, ganz ähnlich.

Sie hatte mich noch nicht gesehen. Sie sprach mit Opal, wandte sich ihr zu und sah zu ihr runter, und es war Opal (die nach vorne sah), die mich zuerst entdeckte.

Sie zerrte ihre Hand frei, rief: »Barnaby!« und kam auf mich zugerannt. Es war ziemlich windig, deshalb sah sie nicht mehr so hergerichtet und etepetete aus. Das Haar flog ihr um den Kopf; die Wangen waren rosig, und die Jacke flatterte hinten. Sie sauste in mich hinein und schlang die Arme um meine Hüften, was sie normalerweise nicht tat. Sie war kein besonders *herzliches* Kind, nach meiner begrenzten Erfahrung. Aber sie sagte: »Es ist nicht wahr, daß du mich nicht mehr besuchen kommst, oder?«

»Wer, ich?« fragte ich und sah an ihr vorbei zu Natalie. Sie kam langsamer näher, und auf ihre Stirn trat eine rasierklingendünne Falte des Befremdens beim Anblick von Sophia. (Vielleicht dachte sie, daß wir liiert waren.) Ich sagte: »Hallo, Nat.«

»Mom hat gesagt, daß du nicht mehr kommen willst«, sagte Opal zu mir. Sie packte meinen einen Daumen, fing an, daran zu zerren, und schaukelte dabei leicht auf den Fußballen, in einer angespannten, zappeligen Manier, die ich bisher an ihr noch nicht bemerkt hatte. »Sie sagt, ihr habt euch darüber ausgesprochen, und daß du aufhören willst, mich zu besuchen. Ich wußte aber, daß du das nicht tun würdest. Oder? Du besuchst mich doch auch weiterhin! Nicht?«

»Na, klar doch«, antwortete ich. Mir war nie der Gedanke gekommen, daß sie das so persönlich nehmen würde. Ich war ein bißchen gerührt. Komischerweise tat es fast weh. In meiner Kehle bildete sich bis in die Brust ein schmerzhaftes, drückendes Gefühl.

Und Natalie mußte dasselbe empfunden haben, denn sie sagte: »Oh, Liebes. Natürlich tut er das! Ich habe nicht gedacht, daß du dir das so zu Herzen nehmen würdest.«

Da legte sich mir eine Hand auf den Arm, so leicht, daß es einen Augenblick dauerte, bis ich es wahrnahm, und ich wandte mich um und bemerkte, daß Sophia mir lächelnd in die Augen sah. Es war ein höchst heiteres und strahlendes Lächeln; ein höchst *seraphisches* Lächeln. »Auf Wiedersehen, Barnaby«, sagte sie, ließ die Hand sinken und ging davon.

Ich habe Natalie ihre Anwesenheit nicht erklärt. Ich hätte ehrlich nicht gewußt, was ich ihr hätte sagen sollen.

4

Der schönste Moment des Tages kommt für mich vor Sonnenaufgang, aber die Umstände müssen stimmen. Zuallererst muß ich wach sein. Und der Himmel muß klar sein, in meinem Zimmer muß das Licht brennen, und draußen muß es noch dunkel sein. Dann mache ich das Licht aus. Wenn ich Glück habe, verändert der Himmel sein Aussehen – in ein tiefes, durchscheinendes Blau. Man glaubt fast, einen Ton zu hören, einen ruhigen Ton wie ›luum‹, während das Blau sich herauskristallisiert. Aber es bleibt nur eine Sekunde. Und es passiert sehr selten.

Es passierte aber an meinem dreißigsten Geburtstag. Ich nahm das für ein gutes Omen. Mein Geburtstag fiel auf einen Montag, den Tag, an dem bei mehr als der Hälfte unserer Kunden die Müllabfuhr kam. Ich war am Abend vorher nicht mehr dazu gekommen, ihre Mülleimer rauszustellen, weil ich mir statt dessen eine private kleine Ein-Mann-Geburtstagsfeier gegönnt hatte. Da war ich nun also, meinem inneren Schweinehund zum Trotz, vor Tau und Tag aus dem Bett und machte gerade die Tür auf, weil die Tür der einzige Platz in meiner Wohnung ist, von dem aus man überhaupt den Himmel sehen kann; ich machte das Licht aus, und ›luum‹!

Ich kam zu dem Schluß, daß dreißig zu werden doch nicht so schlimm war. Ich dachte, daß ich eventuell damit umgehen konnte. Ich ging pfeifend zur Arbeit, obwohl mein Mund von den vielen Bieren ganz ausgetrocknet war.

Es war ein bitterkalter Tag, so ein Tag, der einem die Füße in Steine verwandelt, und als ich mit den Mülltonnen fertig war, ging ich nach Hause, wickelte mich in eine Decke und versuchte noch mal einzuschlafen. Das einzige Problem war nur, daß das Telefon andauernd läutete. Ich ließ den Anrufbeantworter für mich antworten. Erster Anruf: Mrs. Dibble bat darum, daß ich die

Cartwrights zum Supermarkt fuhr. Zweiter Anruf: Sie brauchte jemand, der Ditty Nolan schnell einen Sack Streusalz vorbeibrachte. Dritter Anruf: Das waren meine Großeltern. »Barnaby, Schatz«, sagte meine Großmutter, »ich bin's und der Pop-Pop, wir wollten dir nur einen –«

Ich beugte mich über die Bettkante und nahm den Hörer ab. »Grannie?« sagte ich.

»Hallo, da bist du ja! Herzlichen Glückwunsch zum Geburtstag!«

»Vielen Dank. Hört Pop-Pop auch zu?«

»Hier bin ich«, sagte er. »Ich hoffe, du feierst heut noch ein bißchen.«

»Oh, eh, ja; ähm, ja«, sagte ich unbestimmt, weil ich unsicher war, ob sie von dem Abendessen etwas wußten, das Mom auf dem Programm hatte. Ich konnte da nie sicher sein. Ein Jahr lud sie sie ein, und im nächsten Jahr suchte sie irgendwelche Vorwände, um es nicht zu tun. (Mein Großvater hatte für eine Wäscherei die Wäsche ausgefahren, bis ihn seine Sehschwäche zum Aufhören zwang, und Grannie arbeitete noch als Verkäuferin in einem Spirituosengeschäft. »Gott hatte ihnen« – so ihre Worte – »nur ein Kind geschenkt«, meine Mutter, und sie waren sehr stolz auf sie, doch dieses Gefühl beruhte offenbar nicht auf Gegenseitigkeit.) Ich sagte: »Wahrscheinlich guck ich zu Hause einfach mal zum Abendessen rein oder so, denk ich.«

»So gefällst du mir«, sagte Grannie. »Das hör ich gern. Mit einem Besuch machst du ihnen eine Riesenfreude.«

»Ja, Grannie«, sagte ich.

Dann wollte Pop-Pop wissen: »Was macht denn das Auto?«

»Läuft noch prima«, sagte ich. »Nur neulich mußte ich in die Werkstatt und die Lenkung nachstellen lassen, war aber bloß 'ne Kleinigkeit.«

»Das hättest du doch selber machen können!« sagte er. »Ich hab das *immer* selber gemacht, als es noch mir gehört hat!«

»Vielleicht das nächste Mal«, sagte ich zu ihm.

Ich hatte es aufgegeben, ihn davon überzeugen zu wollen, daß ich nicht der geborene Mechaniker war.

Das Gespräch endete damit, daß ich versprach, in der zweiten Wochenhälfte mal kurz bei ihnen vorbeizukommen. Sie hatten eine Kleinigkeit für mich. (Ein Heftchen mit Gutscheinen für sechs Pizzas zum Mitnehmen, das wußte ich schon. Es war ihr Standardgeburtstagsgeschenk und eine feste Größe in meinem Haushaltsplan.) Nachdem ich aufgelegt hatte, rief ich Mrs. Dibble an, weil mir wegen der Cartwrights allmählich das Gewissen schlug. Sie neigten dazu, sich von mir versetzt zu fühlen, wenn jemand anders sie zum Einkaufen fuhr. »Also«, sagte ich, »Cartwrights Lebensmittel, Ditty Nolans Streusalz. Was soll das denn? Erwartet sie, daß es schneit?«

»Ich habe keine Ahnung«, gab Mrs. Dibble zur Antwort. »Wir sind nur...«

Wir sind nur die Muskeln und nicht der Kopf. Ich verabschiedete mich, stand auf und schälte mich aus meiner Decke.

Die Cartwrights waren ein gutes Beispiel dafür, warum die Bizeps-Vermietung so gefragt war. Sie waren noch gar nicht so alt – in den frühen Sechzigern, was in unserer Branche gar nichts ist –, aber Mr. Cartwright hatte sich vor mehreren Jahren das rechte Fußgelenk ruiniert, als er in Towson vom Bürgersteig auf die Straße trat. Deshalb konnte er nicht mehr Auto fahren, und Mrs. Cartwright hatte es nie gelernt. Und sie hatte auch nicht vor, sagte sie, es so spät noch zu lernen. Und einen Chauffeur konnten sie sich auch nicht leisten. Die Bizeps-Vermietung offerierte genau das, was sie brauchten: Jemand (in der Regel ich), der ihren großen alten Impala zum Supermarkt chauffierte, dort Mr. Cartwrights Gehhilfe aus dem Kofferraum holte, aufklappte und den beiden folgte, während sie im Schneckentempo durch die Gänge krochen und jede Kaufabsicht endlos bekakelten. Ich hätte einfach draußen vor dem Laden warten können, aber ich fand's riesig, ihren Debatten zuzuhören. Heute zum Beispiel äußerte Mr. Cartwright das Verlangen nach Sauerkraut, doch Mrs. Cartwright war dagegen. »Du meinst doch *immer*, daß du Lust auf Sauerkraut hast«, sagte sie zu ihm, »und dann turnst du die halbe Nacht mit Bauchgrimmen herum, und ich bin diejenige, die dir deine Tums bringen muß. Du weißt doch, daß du von jeder Art Kohl Bauchgrimmen kriegst.«

Mr. Cartwright sagte, daß er von so was nichts weiß, aber ich wußte es. Und ich wußte auch, daß es bei grünem Pfeffer genauso war. Ich kannte ihre Schuhgröße und die Lieblingscomputerspiele ihrer Enkelkinder, und ich hatte Mrs. Cartwright zu dem Mantel geraten, den sie heute trug. (Ich hatte sie darauf aufmerksam gemacht, daß man auf dem dunkelblauen oder auf einem hellgrauen, fast weißen, jedes Fleckchen sehen würde.)

In den Fensternischen neben den Kassen entdeckte ich große Säcke mit Streusalz, und ich dachte schon daran, einen davon für Ditty Nolan mitzunehmen. Aber die Cartwrights fühlten sich vielleicht auf den Schlips getreten, wenn ich in der Zeit, die ihnen gehörte, etwas für eine andere Kundin erledigte. Also hab ich sie nach Hause gefahren (Mr. Cartwright hatte ich neben mir, Mrs. Cartwright saß auf dem Rücksitz, beugte sich aber zwischen uns beiden nach vorn, um Ratschläge zur Verkehrslage zu geben), hab die Lebensmittel ins Haus getragen und bin dann in meinen Wagen gestiegen und noch mal zum Supermarkt gefahren, um das Streusalz zu holen. Anschließend bin ich dann zu Ditty Nolan gefahren.

Ich weiß nicht, warum Ditty Nolan Angst davor hatte, aus dem Haus zu gehen. Sie war nicht immer so gewesen, wenn man Ray Oakley glauben konnte. Ray Oakley sagte, als Ditty auf dem College war, hatte ihre Mutter irgendeine Krankheit bekommen, bei der sich ihr Zustand ständig verschlechtert hatte, und Ditty war nach Hause gekommen, um sie zu pflegen, und war dann nie mehr weggegangen. Auch nach dem Tod ihrer Mutter blieb sie in dem Haus am Roland Park, wo sie aufgewachsen war – sie mußte wohl ein bißchen was geerbt haben, oder wie hätte sie sonst über die Runden kommen sollen? Ganz sicher ging sie nicht arbeiten. Und als ich an der Haustür klingelte, mußte sie erst mal durch das Vorderfenster die Lage peilen und dann eine Sammlung von Schlössern, Riegeln und Ketten aufmachen, die einer belagerten Festung alle Ehre gemacht hätten, ehe sie mich hereinlassen konnte. »Barnaby«, sagte sie.

Sie war dünn und hübsch und unnatürlich blaß, hatte strähniges, sprödes Haar, das ihr bis zu den Schultern reichte. Ihr Kleid war eher etwas für den Frühling – geblümt und schwingend –, was bei jemandem, der jedes Wetter mied, gar nicht so abwegig war.

»Ich bringe Ihnen Ihr Streusalz«, sagte ich zu ihr.

»Ach, das ist gut«, sagte sie und trat einen Schritt zurück. »Kommen Sie doch herein.«

Ich folgte ihr ins Haus und ließ den Sack auf den Boden fallen. Ich sagte: »Sollte mir da irgendeine Wettervorhersage entgangen sein?«

»Wettervorhersage?« fragte sie. Und verschwand woandershin im Haus. Ihre Stimme flatterte zu mir zurück.

»Soll es denn schneien oder so?«

»Nicht, daß ich wüßte«, sagte sie.

Sie kam zurück und hielt einen Umschlag in der Hand. Vorne stand mein Name drauf. »Herzlichen Glückwunsch zum Geburtstag«, sagte sie.

»Oh! Also, dann vielen Dank.«

Ich hätte es wissen müssen: Das Streusalz war nur ein Vorwand gewesen. Sie kannte jeden Geburtstag von uns Bizeps-Vermietungsleuten und ließ keinen vorbeigehen, ohne daran zu denken. Ich machte den Umschlag auf und sah mir die Glückwunschkarte darin an. »Das ist aber wirklich lieb von Ihnen«, sagte ich zu ihr.

Sie tat meine Worte mit einer Handbewegung ab. Zarte, langgliedrige Hände, vom Sonnenlicht unberührt. »Wie schade, daß Sie heute arbeiten müssen«, sagte sie. »Sie werden doch hoffentlich später noch ein bißchen feiern?«

»Ich geh bloß zum Abendessen nach Hause zu meiner Familie.«

»Kommt Ihre kleine Tochter auch?«

»Eh, nein«, sagte ich. »Aber sehen Sie, was sie mir geschickt hat.« Ich holte Opals Geschenk aus der Gesäßtasche meiner Jeans – eine Dollarklammer aus Leder, wie man sie nach einer Bastelvorlage selber machen kann. Ich hatte keine Scheine drin (wenn man es recht bedachte, war es irgendwie ein *ironisches* Geschenk), aber ich hatte sie gerne bei mir. »Das hat mir der Postbote am Samstag gebracht«, sagte ich, »zusammen mit einer selbstgemachten Glückwunschkarte, auf der vorne eine Zeichnung von mir drauf ist, die mir wirklich ähnelt. Man sieht sogar die Flicken auf meiner Jeans.«

»Ach, wie goldig«, sagte Ditty.

»Ich hab mich so gefreut, daß ich ein Ferngespräch mit ihr geführt habe. Das hat ihre Mutter umgehauen, wie Sie sich denken können. Aber ich glaube, es hat Opal sehr gefallen, daß ich mir die Mühe gemacht habe, sie anzurufen.«

»Sie war sicher ganz begeistert davon«, meinte Ditty.

Ich steckte die Dollarklammer wieder in die Tasche. »Soll ich das Salz auf Ihre Rechnung setzen?« fragte ich.

»Ja, bitte«, sagte sie. »Und vielleicht können Sie herkommen und für mich die Gehwege streuen, wenn das Wetter schlecht wird. Ich möchte nicht, daß der UPS-Mann hinfällt und Schadenersatz von mir verlangt.«

Ray Oakley hat jedes Jahr, wenn sie ihm *seine* Geburtstagskarte gab, behauptet, daß sie eine kleine Schwäche für ihn hätte. Aber ich wußte es besser. Sie hatte für keinen von uns eine Schwäche. Es war einfach nur so, daß die Serviceleute die einzigen Menschen waren, die sie überhaupt noch sah.

Meine Eltern wohnten in Guilford, in einem Fachwerkhaus im Tudorstil. Unmittelbar davor, neben den Gaslaternen, stand so ein richtig schrilles Exemplar moderner Skulptur: ein gigantisches Acryldreieck, das mit der Spitze auf einer Stange balancierte. Meine Mutter war auf Teufel komm raus hinter KULTUR her.

Ich kam zu spät zum Abendessen und hoffte, daß mein Bruder schon da war; Fehlanzeige. Bis auf mein Auto war die Einfahrt leer. Ich verbrachte einige Zeit damit, die Türen abzuschließen, die Schlösser noch mal zu überprüfen und meine Schlüssel daraufhin zu untersuchen, in welche Tasche ich sie stecken sollte. Aber schließlich wurde ich entdeckt. Mein Vater rief: »Barnaby?«, und ich drehte mich um und sah ihn auf der Treppe zur Haustür stehen. Gegen das Licht, das von dem Kronleuchter in der Eingangshalle ausging, sah er wie ein langgestrecktes Fragezeichen aus mit seinen schmalen, gekrümmten Hängeschultern. »Wo bleibst du denn?«

»Oh, ich hab –«

»Komm rein!«

Ich stieg die Treppe hoch, und er trat beiseite, um mich vorbeizulassen. Er war größer als ich und eine bei weitem noblere Erscheinung als – hatte eine Art Eleganz, die mir und meinem Bruder völlig abging. Wir hatten nicht sein weiches blondes Haar geerbt und auch nicht sein markantes Gesicht. Die Gene meiner Mutter hatten jedesmal gesiegt.

»Herzlichen Glückwunsch zum Geburtstag, Sohn«, sagte er zu mir und drückte meinen Arm oberhalb des Ellbogens.

»Tja, vielen Dank.«

Das war's dann auch. Mehr hatten wir uns nicht zu sagen. Während wir durch die Halle gingen, schickte Dad einen verzweifelten Blick zum oberen Ende der Treppe hinauf. »Margot?« rief er, »Barnaby ist da. Kommst du nicht runter?«

»Sofort.«

Das Wohnzimmer machte einen erwartungsvollen Eindruck, wie eine Bühne: ein Feuer prasselte im Kamin, und die Symphonie von irgend jemand entströmte dem Schrank, in dem die Stereoanlage verborgen war. Über dem Kaminsims hing mehr von Mutters KULTUR: ein Scheunentor, das konnte es ursprünglich mal gewesen sein, das man ausgehängt und mit einem Rahmen aus Aluminiumstreifen versehen hatte.

»Ja, ja«, sagte mein Vater.

Er nahm den Schürhaken und fing an, die Glut umzuschichten.

»Der wievielte Geburtstag ist es denn überhaupt?« wollte er wissen.

»Der dreißigste«, sagte ich ihm.

»Gütiger Himmel.«

»Das sage ich auch.«

Dann hörten wir die Schritte meiner Mutter auf der Treppe. »Herzlichen Glückwunsch zum Geburtstag«, rief sie und kam mit ausgestreckten Armen hereingesegelt.

»Danke«, sagte ich und küßte sie flüchtig auf die Wange.

Sie hatte sich herausgeputzt, aber auf die lässige Art, wie es die Frauen in Guilford taten: ausgestellter Rock, maßgeschneiderte Seidenbluse, blaue flache Schuhe mit Troddeln zur Verzierung auf der Spitze. Nur das Haar war eine Panne. Sie hatte sich das Haar pechschwarz färben lassen und trug es straff nach hinten gekämmt und am Hinterkopf zu einer Bananenrolle eingedreht. Es machte ihr Gesicht kalkweiß und hexenhaft, aber sollte ich ihr das sagen? Es freute mich. Man hat eine Frau vor sich, die in eine neue Haut geschlüpft ist, die sich mit einer gewissen Genialität auf neuem sozialen Terrain orientiert hat: die bei einem Patzer zu erwischen ist ein reines Vergnügen. Ich sah zu, wie sie herumwuselte – wie sie sich meine Jacke schnappte, damit zur Garderobe schoß, wieder zurückrannte und mich auf die Couch bugsierte. »Wir haben dich ja eine Ewigkeit nicht zu sehen gekriegt«, sagte sie, nachdem sie sich neben mich gesetzt hatte. Dann sprang sie wieder auf: im Sessel gegenüber war ein Kissen umgekippt. »Du bist ja nur noch Haut und Knochen«, sagte sie über die Schulter. »Hast du abgenommen?«

»Nein, Mom.«

Wenn ich jedesmal abgenommen hätte, wenn Mom das behauptete, wäre ich auf der Badezimmerwaage schon in den Minuszahlen gewesen.

Jetzt war sie schon wieder weg und zog eine Schublade auf. Die

Frau konnte einfach nicht stillsitzen. Sie hatte immer so etwas Unzufriedenes, Irrlichterndes und Überdrehtes an sich, das mich ganz kribbelig machte. »Na, wo steckt er denn?« fragte sie und kramte herum. Sie förderte einen Briefumschlag zutage. »Hier«, sagte sie, setzte sich wieder hin und legte ihn mir in die Hand. »Dein Geburtstagsgeschenk«, fügte sie hinzu.

»Oh, danke.«

»Vielleicht suchst du dir selber irgend etwas Ordentliches zum Anziehen aus.«

»Ja, vielleicht«, sagte ich und machte mir nicht die Mühe zu widersprechen. Ich faltete den Umschlag zusammen und steckte ihn in eine Tasche meiner Jeans. (Ich brauchte nicht reinzugucken, um zu wissen, daß es ein Gutschein für einen Herrenausstatter war, vom Kaliber Ivy League und teuer.) »Dir auch vielen Dank, Dad«, sagte ich.

»War mir eine Freude.«

Er lehnte den Schürhaken an die Wand, und der Anblick seiner dünnen, feinnervigen Finger machte mich auch nervös, ebenso die Musik, die durch den Raum geisterte, als wüßte sie nicht, wohin. Ich wandte mich an meine Mutter: »Sag mal, kommen Grannie und Pop-Pop auch?« Ich tat das nur, um sie zu ärgern, denn ich kannte die Antwort ja schon.

»Nein«, sagte sie in entschiedenem Ton. »Aber dein Bruder kommt natürlich. Und Len Parrish hab ich auch eingeladen. Er kommt später auf ein Stück Geburtstagskuchen vorbei; er schafft es nicht zum Abendessen.«

Das überraschte mich nicht. Len war der Typ Jugendfreund, von dem Mütter immer völlig weg sind, aber inzwischen war er in ganz andere Sphären aufgestiegen und hatte mich weit hinter sich gelassen. Ich sagte: »Ich würde an deiner Stelle nicht darauf warten.«

»Er hat mir gesagt, daß er kommt, Barnaby. Und ich bin sicher, er hält sein Wort.«

An der Haustür klingelte es. »Oh! Das ist Jeff!« sagte meine Mutter, sprang auf und stürzte in Richtung Eingangshalle davon, während Dad und ich uns erleichtert angrinsten. Von jetzt ab würde alles reibungsloser über die Bühne gehen. Mein Bruder war nicht nur ein besserer Gesellschafter, er hatte auch eine Frau und ein Baby, die dazu beitragen würden, die Atmosphäre zu entschärfen. Vor allem das Baby.

Oder eigentlich war es gar kein Baby mehr. Ein Beweis dafür, wie wenig Kontakt ich zu ihnen hatte. Als Jeff und Wicky ins Zimmer traten, kam der Kleine zwischen ihnen dahergewackelt – ein kleiner, dicker Kerl im gleichen Anzug wie sein Vater und mit einer gepunkteten Fliege. »Nun sieh dir das an«, sagte ich und stand auf. »Der läuft ja schon! In seinem Alter!«

»Er läuft seit *Monaten*«, sagte Mom. »Du lieber Himmel, er ist fast zwei.«

»Herzlichen Glückwunsch zum Geburtstag«, sagte Wicky zu mir und küßte die Luft neben meiner linken Wange. Sie roch nach Zahnpasta. Sie und Jeff waren ein richtiges Musterpaar – Wicky, eine attraktive Blondine in Kleidern, die Spiegelbilder von Moms Kleidern waren, Jeff, dunkelhaarig, vierschrötig und gutaussehend nach Brokerart. Nur daß er nicht wirklich Broker war; er arbeitete für Dad bei der Stiftung. Aber er trug so ein Brokerhemd, gestreift und mit einem weißen Kragen.

»Wo hast du geparkt?« fragte ich ihn. »Du hast hoffentlich nicht hinter mir geparkt.«

»Unser Geburtstagskind!« sagte Jeff und schlug mir auf die Schulter.

»Hast du mich mit deinem Wagen eingeklemmt?«

»Ruhe bewahren, locker bleiben«, sagte er zu mir. »Den kann ich doch jederzeit wegfahren.«

»Scheiße! Also *hast* du mich eingeklemmt!«

Doch er ging schon weiter zum Cocktailwagen, wo Dad jetzt mit Eiswürfeln klapperte. Unterdessen bückte Wicky sich und hob mit Schwung meinen Neffen hoch. »Gib deinem Onkel Barnaby einen Geburtstagskuß, Jape«, sagte sie und hielt ihn in meine Richtung.

Jape? Ach, richtig. Sie nannten ihn J. P. Jeffrey Paul der Dritte. J. P. warf mir einen verstohlenen Blick zu und vergrub dann das Gesicht in Wickys Bluse. »Dummerchen«, sagte sie. »Das ist dein Onkel. Onkel Barnaby. Wie fühlt man sich mit dreißig?« wollte sie von mir wissen.

»Beschissen«, sagte ich.

»Oh, das stimmt nicht. Sieh mich an: Ich bin dreiunddreißig. Und ich fühl mich besser als mit zwanzig.«

»Na ja, du hast wahrscheinlich gestern abend nicht 'n ganzen Kasten Bier leergetrunken«, meinte ich.

»Da hast du allerdings recht«, sagte Wicky.

»Oh, Barnaby«, rief Mama. »Einen ganzen Kasten! Das gibt's doch nicht!«

Diese kleinen Rituale waren so beruhigend. Ich konnte Mom doch immer wieder auf die Palme bringen.

Dad nahm Getränkewünsche entgegen. Jeff wollte Scotch, und die Damen wollten Weißwein. Ich sagte: »Ich trinke dasselbe wie J. P.«, denn was ich über den vorangegangenen Abend gesagt hatte, war nur zur Hälfte ein Scherz gewesen. Dann durchfuhr mich der schreckliche Gedanke, daß J. P. vielleicht noch gestillt wurde. Aber nein, er bekam Ginger-ale in einem Plastikbecher mit einem Häschen drauf. Meins wurde mir in einem Glas serviert. Dad reichte es mir mit spaßiger Theatralik.

»Also, Barnaby! Wie fühlt man sich, wenn man dreißig wird?« wollte Jeff wissen.

»Was für eine originelle Frage. Hast du dir die ganz allein überlegt?«

»Oh, du bist empfindlich«, sagte er zu mir. »Keine Angst, das ist gar kein schlechtes Alter. Siebenundzwanzig war schlimmer, soweit ich mich erinnere.«

»Siebenundzwanzig?«

»Da ist mir zum erstenmal klargeworden, daß die Dreißig auf mich zukommt. Und als es dann soweit war, hatte ich mich drauf eingestellt.«

Auf Jeff war Verlaß: der plante im voraus.

Unsere ganze Truppe stand, wie bei einer Cocktailparty. J. P. spuckte jetzt zu Forschungszwecken in seinen Häschenbecher. Wicky förderte einen Packen Fotos vom Weihnachtsfest zutage, um sie Mom zu zeigen. (Sie und Jeff und J. P. hatten das Weihnachtsfest in South Carolina verbracht, zu Moms großem Kummer.) Dad und Jeff sprachen über ich weiß nicht was, vermutlich über SOZIALHILFEEMPFÄNGER. »Genau«, sagte Jeff mit Nachdruck und schaukelte von den Fersen auf die Zehenspitzen. »Genau. Ich bin voll und ganz deiner Meinung.«

Ich ging hinüber zum Kamin und sah mir eine Weile das Scheunentor an. Dann stahl ich mich ins Arbeitszimmer meines Vaters. Ich stand vor dem Bücherschrank, nippte an meinem Drink und tat so, als wäre ich in die Titel vertieft. ›Fünfundzwanzig Jahre Gaitlin-Stiftung. 1911–1936.‹ – ›Die Gaitlin-Stiftung – Fünfzig Jahre Menschlichkeit. 1911–1961.‹ Furztrocken, wie ich wußte, und mit Schwarzweißfotos von Gründungsmitgliedern in steifen dunklen Anzügen durchsetzt.

Unten im Bücherregal stand das Hauptbuch, das das Versepos meines Urgroßvaters enthielt, und gleich daneben das Opus seines Sohnes, von einem entgegenkommenden Buchbinder so hergerichtet, daß es auch wie ein Hauptbuch aussah. Das gleiche graue Leinen, die gleichen braunen Lederecken, der Titel mit einer Spitzengirlandenbordüre eingefaßt. ›Ein Himmelslicht‹, lautete der Titel. Großvater mußte sich zusammenphantasiert haben, daß außer den Gaitlins noch andere Leute lesen würden, was er zu sagen hatte, denn er erklärte Dinge, die der Familie bekannt waren. »Meine Frau Abigail McKane Gaitlin war überaus fromm«, schrieb er. So, wie es sich anhörte, hatte ihn einer der langweiligsten Engel der Schöpfung besucht – eine junge Sekretärin mit einem süßen Gesicht, die in einem »gefährlichen Moment« seines Privatlebens zu einem Vorstellungsgespräch zu ihm kam und ihn anwies, er sollte sich bewußtmachen, was er an seiner

Frau und seinen Kindern hatte, woraufhin sie wieder verschwand. Wenn ich zwischen den Zeilen las, glaubte ich immer, daß wir es hier mit einem Beispiel für den Versuch sexueller Nötigung am Arbeitsplatz zu tun hatten, aber das konnte auch Wunschdenken sein; ich war so erpicht auf irgendein Anzeichen von Lebendigkeit in meiner Familie. Den einzigen Fall von so etwas wie Renegatentum in unserer Familie verkörperte meine Großtante Eunice, die ihren Mann wegen eines fünfzehn Jahre jüngeren Zauberkünstlers verließ. Aber innerhalb von Monatsfrist war sie wieder zu Hause, weil sie, wie sie sagte, nicht wußte, was sie dem Zauberkünstler kochen sollte. Und überhaupt war Großtante Eunice nur eine angeheiratete Gaitlin.

Man sehe sich nur Dads, man sehe sich Jeffs Hauptbuch an. *Ein möglicher Fall von paranormaler Erfahrung*, das Opus meines Vaters, beschrieb die Frau, die ihn auf der Howard Street angesprochen und um Feuer gebeten hatte.

Während er ihr noch erklärte, daß er Nichtraucher war, nahm die Polizei einen bewaffneten Mann fest, der an der nächsten Straßenecke auf der Lauer lag. (Aber der Bewaffnete war bloß Charles Murfree, der gestörte Enkel eben der Murfrees, die bankrott gemacht hatten, nachdem sie das Patent für die Zweitfigur von uns gekauft hatten, und der seit Jahrzehnten immer mal wieder um meine Familie herumschlich. Würde man folglich nicht sagen, daß Dad ohne den Engel Nummer eins nie in Gefahr gewesen wäre?) Mein Bruder nannte *seinen* Bericht *Fortschreibung einer Tradition*, ein passender Titel in Anbetracht der vielen Redundanzen, die er enthielt. Ich denke mal, er hat einfach getan, was er konnte, um eine Begegnung von Satzlänge zu einer ansehnlichen Länge auszudehnen. (Und obendrein ein halber Satz. »Sieht ja gespenstisch aus«, hatte sein Engel verkündet, die Zeitung mit den Börsenberichten rasch zusammengefaltet, bevor sie aus dem Fahrstuhl ausstieg.)

Irgendwo ziemlich dicht hinter mir sagte Wicky: »Laß das auf der Stelle bleiben!« Ich wäre vor Schreck fast aus der Hose gesprungen, bis ich merkte, daß sie mit J. P. sprach. Er war unbemerkt von mir hereingetappt; er langte nach dem Kristallbriefbeschwerer auf dem Schreibtisch. »Nicht anfassen, J. P.«, sagte Wicky. »Was machst du da?« wollte sie von mir wissen.

»Ach, bloß gucken«, antwortete ich.

Sie kam mit J. P. auf dem Arm zu mir herüber und stellte sich neben mich. »*Fortschreibung einer Tradition*«, sagte ich zu ihr und machte eine Handbewegung in Richtung auf Jeffs Hauptbuch.

Ich hoffte auf eine Reaktion von ihr – auf ihre persönliche, ungeschminkte Meinung über Unsere Liebe Frau von der Börse – aber sie muß gedacht haben, ich meinte das ganze Bücherregal, denn sie sagte: »Ja, sie sind alle so voller Inspiration, nicht wahr?«

Ich verhielt mich diplomatisch und nippte an meinem Drink. Nur war das Glas leer, und die Eiswürfel stießen mir gegen die Nase.

»Mir tut deine Mom so leid«, sagte Wicky. »Sie hat Angst, daß ihr als Modenarren dasteht, jetzt, wo Engel so in sind.«

»Dir tut meine *Mom* leid?« fragte ich und versuchte, hinter den Zusammenhang zu kommen.

»Sie hat erst vor kurzem zu mir gesagt: ›Früher waren Engel etwas Außergewöhnliches, aber jetzt findet man sie in jedem Buchladen; sie sind auf jedem Kalender, auf jedem Wandspruch, auf jedem bestickten Kissen; sie werden als kleine goldene Nadel an jedem Revers getragen. Unsere Engel werden mit all diesen lumpigen Newcomer-Engeln in einen Topf geworfen werden.‹«

»Das sind nicht *ihre* Engel«, sagte ich. »Mom ist noch nicht mal 'ne Gaitlin. Wozu regt sie sich dann so auf?«

»Ach, du weißt ja, wie sie ist.«

Und ob ich das wußte. Wenn es nach Mom gegangen wäre, hätte sie nicht nur einen Gaitlin geheiratet, sie hätte sich auch eine Gaitlinblut-Transfusion machen lassen.

Wir gingen zurück ins Wohnzimmer, wo Dad und Jeff über die neue Software sprachen, die sie fürs Büro gekauft hatten. Mom machte sich auf den Weg in die Küche, um nach dem Abendessen zu sehen. J. P. wollte noch mehr Ginger-ale haben, aber Wicky schlug es ihm ab. »Die Lernkurve macht mir Kopfzerbrechen«, sagte Dad, und Jeff meinte: »Ja, ich mache mir auch ziemliche Gedanken über die Lernkurve.«

Die Symphonie aus der Stereoanlage schwoll zu immer höherer Lautstärke an, einem nicht enden wollenden Finale. Ich fühlte mich an ein riesiges, rasendes Tier erinnert, das lärmend hinter den Käfigstangen herumtobt.

Wie kommt es, daß ich immer das Gefühl hatte, es fehlte etwas an unserem Familieneßtisch? Ich hatte diesen Gedanken von klein auf gehabt, wenn ich jeden Abend beim Abendessen die Gesichter zusammenzählte: Mom, Dad. Jeff und ich... Es war so ein kümmerliches Aufgebot. Wir machten nicht genug Lärm, wir waren irgendwie nicht umtriebig genug, wir stritten nicht genug. Früher hatte ich gedacht, wir sollten mehr Kinder sein. Zwei waren ein ziemlich dürftiger Bestand, wie mir schien. Vielleicht hätte auch ein Mädchen darunter sein sollen. Das hätte mir gefallen. Es hätte mir vielleicht geholfen, Frauen ein bißchen besser zu verstehen. Aber meine Eltern taten mir nicht den Gefallen.

Später, als ich geheiratet habe, dachte ich, Natalie würde mehr Leben ins Haus bringen – ich meine bei Festtagsessen und so. Aber das tat sie nicht. Zunächst einmal war sie zu ruhig. Zu zurückhaltend, zu wohlerzogen; saß kerzengerade auf ihrem Stuhl. Außerdem dauerte die Geschichte mit ihr gar nicht so lange. Anderthalb Jahre von der Hochzeit bis zur Scheidung. Opal war aus dem Bild verschwunden, bevor sie überhaupt ihren festen Platz darin gefunden hatte. Was meine Schwägerin betrifft, als die am Horizont auftauchte, hatte ich die Hoffnung schon aufgegeben. Nicht daß ich etwas gegen sie hatte, aber mir war klargeworden, daß wir nie die Art Familie sein würden, wie sie mir vorschwebte.

Und so saß ich da bei meinem Geburtstagsessen ohne innere

Beteiligung und absolvierte einfach nur das Ritual. »Die Kartoffeln schmecken lecker, wie du sie machst.« Solche Floskeln. »Bitte, reich mir doch noch mal die Brötchen rüber.« Mom mußte die Geschichte erzählen von dem Neujahrsbaby-das-keins-Wurde: daß ich so gut wie versprochen hatte, die allererste Geburt im neuen Jahr zu werden (Name in der Zeitung, Gratisversorgung mit Windeln, ein halbes Jahr lang Belieferung mit püriertem Spinat), wie ich dann aber, natürlich – natürlich! – herumgebummelt und -getrödelt hatte und mit drei Wochen Verspätung auf der Bildfläche erschienen war. Das lieferte Wicky das Stichwort für die Geschichte von J. P.-dem-auf-die-Minute-Pünktlichen. Wie auf Kommando drehten wir alle die Köpfe und strahlten J. P. in seinem Hochstuhl an. »Womit ich nicht sagen will, daß es *schnell* ging«, sagte sie. Wundervoll, jetzt kam die Geschichte von der schweren Geburt. Wir anderen waren für eine gute Viertelstunde von der Aufgabe entbunden, uns ein neues Gesprächsthema auszudenken. Wir richteten dankbar den Blick auf sie, nickten und machten ts, ts, ts.

Und dann begann wieder dieses Problem Form anzunehmen, das mich von Zeit zu Zeit heimsucht. Ich höre jemand beim Reden zu, bin ganz Ohr, und auf einmal wird mir bewußt, daß ich kurz davor bin, mit irgendeiner rüden oder schrecklich egozentrischen Bemerkung herauszuplatzen. Ich sage zum Beispiel vielleicht: »Glaubst du, deine Geburtswehen sind so interessant? Dann darf ich dir vielleicht mal diesen Druck beschreiben, den ich an den Schläfen spüre. Es ist, als ob mein Kopf in einen Schraubstock gespannt wäre.« Ich spürte diesen Druck tatsächlich. Mir drang überdeutlich das Kunstwerk über der Anrichte ins Bewußtsein – echte Messer und Gabeln und Löffel, zu eckigen Formen gebogen, die bedrohlich aus der Leinwand herausragten. »Man würde nicht für möglich halten, wie meine Nerven förmlich ... kreischen!« hätte ich sagen können. Aber anscheinend tat ich es nicht, denn sie nickten alle noch Wicky zu.

Als wir fertig waren mit essen, stand Mom auf, um den Tisch

abzuräumen, und wehrte alle Hilfsangebote ab. »Ich hole den Kuchen jetzt noch nicht rein«, sagte sie, während sie Sahne und Zucker auf den Tisch stellte. »Wir warten noch auf Len.«

»Oder fangen schon ohne ihn an, was haltet ihr davon?« schlug ich vor.

»Oh, bis ich den Kaffee eingeschenkt habe, ist er da.«

Optimistin.

Während Mom die passenden Tassen und Untertassen zusammenstellte, fiel Wicky mein Geburtstagsgeschenk ein, und sie holte es aus ihrer Tasche: eine rote Seidenkrawatte mit Paisleymuster, in rotes Seidenpapier verpackt. Ich hatte seit Großmutter Gaitlins Beerdigung keine Krawatte mehr getragen, aber ich band sie sofort um – knotete sie mir um den bloßen Hals, weil mein Hemd keinen Kragen hatte. »Danke, Wicky. Danke, Jeff«, sagte ich. »Vielen Dank, J. P.« Dann sagte ich: »Wollt ihr sehen, was Opal mir geschenkt hat?« Ich fingerte die Dollarklammer aus der Hosentasche und reichte sie herum. Sie wurde von allen bewundert. Ich sagte: »Ihr solltet die Karte sehen, die sie mir geschickt hat, da ist vorne 'ne richtig gute Zeichnung von mir drauf.«

»Ach«, sagte Mom, »das Kind wächst einfach ohne uns auf, das ist nicht fair.«

»Ich hab mir gedacht, sie könnte in diesem Sommer vielleicht mal 'ne Woche zu mir kommen. Sie ist allmählich alt genug, denk ich mal. Ich sollte ein bißchen mehr an ihrem Leben teilnehmen.«

»Was, sie soll bei dir in diesem Kellerloch wohnen?« fragte Mom.

»Aber ja.«

»Ich glaube nicht, daß das richtig wäre, Barnaby. Vielleicht sollte sie lieber hierherkommen.«

»An meiner Wohnung ist nichts auszusetzen!«

Mom schürzte nur die Lippen und schenkte mir eine Tasse Kaffee ein.

Ich hatte eigentlich vorgehabt, als nächstes meinen Engel zu erwähnen. Ich meine, bloß aus Spaß. Zu erzählen, wie ich mir halb eingebildet hatte, sie hätte mir die Anweisung gegeben, meine Rolle als Vater ernster zu nehmen. Aber irgendwie war der richtige Moment vorbei. Schweigen breitete sich aus. Das einzige, was man hörte, war das Klingeln der Kaffeelöffel am Porzellan. Schließlich fing Wicky mit der Geschichte von einer ihrer berühmten Küchenkatastrophen an, brach dann aber ab, um die Milch, die J. P. verschüttet hatte, wegzuwischen; oder vielleicht hatte sie einfach der Mut verlassen. Ich sagte: »Kriege ich nun ein Stück Kuchen, Mom, oder nicht?«

»Na ja, aber was ist mit Len?«

»Wessen Geburtstag ist denn das überhaupt?« fragte ich.

»Ich fange eigentlich nicht gern ohne meine Gäste an«, gab Mom zur Antwort, stand aber auf und ging raus in die Küche. Sie kam zurück, den Kuchen hocherhoben vor sich her tragend. Schokoladenglasur und Kerzenschein. Wir sind in unserer Familie nicht so sehr fürs Singen, aber Wicky stimmte »Happy Birthday« an, und deshalb fielen die anderen disharmonisch ein. »Wünsch dir was! Wünsch dir was!« trällerte Wicky, als sie zu Ende waren. Arme Wicky; sie hatte sich mehr als ihren gerechten Anteil an der Last hier aufgebürdet. Aber J. P., der mit dem Löffel auf sein Tablett hämmerte, würde in einigen Jahren vielleicht bereit sein, ihr zu helfen.

Ich blies alle Kerzen auf einmal aus. (Ich sagte, daß ich mir etwas gewünscht hätte, hatte es aber nicht.) Dann schnappte ich mir das Messer. »Hier ist noch ein Teller für Len«, sagte Mom zu mir. »Leg für ihn ein Stück beiseite, das kann er dann essen, wenn er kommt.«

Sie saß auf der Stuhlkante und verfolgte den Weg, den mein Messer nahm, bereit hochzuschnellen, falls ich etwas falsch machte; doch ich enttäuschte sie, ich schnitt das erste Stück Kuchen tadellos ab. Ich reichte es Wicky rüber und sagte: »Haben wir das alles nicht schon mal erlebt?«

»Was haben wir schon mal erlebt?« fragte Mom.

»Die Warterei auf den Wunderknaben, und der kam nicht? Ich

erinnere mich irgendwie daran, daß es im letzten Jahr genauso war.«

»Ich weiß nicht, warum du immer in diesem Ton über ihn sprichst«, sagte Mom. Sie dirigierte ein ihr angebotenes Stück Kuchen zu Jeff. »Ihr wart doch früher unzertrennlich.«

»Ja, früher«, stimmte ich zu.

»Ich glaube, du bist neidisch auf seinen Erfolg.«

»Erfolg?« Ich hörte auf, Kuchen zu schneiden, und sah zu ihr rüber. »Nennst du das Erfolg, den Leuten imitierte Herrenhäuser in Straßen mit Namen Fuchshundweg und In den Pferdewiesen anzudrehen?«

»Zumindest trägt er bei der Arbeit einen Anzug. Zumindest verdient er so viel, daß er anständig davon leben kann. Zumindest hat er einen Collegeabschluß.«

»Tja, wenn es das ist, worauf du abfährst«, sagte ich zu ihr.

Und sie sagte: »Hast du dich für den Kurs eingeschrieben?«

»Was für 'n Kurs?«

»Für den Abendkurs am College, erinnerst du dich nicht? Ich habe dir doch vorgeschlagen, daß du dich dort einschreibst und noch ein paar Punkte für deinen Abschluß sammelst.«

»Ach, der«, sagte ich.

»Und, hast du's gemacht?«

»Nein.«

»Warum nicht?«

»Ich bin da einfach nicht hingekommen, denk ich mal.«

Ich gab Dad ein Stück Kuchen. Er nahm es mit einem gequälten, mißbilligenden Ausdruck im Gesicht und einem prononcierten Blick seiner grauen Augen entgegen; aber es war Mom, die sein Mißfallen erregte, nicht ich. Er konnte es nicht ertragen, wenn jemand Nervosität erkennen ließ. Und es lag auf der Hand, daß Mom nervös war. Sie streifte ihre Ringe ab. Sie stapelte sie mit zitternden Fingern – klimper-klimper – vor sich auf: ihren Ehering, ihren Verlobungsring, Großmutter Gaitlins Abendring, den Alltagsring von ihrer Mutter mit den funkelnden roten und blauen Geburtssteinen. Sie sagte: »Aber das Semester muß doch schon angefangen haben?«

Ich reichte ihr einen Teller und sagte: »Halt ich für wahrscheinlich.«

Sie stieß den Teller weg.

»Kuchili, Jape-Jape!« jubilierte Wicky und hielt ihm die Gabel mit einem Kuchenstückchen hin. Aber J. P. starrte mit offenem Mund Mom an, während sich von seiner feuchtglänzenden Unterlippe ein Speichelfaden herabsenkte.

Zuletzt schnitt ich für mich ein Stück Kuchen ab. Ein großes. Ich sagte zu meinem Bruder: »Ich möchte ja nicht gierig sein oder so –«, und mein Bruder rollte die Augen.

»Zwölf Punkte«, sagte meine Mutter, überdeutlich artikulierend. »Zwölf-kleine-College-Punkte, und du könntest dich von der Miezenvertretung verabschieden.«

»Bizeps-Vermietung«, sagte ich und leckte die Schokoladenglasur von einer Kerze ab.

»Du könntest dir einen ordentlichen Anzug kaufen und könntest bei deinem Vater arbeiten.«

»Moment, Margot«, sagte mein Vater. »Wenn das College der einzige Hinderungsgrund wäre, würde ich mir schon morgen irgend etwas für ihn überlegen. Vielleicht arbeitet er lieber woanders; hast du daran schon mal gedacht?«

»Natürlich arbeitet er lieber woanders!« rief meine Mutter. »Hast du denn keine Augen im Kopf? Er pfeift auf dich! Er spuckt der Stiftung ins Gesicht! Er hat sich absichtlich eine Tätigkeit ausgesucht, die keinen Sinn über den Tag hinaus hat, die nichts darstellt und keine Zukunft hat, anstatt einer Arbeit von bleibender Bedeutung nachzugehen. Und er tut das aus reiner Bosheit.«

Ich hatte unbewegt weitergekaut, aber das konnte ich nicht unwidersprochen hinnehmen. Ich schluckte zweimal (der Kuchen hätte ebensogut Sand sein können) und wandte mich an meinen Vater. »Es ist keine Bosheit«, sagte ich zu ihm. »Es ist nur so, daß ich mich unter Gutmenschen unbehaglich fühle. Verstehst du das? Wenn mir jemand sagt, daß er, na, sagen wir mal, sein Weihnachtsfest als ehrenamtlicher Helfer in einer Suppenküche verbracht hat, dann sträubt sich in mir alles gegen den. Verstehst du, was ich meine?«

»Barnaby!« rief meine Mutter. »Dein eigener Vater ein Gutmensch! Überleg mal, was du da eben gesagt hast!«

»Und was spielt es für eine Rolle, ob mein Job Zukunft hat oder nicht?« fragte ich ihn. Er saß am einen Ende des Tischs und sie am anderen. Ich konnte ihn direkt ansprechen und Mom links liegenlassen. »Ich brauche nur so viel Geld, daß ich die Miete und die monatliche Rechnung vom Lebensmittelhändler bezahlen kann. Ich bin nicht darauf aus, reich zu werden.«

Er fand diesen Gedanken ganz offenbar bestürzend; auf jeden Fall klapperte er mit den Augendeckeln. Aber noch ehe er etwas dazu sagen konnte, setzte ich hinzu: »Außerdem würde ich nicht sagen, daß die Bizeps-Vermietung sinnlos ist. Sie dient einem sehr nützlichen Zweck.«

»Ja sicher, gegen Bezahlung!« sagte meine Mutter triumphierend. »Das ist was für Leute, die bezahlen können, und dann sterben sie, und dann hat sich's!«

J. P. fing an, mißmutige Jammerlaute von sich zu geben. Wicky stand auf und wollte ihn aus dem Hochstuhl heben, aber er machte Theater und sträubte sich. Sie sagte: »Könntest du mir hier mal eben helfen, Jeff?«

»Was soll ich machen?«

»Könntest du nicht mal seine Beine da unten raustun? Ich muß doch nicht alles selber machen!«

»Du mußt doch zuerst das Tablett wegschieben, heiliger Bimbam«, sagte Jeff zu ihr.

»Wie wär's, wenn du's wegschiebst, statt einfach nur dumm rumzusitzen, Himmeldonnerwetter!«

Ich legte meine Gabel hin und wandte mich an meine Mutter. »Ich will dir sagen, was dich wirklich fuchst«, sagte ich. (Ach ja, ich ließ mich früher oder später immer wieder hinreißen.) »Für dich ist eine Sache nur dann etwas wert, wenn sie in die Schlagzeilen kommt. *Bekannter Philanthrop verschenkt fünfhunderttausend.* Du hältst es für Zeitverschwendung, irgend 'ner Dame den Müll rauszubringen.«

»Ja, das tue ich«, sagte Mom. »Es ist nicht nur Zeitverschwendung, sondern auch Geldverschwendung. Und es ist *unser* Geld, das du verschwendest.«

»Oh, ich wußte doch, daß wir früher oder später darauf kommen würden.«

»Unsere achttausendsiebenhundert Dollar, von denen du uns noch keinen Penny zurückgezahlt hast, weil du mit deiner sogenannten Arbeit kaum das Existenzminimum verdienst.«

»Margot«, sagte mein Vater, »er braucht es nicht zurückzuzahlen.«

»Natürlich muß er es zurückzahlen! Das fällt nicht unter die laufenden Haushaltskosten, daß man die Einbruchsopfer seines Sohns ausbezahlt!«

»Er braucht es nicht zurückzuzahlen, und du benimmst dich widerwärtig«, sagte mein Vater.

Die Stille hatte etwas so Abruptes wie nach Schüssen oder krachenden Donnerschlägen. J. P. hörte auf zu jammern. Jeff und Wicky erstarrten rechts und links von ihm. Meine Mutter saß bolzengerade auf ihrem Stuhl. Es war jetzt viel deutlicher zu erkennen, daß sie nur ein polnisches Mädchen aus Canton war, das eine Heidenangst davor hatte, Jeffrey Gaitlin könnte sie gewöhnlich finden.

Seltsam, wie immer in solchen Momenten, wirkte die Runde um den Familieneßtisch schließlich ganz vollzählig.

Ich bestand darauf, daß mein Bruder mit mir rausging und seinen Wagen zurücksetzte, damit ich wegfahren konnte. Zuerst versuchte er mich hinzuhalten, sagte, daß sie auch gleich gehen wollten, wenn ich mich nur noch ein Momentchen gedulden würde. Aber ich sagte: »Ich muß *jetzt* los«, und so ging er murrend und knurrend mit.

»Heiliger Strohsack, Barn«, sagte er, während er hinter mir die Treppe heruntertappte. »Du nimmst alles so persönlich. Mom ist eben Mom; das kann dich doch nicht so treffen.«

»Ich wußte, daß sie das mit dem Geld aufs Tapet bringen würde«, sagte ich zu ihm.

»Wenn du's wußtest, warum regst du dich dann drüber auf?«

Wir blieben auf der Höhe meines Autos stehen, und ich zog den Reißverschluß meiner Jacke hoch. »Wann haben wir die nächste Veranstaltung? Zu Ostern? Erinner mich daran, daß ich verreise.«

»Nun sei doch nicht so eingeschnappt«, sagte Jeff. »So viel verlangen sie doch gar nicht von dir.«

»Nur daß ich mich in einen völlig anderen Menschen verwandle«, gab ich ihm zur Antwort.

»Das stimmt nicht. Wenn du dir nur ein kleines bißchen Mühe geben würdest; wenn du ihnen zeigen würdest, daß dir etwas an ihnen liegt. Wenn du dich zum Beispiel ein bißchen besser anziehen würdest, wenn du sie besuchst –«

»Ich bin prima angezogen!« Ich sah an mir herunter. »Na ja, vielleicht paßt die Krawatte nicht. Aber die Krawatte war ja auch nicht meine Idee, oder?«

»Barnaby. Du hast eine Schlafanzugjacke an.«

»Oh«, sagte ich. »Das hast du gemerkt?«

Und ich hatte gedacht, daß es fast wie ein ganz normales kariertes Flanellhemd aussah.

»Und beide Knie gucken aus deiner Jeans raus, und ich wette, daß du dich seit 'ner Woche nicht mehr rasiert hast.«

»Meine Haare sind frisch geschnitten«, sagte ich, in der Hoffnung, er würde stillschweigend annehmen, daß ein Friseur am Werk gewesen war.

Er sah mich von der Seite an und sagte: »Was verstehst du unter ›frisch‹?«

»Paß auf, Kumpel«, sagte ich. »Könnten wir jetzt mal 'n Zahn zulegen? Mir ist nämlich kalt!«

Ich ging mit großen Schritten auf mein Auto zu, was ihn dazu zwang, zu *seinem* Auto zu gehen; dabei seufzte er eine große Nebelwolke in die kalte Abendluft, um zu zeigen, wie arg ich seine Geduld strapaziert hatte. Er fuhr einen von diesen Macho-Geländewagen. Man hätte denken können, daß er den ganzen Tag auf seinem Weideland umherkurvte und seine Viehherden zusammentrieb oder so was.

Ein Geländewagen, ein Abschluß in Princeton und ein Schreibtisch, halb so groß wie ein Tennisplatz, in der Chefetage der Gaitlin-Stiftung. Wovon ich, weiß Gott, nichts haben wollte. Trotzdem konnte ich mich, während ich meine Autotür aufschloß, nicht gegen den Gedanken wehren, wie bequem man es hätte, wenn man Jeff wäre. Bei ihm schien alles glatter zu gehen. Ich dagegen, ich war von klein auf in Schwierigkeiten. Ich hatte immer alles verbockt und kaputtgemacht und meine Umgebung vor den Kopf gestoßen, während Jeff ruhig seine Sache machte. Es war, als ob er zu einer ganz anderen Rasse, zu einer ganz anderen Art gehörte, als ob er in der Welt mehr zu Hause war. Glücklicher veranlagt war.

Ich sagte manchmal zu mir: *Ich werde auch so sein, wenn mein richtiges Leben anfängt.*

Aber ich kann nicht erklären, was ich mit »mein richtiges Leben« meinte.

Ich rutschte hinters Steuer, schlug die Autotür zu und sah im Rückspiegel, wie Jeff in Richtung Straße zurückstieß. Während ich mich anschickte, meinen Motor zu starten, hörte ich ein Hupen hinter mir. Ich schaute wieder in den Rückspiegel und sah einen schwarzen Schickeria-Lexus in die Einfahrt einbiegen und Jeff die Ausfahrt versperren.

Da war Len Parrish nun doch noch.

Ich öffnete meine Tür und stieg aus. Jeff rollte wieder vorwärts, gefolgt von dem Lexus, der sein Hinterteil gerade noch von der Straße wegbrachte, bevor er dann schon hinter unseren beiden

Autos abbremsen mußte. »Warte mal«, rief ich und schwenkte beide Arme, aber Len ließ sich nicht aufhalten, sondern schaltete seine Scheinwerfer aus. Ich ging zu dem Lexus rüber. »Stell dich nicht dahin! Ich muß los!«

Er ließ das Fenster herunter. »Ich freue mich auch, dich zu sehen, Gaitlin.«

»Du versperrst mir die Ausfahrt. Ich will weg. Du mußt mich rauslassen.«

Statt dessen stieg er aus dem Auto aus. Er war ein gutaussehender Bursche, breitschultrig und athletisch, in einem schwarzen, auf Figur geschnittenen Mantel. Er hatte ein breites, behagliches Grinsen aufgesetzt und fragte mich: »Na, wie geht's denn unserm Geburtstagskind?«

»Prima, aber –«

»Jeff!« sagte er zu meinem Bruder, der gerade zu uns trat.

»Hallo, Len«, sagte Jeff. Die beiden schüttelten sich die Hand. (Ich stand bloß da.)

»Ich bin wahrscheinlich ein bißchen spät dran«, sagte Len.

»Also, Mom hat ein Stück Kuchen für dich aufgehoben«, sagte Jeff zu ihm.

»Komm noch mal mit rein und hilf mir beim Essen, Barnaby«, schlug Len vor.

»Ich kann nicht«, sagte ich. »Ich muß los.«

»Ach, komm. Was hast du's denn so eilig?«

Und jetzt was Komisches: Len Parrish war bei jedem Ding mit dabeigewesen, das ich in meiner Jugend jemals gedreht hatte. Er war sogar an dem Abend dabei, als ich geschnappt wurde, aber er ist nicht geschnappt worden, und ich hab der Polizei nie was davon verraten. Nachdem der Hubschrauber im Tiefflug über uns weggetuckert war, versuchte ich, vom Verandadach der Amberlys auf den Ast eines Ahorns zu springen. Verschätzte mich ein bißchen dabei; ich hatte ein oder zwei Züge Hasch intus. Landete unten im Feuerdorn. Keine schweren Verletzungen, nur ein paar Kratzer, danke noch mal dem Hasch, durch das meine Muskeln auf dem ganzen Weg nach unten so locker und entspannt geblieben waren wie die eines geübten Fallschirmspringers. Die Polizei war so abgelenkt, daß sie gar nicht mitbekam, wie Len und die Mullerjungen durch die Hintertür der Amberlys hinausschlüpften.

Ich machte Len nicht den leisesten Vorwurf. Ich an seiner Stelle hätte es genauso gemacht. Aber es ärgerte mich, daß meine Mutter ihn für so einen Superman hielt. Teurer Mantel und samtweiche Wildlederhandschuhe, von welch letzteren er jetzt einen auszog, um über die Kühlerhaube meines Wagens zu streichen. In der Dunkelheit sah mein Wagen schwarz aus, obwohl er eigentlich einen Farbton namens Riverside Red hatte. »Schmieriger Dreck«, sagte er. Er zog die Hand zurück und rieb die Finger aneinander.

»Was ist, Len, fährst du deine Kiste nun weg oder nicht?«

»Du brauchst 'ne Garage«, meinte er. »Miet dir eine oder so. Gib besser auf dein gutes Stück acht.«

»Das werd ich auf der Stelle tun«, sagte ich zu ihm. »Laß mich nur erst aus der Einfahrt raus.«

»Du solltest es wenigstens ab und zu waschen.«

Ich rutschte hinters Steuer und schlug die Tür zu. Jeff ging zu seinem Wagen zurück, und Len trottete nun endlich zum Lexus, während ich im Rückspiegel zusah. Sobald die Einfahrt frei war, legte ich den Rückwärtsgang ein und stieß zurück auf die Straße.

Das sollte Len doch selber machen, wenn er 'ne Corvette für so was Dolles hielt. Meine war zufällig Baujahr 1963, das Jahr, in dem sie die geteilte Heckscheibe hatte. Der blödeste Einfall in der Automobilgeschichte.

Ich war so glücklich darüber wegzukommen, daß ich Lens Winken sehr vergnügt erwiderte, bevor ich in Richtung der heimatlichen Gefilde davonbrauste. Jetzt konnten er und Mom ihre kleine Liebesfeier abhalten. Konnten die Köpfe schütteln über Ich-weiß-nicht-was-aus-Barnaby-werden-Soll. Konnten sich noch ein Stück Kuchen abschneiden.

Ich dachte noch mal an meinen Sturz vom Verandadach. Ich

hätte der Polizei entwischen können, wenn sich die dämliche Spitze von meinem Turnschuh nicht in einer Art Metallklemme verfangen hätte, die von der Dachrinne abstand. Ich erinnerte mich genau an das Gefühl – den kaum wahrnehmbaren Ruck, als mein Zeh und die Klemme sich berührten. Ich erlebte noch einmal die körperliche Empfindung von einem irreversiblen Geschehen; jenes Verlangen, meinen einen, einzigen, blöden Fehltritt rückgängig zu machen, das ich auf dem ganzen Weg nach unten empfand. Aber es war schon zu spät, und das war mir voll bewußt, noch ehe ich in dem Feuerdorn landete.

Achttausendsiebenhundert Dollar. Das kam immer wieder bei irgendeiner Gelegenheit aufs Tapet. Mom sagte zum Beispiel, daß sie vorhatten, irgendwann die Küche zu erneuern, wenn sie es sich leisten konnten; und während ein Fremder das für eine harmlose Bemerkung gehalten hätte, wußte ich es besser. Natürlich konnten sie es sich leisten – wenn sie es nicht konnten, wer dann? –, aber sie wollte deutlich machen, daß sie immer noch die Nachwirkungen dieses unvorhergesehenen finanziellen Aderlasses spürten. Dieser so unnötigen wie unsinnigen Ausgaben. Dieses anhaltenden Ärgers über die Kleinbeträge, die man den Nachbarn auszuzahlen hatte. Sechzig Dollar für eine Spieldose mit einer Ballerina oben drauf, die ich in einem Moment der Panik im Abflußrohr der Regenrinne versenkt hatte. Neunundvierzig fünfzig für die Reparatur eines Schlosses an einer Schranktür. Der teuerste Artikel war eine Schnitzerei aus Elfenbein, ein winziges nacktes Chinesenpärchen, das gerade sehr intim wurde. Sie zerbrach mir, als ich sie zwischen meine Matratze und die Sprungfedermatratze steckte. Mr. McLeod sagte, daß sie unbezahlbar wäre, gab sich aber murrend mit sechshundert Dollar zufrieden. Man hätte eigentlich erwarten dürfen, daß er sich geniert hätte, sich als Besitzer zu outen.

Ich fuhr jetzt mit leicht erhöhter Geschwindigkeit die Charles Street entlang. Schoß auf eine Ampel zu, die auf Rot umschaltete, bevor ich sie erreicht hatte, aber ich schlug, ohne zu bremsen, einen Haken nach rechts in den Northern Parkway.

Und es war nicht nur die Schadenersatzforderung. Man brauchte Mom nur richtig in Fahrt zu bringen, damit sie mir auch noch das Schulgeld für die Schwererziehbarenschule aufs Butterbrot strich. Hier war die genaue Summe etwas schwieriger zu beziffern. Wie Dad hervorhob, hätten sie in jedem Fall Schulgeld für mich bezahlen müssen. Und Mom sagte: »Aber nicht für eine Schule wie Renascence, mit einem Schüler-Lehrer-Verhältnis vier zu eins und ausgebildeten Psychologen.«

Ich selber rechnete das Schulgeld nicht mit, weil ich zu dem Schluß gekommen war, daß Renascence auf ihrem Mist gewachsen war und nicht auf meinem. Der erste Vorgeschmack, den ich davon bekam: Mom sagte, ich sollte meine Sachen packen, weil ich am nächsten Tag zu einer Sonderschule fahren würde, die wie gemacht für mich war – das komfortable Heim für Ihren Jungen, Betreuung rund um die Uhr. Bloß verstand ich statt »Ihren Jungen« »irre Jungen«. (»Es ist wie gemacht für dich: das komfortable Heim für irre Jungen.«) Ich rastete aus und sagte, daß ich da nicht hingehn würde. Ich wollte überhaupt nicht dahin, auch nicht, nachdem sie das Mißverständnis aufgeklärt hatten. Deshalb konnte man mir für die Rechnung von Renascence auch nicht die Schuld geben, stimmt's?

Ein unglücklicher Name: Renascence. Die Leute verbesserten dauernd meine Aussprache. »Äh, meinst du nicht Renaissance?« Und niemand wurde dort wiedergeboren, das kann man mir glauben – niemand, von dem ich je gehört hätte. Der Briefkopf des Instituts versprach »Führung und Halt für den begabten jugendlichen Stürmer und Dränger«, aber wenn sie wahrheitsgemäß firmiert hätten, hätte es heißen müssen »Verwahranstalt für Ihren betuchten jugendlichen Delinquenten«. Das einzig »Besondere« an dem Laden war, daß man uns das ganze Jahr über dabehielt. Keine leidigen Sommerferien, in denen wir unseren Eltern auf den Wecker gingen. Wir mußten im Anzug zum Unterricht erscheinen. (Was meine heutige Vorliebe für Schlafanzugjacken erklärt.) Und jedesmal, wenn wir geflucht haben, mußten wir ein Sonett von Shakespeare auswendig lernen. Mann, das schafft in null Komma nichts eine saubere Ausdrucksweise! Gar nicht zu reden von dem bleibenden Haß auf Shakespeare.

Ich erinnere mich noch an ein Sonett, das ich in meiner ersten Woche in Renascence gelernt habe. »Wenn ich, von Gott und Menschen übersehn,/ Mir wie ein Ausgestoßener erscheine...« lauteten die ersten beiden Zeilen. Ich dachte, er spricht von mir. Ich schwöre, daß es mich in dem Augenblick fast zerrissen hätte, als ich diese Worte auf dem Papier sah.

So weit, so gut. Wie schon gesagt, es war meine erste Woche. Und jedenfalls sagte der dann später noch: »Dich, süße Lieb, gedenken macht mich reich...«, womit ich sicherlich *nicht* gemeint sein konnte. In meinem Leben gab es keine »süße Lieb«; absolut nicht. Die Mädchen, mit denen ich damals rumhing, waren eher Körpergefährtinnen als Seelengefährtinnen, und man konnte nicht sagen, daß irgendeiner von meiner Familie meine »süße Lieb« war.

Ich fragte mich, wie meine Eltern reagieren würden, wenn ich ihnen diese 8700 Dollar je zurückzahlen würde. Genauer gesagt, wie meine Mutter reagieren würde. Sie würde wahrscheinlich in Ohnmacht fallen.

Manchmal dachte ich, wenn ich's ihr bloß mal zeigen könnte, bloß ein für allemal *zeigen* könnte, dann hätte ich meine Ruhe vor ihr.

Ich kam endlich in meiner Wohnung an. Machte das Licht an, zog den Reißverschluß meiner Jacke runter, schlug auf den Knopf von meinem Anrufbeantworter. Mrs. Dibble brauchte jemand, der für Miss Simmons eine Besorgung machte, vorausgesetzt, daß ich vor sechs zu Hause war. Dafür war es jetzt zu spät; deshalb zog ich meine Jacke aus und fing an, die Taschen meiner Jeans auszuleeren. Mimi Hardesty, ein Stockwerk höher, hatte eine Nachricht hinterlassen, sie hatte ein winziges bißchen Wäsche, das sie morgen gern waschen würde, auch wenn nicht Samstag war. Dann wieder Mrs. Dibble. Ich sollte mir wegen Miss Simmons keine Gedanken machen – sie hatte an meiner Stelle Celeste hingeschickt –, ich sollte aber morgen mit einer brandneuen Kundin zusammentreffen. Einer Mrs. Glynn. »Ihre Nichte hat bei mir angefragt«, sagte sie. »Sie hat mir gesagt, daß Sie beide im Zug darüber gesprochen hätten. Gute Arbeit, Barnaby! In Ihnen muß ja ein toller Verkäufer stecken. Die Nichte sagt, bei ihrer Tante sind jede Menge Arbeitsstunden fällig, ihre eigenen Worte. Sie hat sich nach der Höhe unseres Wochenhonorars erkundigt. Sie möchte, daß Sie morgen abend zu ihrer Tante nach Hause kommen.«

Moms Umschlag war aus so festem Papier, daß er sich von selber auffaltete, als ich ihn auf den Tresen legte. Ich hob die Lasche und spähte hinein. Boah! Kein Geschenkgutschein, sondern Bares – hundert Dollar. Fünf Zwanziger, so neu, daß sie noch leicht aneinanderhafteten, als ich sie auffächerte. Na, prima, ich brauchte sowieso keine neuen Klamotten. Ich hatte den Gutschein von Weihnachten noch nicht eingelöst.

Ich schob die Geldscheine wieder zusammen und klemmte sie in die Dollarklammer von Opal. Ich wog die Klammer in der Hand und dachte nach.

Angenommen, ich verdiente hundert Dollar pro Woche extra. Angenommen, ich zog mir diese Tante von Sophia an Land, bei der jede Menge Arbeitsstunden fällig sind; angenommen, ich hörte auf, mich vor den Kunden zu drücken, die mich nicht interessierten, vor den Arbeiten, die mir nicht paßten, und verbesserte mein monatliches Einkommen um runde hundert Dollar. Das bedeutete siebenundachtzig Wochen. Sechsundachtzig mit dem Geburtstagsgeld; fünfundachtzig und vierundachtzig, wenn ich den nächsten Geburtstag und das nächste Weihnachtsfest noch mit dazurechnete.

Ich würde Mom das Geld bar auf die Kralle geben: siebenundachtzig knisternde neue Hundertdollarscheine. Ich würde sie aus der Dollarklammer ziehen und sie Mom auf die Handfläche klatschen.

Die Engel von allen anderen hatten nur eine einzige Botschaft überbracht, und damit hatte es sich gehabt. Aber hätte ich mir nicht denken können, daß *mein* Engel irgendwie mehr einer von der nörglerischen Sorte war?

5

Mrs. Glynn wohnte in einer dusteren Straße gleich südlich von der Cold Spring Lane in einem braunen Holzhaus mit grünen Fensterläden, von denen die Farbe abblätterte. Ich sollte Sophia um halb sechs dort treffen, was ihr Zeit ließ, nach der Arbeit dahin zu fahren, aber als ich etwa eine Viertelstunde zu früh vor dem Haus hielt, wartete sie schon davor. Sie stand an die Kühlerhaube ihres Wagens – eines silbergrauen Saab – gelehnt. Ich hatte Saabfahrer immer für Blödmänner gehalten, aber jetzt dachte ich, daß ich mich geirrt haben konnte.

Ich parkte hinter ihr und stieg aus. »Hallo, Sophia«, sagte ich und fragte mich dann, ob ich nicht besser Miss Maynard gesagt hätte. Mrs. Dibble hatte Regeln aufgestellt, wie wir unsere Kunden anzureden hatten. Nur daß Sophia ja genaugenommen keine Kundin war. Und es schien sie auch nicht zu stören; sie lächelte nur und sagte: »Danke, daß Sie gekommen sind, Barnaby.«

Sie hatte heute einen anderen Mantel an, einen schwarzen Wollmantel mit 'ner Art Stehkragen. Er ließ ihr Haar noch blonder erscheinen. Es kam mir auch so vor, als hätte sie mehr Make-up aufgetragen. Das war offenbar ihr Nahkampfoutfit für die Bank. Ich sagte: »Ich dachte, Banker hätten 'ne kürzere Arbeitszeit. Wollen Sie wirklich sagen, Sie müssen bis fünf Uhr arbeiten wie andere Leute auch?«

»Ja, leider«, erwiderte sie. Wir gingen die Stufen zur Haustür hinauf. »Lieb von Ihnen, daß Sie einverstanden waren, meine Tante erst mal kennenzulernen. Ich muß sie sozusagen noch zu ihrem Glück überreden, wie ich Ihrer Arbeitgeberin schon gesagt habe.«

»Oh, kein Problem«, sagte ich zu ihr.

»Ist sie das?« wollte Sophia von mir wissen.

»Ist wer was?«

»Mrs. Dibble«, sagte Sophia. Sie drückte auf den Klingelknopf, und irgendwo im Hausinneren fing ein Hund an zu kläffen. »Ist Mrs. Dibble Ihre Arbeitgeberin?« fragte sie.

»Ja, ihr gehört der Laden. Sie hat bei null angefangen, und jetzt gehört er ihr mit allem Drum und Dran.«

»Ich hatte es nämlich irgendwie so verstanden, daß die Firma Ihnen gehört«, sagte sie.

»Mir? Aber überhaupt nicht.« Ich mußte jetzt lauter sprechen, weil der Kläffer näher kam. »Ich bin nur ein Handlanger, mehr nicht.«

»Oh, Sie sind sicher mehr als ein Handlanger«, sagte sie. »Der Umgang mit Ihren älteren Kunden erfordert bestimmt ein gewisses Maß an Qualifikation.«

»O ja, das kann man wohl sagen. Mann, einige von uns haben sogar einen Ph. D., was ja auch kein Wunder ist in diesen lausigen Zeiten«, sagte ich. »Ich allerdings nicht, das wollte ich damit nicht sagen.« Ich gab mir bewußt Mühe, bei der Wahrheit zu bleiben, damit sie sich nicht noch mehr falsche Vorstellungen machte. Aber bevor ich ihr erklären konnte, daß ich noch nicht mal einen B. A. hatte, flog die Tür auf, und Sophias Tante sagte: »Da seid ihr ja!«

Sie war nicht größer als eine Zwergin – ein netter, winzig kleiner Floh von einer Frau. Sie hatte ein dunkelblaues, weiß gepunktetes Kleid an, das ihr bis zu den Knöcheln reichte, aber an jemand anderem eine ganz normale Länge gehabt hätte, Wasser ziehende dicke Strümpfe und riesige Turnschuhe. Über dem Unterarm trug sie einen Yorkshireterrier, sorgfältig gefaltet wie die Serviette über dem Arm eines Kellners. »Das hier ist meine Hausglocke«, sagte sie und streckte ihn mir entgegen. »Ohne Tatters hätte ich nie gemerkt, daß ihr hier draußen steht.«

»Tante Grace«, sagte Sophia, »ich möchte dich mit Barnaby bekannt machen.«

»Bartleby?« sagte ihre Tante scharf.

»*Barnaby.*«

»Na, das hört sich schon besser an. Wollt ihr nicht hereinkommen?«

»Meine Tante, Mrs. Glynn«, sagte Sophia. Aber Mrs. Glynn hatte sich umgedreht und ging voran ins Wohnzimmer. Irgend etwas an ihrer Rückfront verriet einem, daß sie schwerhörig war. Und es war nicht zu übersehen, daß die Wohnung allmählich zuviel für sie wurde. Die Gardinen starrten vor Dreck, die Wände in den Ecken waren staubgeschwärzt, und die Luft hatte den muffigen, süßlichen Wolldeckengeruch, der in einem ungelüfteten Raum entsteht, wo jemand exzessiv viel schläft.

»Sophia ist der Meinung, daß ich zu tatterig bin, um noch alleine für mich zu sorgen«, sagte Mrs. Glynn. Sie dirigierte uns mit einer Handbewegung auf die Couch. Als sie ihren Platz in dem Ohrensessel gegenüber eingenommen hatte, reichten ihre Nikes nicht ganz bis zum Boden. Sie setzte den Hund neben sich und rückte ihm penibel die Pfoten zurecht. »Vor kurzem hat sie mir zugesetzt, ich soll mir eine Hausgenossin suchen. Ich sage: ›Was soll ich mit 'ner Hausgenossin? Das würde wahrscheinlich nur darauf rauslaufen, daß ich *sie* bediene, und wir würden den ganzen Tag streiten und uns gegenseitig piesacken, und ich wüßte nicht, wie ich sie wieder loswerden soll.«

»Nun, da haben Sie die Vorzüge der Bizeps-Vermietung«, sagte ich zu ihr. Ich sprach jetzt mit jener verminderten Modulation, die die Reichweite der Stimme erhöht. (Ich hatte das zu einer regelrechten Wissenschaft entwickelt.) »Wir verrichten unsere Arbeit schweigend, wenn Sie es wünschen. Sie können bei uns in der Firma auch einen Schlüssel abgeben, dann gehen wir zu Ihnen, während Sie weg sind, und sind verschwunden, wenn Sie wieder nach Hause kommen.«

»Es ist nicht so, daß ich ungesellig wäre«, sagte Mrs. Glynn. »Nicht wahr, Sophia?«

»Um Himmels willen, nein, Tante Grace. Nur unabhängig.«

»Nachdenklich? Na ja, ich nehme mir gerne Zeit zum Überlegen, aber ...«

»Ich habe *unabhängig* gesagt.«

»Oh. Unabhängig. Ja.«

Sie sah mir mit gerecktem Kinn direkt ins Gesicht. »Aber wir sind nicht hier, um über mich zu reden. Wir sind hier, um über Sie zu reden. Sind Sie vielleicht zufällig ein Junge aus Baltimore?«

»Ja, Ma'am. Ein waschechter«, gab ich zur Antwort.

»Ach tatsächlich? Könnte es sein, daß ich Ihre Eltern kenne? Wie heißen Sie überhaupt mit Nachnamen?«

»Gaitlin«, sagte ich ihr.

»Gaitlin?« Sie überlegte. »Wie der Name von der Stiftung?«

»Ja, Ma'am.«

»Nein, wirklich?«

Es entstand eine Pause. Sophia strich sich den Rock über ihrem Schoß glatt. Mrs. Glynn sagte: »Warum arbeiten Sie denn dann nicht für die?«

»Das ist eine lange Geschichte«, antwortete ich.

»Das lag an der Nichte? Wieso das denn?«

»Eine *lange Geschichte*. Und verwickelt.«

»Aha«, sagte sie. »Dann sind Sie also auch unabhängig. Lehnen es ab, irgendwelche Almosen von reichen Verwandten anzunehmen. Also, das kann ich Ihnen nicht verdenken. Bravo, junger Mann!«

»Vielen Dank«, sagte ich.

»Sie stehen auf eigenen Beinen, stimmt's? Dann verstehen Sie, warum ich keine Hausgenossin hier bei mir haben will.«

»O ja.«

»Sophia, die treue Seele, hat mir sogar angeboten, selber zu mir zu ziehen«, sagte Mrs. Glynn. Sie streckte die Hand aus und zauste den Yorkie am Pony. Er lächelte und zeigte dabei die Zunge – ein winziges rosa Läppchen wie bei einem Teddybär. »Ich habe zu ihr gesagt: ›Was, um dadurch eine so phantastische Beziehung kaputtzumachen?‹ Sophia ist meine einzige Nichte. Es ist nicht so, daß ich Verwandte hätte zum Um-mich-Schmeißen.«

»Ich dachte, daß ich in ihrem Gästezimmer wohnen könnte«,

sagte Sophia zu mir, »aber Tante Grace wollte nichts davon wissen.«

»Sie hätte mich ständig im Auge gehabt«, meinte Mrs. Glynn. »Oh, ich weiß, sie will nur mein Bestes. Aber sie würde versuchen, meine Eß- und Schlafgewohnheiten zu ändern. Nicht wahr, das würdest du doch?« fragte sie Sophia liebevoll. »De facto bist du schlimmer als eine Mutter.«

»Das stimmt«, sagte Sophia. »Ich bin ein überbesorgter Mensch.«

»Sie ist ein überbesorgter Mensch«, verkündete Mrs. Glynn. Sie brachte das so triumphierend vor, daß ich sicher war, sie hatte Sophia nicht gehört. »Sie drängt mir ihre Vitamintabletten auf. Setzt mir zu, ich soll meine Übungen machen. Versucht mich dazu zu bewegen, mein Geld auf die Bank zu tragen.«

»Tante Grace mißtraut den Banken«, sagte Sophia zu mir.

»Natürlich mißtraue ich den Banken!« sagte Mrs. Glynn. Sie hatte das offenbar problemlos verstanden, obwohl Sophia fast geflüstert hatte. »Ich habe die Große Depression miterlebt. Ich müßte ja den Verstand verloren haben, wenn ich einer Bank trauen würde! Ich bewahre meine flüssigen Mittel im Mehlkasten auf.«

»Bitte!« sagte Sophia. »Verstehen Sie nun, was ich meine?« fragte sie mich. »Sie kennt einen Menschen noch keine fünf Minuten und erzählt ihm, wo sie ihr Geld aufbewahrt.«

»Nicht *irgendeinem* Menschen. Einem *netten* Menschen, mit freundlichen braunen Augen und einem Lächeln in den Mundwinkeln!«

»Aber ich glaube, du würdest es jedem erzählen, den du kennenlernst«, beharrte Sophia auf ihrer Meinung. »Du denkst, wir leben noch in den dreißiger Jahren, wo die Leute ihre Haustür nicht abgeschlossen haben und den Autoschlüssel im Zündschloß steckenließen.«

»Nun übertreib aber nicht«, sagte Mrs. Glynn. »Ich achte sehr darauf, daß meine Haustür abgeschlossen ist.«

»Wenn du zufällig daran denkst.«

Es war offenkundig, daß diese Unterhaltung schon etliche Male zwischen ihnen stattgefunden hatte. Es war nicht zu übersehen, daß sie ihren Spaß daran hatten; sie trugen beide ihren Text vor und schielten dabei mit einem Auge zu mir hin. Ich sagte: »Also, wie auch immer. Wir sind bei der Bizeps-Vermietung daran gewöhnt, mit unabhängigen Menschen umzugehen. Wir stellen uns voll und ganz auf die Bedürfnisse unserer Kunden ein: Wir lassen uns so viel oder so wenig einbeziehen, wie gewünscht wird.«

»Erzählen Sie von Mr. Shank«, forderte Sophia mich auf.

»Mr. Shank?«

»Wie er mitten in der Nacht anruft, bloß weil er sich einsam fühlt.«

»Oh«, sagte ich. Ich war überrascht, daß sie sich daran erinnerte. »Also, eigentlich hat er ja das entgegengesetzte Problem –«

»Erzählen Sie von Mrs. Gordon. Da ist diese eine Kundin, sie heißt Mrs. Gordon«, wandte Sophia sich an ihre Tante, »die kann nicht zahlen.«

»Die kann nicht malen? Wozu muß sie das denn?« wollte Mrs. Glynn wissen.

»Zahlen. Das Honorar zahlen«, sagte Sophia. »Und Barnaby hilft ihr trotzdem und schreibt weniger Stunden auf.«

»Ich habe kein wie immer geartetes Problem, meine Rechnungen restlos zu bezahlen«, sagte sie mit Nachdruck zu mir.

Sophia sagte: »Aber nein, das sollte doch nicht heißen –«

»Ganz gleich, wie hoch sie sind, ich kann mehr als zahlen. Und wie viele Stunden auch immer es sind. Ich denke, wir fangen mal mit einer Stunde täglich an. Und sehen dann weiter.«

»Eine Stunde täglich«, sagte ich und suchte in meinen Taschen nach meinem Kalender. »Und ist es Ihnen vormittags lieber oder nachmittags?«

»Nachmittags, wenn Sie da Zeit haben.«

»Ja, Ma'am. Sonst hat jemand anders Zeit. Ich oder einer von den andern.«

»Einer von den andern? Moment mal. Sind denn nicht Sie derjenige, der kommt?«

»Wenn es sich irgendwie einrichten läßt, komme ich.«

»Es wäre mir lieber, wenn Sie kämen.«

»Ich versuche es ganz bestimmt.«

»Zum einen sind Sie Linkshänder«, sagte sie zu mir.

Das war ich tatsächlich. Ich hatte aber keine Ahnung, wie sie das herausgefunden hatte. Sophia sagte: »Was hat denn Linkshändigkeit damit zu tun?«

»Ich habe einfach das Gefühl, Linkshänder sind zuverlässiger.«

Sophia gab einen Laut von sich, der irgendwo zwischen Lachen und Seufzen lag. Ich sagte: »Ja, Ma'am, auf mich ist absolut Verlaß«, während ich im Kalender blätterte. »Wie wäre es um fünfzehn Uhr?« fragte ich. »Da hab ich an jedem Werktag noch Zeit. Oder um sechzehn Uhr außer freitags, und am Freitag könnten wir –«

»Nein, lieber später«, sagte Mrs. Glynn bestimmt. »Siebzehn Uhr dreißig wäre mir recht. Ließe sich das einrichten?«

»Aber sicher«, sagte ich zu ihr und trug es in den Kalender ein. Um siebzehn Uhr dreißig war Flaute bei uns – das war für viele der älteren Herrschaften Abendbrotszeit. »Sind Sie dann hier, oder bekommen wir einen Schlüssel von Ihnen?«

»Sie können für alle Fälle einen Schlüssel haben. Aber gewöhnlich bin ich hier. Warum fangen Sie nicht am kommenden Montag bei mir an? Bis dahin habe ich eine Liste gemacht.«

Sie erhob sich aus ihrem Sessel, und wir standen auch auf. Ihr Hündchen spitzte die Ohren und gab einen frohlockenden Laut von sich. »Ich habe erraten, daß Sie Linkshänder sind, weil Sie Sophia rechts von sich auf die Couch gelotst haben«, sagte Mrs. Glynn zu mir. »Mein Mann war nämlich Linkshänder. Er wollte mich immer rechts von sich haben – beim Sitzen, Gehen, sogar beim Schlafen. Er meinte, so hätte er den Schwertarm frei, um mich verteidigen zu können.«

Als sie jetzt lächelnd zu mir hochsah, waren die Säcke unter ihren Augen größer als zuvor. Sie mußte gewissermaßen über sie hinweglugen. Sie wirkte mutwillig und vergnügt wie ein Kobold.

Mrs. Glynns fünf Stunden würden mir sehr helfen, die 8700 Dollar zusammenzubringen, aber sie reichten alleine natürlich nicht aus. Ich sagte Mrs. Dibble, daß ich mehr Aufträge brauchte. »Mrs. Figg ist Ihnen doch ein Begriff? Die Kundin, die uns die Hölle gesandt hat. Sie können mich doch da hinschicken; ich hab's mir anders überlegt. Und vergessen Sie, daß ich samstags abends frei haben wollte.«

»Hm«, meinte Mrs. Dibble. »Da spart jemand offenbar auf irgend was.«

Ich sagte nur: »Ach, ein paar Dollar extra kommen einem immer gelegen.«

Für ein paar Dollar extra übernahm ich noch eine zweite Mülltonnenroute, als Jay Cohan an einer EBV-Infektion erkrankte. Ich verbrachte einen ganzen Tag damit, für Mrs. Binney Möbel umzustellen, die, einen Finger geziert ans Kinn gelegt, dabeistand und sagte: »Wenn ich's mir recht überlege...« Ich belud um vier Uhr früh den Kombi der Winstons für ihre jährliche Fahrt nach Florida. (Sie wollten es mich nicht am Abend vorher machen lassen – aus Angst vor Dieben. Und natürlich gehörten sie auch zu der Sorte, die darauf schwört, morgens vor Tau und Tag loszufahren.)

Ich ging sogar so weit, Len Parrish anzurufen, weil er erwähnt hatte, daß er für sein neuestes Wohnungsbauprojekt eine Teilzeithilfe brauchte. Jemand, der den Leuten die Musterwohnung zeigte – bloß 'ne lebende Seele. Aber offenbar war *meine* nicht gefragt, denn zuerst benahm er sich wie Mr. Vielbeschäftigt (»Barn! Ich wollte gerade zur Tür raus! Tut mir leid, ich kann jetzt nicht mit dir sprechen«), und dann sagte er, daß er schon jemand eingestellt hätte. Ich wußte nicht, ob ich ihm glauben sollte oder nicht. »Hey, alter Knabe«, sagte er, »wie *geht's* dir? Was macht das *Auto*? Wir sollten uns mal irgendwo auf 'n Drink treffen. Ich ruf dich an.«

Ich fragte mich, ob er wohl vorhatte, den Drink von der Steuer abzusetzen. (Nicht daß ich mit seinem Anruf wirklich rechnete.) Len hatte mir mal erzählt, daß er so ziemlich alles, was er tat, für steuerlich abzugsfähig hielt. »Strandausflüge, Kinobesuche...«, sagte er. »Weil ich nämlich bei allem dazulerne und deshalb besser in der Lage bin, geschäftliche Entscheidungen auf sachlicher Grundlage zu treffen. Mann, aus meiner Sicht ist das Leben *als solches* steuerlich abzugsfähig.«

Wahrscheinlich war es ganz gut, daß er keine Arbeit für mich hatte.

Am Montag ging ich zu Mrs. Glynn und nahm meine Arbeitshandschuhe mit, weil ich nicht wußte, was für ein Programm sie sich für mich ausgedacht hatte. Aber wie sich herausstellte, waren es nur ganz einfache Aufgaben, die auf ihrer Liste standen. »Alle Schüsseln und Teller von den obersten Küchenschränken runterholen und auf Regale in meiner Reichweite stellen. Den Sessel, der im Wintergarten steht, ins Wohnzimmer bringen.«

Ich zog gerade die Schrauben am Regal für die Kochtöpfe an, als Sophia auftauchte. Ich hörte, wie Tatters sie ankläffte. Sie kam anscheinend direkt von der Arbeit. Sauste in die Küche in ihrem schicken schwarzen Mantel und sagte zu mir: »Na, wie läuft's denn so?«

»Prima«, antwortete ich.

»Ich dachte einfach, ich fahr mal schnell vorbei und seh nach, ob ihr beiden miteinander klarkommt.«

»Also, wir hatten eigentlich nicht so sehr viel miteinander zu tun«, sagte ich. Ich konnte in 'ner ganz normalen Lautstärke mit ihr sprechen, weil Mrs. Glynn wieder in ihr Wohnzimmer zurückgegangen war, nachdem sie Sophia hereingelassen hatte. »Bis jetzt habe ich das gemacht, was auf ihrer Liste steht«, sagte ich. »Aber ich bin mir nicht sicher, ob das, was da draufsteht, für 'ne ganze Stunde ausreicht.«

»Ach, das ist doch erst der Anfang. Sie ist an den Luxus, daß sie

Sie hier hat, noch gar nicht gewöhnt. Glauben Sie mir: Es gibt 'ne Menge Arbeit! Und ich kann Ihnen einiges nennen, falls sie es nicht kann. Ich bin schon seit Jahren hinter ihr her, daß sie die juristische Bibliothek meines Onkels wegpackt, die im Wintergarten steht.«

Sie sah zu, wie ich die Töpfe wieder an ihren Platz räumte. Sie waren staubbedeckt – Mrs. Glynn kochte anscheinend nicht viel –, deshalb wischte ich sie mit meinem Hemdsärmel ab, bevor ich sie wieder aufhängte. Dann dachte ich besorgt, daß Sophia das für Schlampigkeit halten würde. Ich sagte: »Meinen Sie, Ihre Tante möchte, daß wir die mal in die Spülmaschine stecken?«

»Ja, vielleicht«, antwortete Sophia. Aber sie ging sie nicht fragen. Sie sagte: »Das Hauptmotiv dabei ist, etwas Ordnung in Tante Graces Sachen zu bringen und sie dann in eine Wohnung umzuquartieren. Irgendwo mehr in meiner Nähe, damit ich ein Auge auf sie haben kann. Sie ist schließlich auch fast achtzig.«

Ich beschloß, die Idee mit der Spülmaschine aufzugeben. Ich hängte noch eine Pfanne hin. »Achtzig, ja?« sagte ich. »Ist sie wirklich Ihre Tante, oder ist sie eine Großtante?«

»Nein, sie ist meine Tante. Die Schwester meines Vaters. Ich bin ein spätes Kind der Liebe«, sagte Sophia. »Meine Mutter war schon in den Vierzigern, als sie mich bekam. Inzwischen ist sie selbst fast achtzig, und ich bin erst sechsunddreißig.«

Ich war bereit für meine nächste Aufgabe: einen losen Türgriff an einem Schrank in der Speisekammer festzuschrauben. Ich machte mich auf den Weg, um danach zu sehen, und nahm den Schraubenzieher mit.

»Sie finden sechsunddreißig wahrscheinlich alt«, sagte Sophia, im Türrahmen der Speisekammer lehnend.

»Du liebe Güte, nein«, sagte ich höflich zu ihr. »Ich doch nicht, wo ich's die meiste Zeit mit Leuten in den Neunzigern zu tun habe.« Ich rüttelte an dem Griff und hockte mich dann davor hin.

»Wie alt sind Sie, Barnaby?«

»Ich bin letzte Woche dreißig geworden.«
»Oh, dann herzlichen Glückwunsch.«
»Danke.«
»Hat denn jemand eine Party für Sie gegeben?«
»Ich war bloß bei meinen Eltern zum Abendessen«, erwiderte ich. Ich öffnete die Tür ein wenig und sah mir die Verschraubung auf der Innenseite an.
»Und was war mit Ihrer kleinen Tochter?«
»Was soll mit ihr gewesen sein?«
»Ist sie zu dem Abendessen hergekommen?«
»Nö. Mein Geschenk hatte ich ja schon von ihr bekommen, oder? Und außerdem wußte ich ja, daß ich am Samstag hinfahren würde.«
»Ja, ich habe am Zug nach Ihnen Ausschau gehalten«, sagte sie.
»Ach ja?«
»Ich wußte noch, daß Sie sie immer am letzten Samstag im Monat besuchen.«
»Ich bin diesmal mit dem Wagen gefahren«, sagte ich. »Das tu ich normalerweise, wenn mein Auto intakt ist.«
»Ach, Sie sind mit dem Wagen gefahren.«
»Das ist billiger.«
»Ich sollte das wahrscheinlich auch tun. Wenn ich auf der Autobahn nicht immer so nervös wäre«, sagte sie.
Ich versuchte nun, eine Schraube anzuziehen, rutschte aber immer wieder ab. Sophia machte mich befangen. Ich bin kein solider Handwerker; ich mache diese kleinen Reparaturarbeiten nach der Irgendwie-wird's-schon-gehen-Methode. Deshalb sah ich sie an, und sie muß mich verstanden haben, denn sie sagte: »Also dann. Ich will Sie nicht länger stören.« Sie löste sich vom Türrahmen und ging, und kurz darauf hörte ich, wie sie sich draußen von ihrer Tante verabschiedete.

Am zweiten Tag in meinem neuen Job wollte Mrs. Glynn von mir zum Supermarkt gefahren werden. Sie kam zwar mit ihren

Einkäufen schneller voran als die Cartwrights, war aber als Mitfahrerin viel schwerer zu ertragen. Obwohl wir mit meinem Wagen fuhren (sie hatte sich von ihrem schon vor Jahren getrennt, sagte sie), stampfte sie jedesmal, wenn wir uns einer Ampel näherten, heftig mit einem ihrer Turnschuhe auf, lehnte jede Unterhaltung kategorisch ab und war finster entschlossen auf den Verkehr konzentriert.

Auch im Supermarkt gestaltete sich die Unterhaltung schwierig, weil sie durch die Hintergrundgeräusche noch schlechter hörte. Als ich sie im Gang mit den Obstkonserven fragte: »Wollen Sie auch eine Dose Mandarinen?«, gab sie mir zur Antwort: »Ich trage eigentlich keine Hosen aus Gabardine«; und an der Kasse war sie sofort beleidigt, als die Verkäuferin ihr anbot: »Wir können Ihnen den Kaffee mahlen.« (»*Natürlich* kann ich mein Zeug bezahlen, sonst wär ich ja nicht hergekommen, oder?« fauchte sie.) Aber alles in allem kamen wir gut über die Runden. Brauchten etwas mehr als eine Stunde – aber ich hielt die kleine Zeitüberschreitung nicht in meinem Rapportbogen fest –, und schließlich sagte sie mir, daß ich eine Hilfe für sie gewesen war. »Ich nehme Sophia nicht gern wegen jeder Kleinigkeit in Anspruch. Sie hilft mir zwar wahnsinnig gern, aber *Sie* kennen sich aus.«

Am Mittwoch kaufte ich eine neue Gardinenstange und brachte sie im Eßzimmer an, wo die alte sich allmählich durchbog. Am Donnerstag bat sie mich, die juristischen Bücher ihres Mannes einzupacken. Deshalb fuhr ich zum Spirituosenladen, um ein paar leere Kartons zu holen, und als ich zurückkam, fand ich Sophia im Wintergarten vor. Sie hatte den Mantel ausgezogen, die Ärmel hochgekrempelt und auf dem Schreibtisch ein paar Utensilien zum Saubermachen ausgebreitet – Staubtücher und eine Flasche Möbelpolitur. »Hallo, Barnaby«, sagte sie. »Ich dachte, wenn Sie die Regale ausräumen, gehe ich gleich mit dem Staubtuch hinter Ihnen her und wische sie ab.«

»Oh, das kann ich selber machen«, sagte ich ihr.

»Kommt gar nicht in Frage! Sie sollen hier schließlich nicht die Hausfrauenarbeit machen.«

»Nein, aber vieles von dem, was wir machen, überschneidet sich mit Hausfrauenarbeit. Wir sind daran gewöhnt, so ziemlich alles zu erledigen, was anfällt. Ich wische gern die Regale ab.«

»Sie sind ja wirklich ein Schatz«, sagte sie zu mir.

Als ich aber mit einer zweiten Ladung Kartons vom Auto zurückkam, hatte sie die Bücher aus einem Regal schon auf den Schreibtisch geräumt und angefangen, Staub zu wischen. Also gab ich mich geschlagen. Sie gehörte offenbar zu den Menschen, die nicht tatenlos danebensitzen können, wenn andere arbeiten – im Gegensatz zu ihrer Tante, die hinten im Wohnzimmer war und in der Babysprache fröhlich mit Tatters redete.

»Ich habe keine Ahnung, was mit den Büchern geschehen soll, wenn wir sie verpackt haben«, sagte Sophia zu mir. »Ich denke, irgendein Wohltätigkeitsverein wird sie vielleicht nehmen.«

»Ich frage mal Mrs. Dibble. Die führt 'ne Adreßkartei für so was.«

»Onkel George ist über zwanzig Jahre tot, und all seine Bücher stehen noch hier. Und seine Kleider sind wahrscheinlich auch noch oben im Schrank.«

»Wenn ich da an manche Kunden von uns denke, ist das noch gar nichts. Mrs. Morey zum Beispiel: die legt sich nachts im Bett den Bademantel ihres Mannes über die Füße, und der lebt schon nicht mehr, seit ich sie kenne.«

»Ach, wie traurig!«

»Ja, kann man sagen.«

»Sie kriegen sicher viel Trauriges zu sehen bei Ihrer Arbeit.«

»Ja,ja, da kommt schon was zusammen«, sagte ich. Ich blieb stehen, einen vollgepackten Karton auf der Schulter, und dachte nach. »Auf der andern Seite«, sagte ich, »kriege ich auch 'ne ganze Menge Erfreuliches zu sehen. Dieselbe Mrs. Morey zum Beispiel, die liebt einfach ihren Garten. Wenn es Frühling wird, könnte man meinen, sie lebt im Himmel. Sie sagt: ›Solange ich morgens als erstes in meinen Garten gehen kann – den frühmorgendlichen Rundgang des Gärtners machen kann, um nachzusehen, wo über Nacht etwas gesprossen ist, wo etwas kurz vor dem Aufblühen ist –, so lange habe ich auch das Gefühl, daß es für mich etwas gibt, wofür es sich lohnt, am Leben zu bleiben.‹«

Sophia hielt mit Staubwischen inne, drehte sich um und sah mich an. Sie sagte: »Sie sind ein herzensguter Mensch, Barnaby Gaitlin.«

Ich sagte: »Ich? Tatsächlich?«

Natürlich glaubte ich nicht mehr, daß Sophia mein Engel war. Wenigstens nicht im buchstäblichen Sinne. Aber ich hörte ganz genau hin, wenn sie etwas in diesem ruhigen, bestimmten Ton sagte.

Martine meinte, Sophia habe Absichten auf mich – sie würde nur deswegen soviel bei ihrer Tante herumhängen, weil sie hoffe, ich würde sie einladen. Ich sagte: »Sie hat *was*?« Wir luden gerade die Bücher auf den Transporter von Martines Freund, als sie damit rausrückte. Zugegeben, Sophia war mehrmals hier aufgetaucht – im Augenblick forschte sie oben auf dem Speicher nach weiteren juristischen Büchern –, aber der Gedanke, daß sie an mir als Mann interessiert sein könnte, war absurd. Ich hievte einen Karton auf die Ladefläche und sagte: »Hör auf zu spinnen, Mädchen. Sie ist sechsunddreißig.«

»Na und?« sagte Martine.

»Sie ist eine … Dame. Sie arbeitet in einer Bank.«

»Wir Frauen haben ein Gespür für so was«, meinte Martine mit Expertenmiene. Ich mußte lachen. (Sie trug heute Everetts Parka, dessen Kapuze einen verfilzten Kunstpelzbesatz hatte, und ihr Gesichtchen lugte daraus hervor wie das eines alerten, flinken Nagetiers.) »Ich hab gesehn, wie sie dir Augen gemacht hat!« sagte sie. »Wie sie in dem Wintergarten rumgehangen hat und uns bloß im Wege stand und dir mit ihrer trällernden Stimme diese hergeholten Fragen gestellt hat: ›Ooh, Barnaby, glauben Sie, daß Sie die

Bücher alle auf einmal in den Wagen bekommen? Ooh, Barnaby, verrenken Sie sich nicht den Rücken, wenn Sie diese große, schwere Kiste hochheben?‹«

Sophia hatte nichts dergleichen gefragt; Martine phantasierte sich da irgendwas zurecht. Ich sagte: »Du bist bloß neidisch, das ist alles.«

»Neidisch?«

»Du möchtest dich *auch* gern so wohlerzogen und kultiviert benehmen können.«

»Du hast ja einen an der Waffel!« sagte Martine. Sie ging wieder die Treppe zum Haus hinauf und rief über die Schulter: »So kokett und so unmißverständlich, käme der Sache schon näher.«

»Schhht!« zischte ich und warf einen Blick zum Haus hin. Ich war mit ein paar Schritten neben ihr und sagte: »Sie ist eine gute Nichte; was ist dagegen zu sagen? Hat 'n Auge auf ihre Tante!«

»Vergattert ihre Tante zu fünf Wochenstunden, damit sie dich in ihrer Nähe haben kann«, sagte Martine.

»Jetzt hör mal«, sagte ich. »Ich brauche diese Extrastunden wirklich, Martine.«

»Na, klar, *du* brauchst sie.«

Martine war der einzige Mensch, dem ich von meinem Plan erzählt hatte, die 8700 Dollar zurückzuzahlen. (Sie hatte mit mir gewettet, daß meine Eltern das Geld nicht annehmen würden – »sie sind ja nicht unbedingt das, was man arme Leute nennt«, meinte sie –, aber das zeigte nur, wie wenig sie die Liebste Mommy kannte.) »Die Frage ist«, sagte sie jetzt, »ob die *Tante* sie braucht.« Aber ehe ich meine Sache weiter vertreten konnte, kam Sophia zur Haustür heraus. »Stellen Sie sich vor, Barnaby«, rief sie, »auf dem Speicher stehen noch kistenweise Bücher! Noch mehr, als im Wintergarten waren!«

Ich mußte zugeben, in ihrer Stimme schwang so etwas wie Jubel – ein gewisses, ja, Trällern mit. Und sie lehnte den Kopf auf diese malerische, einladende Weise gegen den Türrahmen und bedachte mich mit einem strahlenden Pepsodentlächeln.

Ich spürte, wie mir flau wurde. Ich sah zu Martine hinüber. Sie wich meinem Blick aus; ging bloß neben mir die Stufen zur Haustür rauf. Aber ich sah die Spur des dreckigen Grinsens in ihrem Mundwinkel. Und hörte das leise Summen, das sie von sich gab. »Hm-hm-hm«, summte sie, hoch und zart und unschuldig, während sie in ihren Motorradstiefeln die Treppe hochstapfte.

6

Am letzten Samstag im Februar hatte Opal eine Ballettvorführung. Das bedeutete, daß ich zu meinem monatlichen Besuch bei ihr meine Mutter mitnehmen mußte. Mom rief mich an und sagte, daß sie eine Einladung bekommen hätte. »Ich werde fahren«, sagte sie zu mir. »Ich traue deinem Auto nicht von hier nach da.«

»Oder ein Gegenvorschlag«, sagte ich. »Warum treffen wir uns nicht einfach dort?«

»Du meinst, wir sollen nicht zusammen fahren?«

»Also...«

»Barnaby«, sagte sie, »ich kann mir schwer vorstellen, daß du in der Lage bist, Geld für Benzin auszugeben, wenn es nicht unbedingt nötig ist.«

Daraufhin hätte ich zu ihr sagen können: »Das ist doch ganz allein *meine* Sache, nicht?« Woraufhin sie hätte antworten können: »Nicht, solange du uns noch die achttausendsiebenhundert Dollar schuldest.« Aber diesmal sagte ich nichts. Ich dachte an die Dollarklammer von Opal und hielt den Mund. Das schien Mom aus dem Tritt zu bringen. Sie schwieg einen winzigen Moment zu lange, dann räusperte sie sich und sagte: »Ich hole dich um Punkt acht ab. Du wartest draußen vorm Haus auf mich.«

Daraufhin ich: »Na, schön. Okay.«

»Zwing mich nicht dazu, in deine Bude reinzukommen und dich aus dem Bett zu holen. Stell dir den Wecker. Versprich mir das.«

Ich versuchte, die Sache von der positiven Seite zu betrachten, nachdem ich aufgelegt hatte. Wenigstens hatte ich jetzt einen Bundesgenossen – oder jemand, den die Leute dafür halten würden. Obwohl ich selber da so meine Zweifel hatte. Am Samstag morgen war es draußen so klar, daß ich nach dem Aufstehen zum Himmel blickte, ob das Farbwechselschauspiel zu sehen war, aber die Sonne war früher dagewesen. Und dann stellte ich fest, daß der Pulverkaffee alle war; also mußte ich mich mit einer Pepsi begnügen; und dann kam meine Mutter auch noch zu früh. Ich schwöre, ich wäre bis um acht Uhr fertig gewesen, aber sie kam fünf Minuten vor acht. Sie stolzierte ganz aufgeplustert und ungehalten in ihrem flotten schwarzen wollenen Hosenanzug über die Terrasse. »Wo *steckst* du denn, Barnaby«, fauchte sie – und das, nachdem ich die Tür schon aufgemacht hatte und deutlich sichtbar vor ihr stand.

»Du hast gesagt, um acht«, sagte ich zu ihr. »Was machst du hier um fünf vor acht?«

»Nun komm schon; vertu nicht noch mehr Zeit mit Streiten«, fauchte sie, machte auf dem Absatz kehrt und marschierte wieder ab.

Sie fuhr einen Buick, sehr nobel und luxuriös. Die Fenster waren nur über den automatischen Fensterheber zu bedienen, und der funktionierte nur, wenn *sie* die Zündung eingeschaltet hatte. Sie schlenkerte das Ding herum, als ob's ein Einkaufswagen wäre – fegte aus der Stadt heraus, und in null Komma nichts fuhren wir die I-95 lang. »Bei dem Tempo kommen wir natürlich viel zu früh zu der Vorführung«, sagte ich, nachdem wir eine Weile gefahren waren. »Dann müssen wir da rumsitzen und mit Natalie und ihrem Märchenprinzen Konversation machen.«

»Wenn du nicht wolltest, daß sie wieder heiratet, hättest du dich nicht scheiden lassen dürfen«, sagte Mom zu mir.

»Hab ich gesagt, ich wollte nicht, daß sie wieder heiratet? Ist mir doch völlig Wurscht, was sie macht. Ich will bloß mit dem Kerl keinen gesellschaftlichen Kontakt haben, das ist alles.«

»Man hat uns wenigstens eingeladen«, sagte Mom. »Wenn ich die Briefe an Ann Landers lese, könnte ich jedesmal heulen: die armen verstörten Menschen, die nach der Scheidung jeden Kontakt zu ihren Enkelkindern verlieren. Warum müssen *sie* darunter leiden? Es ist schließlich nicht ihre Schuld, wenn ihr Sohn nicht in der Lage ist, eine ernsthafte Beziehung auf Dauer aufrechtzuerhalten.«

»Du verstehst es wirklich, mit Worten umzugehen«, sagte ich ihr.

»Hmm?« fragte sie und überholte einen Reisebus. »Was habe ich denn gesagt?« wollte sie von mir wissen.

Ich schwieg und trommelte mit den Fingern auf mein Knie.

»Das ist bei dir wahrscheinlich eine Sache der Generation«, sagte Mom in versöhnlichem Ton. »In deiner Generation hat man offenbar allgemein eine leichtfertige Einstellung zur Ehe.«

»In meiner Generation?« sagte ich. »Ich gehöre zu keiner Generation!«

O Gott. Jetzt bestand das Kunststück darin, seitlich auszuweichen, um einen Frontalzusammenstoß zu vermeiden. Ich versuchte, einen rettenden Haken zu schlagen. »Auf jeden Fall«, sagte ich, »findet der Generationenwechsel heutzutage so ungefähr alle drei Jahre statt, ist dir das auch schon aufgefallen? Ich frage mich, woran das liegt.«

Aber Mom ließ sich nicht ablenken. Sie sagte: »Du mußt nicht denken, daß ich Natalies Eltern exkulpieren will. Ich hatte immer das Gefühl, Jim und Doris Bassett hatten mindestens ebensoviel Schuld wie ihr beiden. Sie haben eure Scheidung ja nach Kräften unterstützt!«

Ich pfiff eine Melodie durch die Zähne und sah zum Seitenfenster raus. Wir überquerten gerade eine Wasserfläche. Sie sah sehr groß und friedlich aus.

»Du kannst sagen, was du willst«, fuhr meine Mutter fort, »zumindest dein Vater und ich haben eure Heirat sehr begrüßt. Ich habe Natalie behandelt wie mein eigenes Kind. Deshalb lädt sie mich auch immer noch zu Opals Ballettvorführungen und dergleichen ein. Auch wenn sie mir nur eine hektographierte Standardeinladung geschickt hat, in die oben mein Name eingetragen war.«

Sie hatte Natalie *besser* behandelt als ihr eigenes Kind, hätte ich gern gesagt. »Miss höhere Tochter aus feinen Kreisen«, Moms Traumtochter. Aber ich ließ es bleiben. Ich sah zu, wie in der Ferne ein Zug über eine Eisenbahnbrücke glitt, und dachte darüber nach, ob es möglich war, heutzutage noch etwas hektographiert zu bekommen.

Die Ballettvorführung fand im Souterrain einer Kirche in der Chestnut Street statt. Wir hatten große Probleme, einen Parkplatz zu finden – landeten schließlich auf einem Platz mehrere Straßen weit weg. »Jetzt verstehst du vielleicht, warum ich so früh losfahren wollte«, sagte Mom zu mir. Sie rief mir die Worte über die Schulter zu, während sie mit großen Schritten vor mir herlief, die Handtasche auf eine paranoide Art zwischen Arm und Brustkorb geklemmt. Alle Frauen hier in der Gegend sahen genauso aus wie sie, trugen flotte, maßgeschneiderte Klamotten und Schuhe, denen man einfach irgendwie ansah, daß sie eine ganze Stange Geld gekostet hatten. Die Männer waren alle obdachlos. Sie hockten zusammengesunken unter zerlumpten Decken auf den Rosten über den U-Bahn-Schächten. Ich konnte mich des Gedankens nicht erwehren, daß ich mehr mit ihnen gemein hatte als mit meiner Mutter.

Im Souterrain der Kirche waren die Frauen jünger und hatten ihren Mann im Schlepptau. Von Natalie oder *ihrem* Mann keine Spur, aber – nicht daß ich mich allzusehr darum bemüht hätte, sie ausfindig zu machen. Ich setzte mich auf einen Klappstuhl und rollte mein Programm zu einem Teleskop zusammen. (Es war offenbar tatsächlich hektographiert.) Meine Mutter fing an, in diesem falsch-fröhlichen Micky-Maus-Ton zu plappern, in den sie immer verfiel, wenn sie sich unbehaglich fühlte, und erzählte mir in aller Ausführlichkeit den Inhalt von irgendeinem avantgardistischen Theaterstück, in das sie meinen Vater vor kurzem mitgeschleppt hatte. Vielleicht hatte der Anblick der Bühne es ihr in Erinnerung gerufen. »Als die Schauspieler am Anfang herauskamen, waren sie alle in wattierte Jacken verpackt«, erzählte sie mir,

»und im Verlauf des Stücks legten sie eine Hülle nach der anderen ab, verstehst du, bis sie dann im letzten Akt gar nichts mehr anhatten.«

»Sie waren nackt?«

»Das war symbolisch gemeint.«

»Sie liefen, ohne was anzuhaben, einfach so auf der Bühne rum?«

»Ich kann dir versichern, daß es in keinster Weise schockierend war. Es waren einfach normale Männer und Frauen in den mittleren Jahren. Einige von ihnen waren sogar übergewichtig. Dein Vater hat gesagt, es wäre ihm umgekehrt lieber gewesen – wenn sie mehr *an*gezogen als ausgezogen hätten.«

Ich lachte. Meine Mutter fügte hinzu: »Ich verstehe nicht, warum ihr Mannsleute zur Kultur einfach immer gezwungen werden müßt.«

Und dann: Auftritt Natalie. Sie trug ein dunkelbraunes Kleid, das ihre braunen Augen hervorhob – ihre unergründlichen, scharf konturierten Augen. »Hallo, Mutter Gaitlin«, sagte sie. »Und Barnaby«, fügte sie hinzu. »Ich glaube, ihr kennt Howard.«

Howard stand unmittelbar hinter ihr, ein silberhaariger, stattlicher Mann, der einen riesigen Kegel Babyrosen in der Hand hielt. Er lieferte ein so tiefes Kopfnicken ab, daß es schon fast eine Verbeugung war, und meine Mutter sagte: »Ja, sicher«, obwohl ich nicht so sicher war, ob sie sich schon mal begegnet *waren*. Wir beide waren uns natürlich begegnet, wenn es sich gar nicht vermeiden ließ. Wenn wir uns bei der Übergabe von Opal oder so zufällig über den Weg liefen. Ich sagte: »Hallo, wie geht's?«, dann hob ich das Kinn und sah mit zusammengekniffenen Augen zur Bühne hin, während Mom und Natalie das Zeremoniell Wie-aufmerksam-von-dir-uns-Einzuladen und Wie-lieb-von-euch-daß-ihr-gekommen-Seid erledigten.

Als wir wieder allein waren, sagte Mom: »Das ging doch sehr gut, nach meiner unmaßgeblichen Meinung.«

Ich fühlte mich auf einmal furchtbar müde. Ich begriff, daß auf dieser Erde nichts gesagt werden konnte, was nicht vorhersehbar gewesen wäre. Selbst die Streifen von Sonnenlicht, die durch die schrägen Souterrainfenster fielen, und vorhersehbar waren auch die trübweißen Kringel im Grün des Linoleumbodens und das scheppernde *Teddy Bears' Picnic* aus der Lautsprecheranlage.

Und die Ballettvorführung: Es gibt nicht viel, was vorhersehbarer wäre als eine Ballettvorführung von Kindern. Die Jüngsten waren wie in Trance und ganz bei der Sache; sie drehten sich in rosa Gazetuffs im Kreis herum, die Augen vertrauensvoll auf Madame Wie-immer-sie-Heißt in den Seitenkulissen gerichtet. Die mittlere Gruppe – Opals Gruppe – war ein Gefuchtel von ungeschickten Armen und Beinen, das sich mühte, eine gerade Linie zu bilden. Mir war vorher gar nicht aufgefallen, daß Opal so groß für ihr Alter war. Sie stand, einen ganzen Kopf größer als die anderen, am unteren Ende der Reihe, wo man sie (wie ich vermutete) für weniger hervorstechend hielt. Als alle die Fersen aneinanderstellten und die Fußspitzen auswärts richteten, war sie die einzige, zwischen deren Oberschenkeln kein Zwischenraum blieb. In jeder Stellung wackelte sie noch ein bißchen, nachdem die anderen schon zur Bewegungslosigkeit erstarrt waren, und ich war sicher, daß man das im Publikum sah.

Aber meine Mutter sagte: »War das nicht großartig?« und applaudierte nur eben mit den Fingerspitzen, als der Auftritt zu Ende war.

Zwischen den einzelnen Darbietungen fiel der Vorhang, begann dann aber, Schwellungen und Ausbuchtungen zu zeigen, weil die Kinder dahinter miteinander rangelten. Ich mußte dabei an den Schwangerschaftszustand denken – an Natalies schwangeren Bauch, wo ein Knie oder ein Ellbogen des Babys das Schottenkaro ihres Umstandskleids ausgebeult hatte.

Das war noch gar nicht so lange her – erstaunlicherweise.

Mir kam es wie eine Ewigkeit vor.

Die ältesten Mädchen waren zuletzt dran und zeigten uns, wie es eigentlich gemacht werden *mußte*, aber ich war zu müde zum Zusehen. Ich ließ die Tänzer vor meinen Augen verschwimmen, und als die anderen Zuschauer klatschten, schlug ich die Arme untereinander und studierte die schalldämpfenden Platten an der Decke.

Wir trafen uns nach der Aufführung vorne in der Nähe der Bühne – Mom und ich, Natalie und Howard, Opal hatte noch ihr Tutu an. Sie hielt den Kegel Rosen im Arm. Ich sagte: »Ich hab leider keine Blumen für dich. Ich hatte keine Gelegenheit, welche zu kaufen. Ich hätte es ganz bestimmt gemacht, aber ich hatte keine Gelegenheit.«

Aber ehe Opal mir sagen konnte, daß es schon okay war, funkte Mom dazwischen. »Du warst die Beste von der ganzen Truppe, mein Schätzchen!« Der unbewegte Blick, mit dem Opal Mom ansah, kam mir erschreckend kalt vor, bis mir einfiel, daß sie immer diesen Blick hatte. Sie hatte ihn von Natalie geerbt. Natalies Unerschütterlichkeit, potenziert.

»Ich hab beim Knicksen Murks gemacht«, sagte sie und wandte sich mir zu.

»Also, wenn du wirklich Murks gemacht hast, hat's keiner gemerkt«, sagte ich zu ihr.

»Madame Stepp wird mit mir schimpfen.«

»Deine Tanzlehrerin heißt Madame Stepp?«

Howard ließ ein trockenes Husten hören. »Äh ... wir hatten gedacht, wir könnten zur Feier des Tages mit Opal zu Mittag essen«, sagte er. »Natürlich sind Sie herzlich eingeladen mitzukommen, Barnaby, Mrs. Gaitlin ...«

»Oh, ich glaube, das geht nicht«, beeilte ich mich zu sagen. »Wir sollten schon längst auf dem Rückweg sein.«

Niemand widersprach – Gott sei Dank nicht mal Mom. »Ja«, sagte sie, »der arme Jeffrey muß zu Hause ganz allein die Stellung halten!«

Wir standen noch eine Weile herum und stellten uns zweifellos alle vor, wie Dad mit irgendwelchen Küchenkatastrophen kämpfte. (Obwohl ich zuverlässig wußte, daß er den Samstag im Büro verbrachte.) Dann drückte ich Opals Schulter und sagte: »Also dann, Ope. Du warst großartig. Tut mir leid, daß ich keine Blumen mitgebracht habe.« Danach machten Mom und ich uns auf den Weg.

Im Auto sagte meine Mutter: »Natalie hat etwas zugenommen, meinst du nicht auch?« Das war ihre Art, sich kameradschaftlich zu geben – zu zeigen, daß sie auf meiner Seite war. Ich machte mir nicht die Mühe zu antworten.

»Natürlich hat sie schon immer dieses breite, glatte Gesicht gehabt«, fuhr Mom fort. »Fast ein *flaches* Gesicht, könnte man sagen. Ich mag es lieber, wenn jemand ein etwas markanteres Gesicht hat, du nicht?«

»Er hatte nicht das Recht, so über das Mittagessen zu bestimmen«, sagte ich, weil mir das plötzlich aufging.

»Was meinst du damit?«

»Die Mittagszeit hat *mir* gehört. Unser gemeinsames Lunch ist ein Teil von meinem Samstagsbesuch. Dann mischt er sich ein und tut so, als ob er uns einen Gefallen täte, wenn er uns einlädt.«

»Also, ich an deiner Stelle würde mich nicht darüber ärgern«, meinte Mom und fuhr langsamer, weil die Ampel vor uns auf Rot stand.

»Ich hätte sagen sollen: ›Vielen Dank, aber wir haben uns schon vorgenommen, allein mit Opal essen zu gehen. Wir haben schon einen Tisch bestellt, einen Tisch für drei Personen‹, damit sie nicht sagen konnten, daß sie mitgehen wollten. Heiliger Strohsack! Wir sind doch schließlich nicht die dicksten Freunde!«

»Er hat es bestimmt nicht böse gemeint«, sagte Mom zu mir. »Er ist offenbar ein sehr netter Mann. Aber ein bißchen alt, findest du nicht auch? Ist er viel älter als Natalie?«

»Ich habe keine Ahnung«, sagte ich.

»Klar, Natalie hat schon immer so etwas wie eine Vaterfixierung gehabt.«

Die Ampel sprang auf Grün, aber Mom merkte es nicht, bis jemand hinter ihr hupte. Daraufhin schaltete sie und fuhr los. Sie sagte: »Weißt du noch, wie sie ihren Vater jeden Tag bei der Arbeit angerufen hat? Sie hat ihn jeden Morgen angerufen, solange ihr verheiratet wart, obwohl ihr keine fünfzig Meter von ihm entfernt gewohnt habt.«

Wir wohnten über der Garage ihrer Eltern – praktisch im Schoß der Familie. Was unserer Ehe auch nicht gerade förderlich war, das darf man mir glauben. Alles, was ich tat, selbst die kleinste Kleinigkeit – wenn ich beispielsweise mal einen vorlesungsfreien Tag einlegte oder ein kleines bißchen zu spät oder meinetwegen auch überhaupt nicht nach Hause kam – beobachteten sie es mit Argusaugen und fällten ein Urteil darüber, mit dem sie Natalie gegenüber nicht hinter dem Berg hielten. Aber hey, die Wohnung war mietfrei, da kann man nicht meckern! Ich blieb sogar noch da wohnen, nachdem wir uns getrennt hatten, obwohl mir das dann irgendwie unangenehm war, als ich wieder anfing, mich mit Mädchen zu verabreden. Schließlich kam ihr Vater zu 'ner kleinen Unterredung zu mir rüber; sagte, ich sollte mir vielleicht mal überlegen auszuziehen. Ich hab es ihm nicht leichtgemacht. Ich sagte: »Ihre Tochter ist diejenige, die weggegangen ist. Ich sehe nicht ein, warum ich nun aus meinem angestammten Wohnsitz vertrieben werden soll.« Aber ich fand mit der Zeit eine andere Bleibe. Nur eben nicht im selben Moment, in dem er es mir nahegelegt hatte.

Inzwischen war Mr. Bassett an einem Schlaganfall gestorben, und seine Witwe lebte nun in Clearwater, Florida. Wenn ich jetzt daran zurückdachte, schien sich alles schlagartig verändert zu haben.

»Opal hat Jim Bassetts Augen, ist dir das auch schon aufgefallen?« wollte Mom von mir wissen. »Seine Augen waren das Schönste an ihm – dieses helle Grau. Das dachte ich nach der Ballettvorführung; ich sah Opal an und sagte zu mir: ›Was für ein Zufall, ihre Augen haben die Farbe von Opalen.‹«

Ich stellte mir Mr. Bassetts Augen vor, als ich ihn daran erinnerte, daß seine Tochter mich verlassen hatte. »Aber Barnaby«, hatte er gesagt, »was blieb ihr denn anderes übrig?« Mit zuckenden Augenlidern ehrliche Bestürzung signalisierend. Dann stellte ich mir Opals Augen vor, so abschätzend, so undurchdringlich.

Ich habe mitunter ein Problem, nachdem ich von irgendwoher nach Hause gekommen bin. Zuerst fühle ich mich noch prima, aber schon nach wenigen Minuten fange ich an zu grübeln. Ich bereue, daß ich irgendeine Grobheit von mir gegeben habe, daß ich Menschen enttäuscht oder ihre Gefühle verletzt habe. Ich begreife, daß ich wieder einmal Scheiße gebaut habe, und ich werfe mir alle möglichen Schimpfnamen an den Kopf: Mieser Socken! Kotzbrocken! Und ich wünsche mir, mein Leben in der Weise ändern zu können, daß ich nie mehr etwas mit einem anderen Menschen zu tun habe.

Es war fast zwei Uhr nachmittags, als ich nach Hause kam. Mom hatte angeboten, irgendwo anzuhalten, um was zu essen, aber ich hatte abgelehnt, obwohl ich am Verhungern war; deshalb machte ich mir als erstes ein Sandwich, nachdem ich zur Tür hereingekommen war. Dann hörte ich meinen Anrufbeantworter ab. Es waren vier Nachrichten drauf.

Mrs. Dibble sagte: »Ich weiß, daß heute ein Philadelphia-Tag ist, Barnaby, aber Mrs. Figg ist der Meinung, daß Sie ihr versprochen hätten, den Computer ihres Mannes ins Wohnzimmer runterzubringen. Ich hab ihr gesagt, daß sie sich irren muß, aber Sie wissen ja, wie sie ist. Wie auch immer, rufen Sie mich an, wenn Sie rechtzeitig zurück sind.«

Dann: »Hallo, Barnaby. Hier ist Sophia am Samstag morgen um acht Uhr fünfzehn. Ich hab mich gerade gefragt, ob Sie heute wohl zufällig mit dem Zug nach Philadelphia fahren! Ich dachte, ich könnte Sie in meinem Auto nach Penn Station mitnehmen. Na gut! Ich versuch's dann vielleicht später noch mal.«

Danach eine verdrießliche Frauenstimme: »Also, wie macht man das jetzt... oh, wie ich dieses neumodische Zeugs hasse!« Mrs. Figg persönlich, obwohl unsere Kunden nicht direkt mit uns telefonieren sollten. »Wo sind Sie denn hin, Barnaby? Sie haben doch gesagt, daß Sie vorbeikommen und den Computer von meinem Mann runterholen!«

Und schließlich noch mal Sophia: »Ich versuch's eben noch mal bei Ihnen, bevor ich jetzt zum Bahnhof fahre. Sie haben sich wahrscheinlich entschlossen, mit dem Auto zu fahren. Na, dann vielleicht nächstesmal.«

Es war leichthin und beiläufig gesagt, und in ihrem Abschiedsgruß war ein Beiklang von Lachen.

Ich seufzte und drückte die Löschtaste.

Früher hatte ich Freunde, mit denen ich mich am Wochenende rumtrieb. Mein Kollege Ray Oakley, bevor er geheiratet hat. Martine, bevor sie Everett kennenlernte. Oder ein paar Kumpel aus der Gegend, wo ich früher gewohnt habe. Aber sie waren inzwischen zum größten Teil weggezogen oder waren jetzt so bedeutend und vielbeschäftigt wie Len. Und ich hatte mich schon seit Monaten mit keinem Mädchen mehr verabredet. Ich *wollte* eine Freundin haben, aber neuerdings schienen die Mädchen immer jünger zu werden. Langsam fingen sie an, einfach nur albern zu wirken mit ihrer gickernden Begeisterung, ihrem Surfervokabular und ihren hautengen Miniröckchen.

Und meine Kunden habe ich nie zu meinen Freunden gezählt – selbst die nicht, die ich gern hatte. Kunden konnten einem plötzlich wegsterben.

Als vor ein paar Jahren ein Medienwirbel um den Abschluß der Bauarbeiten an der National Cathedral stattfand, las ich in der Zeitung ein Interview mit einem Typ, der bei der *Grundsteinlegung* im Jahr neunzehnhundertundkautschuk dabeigewesen war. Er sagte, daß er damals erst ein kleiner Junge war und daß sein Vater ihn zu der Zeremonie mitgenommen hatte. Diese Geschichte beschäftigte meine Phantasie. Ich stellte mir ein Kind in hohen Knöpfstiefeln vor, mit einem bebänderten Hut, an der Hand seines Vaters, auf einem großen Platz mit Kopfsteinpflaster unter vielen jubelnden Menschen. Dann verschwammen die Menschen nach und nach. Sie wurden blaß und durchscheinend, und schließlich verschwanden sie ganz. Der Vater verschwand und die Männer mit ihren Melonen und die Frauen in den langen Capes, bis nur noch der kleine Junge mutterseelenallein dastand.

Am Sonntag schlief ich lange, weil ich eine schlechte Nacht gehabt hatte. Ich hatte mich hin und her geworfen, herumgewälzt und krauses Zeug geträumt, an das ich mich nicht richtig erinnern konnte. Es war schon weit nach zwölf, bevor ich richtig in Gang kam.

Draußen war es grau und kalt, und sobald ich vor die Tür trat, stach mich ein feiner Eisregen wie mit Nadelspitzen ins Gesicht. Meine Windschutzscheibe war mit einer Eisschicht überzogen. Ich kratzte das Eis ab, ließ den Motor warmlaufen, fuhr dann ganz langsam los und schaltete an jeder Kreuzung so gefühlvoll wie möglich. Der Sprecher im Radio sagte, daß der Eisregen bis zum Abend anhalten sollte. Gut, daß Sonntag war, sagte er, wo die meisten von uns zu Hause bleiben konnten.

In Penn Station saßen nicht mehr als sechs oder acht Leutchen weit verstreut auf den Bänken; sie waren in Mäntel und Schals verpackt und machten mürrische Gesichter.

Ich ging zuerst zur Anzeigetafel. Züge in Richtung Süden sollten um ein Uhr neunzehn, zwei Uhr fünfunddreißig und drei Uhr elf ankommen. Es war inzwischen ein Uhr sieben, aber der Ein-Uhr-neunzehn-Zug hatte fünfzehn Minuten Verspätung, hätte man sich ja denken können; deshalb ging ich zum Zeitungsstand und kaufte mir eine Zeitung. Dann setzte ich mich auf eine Bank und fing an zu lesen. Als die ersten Ankömmlinge nacheinander eintrudelten, betrachtete ich beide Türflügel, stand aber nicht auf, weil ich bezweifelte, daß das mein Zug war. Und ich hatte recht. Ich machte niemand Bekanntes aus. Ich wandte mich wieder der Lektüre des Sportteils zu.

Um zwei Uhr fünfunddreißig dann hatte ich jedes Fitzelchen der Zeitung ausgelesen, schob aber einen erneuten Gang zum Zeitungsstand auf, bis ich den nächsten Schwung Reisende gemustert hatte. Sie kamen um zwei Uhr dreiundvierzig herein, obwohl uns die Anzeigetafel nicht auf eine Verspätung vorbereitet hatte. Zuerst kam eine ganze Familie angestampft – Eltern, Großeltern, mehrere Kinder, aufgemacht, als wollten sie einem Schneesturm trotzen. Ich legte meine Zeitung beiseite und stand auf. Als nächstes kam ein Teenagerpärchen in Anoraks mit Kapuze und Rucksäcken auf dem Rücken. Und dann kam Sophia.

Sie hatte, bis jetzt als einzige, keine Kopfbedeckung auf. Selbst in dieser trüben Beleuchtung hatte ihr Haar einen warmen goldgelben Glanz. Sie hatte mich noch nicht gesehen. Sie nahm ihre Tasche in die andere Hand und machte den obersten Knopf von ihrem Mantel zu. Dann sah sie zufällig in meine Richtung. Sie blieb stehen. Drei Meter trennten uns. Sie sagte: »Barnaby?«

»Hi«, sagte ich zu ihr.

»Wieso fahren Sie *heute*?«

»Ich fahre ja gar nicht.«

»Ja... Ist irgendwas nicht in Ordnung? Mit Tante Grace?«

»Keine Sorge«, sagte ich zu ihr. »Ich bin nur hergekommen, um Sie nach Hause zu fahren.«

Um ihren Mund zuckte es flüchtig, als ob sie im Begriff war zu lächeln, doch sie blieb ernst. Sie sagte: »Aber mein Auto?«

»Was ist mit Ihrem Auto?«

»Es steht hier auf dem Parkplatz.«

»Macht nichts«, sagte ich zu ihr. »Wir holen es morgen, wenn der Eisregen aufgehört hat.«

Da ließ sie dem Lächeln freien Lauf. Und ich lächelte auch. Ich schloß meine Hand um ihren Ellbogen und lotste sie durch den

Bahnhof. Der Ärmel ihres Mantels war so weich in meiner Hand wie der Bauch eines Kätzchens. Das gab mir das Gefühl, eine Beschützerrolle zu spielen, etwas zu taugen und zu wissen, was ich wollte. Es gab mir das Gefühl des Erwachsenseins.

7

»Als junges Ding«, sagte Sophias Tante, »hatte ich immer solche Mühe, mich auf ein neues Jahr einzustellen. Nach dem Jahreswechsel von beispielsweise 1929 auf 1930 habe ich noch monatelang, buchstäblich monatelang, in meinen Briefen oben im Datum 1929 geschrieben. Aber jetzt habe ich damit keine Probleme mehr. Das liegt vermutlich daran, daß die Zeit mittlerweile so rasend schnell vergeht, daß ich mich an die Jahreswechsel gewöhnt habe. 1980, 1990... wenn mir jemand sagen würde, daß ich diesen Scheck hier auf das Jahr 2000 ausstellen soll, würde ich nicht mal mit der Wimper zucken!«

Sie schwenkte den Scheck durch die Luft, um die Tinte trocknen zu lassen, obwohl sie ihn mit Kugelschreiber ausgestellt hatte. Ich stand neben ihrem Schreibtisch und wartete, bis sie sich aufgelegt fühlte, ihn mir zu geben. Sie gehörte offenbar zu den Kunden, die ihre monatliche Rechnung ungern per Post bezahlten. (Es war doch Unsinn, eine Briefmarke zu verschwenden, wenn ohnehin ein Angestellter der Bizeps-Vermietung ins Haus kam.)

»Da werden Sie eines Tages auch noch dahinterkommen«, sagte sie. »Mit der persönlichen Zeit ist es genau umgekehrt wie mit der historischen Zeit. Die historische Zeit fängt mit Karacho an – Dinosaurier, Höhlenmenschen, alles im Hui! – und wird dann, je näher zur Gegenwart, desto langsamer und facettenreicher: all diese vierjährigen präsidialen Amtsperioden. Aber in der persönlichen Zeit, da fängt man im Schneckentempo an – da zählt jedes Blatt und jede Knospe und jeder unwirsche Blick der Mutter – und man legt im Fortgang immer mehr Tempo zu. Für mich ist das Ganze inzwischen ein verschwommener Streifen.«

»Ja, Ma'am«, sagte ich. Ich hatte allmählich den Eindruck, daß ich diesen Scheck nie mehr bekommen würde. »Aber ich dachte, Sie mißtrauen den Banken«, setzte ich hinzu. »Wieso bezahlen Sie dann nicht bar?«

Mrs. Glynn ließ den Scheck sinken und sah mich über ihre Tränensäcke hinweg eindringlich an. Ich hatte die Sache dadurch nur noch weiter hinausgezögert. »Sie haben mir gar nicht zugehört«, sagte sie.

»Doch, das habe ich! Ganz bestimmt! Jahreszahlenwechsel, die Zeit, die immer schneller vergeht, persönliche gegen historische …«

»Sie sind noch so jung, daß Sie sich gar nicht vorstellen können, daß das auch für Sie mal eine praktische Bedeutung haben könnte.«

»Glauben Sie mir, ich bin gar nicht mehr *so* jung«, sagte ich.

Sie hielt den Scheck wieder in die Höhe, doch nur, um auf die Unterschrift zu pusten. Dann sagte sie: »Natürlich mißtraue ich den Banken. Ich würde nicht im Traum dran denken, Kundin bei einer Bank zu werden, wenn es nach mir ginge. Aber ich bekomme meine Witwenpension von meinem Finanzverwalter, und er besteht darauf, das Geld auf ein Konto zu überweisen. Wenn davon etwas übrigbleibt, ist es *meine* Sache, wo ich es aufbewahre.«

Sie hielt jetzt den Scheck auf Armeslänge von sich und betrachtete ihre Unterschrift. Sie wußte offenbar nicht recht, wo sie den Namen hintun sollte. Ich verlagerte das Gewicht vom rechten auf das linke Bein.

»Ich glaube, mein Finanzverwalter und meine Nichte stecken unter einer Decke«, sagte sie zu mir. »Sophia liegt mir ständig in den Ohren: ›Was ist, wenn dein Haus abbrennt? Oder was ist, wenn bei dir eingebrochen wird? Halb Baltimore weiß, wo du dein Geld versteckst.‹ – ›Na, schön, dann such ich mir eben ’n andern Platz‹, sage ich und darauf sie: ›Du lebst in der Vergangenheit, Tante Grace.‹ ›Allerdings lebe ich in der Vergangenheit‹, sage ich zu ihr. Ich sage es zu ihr, und ich sage es auch zu diesem

Finanzverwalter, der so jung ist, daß er mein Enkel sein könnte. ›*Ihr* habt die Große Depression nicht miterlebt, als die Banken zusammenbrachen wie Kartenhäuser und ausgewachsene, gestandene Männer auf der Straße weinten.‹«

Wenn der Finanzverwalter so jung war, daß er ihr Enkel sein konnte, mußte er in Sophias Alter sein. Steckten sie wirklich unter einer Decke? Trafen sie sich regelmäßig in irgendeinem Restaurant mit Kerzenbeleuchtung, in dem ich es mir noch nicht mal hätte leisten können, Sophia zu einem Salat einzuladen, um bei einem Drink oder beim Abendessen über die Problemtante zu sprechen?

Es kam mir neuerdings so vor, als ob jeder, der bei Verstand war, Sophia zwangsläufig für sich haben wollte.

»Ach ja, bitte sehr«, sagte Mrs. Glynn und reichte mir plötzlich den Scheck. »Sag Wiedersehen zu Barnaby, Tatters.«

Ich faltete den Scheck zusammen und schob ihn in die Gesäßtasche meiner Jeans. »Vielen Dank, Mrs. Glynn. Dann bis Montag«, sagte ich zu ihr und war zur Tür hinaus, bevor sie ein neues Thema anschneiden konnte.

Die Keswick Road runter, den University Parkway runter, dann zur St. Paul Street und rüber zur Calvert Road. Es war erst Mitte März, aber es hatte einen für die Jahreszeit ungewöhnlichen Warmlufteinbruch gegeben – mit Höchsttemperaturen über fünfundzwanzig Grad in den letzten paar Tagen –, und die Leute joggten oder gingen mit ihren Hunden spazieren oder standen bloß plaudernd an der Straßenecke und sahen müßig und unbekümmert aus. Ich fühlte mich in meine High-School-Zeit zurückversetzt. Wenn ich damals mit Mädchen ausging, kam es mir immer so vor, als ob Frühling war; die Mädchen hatten frühlingshafte Kleider an, und ich trug ein Hemd mit kurzen Ärmeln.

Sophia wohnte in einem alten Backsteinreihenhaus mit einer breiten Freitreppe zur Haustür und einer Veranda. Es war bloß gemietet, aber sie hatte den kleinen Vorgarten so in Schuß, als ob er ihr gehörte; das konnte man sogar jetzt sehen, wo noch nichts blühte. Und letzte Woche hatte sie zwei Blumenkästen gekauft und sie auf die Betonumrandung der Veranda gestellt, wo sie darauf warteten, mit Petunien bepflanzt zu werden, sobald die Nachtfrostgefahr vorüber war.

Sophias Mitbewohnerin machte mir die Tür auf. Man hätte sich's eigentlich denken können, daß Sophia eine Mitbewohnerin hatte. Mitbewohnerinnen sind so etwas Praktisches. Ich stellte sie mir in gesteppten weißen Morgenröcken vor, mit sauber gewaschenen Gesichtern und frisch geputzten Zähnen, aber jedesmal, wenn ich Betty gesehen hatte, trug sie diese rosa Kluft, die nicht nach Dienstkleidung aussehen sollte. Sie arbeitete in einem Krankenhaus, in irgendeiner Funktion auf der Kinderstation. Eine knochige, bebrillte Frau mit extrem kurzem schwarzen Haar und sehr blasser Haut. »Sophia kommt sofort runter«, sagte sie zu mir, verschwand dann irgendwohin und überließ mich mir selber. Ich mißfiel ihr, das spürte ich. Na ja, das war egal.

Ich mochte Sophias Wohnzimmer – das Solide, das von ihm ausging, die qualitätvollen, betagten Möbel, die sie von Verwandten geerbt hatte. Als ich mich in den großen Lehnsessel von ihrem Großvater setzte, gab er ein schwaches Ächzen von sich. Durch die Tür mit dem bogenförmigen Abschluß konnte ich das Eßzimmer sehen (Tisch mit Klauenfüßen, uralte Kredenz), und ich wußte, daß auch die Küche anheimelnd altmodisch eingerichtet war. Was den Oberstock betraf, da mußte ich raten, aber ich wäre jede Wette eingegangen, daß sie in einem Himmelbett schlief.

Ich hörte jetzt ihren Schritt auf der Treppe. Als sie hereinkam, sprang ich auf und sagte: »Oh! Hallo!«, als ob sie mich überrascht hätte. Ich weiß nicht, warum ich mich manchmal wie ein Idiot benehme.

»Hallo«, sagte sie.

Wir küßten uns, dann trat sie ein wenig zurück.

Sie trug einen dunkelblauen Rock und eine geblümte Bluse. Sie hatte so eine Art, mir in die Augen zu sehen und dann rasch den Blick auf ihren Busen zu senken und zu lächeln.

»Komm mit in die Küche«, sagte sie zu mir. »Das Essen ist fast fertig.«

Der Küchentisch war für zwei Personen gedeckt, und die Garbox auf dem Herd verströmte einen Duft von Tomatensauce. Morgens, bevor sie zur Arbeit ging, tat Sophia die Zutaten für ihr Abendessen immer in die Garbox. Dann brauchte sie sich, wenn sie nach Hause kam, nur noch ein Gemüse zuzubereiten. Ich weiß nicht, wann ihre Mitbewohnerin aß. Sie nahm nie an unseren Mahlzeiten teil, obwohl Sophia ihr immer anbot, noch ein Gedeck aufzulegen, wenn sie zufällig durch die Küche ging.

»Wie ist es dir heute ergangen?« fragte Sophia und schüttete ein Päckchen tiefgefrorene Erbsen in einen Topf.

»Ach, ganz gut.« Ich saß in einem Stahlrohr-Kunststoff-Stuhl, der aus den vierziger Jahren stammen mußte. »Deine Tante Grace bat mich darum, ihre Winterfenster rauszunehmen«, berichtete ich. »Ich habe ihr gesagt, daß es noch zu früh ist, aber sie bestand darauf. ›Denken Sie an meine Worte‹, habe ich zu ihr gesagt, ›noch vor Ende nächster Woche ist der Winter wieder da‹, aber du weißt ja, wie sie ist. Am Montag setze ich ihr die Fliegenfenster ein.«

»Ich kann mir nicht erklären, warum sie sich damit rumplagt«, sagte Sophia. »Sie macht doch sowieso nie ein Fenster auf.«

»Das tun die meisten Leutchen in diesem Alter nicht. Aus Angst vor Einbrechern.«

»Bei ihr liegt es daran, daß sie dauernd friert. Du wirst es sehen: Sie trägt im Juli Pullover.«

Der Gedanke, daß ich Mrs. Glynn im Juli sehen würde, gefiel mir. Es bedeutete, daß ich Sophia auch sehen würde. Ich betrachtete ihren Nacken, während sie herumhantierte, und den weichen, in seinem Netz gefangenen Knoten. Ich hatte seit Jahren keinen Knoten mehr mit einem Haarnetz gesehen, und ich fragte mich jetzt, warum; dieser hier war so verführerisch. Ich hatte nur noch den einen Gedanken, es abzustreifen und ihr das Haar zu lösen.

Sie tat das Essen auf die Teller, und dann setzte sie sich mir gegenüber, nachdem sie zuvor den Rock unter sich glattgestrichen hatte. Ihre Oberschenkel, dachte ich, mußten sehr weiß und weich und üppig sein. Ich starrte sie an wie in Trance, bis sie mich fragte: »Wie schmeckt dir mein Eintopf?«

»Oh, köstlich!« sagte ich, obwohl ich noch gar nicht davon gekostet hatte.

Sie erhob das Weinglas. »Auf uns«, sagte sie.

»Auf uns«, wiederholte ich.

Lustig fand ich, wie sie den Wein servierte: ein Glas für jeden für uns zu jedem Essen, schon im vorhinein eingeschenkt. *Ich* trank gewöhnlich entweder gar nichts oder zuviel. Diese »Maßhalten-Sache« war ein ganz neuer Dreh.

Im Oberstock knarrte der Fußboden unter den Schritten der Mitbewohnerin. Ich hörte, wie eine Tür krachend ins Schloß fiel und eine Schublade zugeknallt wurde. »Ist sie über irgendwas wütend?« fragte ich Sophia.

Sophia zuckte die Achseln, was keiner weiteren Antwort bedurfte.

»Sie hält mich für einen Versager, nicht?«

»Du lieber Gott, nein, warum sagst du so was?«

Ich zerdrückte ein Stück Kartoffel und sagte: »Sie hat dich darauf aufmerksam gemacht, daß ich im Grunde nur ein Arbeiter bin. Daß ich das Modebewußtsein eines Hell's Angel habe und meine Perspektiven auf ein Fortkommen gleich null sind. Stimmt's?«

Sophia wurde rot und blickte wieder auf ihren Busen.

»Ganz zu schweigen davon, daß ich der Halter des Titels ›Der Welt Ältester Lebender Undergraduate‹ bin«, setzte ich hinzu. Dann sagte ich: »Hey! Du hast ihr doch nichts von der Renascence School und all dem erzählt, oder?«

»Natürlich nicht«, sagte Sophia.

Auch Sophia erfuhr nicht alles; nur die aufregenderen Höhepunkte. Wir waren in dem Stadium, wo wir einander ordnungsgemäß mit unserer Vergangenheit bekannt machten: Sophias ordentliche, behütete Kindheit, meine schandbare Jugend. Mir gefiel die liebevoll nostalgische Art, in der sie sagte: »Als ich ein kleines Mädchen war ...«, und ihr gefiel es, daß sie sich ein bißchen vor mir gefürchtet hätte, wenn sie mir in meiner Teenagerzeit begegnet wäre. »Du hast zu den Jungen gehört, die sich in Kohorten an den Straßenecken herumtrieben«, mutmaßte sie. »Die sich im Dutzend in ein Auto quetschten und zum Fenster hinausgrölten. Die nach Zigaretten rochen, wenn sie auf dem Gehweg an mir vorbeirasten.«

»Oh, aus Zigaretten hab ich mir nie viel gemacht«, sagte ich ihr. »Ich hab lieber härteren Stoff geraucht.«

Bloß um den Ausdruck genußvollen Schreckens auf ihrem Gesicht zu sehen.

Sie sagte jetzt: »Betty ist nur eine Untermieterin. Ich habe ihren Namen von einem schwarzen Brett. Was schert mich ihre Meinung?«

»Genaugenommen stimmt es nicht, daß ich keine Perspektive habe«, sagte ich, »ich meine, wenn ich wirklich eine haben wollte. Ich könnte jederzeit einen Job bei Dads Stiftung kriegen. Weiß Betty etwas von der Stiftung?«

»Ich hab sie wohl nebenbei mal erwähnt«, meinte Sophia.

»Außerdem habe ich seit fast elf Jahren nicht den Job gewechselt. Es gibt 'ne ganze Menge Typen, von denen man das nicht sagen kann.«

Sophia langte über den Tisch und legte ihre Hand auf meine. »Barnaby«, sagte sie. »Du machst es gut. *Was* du auch tust. Bestimmt.«

Ich drückte ihre Finger.

Zugegeben, Sophia war nicht der Typ Frau, in den ich mich früher verliebt hätte. Sie war üppig gepolstert und gab von den Hüften an aufwärts ein gesetztes, »frauliches« Bild ab. Ja, sie wog wahrscheinlich mehr als ich, aber ich fand das sexy. Es machte mir meine Drahtigkeit bewußt und die gespannte, galvanisierende Kraft meiner Beinmuskeln. Wie ich da auf meinem Kunststoffstuhl saß, mußte ich schwer an mich halten, um nicht aufzuspringen und über den Tisch zu hechten. Aber ich blieb, wo ich war, lächelte sie nur an und spießte mit der Gabel einen Fleischwürfel auf.

Nach dem Essen gingen wir ins Wohnzimmer. Wir setzten uns aufs Sofa, umgeben von Trockenblumenarrangements und Konfektschalen aus geriffeltem Glas, und fingen an, uns zu küssen. Einmal fuhren wir auseinander, als wir oben auf dem Flur Schritte hörten, aber es war falscher Alarm, und wir machten da weiter, wo wir aufgehört hatten. Ich umfaßte ihre üppigen, schweren Brüste in dem Spitzen-BH, den ich durch ihre Seidenbluse fühlen konnte. Als wir Bettys Schritte oben auf dem Flur wieder hörten, mußten wir uns rasch voneinander lösen und unsere Kleider in Ordnung bringen.

Ich sagte Sophia, sie sollte mit zu mir kommen. Ein Anhauch von Röte erschien auf ihrem Gesicht; sie wußte, was ich von ihr wollte. Sie sagte: »Ja, vielleicht demnächst. Laß mir noch ein bißchen Zeit.« Ich drängte sie nicht weiter. Es war mir für den Augenblick fast lieber so. Ich verließ pfeifend ihr Haus. Ich stellte mir vor, wie sie, genau wie ihre Mitbewohnerin, in einen gesteppten Morgenrock schlüpfte, sich das Gesicht wusch, die Zähne putzte und sich in ihr Himmelbett schlafen legte.

Es passierte immer wieder, daß wir zum Winterende hin viele von unseren älteren Leutchen verloren. Gerade wenn das schlechteste Wetter vorbei war und man angenommen hätte, daß die Menschen neue Kraft schöpften und sich auf den Frühling freuten, gerade dann bekamen wir plötzlich einen Anruf von einem Verwandten oder fanden die Zeitungen von einer ganzen Woche auf dem Rasen eines Kunden verstreut. In der ersten Märzhälfte kam Mrs. Gordoni ins Krankenhaus und kam nicht wieder nach Hause;

Mr. Quentin erlag einer Krankheit, was immer es war, gegen die er in den vergangenen sechs Jahren gekämpft hatte (er hatte nie gesagt, was ihm fehlte, und wir sollten nicht danach fragen); und Mr. Cartwright starb an einem Herzinfarkt. Ich fuhr Mrs. Cartwright nun allein zum Einkaufen, und sie war ganz verändert – ganz wacklig und verstört. Komisch: Ich hatte angenommen, daß *er* der Unselbständige in dieser Verbindung war. Aber man weiß das eigentlich nie. Ich fuhr sie zum Supermarkt, und sie bewegte sich zwischen den Regalen mit so einem unsicheren Gang, als ob sie in einem Bach watete. »Ist es nicht aberwitzig«, sagte sie zu mir, »daß man noch mit dem Tod vor Augen sich darüber aufregt, wenn die Orangen teurer geworden sind, und sich über einen unhöflichen Verkäufer am Gemüsestand ärgert.« Ich wußte nicht, was ich sagen sollte, und dirigierte sie zu dem Kühlregal mit den Milchprodukten.

Ich mußte daran denken, wie ich die Cartwrights mal zur Apotheke gefahren hatte und Mr. Cartwright in der Eingangstür einen Augenblick stehengeblieben war und mit der lauten, rechthaberischen Stimme des Schwerhörigen verkündet hatte: »Das hier ist früher mal 'ne Apotheke gewesen!«, und die anderen Kunden hatten alle den Kopf gehoben, sich einen Augenblick umgesehen und sich gefragt, was in drei Teufels Namen es denn *jetzt* war. Ich weiß nicht, warum er das gesagt hat. Vielleicht hat er gegen die vielen branchenfremden Artikel wie Faltstühle und Handrührgeräte protestiert, die heutzutage in Apotheken geführt werden. Vielleicht war er auch nur verwirrt. Beim Gedanken an den leichten Schock, der durch das Geschäft gegangen war, mußte ich lächeln, und Mrs. Cartwright, die gerade in dem Moment zufällig zu mir hochsah, bemerkte es. Ich war besorgt, daß sie sich verletzt fühlen würde, aber sie lächelte auch. »Sie sind ein lieber Junge, Barnaby«, sagte sie.

Keiner von meinen Kunden hat auch nur die leiseste Ahnung von meiner wahren Natur.

Dann starb Mrs. Beeton – die nette schwarze Dame, deren

Kinder immer so besorgt um sie waren. Als ich davon erfuhr, rief ich an, um zu hören, ob ich auf dem Weg zu ihr irgend etwas einkaufen sollte, und ihre Tochter war am Telefon. Sie sagte: »Hallo, Barnaby« und unterhielt sich eine Weile mit mir, so munter, wie man sich nur denken kann. Kein Wort über ihre Mutter. Schließlich sagte ich: »Dürfte ich wohl einen Moment mit Mrs. Beeton sprechen?« Schweigen. Dann sagte sie: »Ich geb Ihnen mal meinen Mann, okay?« Und ihr Mann kam an den Apparat – ein Mann, den ich gar nicht kannte. »Meine Schwiegermutter ist gestern morgen gestorben«, sagte er mir. Ihre Tochter konnte das wahrscheinlich einfach nicht aussprechen.

Ich bin immer ein Bewunderer von Mrs. Beeton gewesen. Sie hatte so ein liebes, stillvergnügtes Gesicht und diese hübsche dunkler konturierte Oberlippe. Der Schmutz war ihr persönlicher Feind. Wehe, wenn sie irgendwo eine Spinnwebe entdeckte, dann gab sie keine Ruhe, bis sie sie beseitigt hatte.

Und dann brach Maud May sich den Oberschenkelhals und mußte in ein Pflegeheim. Maud May! Meine Tallulah-Bankhead-Kundin mit der Filmstarzigarettenspitze, den Martinikaraffen und der schleppenden rauchigen Stimme. Ich besuchte sie, um mir von ihr Instruktionen geben zu lassen – welche Pflanzen wieviel Wasser brauchten und so weiter –, denn sie schwor, daß das hier kein Dauerzustand war. »Zombie-Zoo kommt für mich nicht in Frage«, sagte sie; so nannte sie das Pflegeheim. »Ich komme wieder hier raus, wenn nötig auf allen vieren.« Dann senkte sie die Stimme zu einem Flüstern und bat mich, ihr eine Stange Marlboro mitzubringen. »Na klar, Miss May«, sagte ich zu ihr. (Wir sind die Muskeln und nicht der Kopf.) Aber das hörte sich munterer an, als ich mich fühlte. Sie hatte mich erschreckt, wie sie da so hilflos lag. Maud May war sozusagen meine Nachrichtenkorrespondentin aus dem Land des Alters. Sie hatte so eine Art, in einem selbstverständlichen, amüsierten Ton darüber zu *berichten*. »Ich habe früher immer gedacht, daß ich im Alter mal geduldiger werde«, sagte sie irgendwann zu mir,

»statt dessen stelle ich fest, o Gott, daß ich eine Meckerziege geworden bin.« Und ein anderes Mal: »Alle Leute sagen, daß sie ältere Weiber verehren, wenn man sie aber nach dem Grund fragt, kommen sie mit so Sachen wie Kräutermedizin, und ich weiß noch nicht mal den Unterschied zwischen einem Heilkraut und einem Eselsarsch.«

Jetzt sagte sie: »Wissen Sie, wie ich mir im Augenblick vorkomme? Als ob ich das Leben von jemand anderem lebte. Das hier bin eigentlich gar nicht *ich*, will ich damit sagen.«

»Nein, natürlich nicht«, sagte ich zu ihr. Aber ich muß das zu schnell gesagt haben oder allzusehr obenhin oder so, denn sie warf den Kopf auf dem Kissen hin und her und sagte: »Sein Sie doch nicht so verdammt onkelhaft!«

»Miss May«, sagte ich zu ihr, »ehe Sie sich versehen, sind Sie hier wieder raus, das verspreche ich Ihnen. Eine andere Kundin hat mir erst vor ein paar Tagen gesagt: Je älter man wird, desto schneller vergeht die Zeit. Inzwischen ist sie nur noch ein Nebel, sagt sie.«

»Falsch«, sagte Maud May mit Nachdruck.

»Falsch?«

»Die Zeit erstirbt zum totalen Stillstand.«

Dann schnaubte sie verächtlich und sagte: »Das sollte kein Wortspiel sein.«

Eines Abends nahm ich Sophia mit nach Canton zu meinen Großeltern, weil sie sich beschwert hatten, daß sie mich gar nicht mehr zu Gesicht bekamen. Wir saßen in ihrem winzigen Wohnzimmer (vier Meter breit, so breit wie das Haus) und sahen uns eine Fernsehsendung an, wobei Grannie immer wieder Seitenblicke auf Sophia abschoß. Ich hatte sie nicht darauf vorbereitet, daß ich sie mitbringen würde. Ich hatte keine Lust, irgendwelche Fragen zu beantworten. Deshalb mußte Grannie anhand einer Schätzung von Sophias Alter und der Beobachtung, wie eng wir beieinander saßen, sich selber ein Bild von der Sache machen.

Waren wir Verliebte? Freunde? Bloß Bekannte? Sophia sah zum Bildschirm und tat so, als ob sie nichts bemerkte.

Auf einem Fernsehapparat, der einmal der Welt größtes Heim-TV-Gerät gewesen sein mußte, sahen wir uns eine Spielshow an. Die einzige Stelle, wo er hinpaßte, war die Längsseite des Wohnzimmers. Das hieß, daß wir uns alle nebeneinander auf die Couch an der gegenüberliegenden Wand setzen mußten und mit der Nase praktisch an den Bildschirm stießen. Pop-Pop saß am einen Ende der Couch, so daß er ein Plätzchen für seine Bierdose hatte. Ich saß neben ihm, Sophia saß neben mir und Grannie am äußeren Ende. Das restliche Zimmer war vollgestopft mit Marienfiguren aus Gips, Keramikübertöpfen in Form von Schubkarren und Eseln, betenden Händen, aus einer Art Kunstharz geformt, und Puppen in Scarlett-O'Hara-Kleidern. Ach, ich sollte vielleicht noch erwähnen, daß Pop-Pop ein Unterhemd mit V-Ausschnitt trug, der seine knochige, weißbehaarte Brust sehen ließ, und Grannie ein enges Boxer-Shirt und ausgebeulte olivgrüne Shorts. (Draußen war es zwar noch mal Winter geworden, aber der Heizungsthermostat war auf knapp dreißig Grad eingestellt.) Ich war gespannt, wie Sophia auf all das reagieren würde, aber an ihrem Profil, dem die Spielshow eine blaue Aureole verlieh, war nichts abzulesen.

Grannie sagte: »Sophia. Ist das ein italienischer Name?«

»Ich heiße nach einer Großtante«, erklärte ihr Sophia, sich kurz zu ihr wendend.

»War Ihre Großtante Italienerin?«

»Nein, Schottin.«

»Ah ja.«

Ich wußte, worauf Grannie jetzt aus war. Sie wollte herauskriegen, ob Sophia Katholikin war. Sie streckte ihren Kopf mit seiner Fracht von rosa Lockenwicklern vor und sah mich an.

»Sie ist Presbyterianerin«, sagte ich.

»Ach.«

Sie lehnte sich wieder zurück. Also, man konnte ihr den

Gedanken förmlich vom Gesicht ablesen, daß ihre eigene Tochter schließlich einen Episkopaten geheiratet hatte und die Welt dadurch nicht untergegangen war. »Es ist jedenfalls ein hübscher Name«, sagte sie zu Sophia.

»Vielen Dank.«

»Ich mag Namen, die auf a enden, Sie auch? Oder auf andere Vokale. Was gibt's da noch für welche? Am häufigsten ist wohl doch das A. Aber Moment mal: Margos Name endet auf o, du liebe Güte! Das ist Barnabys Mutter. Oder er hat zumindest auf o geendet. Als sie dann Barnabys Vater kennenlernte, hat sie noch ein T drangehängt.«

Sophia sah mich an. Ich sagte: »Mom fand Margot mit t vornehmer.«

»Ich hab's zum erstenmal auf den Einladungen zur Hochzeit so geschrieben gesehen«, sagte Grannie; »und ich hab sie gefragt: ›Wer ist das denn?‹ Und sie hat gesagt: ›Das bin ich.‹ Ich hab wirklich versucht, mich daran zu gewöhnen. Ihr Vater hat gesagt, daß das Fürze im Hirn wären, aber als Jeffrey das nächstemal zu Besuch kam, habe ich zu ihm gesagt: ›Mar-gott kommt sofort runter.‹ Er hat gelacht, weil er dachte, daß das ein Scherz ist, aber es war mein Ernst. Ich habe ehrlich geglaubt, daß man das T mitspricht.«

»Guck dir diese Kandidatin an«, sagte Pop-Pop zu mir. »Die weiß einfach alles über Elvis.«

»Sie hat immer gekriegt, was sie haben wollte«, fuhr Grannie fort. »War das reinste Energiebündel. Und sehr klug dazu. Sie hat in der Schule viele Preise gewonnen! Ich weiß nicht, wo sie das her hat.«

»Wir sprechen von Margot«, erklärte ich Sophia. Sie machte ein etwas verwirrtes Gesicht.

»Die Leute haben uns immer gefragt: ›Ist sie bei der Geburt vertauscht worden?‹ Denn Frank hat noch nicht mal 'n High-School-Abschluß, und ich hab ihn auch nur aus dem einen Grund, weil ich irgendwie die Zeit bis zu unserer Hochzeit totschlagen mußte. Aber es muß da irgendwo in unserer Familie ein schlaues Gen geben. Sehen Sie sich Barnaby an! Er ist praktisch ein Einstein. Er hat so früh lesen gelernt, und er hat früher immer in Elternratgebern nachgeschlagen, um zu sehen, was er zu der Zeit gerade können sollte.«

»Ich habe eine sehr vielversprechende Vergangenheit hinter mir«, sagte ich zu Sophia.

Sie lächelte und sah dann wieder Grannie an. Im Fernsehen versiebte jemand eine Frage. Das Publikum stöhnte auf, und Pop-Pop sagte: »Also, das hätte *ich* ja beantworten können!«

Grannie hievte sich von der Couch hoch, um uns einen Snack zu holen, und Sophia stand auch auf, folgte ihr und fragte: »Kann ich irgend etwas helfen?« Sie machte alles richtig. Grannie mußte sie doch einfach lieben.

Jetzt waren nur noch Pop-Pop und ich übrig, zwei hagere, mickrige Männer, die die kleinere Hälfte der Couch einnahmen. Wir fingen eins von den typischen Gesprächen unter Männern an, die nur aus Zahlwörtern bestehen – bei welchen Kabelkanälen er zur Zeit gerade gebucht hatte, wieviel Öl mein Auto brauchte – während Grannie in der Küche, wie ich hören konnte, unter Geschirrklappern ihr Möglichstes tat, um herauszufinden, wer genau Sophia war. Wenn ich ein Ohr in Richtung Küche stellte, konnte ich mitkriegen, was draußen gesprochen wurde, während Pop-Pop vor meinem anderen Ohr die Punktzahlen vom letzten Bowlingabend herunterrasselte. Nein, sie war aus Philadelphia. Ja, sie war berufstätig, sie arbeitete bei der Chesapeake Bank. Und sie hatte ein Haus in der Calvert Street gemietet; teilte es sich mit einer Mitbewohnerin. (Grannie würde die Sache mit der Mitbewohnerin sicher beruhigend finden – da hatten wir weniger Gelegenheit zu sündigen.) Und es wirkte *tatsächlich* sonderbar, daß bei einer Frau wie ihr noch kein Mann zugegriffen hatte, aber sie wollte ganz sichergehen, keinen Fehler zu machen, weil sie schon immer der Überzeugung gewesen war, daß die Ehe eine Sache fürs ganze Leben war; und sie war sogar einmal verlobt und einmal fast verlobt gewesen, aber es war beide Male nichts daraus geworden, was, wie sie jetzt erkannte, auch gut so war.

Dann sagte sie: »Ich habe Barnaby vor ein paar Monaten im Zug nach Philadelphia kennengelernt« – sie sagte es von sich aus, ohne daß Grannie sie irgendwie dazu veranlaßt hätte. Anscheinend hatte Grannie erfahren, was sie wissen wollte, denn als sie mit dem Snack wieder auftauchte, behandelte sie uns wie ein Paar. Es hieß »ihr zwei« dies und »ihr zwei« das, und: »Nächstesmal müßt ihr zwei zu uns zum Essen kommen.«

Sie hatte den Snack nach einem Rezept gemacht, das sie in einer Illustrierten gelesen hatte – es war Bill Clintons Lieblingssnack, Maischips mit einem Dip aus einer scharfen mexikanischen Sauce und zerlassenem Schmelzkäse. Sie servierte ihn auf einem Tablett, auf dem ein Brustbild von John F. Kennedy prangte. »Wie ich sehe, machen wir heute einen Themenabend um amerikanische Präsidenten«, sagte ich, und Grannie stieß Sophia mit dem Ellbogen in die Seite und fragte: »Ist er nicht ein Witzbold?« – und sie rollte die Augen und kicherte, als ob sie ein Geheimnis teilten.

Im Auto, auf der Fahrt nach Hause, sagte Sophia, daß ihr meine Großeltern sehr gut gefallen hätten. »Du hast ihnen auch gefallen«, sagte ich. Ich war teils stolz, teils erschrocken. Ich hatte irgendwie nicht damit gerechnet, daß es bei Sophia so tief ging. Nach einer kurzen Pause sagte ich: »Du hast mir nie erzählt, daß du verlobt warst.«

Sie zuckte die Achseln und antwortete: »Das war nur von kurzer Dauer.«

»Wer war das denn?« fragte ich.

»Ach, jemand aus der Bank.«

»Und das andere Mal warst du *fast* verlobt? Was ist denn passiert?«

»Es hat einfach nicht funktioniert«, sagte sie. »Ich bin vielleicht zu kompromißlos in meiner Lebensform. Zu ... selbstbestimmt, verstehst du? So selbstbestimmt, wie's die Männer nicht unbedingt mögen.«

Sie trug wieder den schicken schwarzen Mantel, der ihr Haar noch blonder erscheinen ließ, und ihre Kopfhaltung hatte in meinen Augen etwas Königliches. Ich sagte: »Ich finde selbstbestimmte Frauen großartig.« Sie sah mich von der Seite an und lächelte. »Wenn ich auf etwas abfahre, dann ist es Selbstbestimmtheit«, sagte ich.

Sie lachte. Ich hob ein bißchen ab; ich sagte: »Im Ernst, ich habe immer davon geträumt, eine Soldatenfrau zu haben.«

»Was?« sagte sie. »Du meinst eine Soldatin?«

»Nein, eine Frau, die mit einem Soldaten verheiratet ist. Ich hab die schon im Kino gesehen. Die können alles, was zum Leben notwendig ist, selber. Die können sich wahrscheinlich ein Haus bauen, wenn es sein muß, und ohne fremde Hilfe ihre Kinder zur Welt bringen. Wenn das nicht Selbstbestimmtheit ist!«

»Dann ... soll das heißen, daß du zum Militär willst?« wollte sie wissen.

»Zum Militär? Um Gottes willen«, sagte ich.

»Wie willst du dann –?«

»Ich hab nur gemeint ...«, sagte ich. »Vergiß es, ich hab bloß laut gedacht.« Eine Wendung, die Mrs. Beeton immer gebraucht hatte. »Kümmern Sie sich nicht um mich; ich hab bloß laut gedacht.«

Idiot.

Die Nachricht von all den Todesfällen verbreitete sich wie durch Zauberei unter unseren anderen Kunden. Ich bin nie dahintergekommen, wie das geschah. Unsere alten Leutchen kennen sich ja größtenteils gar nicht untereinander. Aber ich konnte die Unruhe in so gut wie jedem Haus spüren, in das ich kam. Mrs. Rodney glaubte, unbedingt ihr Testament ändern zu müssen; desgleichen Miss Simmons. Mr. Shank rief uns unter noch fadenscheinigeren Ausreden als sonst an, und einmal bestand er sogar darauf, daß ich ihn zur Notaufnahme ins Krankenhaus fuhr, obwohl ihm nach meinem Eindruck überhaupt nichts fehlte. Ich sagte: »Was ist los? Bekommen Sie keine Luft? Haben Sie Schmerzen in der Brust? Fühlen Sie sich schwach? Ist Ihnen schwindelig?« Er sagte nur, daß er sich »ungewohnt« fühlte. Wegen dieser Ungewohntheit verbrachte ich dreieinhalb Stunden im Wartezimmer des Sinai Hospitals und sah mir im Fernsehen Hausfrauensendungen an. »Wissen Sie, was ich gern mache«, sagte so 'n Schrapnell in einer der Sendungen. »Ich stelle gern eine Bleikristallschale auf der Kredenz in meiner Eingangshalle auf. Fülle sie mit Wasser und lasse Weihrauchduftkerzen drauf schwimmen, um eine Atmosphäre von Vornehmheit zu schaffen.« Das ganze Zimmer – bleichgesichtige Kranke mit trüben Augen, die meisten in abgewetzten Kleidern – starrte staunend zu ihr hoch. Es stellte sich heraus, daß Mr. Shank allzusehr unter Streß litt, und man schickte ihn mit einem Rezept für irgendwelche Tabletten wieder weg.

Dann fing Mrs. Alford an, ihre Habe zu ordnen. Das ist immer ein besorgniserregendes Zeichen. Ein gute Woche waren drei Angestellte von uns täglich bei ihr – Ray, Oakley, ich und Martine. (»Zwei Männer fürs Grobe«, so sagte sie, »und eine Frau, damit die Frauenbeschäftigungsquote steigt.«) Sie wollte zuerst ihren Keller entrümpelt haben, dann die Garage und schließlich den Speicher. Das war Mitte April – eine Zeit, wo wir ohnedies viel zu tun haben, zudem war es kurz vor Ostern, wo viele der erwachsenen Kinder zu Hause erwartet wurden und unsere Kunden übermäßig aufgeregt, reizbar und voller Ansprüche waren. Aber Mrs. Alford konnte nicht warten, konnte es nicht aufschieben. Jeden Morgen erwartete sie uns oben auf der Treppe vor der Haustür oder schon unten auf dem Gartenweg. »Da sind Sie ja endlich! Wo bleiben Sie denn?« Martine hatte in dieser Woche den Transporter nicht zur Verfügung, deshalb mußte ich sie abholen, wodurch wir uns ein- oder zweimal verspäteten, und bei Ray Oakley war das Zuspätkommen angeboren. Aber es drehte sich dabei nur um Minuten. Trotzdem lief Mrs. Alford ärgerlich auf und ab. Die Hälfte der Zeit nannte sie Martine

Celeste, so hieß die andere von unseren zwei weiblichen Angestellten, und ich war »Terry«.

»Ich bin doch Barnaby«, sagte ich so behutsam wie möglich.

»Oh! Es tut mir leid! Ich dachte, Sie hießen Terry und spielten in einer Musikgruppe.«

Martine kicherte – wahrscheinlich stellte sie sich mich an einem Cembalo oder sonstwas vor. »Nein, Ma'am«, sagte ich zu Mrs. Alford, »das muß jemand anders sein.«

In meiner Anfangszeit bei der Bizeps-Vermietung hab ich immer befürchtet, daß sie den Verstand verliert. Aber inzwischen wußte ich, daß es nur Angst war. Ich habe eine unter Angst leidende Kundin gehabt, die mich mit ihrem ältesten Sohn verwechselte; am nächsten Tag war sie dann wieder ganz klar im Kopf. Ich ließ mich davon nicht mehr aus der Fassung bringen.

Der Keller war leicht aufzuräumen, weil das meiste Zeug zum Wegwerfen war. Farbtöpfe, deren Inhalt eingetrocknet war; verschimmelte Tapetenreste; Zinkeimer, die so alt waren, daß sie noch von einem längst verstorbenen Kesselflicker ausgebessert worden waren. Wir stopften alles in die Mülleimer, in der Hoffnung, daß die städtische Müllabfuhr es mitnehmen würde. Wir brauchten dafür nicht ganz einen Tag. Ich hatte noch Zeit, Martine nach Hause zu fahren und meinen Anrufbeantworter abzuhören, bevor ich mich auf den Weg zu Mrs. Glynn machte.

Mit der Garage war es schon schwieriger. Mrs. Alfords Mann hatte dort – liebevoll gehegt und gepflegt – eine voll ausgerüstete Werkbank hinterlassen, wo am Rückbrett jedes Werkzeug vor seiner aufgemalten Silhouette hing. Mrs. Alford muß es vor der Wiederbegegnung mit ihr gegraut haben, denn als wir am nächsten Morgen aufkreuzten, schaffte sie es, unsere Namen total durcheinanderzubringen. »Hallo, Celeste. Hallo, Roy. Hallo, Terry.« Keiner von uns verbesserte sie. Während sie die Treppe zum Hinterhof hochging, fragte sie mich: »Wie steht's mit der Musik?«, und ich sagte: »Oh, bestens«, weil das irgendwie einfacher war.

Aber dann blieb sie bei dem Thema. Sie sagte: »Also, welches Instrument spielen Sie noch mal?«

»Ich spiele ... die Tuba«, entschied ich mich.

»Die Tuba?« Sie blieb oben auf der Treppe stehen und sah mich an. Dabei klopfte sie mit einer Hand auf die fleckige Haut an ihrem Halsansatz. »Komisch«, sagte sie dann. »Ich hatte gedacht, daß es irgendwas mit Saiten wäre.«

»Nein, nein, es ist schon die Tuba«, beharrte ich und wünschte, ich hätte nie damit angefangen.

»Das muß man sich mal vorstellen! Eine Tuba in einem Kammerorchester. So was hab ich noch nie gehört.«

»Oh«, sagte ich. »Äh. Kammerorchester. Nie gehört?«

»Aber was verstehe ich schon davon? Was die Musik betrifft, da bin ich völlig unbeleckt.«

»Also, das ist schon okay, Mrs. Alford.«

Wir gingen durch den Hinterhof, wo in Büscheln die Narzissen blühten. »Ich bin seit Jahren nicht mehr in der Garage gewesen«, sagte Mrs. Alford. »Ich gehe nie da rein! Ich mag da nicht rein.« Sie blieb an der Tür stehen, steckte einen Schlüssel ins Schloß und drehte am Türknauf. Nichts tat sich. »Tja also, ich glaube, wir können da doch nicht rein.«

»Darf ich mal«, sagte Ray Oakley zu ihr. Er lehnte sich mit der Schulter gegen die Tür – ein Riese mit einer Obelixfigur –, versetzte ihr einen Stoß und fiel in die Garage.

»Ja, dann vielen Dank, Roy«, sagte Mrs. Alford in einem Ton, der alles andere als dankbar klang.

Mr. Alfords Werkbank war eins von diesen Dingen, die nach dem Tod ihres Besitzers weiterzuleben scheinen. Und der war unverkennbar ein Hamsterer gewesen. Die in den Regalen aufgereihten Babynahrungsgläschen waren mit Schrauben verschiedenster Größe gefüllt, die fast ausnahmslos in einem kümmerlichen Zustand waren – teils krumm, teils abgebrochen und teils verrostet. Man sah auf den ersten Blick, daß er sie seit Jahrzehnten aufbewahrt haben mußte, obwohl seine Frau ihn wahrscheinlich gebeten hatte, sie wegzuwerfen. Ich sagte: »Wissen Sie was, Mrs. Alford, Sie gehen zurück ins Haus, und wir kümmern uns alleine um das hier.«

»Aber woher wollen Sie wissen, was Sie mit all diesen Sachen machen sollen?« fragte Mrs. Alford. Eine sehr vernünftige Frage. Sie ging langsam die Werkbank entlang, streckte die Hand aus und berührte hier eine Bogensäge, dort einen Klauenhammer. »Mein Neffe Ernie«, sagte sie, »er ist sehr geschickt mit den Händen«, erklärte sie uns. »Vielleicht sollte ich ihm die Sachen geben.«

»Und die Schrauben und das andere Zeug?«

»Tja...«, sagte sie.

»Wegschmeißen?«

Sie ging zu den Babynahrungsgläschen hinüber, nahm eins davon in die Hand und sah es an.

»Wir machen das schon«, sagte ich. »Gehen Sie nur wieder ins Haus.«

Dieses Mal widersprach sie nicht.

Also brauchten wir für die Garage etwas länger, weil wir uns nach leeren Kartons umsehen mußten, das Werkzeug einpacken mußten, »Ernie« auf den Deckel schreiben und alles, was ausrangiert worden war, in Müllsäcke stopfen mußten. »Wie schaffen es die Leute nur, im Laufe der Zeit soviel *Zeug* zu horten?« fragte ich Martine. »Guck mal hier: ein Bambusrechen, der nur noch drei Zinken hat.«

»Ein Telefon mit Wählscheibe und der Aufschrift KAPUTT.« Sie hielt es in die Höhe.

»Sie hat hoffentlich nicht vor, uns wegzusterben«, sagte ich.

»Wie kommst du denn darauf?«

»Das hab ich schon erlebt. Es ist so ähnlich, wie wenn 'ne schwangere Katze anfängt, nach 'm Platz in einer Schublade zu suchen. Alte Leute fangen an, ihre Habe zu ordnen.«

»Ach, sag bloß nicht so was! Mrs. Alford ist eine von meinen Lieblingskundinnen.«

In meinen Gedanken hatte Mrs. Alford nie eine große Rolle gespielt. Sie hatte nicht die Vitalität wie zum Beispiel Maud May. Aber daß sie starb, wäre mir auch nicht recht gewesen.

»Hört sich für mich so an«, sagte Ray Oakley, »als ob ihr beiden in der falschen Branche wärt.«

»Hör ihn dir an: unsern knallharten Burschen«, sagte ich zu Martine.

Am Mittwoch meldete Ray sich krank, und wir mußten mit dem Speicher ohne ihn anfangen. Mrs. Alford bat uns darum, alles von oben in den Wintergarten vor ihrem Schlafzimmer zu bringen, wo sie in einem Lehnsessel mit Volant auf uns wartete, um uns zu sagen, auf welchen Haufen wir die einzelnen Sachen legen sollten: den von Ernie, den von ihrer Tochter oder den von der karitativen Gebrauchtwarenbörse. »Und was ist mit der Zweitfigur?« fragte ich sie direkt.

»Wie bitte?«

»Dieses kleiderpuppenartige Ding«, sagte ich, denn ich hatte mich bereits entschlossen, ihr Geld dafür anzubieten, falls sie es zum Haufen für die Gebrauchtwarenbörse tat.

Aber sie sagte: »Ach, die behalte ich. Die erinnert mich an meine Mutter.«

Und sie behielt eine ganze Menge. Einen Humidor, der ihrem Vater gehört hatte, einen Pfeifenständer von ihrem Mann, eine Wiege, in der Dutzende von Alfords als Säuglinge geschlafen hatten. Mit den Gegenständen in den Händen, die wir nach unten befördert hatten, ließ sie uns so lange stehen, bis sie die dazugehörige Geschichte erzählt hatte. Und je mehr sie sich an die Vergangenheit erinnerte, desto mehr schien ihr die Gegenwart abhanden zu kommen. »Ist das nicht zu schwer für Sie zum Tragen, Celeste?« fragte sie Martine und erwähnte noch zweimal Ernies manuelle Geschicklichkeit. Aber als ich mich lauthals darüber wunderte, wie ein großes Rollpult in einem Stück über die Bodentreppe nach oben gekommen war, konnte sie sich noch daran erinnern, daß es nicht in einem Stück nach oben gekommen war. Ihr Mann hatte es vorher auseinandergenommen. »Unter den Ecken der Platte finden Sie vier Messingschrauben, damit sind die obere und die untere Hälfte zusammengeschraubt«, sagte sie, und dann fiel ihr auch noch ein, daß ihr Mann und ihr Schwager die beiden Teile im Sommer '59 nach oben getragen hatten. »Auf der Werkbank meines Mannes finden Sie einen Schraubenzieher«, sagte sie. Und dann: »Ach, nein! Sein Werkzeug ist ja nun weg!«, und ihre Augen schwammen in Tränen.

Ich sagte: »Seien Sie unbesorgt, Mrs. Alford. Ich kann ihn Ihnen in null Komma nichts heraussuchen. Ich weiß noch, in welchem Karton er ist.«

Sie arrangierte ihre Gesichtszüge zu einer dankbaren, aufgehellten Miene um. »Oh, vielen Dank, Terry«, sagte sie. »Sie sind ein cleverer Junge!« Und sie hielt die Augen ganz weit offen, damit die Tränen nicht überflossen.

Als wir wieder auf dem Speicher waren, sagte Martine: »Ich kann dir sagen, wehe, wenn Ray morgen nicht wieder gesund ist.« Wir plagten uns gerade mit der oberen Hälfte des Rollpults ab – die Haare standen Martine wirr um den Kopf –, aber ich wußte, es war nicht die Schlepperei, die ihr Kummer machte. Wir brauchten hier jemanden, der nicht so weichherzig war, das war's.

Am Donnerstag kam Ray wieder. Er hatte grünliche Schatten unter den Augen und war noch nicht voll einsatzfähig. Deshalb stellten wir ihn unten bei Mrs. Alford ab. Während er einzelne Gegenstände auf die verschiedenen Haufen verteilte und sich ihre Geschichten anhörte, holten wir weitere Sachen von oben herunter. Selbst da wurden wir noch ein- oder zweimal festgenagelt. Wir brachten eine Klavierbank nach unten, und Mrs. Alford bat uns, sie vor sie hinzustellen, damit sie die Noten durchsehen konnte, die darin aufbewahrt waren. Als sie den Deckel hob, verbreitete sich eine Wolke von Mäusegeruch. »›I'm Always Chasing Rainbows‹«, sagte sie. Ihre Stimme war so voller Wehmut und Trauer, daß es einen Augenblick dauerte, bis ich begriff, daß sie nur den Titel eines Lieds zitiert hatte. »›Don't Bring Lulu.‹ ›You

Must Have Been a Beautiful Baby.‹« Einmal schlug der Hausschlüssel, den Martine an ihrem Handgelenk hängen hatte, klirrend gegen eine Metallkiste, die wir trugen, und das Geräusch rief offenbar in Mrs. Alfords Kopf eine Erinnerung wach. Sie sagte unvermittelt: »Ich habe früher mal ein Windspiel aus Kupferringen gehabt, aber dann kam meine Nachbarin zu mir und sagte: ›Bitte, nehmen Sie doch das Windspiel ab, bitte. Als ich meine sterbenskranke Tochter gepflegt habe, hat die ganze Zeit ein Windspiel geklingelt, und jetzt kann ich es einfach nicht mehr hören.‹«

Wir stellten die Kiste auf dem Boden ab. »Na ja, natürlich hab ich es abgenommen«, sagte sie.

»Ja, Ma'am« sagte Ray. »Soll das auf Ernies Haufen oder auf den von Ihrer Tochter?«

Martine und ich flitzten wieder nach oben.

Als wir am Freitag morgen bei Mrs. Alford eintrafen, saß sie mit ihrem Bruder beim Frühstück – einem dicken alten Mann mit buschigem Haar, in einem dunklen Straßenanzug. Er war am Abend vorher angekommen, um das Osterwochenende mit ihr zu verbringen. Und Mrs. Alford war wieder ihr fröhliches altes Selbst; sie stellte uns einander formvollendet vor und betete unsere Namen fehlerlos her. Wir drei gingen wieder nach oben auf den Speicher und waren im Nu mit Ausräumen fertig. Danach kam Mrs. Alford in den Wintergarten und sagte: »Das hier kriegt Ernie, das Valerie, das die Gebrauchtwarenbörse«, zip-zip-zip. Sie machte sich nicht mal die Mühe, sich in ihren Lehnsessel zu setzen. Gegen drei Uhr nachmittags waren wir fertig.

Ich fuhr Martine nach Hause, weil sie den Transporter immer noch nicht wieder hatte. Wir waren beide nicht sehr gesprächig. Ich überschlug im Kopf, ob ich noch Zeit hatte, einen anderen Auftrag einzuschieben. Martine streckte den Kopf zum Fenster raus und summte vor sich hin. Dann zog sie den Kopf ganz plötzlich wieder rein und sagte: »Weißt du, was neulich passiert ist? Ich hab mit meinen Neffen im Hinterhof bei ihnen Fangen gespielt. Und sie unterhielten sich – über meinen Bruder, wie ich dachte. ›Er sagt dies, er sagt das.‹ Deshalb frage ich: ›Wann kommt er denn heut abend nach Hause?‹ Und sie werden ganz still und sehen einander an, und ich denke: *›Was ist denn? Was hab ich denn gesagt?‹* Und einer von ihnen antwortet mir: ›Äh...‹ Und ein andrer von ihnen sagt: ›Äh, wir haben eigentlich von unserem Baseballtrainer gesprochen.‹ Ich sagte: ›Oh, Entschuldigung, ich dachte, ihr redet von euerm Vater.‹ Aber ich hatte auf einmal eine Ahnung davon, wie man sich fühlen muß, wenn man alt ist. Ich meine so alt, daß die Leute denken, man ist gaga. Ich hätte am liebsten zu ihnen gesagt: ›Moment mal! Ich hab euch bloß nicht richtig verstanden, das ist alles. Ich hab mich schlicht und einfach bloß verhört, okay?‹«

Dann streckte Martine den Kopf wieder zum Fenster raus, und wir hingen beide, jeder für sich, unseren Gedanken nach.

Sophia und ich fuhren am letzten Samstag im April zusammen im Auto nach Philadelphia. Es war meine zweite Fahrt nach Philadelphia, seit wir uns regelmäßig trafen, aber letztesmal war Sophia nicht mitgekommen, weil ihre Mutter sich damals zu einem sechswöchigen Urlaub in der Ferienwohnung einer Cousine in Miami aufhielt. Aber nun machten wir unsere erste gemeinsame lange Autofahrt – an einem sonnigen blauen und gelben, von einem frischen Lufthauch durchwehten Morgen, und ich fühlte mich wie im siebten Himmel. Sophia ebenso, das konnte ich sehen. Sie sagte: »Ich sollte *auch* immer mit dem Auto fahren! Man sieht soviel mehr von der Landschaft, als wenn man mit dem Zug fährt.«

Ich hatte Sophia nicht erzählt, wie ich sie damals im Zug beobachtet hatte. Ich dachte, es würde ihr irgendwie, ich weiß nicht, durchtrieben vorkommen, wie ich unser späteres Zusammentreffen inszeniert hatte. Außerdem war ich neugierig, ob sie die Sache von sich aus erwähnen würde. Ich an ihrer Stelle hätte mich sofort damit dicke getan. (»Soll ich dir mal erzählen, wie ein wildfremder Mann mich ausgeguckt und mich angesprochen und mir einen Auftrag anvertraut hat?«) Aber ihr kam das gar nicht in den Sinn. Entweder hielt sie es nicht für erwähnenswert, oder sie hatte den ganzen Vorfall vergessen. Wahrscheinlich passierten ihr dauernd solche Sachen. Dergleichen hielt sie wohl für selbstverständlich.

Einen Großteil der Fahrt verbrachten wir damit, über ihre Mutter zu reden, die, so wie es sich anhörte, nicht sehr sympathisch war. »Sie erwartet von mir, daß ich jedes Wochenende meines Lebens mit ihr verbringe«, sagte Sophia, »außer natürlich, sie hat selber was vor; und wenn das der Fall ist, erfahre ich es erst im allerletzten Moment: ›Ach übrigens, du brauchst dir diese Woche nicht die Mühe zu machen hierherzukommen‹, wenn ich die Fahrkarte praktisch schon in der Tasche habe...«

Sie listete die körperlichen Leiden ihrer Mutter auf, als wir die Stadtgrenze passierten. Als ob ich den Typ alte Dame nicht kennte! Ich fuhr die Broad Street lang und bog in die Walnut Street ein, während Sophia die Wehwehchen und Gebresten aufzählte, das Herzklopfen, die Arzttermine, die mitternächtlichen Telefongespräche... Sie unterbrach sich und deutete auf das Apartmenthaus, in dem ihre Mutter wohnte, das eine grünweiß gestreifte Markise über dem Eingang hatte. Ich hielt in der zweiten Reihe. »Ach«, sagte sie. »Da ist Mutter ja.«

Tatsächlich stand da eine grobknochige, weißhaarige Frau in Twinset und dazu passendem Rock an der Gehsteigkante und verdrehte die ineinandergelegten Hände. »Komm schnell mit und sag ihr guten Tag«, sagte Sophia zu mir. Ich bin noch nie der Willste-nicht-meine-Eltern-kennenlernen-Typ gewesen. Ich sagte: »Ach nein, lieber nicht. Ich behindere den Verkehr.«

Aber Sophia rief schon: »Hu-hu! Mutter!« während sie auf der Beifahrerseite aus dem Auto glitt und die Tür hinter sich weit offenstehen ließ.

Mrs. Maynard drehte sich mit verständnisloser Miene um. Dann sagte sie: »Sophia? Was ist das denn? Du bist mit dem Auto gefahren? Du kommst so spät!«

Während sie ihre Wangen aneinanderdrückten, warf ich mich über den Beifahrersitz und versuchte, ungesehen die Tür zuzumachen. Aber nein: »Ich möchte dir jemanden vorstellen«, sagte Sophia zu ihrer Mutter.

Also mußte ich mich wohl oder übel zeigen. Aber ich ließ den Motor laufen. Ich stieg aus, ging um die Kühlerhaube herum und sagte: »Guten Tag. Tut mir leid, aber ich steh hier in der zweiten Reihe; ich muß wirklich wegfahren.«

»Das ist Barnaby Gaitlin«, sagte Sophia zu ihrer Mutter. »Meine Mutter, Thelma Maynard.«

»Ich hab mir gesagt«, ließ sich jetzt Mrs. Maynard hören, »da haben wir's. Sophia hat irgendeinen Unfall gehabt. *Ich* weiß nicht, was für ein Unfall es war, und die Polizei hat keine Ahnung, daß ich ihre nächste Angehörige bin. Ich werde Samstag, Sonntag, Montag in meiner Wohnung sitzen und niemand haben, der für mich einkaufen geht und mir meine Medikamente aus der Apotheke holt. Ich werde nichts mehr zu essen haben und werde keine Tabletten mehr haben, und ich werde immer schwächer werden, und dann findet man mich schließlich wer-weiß-wie-lange-danach, vertrocknet wie eine Dörrpflaume auf meinem ...«

»Barnaby und ich sind viel zusammen«, sagte Sophia.

Mrs. Maynard verstummte und warf mir einen Blick zu. Sie hatte eins von diesen rechteckigen Gesichtern, die an den unteren Ecken von zwei dicken Seilen gehalten werden.

»Guten Tag«, sagte ich noch mal; ich hätte ihr auch die Hand gegeben, bloß hielt sie mir ihre Hand nicht hin.

Jetzt versteht man vielleicht, warum es mir so zuwider ist, Eltern kennenzulernen. Ich mache auf den ersten Blick keinen guten Eindruck.

Mrs. Maynard wandte sich wieder Sophia zu und sagte: »Du hättest mich wenigstens anrufen können, um mir zu sagen, daß du später kommst. Du weißt ganz genau, wie sich nervöse Spannung auf meinen Blutdruck auswirkt!«

Wir hatten uns gar nicht so sehr verspätet. Vielleicht eine halbe

Stunde oder so. Aber Sophia machte sich nicht die Mühe zu widersprechen. Sie sagte in ihrer direkten Art: »Barnaby ist ein sehr wichtiger Faktor in meinem Leben geworden.«

Ich erstarrte. Ebenso ihre Mutter. Sie warf mir noch einen Blick zu. »Ach?« sagte sie. Und dann: »Mr. –?«

»Gaitlin«, sagte ich.

Sophias Mutter fragte: »Und in welcher Branche sind Sie tätig, Mr. Gaitlin?«

»Ich, äh, ich bin bei einem Dienstleistungsunternehmen tätig«, gab ich zur Antwort.

Aus irgendeinem Grund kam das mit einem etwas heuchlerisch-feierlichen Zungenschlag heraus. Sophia mußte das auch so empfunden haben, denn sie warf mir einen ungehaltenen Blick zu. Dann ruckte sie heftig am Schulterriemen ihrer Tasche. Sie sagte: »Er arbeitet bei einer Firma mit Namen Bizeps-Vermietung, Mutter, er hebt schwere Gegenstände.«

»Er hebt was?« fragte Mrs. Maynard.

Ich sagte: »Na ja, meine Arbeit besteht nicht nur darin, ich –«

»*Was* für schwere Gegenstände?«

»Ach ...«, sagte ich. »Ja, richtig! Ich habe Mrs. Glynn ein bißchen geholfen. Sophias Tante. Ich weiß nicht, ob Sie beide Kontakt zueinander haben oder –«

»Ich habe ihn vor ein paar Monaten im Zug kennengelernt«, fiel mir Sophia ins Wort. »Man könnte es wohl eine Anmache nennen.«

»Anmache?« fragte Mrs. Maynard mit schwacher Stimme im selben Moment, in dem ich »Anmache!« sagte. Ich starrte Sophia an.

Sophia hielt den kühlen Blick unverwandt auf ihre Mutter gerichtet. Sie sagte: »Er saß auf dem Platz neben mir, und ehe ich mich versah, hatte ich mich auch schon mit ihm verabredet.«

»So«, sagte Mrs. Maynard.

Ich hätte ihr gern erklärt, daß es ganz anders gewesen war; daß sich alles viel mehr nach und nach entwickelt hatte. Aber ich verstand, worum es Sophia ging. Ich sah ihr triumphierend gerecktes Kinn. Und ich konnte es ihr noch nicht einmal groß verdenken. Mit einer Mutter wie Mrs. Maynard hätte ich es genauso gemacht.

Außerdem wirkte sich die Situation zu meinen Gunsten aus. Denn als Sophia sich von mir verabschiedete – sie begleitete mich zur Fahrerseite des Wagens, ohne auf die hupenden Autos zu achten –, küßte sie mich auf den Mund und flüsterte: »Wenn ich wieder in Baltimore bin, besuche ich dich zu Hause.«

Sie schenkte mir ein konzentriertes, ruhiges Lächeln, das meine Knie butterweich machte. Dann ging sie zurück zu ihrer Mutter.

8

Bis Ende April hatte ich dann achthundertsechzehn Dollar zusammengespart. Ich hatte gehofft, schon weiter zu sein, aber sosehr ich mich auch bemühte, ich schaffte es irgendwie nicht, mein Ziel zu erreichen, in der Woche hundert Dollar zusätzlich zu verdienen. Ich richtete mir ein Sparkonto ein und bekam ein Heft mit flexiblem Deckel ausgehändigt, in dem die weiteren Einzahlungen dokumentiert werden sollten.

Im Mai hatte ich die meiste Zeit einen sehr lukrativen Kurzzeitkunden – einen jungen Mann, der sich beim Mountainbiken viermal das Bein gebrochen hatte. Er wohnte allein in einem zweistöckigen Haus, und ich mußte ihm morgens als erstes die Treppe hinunterhelfen und ihn in seine Anwaltskanzlei fahren. Dann holte ich ihn nach der Arbeit wieder ab und kam später noch mal, wenn es Zeit zum Schlafengehen war... Ganz zu schweigen von den Lebensmitteln, die für ihn eingekauft werden mußten, den Oberhemden, die in die Reinigung gebracht werden mußten, und so weiter und so fort. Als er dann einen Gehgips bekam und alleine zurechtkommen konnte, schenkte er mir zum Abschied hundert Dollar. Für Mitarbeiter der Bizeps-Vermietung gilt die strikte Regel, daß sie unter gar keinen Umständen ein Trinkgeld annehmen dürfen, und das sagte ich ihm auch, aber er antwortete nur, daß mir gar nichts anderes übrig bliebe. Er sagte: »Entweder Sie nehmen es jetzt, oder Sie bekommen es per Post zugeschickt, was mich nur zusätzlich Porto kostet.« Also nahm ich das Geld an. Ich geb's zu. Um so schneller würde ich die achttausendsiebenhundert Dollar zusammenhaben.

Sophia wußte, daß ich Schulden hatte. Sie kannte sogar den Betrag, aber nicht den Hintergrund. (Wozu auf die Einzelheiten eingehen? Die chinesische Schnitzerei und das alles.) Sie war in dieser Hinsicht sehr verständnisvoll. Sie erwartete nie von mir, daß ich ihr Geschenke machte oder sie groß ausführte. Statt dessen kutschierte sie ihre Garbox-Mahlzeiten nach der Arbeit zu mir. (Wir trafen uns nicht mehr bei ihr zu Hause, jetzt, wo wir ein größeres Bedürfnis nach Ungestörtsein hatten.) Zuerst schliefen wir miteinander, und dann aßen wir inmitten von einem Wust von Bettzeug, gegen die aufgestellten Kissen gelehnt, die den Spalt zwischen der Matratze und der Couchrückenlehne schlossen. Ich hatte wieder meine Jeans an, aber sie blieb nackt, so ähnlich wie auf dem Gemälde, das mir ewig ein Rätsel bleiben wird, wo die Männer in voller Montur picknicken, die Frauen aber keinen Faden am Leib haben. Was mich betrifft, ich neige dazu, mir ohne meine Kleider irgendwie schutzlos vorzukommen, Sophia dagegen machte einen erstaunlich unbefangenen Eindruck. Sie breitete sich eine Serviette über den Bauch, knabberte an einem gekochten Rippchen, wischte sich dann die Finger an der Serviette ab und warf mit einer Kopfbewegung ein paar Locken zurück, die ihr über die Schulter gefallen waren. Und währenddessen stellte ich ihr Fragen. Es gab so vieles, was ich über sie wissen mußte. Keine Information war zu geringfügig: ihre Lieblingsfarbe, ihr liebstes Fischrestaurant, ihre liebste Fernsehsendung... Ich glaube, im Grunde wollte ich wissen: ›Wie ist es, du zu sein?‹

Und vielleicht wollte sie von mir dasselbe wissen. Sie wollte von meinen Eltern hören. Sie war neugierig, etwas über meinen Bruder zu erfahren. Sie wollte wissen, ob er und ich uns ähnlich waren. (Kein bißchen, sagte ich ihr.) Und ganz besonders interessierte sie sich für meine Ehe. Was war da schiefgelaufen? Warum hatten Natalie und ich uns getrennt?

»Warum wir uns überhaupt zusammengetan haben, ist die bessere Frage«, sagte ich. »Eine irrsinnigere Verbindung kann man sich gar nicht vorstellen. Natalie mit ihrer Braven-Mädchen-Stirn und ich direkt aus der Erziehungsanstalt.«

»Ach, komm«, sagte Sophia tadelnd zu mir. »Das war keine

Erziehungsanstalt.« Aber auf ihrem Gesicht lag dieser faszinierte Ausdruck, als hoffte sie auf Widerspruch.

»Na ja, es war zumindest die Variante für Söhne reicher Eltern«, sagte ich. »Zweifellos waren unsere Nachbarn derselben Meinung. Sie schnitten mich den ganzen Sommer über, nachdem ich meinen Abschluß gemacht hatte – alle, außer Natalie. Natalies Familie war während meiner Abwesenheit schräg gegenüber von uns eingezogen, und eines Nachmittags mähe ich den Rasen, da kommt Natalie zu mir herübermarschiert mit einem Krug und zwei Gläsern einfach so auf einem Tablett und sagt: ›Könnte ich dein Interesse wecken für ein Glas Limonade?‹ Könnte ich dein Interesse wecken: was für ein putziger Ausdruck. ›Warum nicht?‹ sage ich zu ihr und stürze ein Glas hinunter; und das wär's dann wahrscheinlich auch gewesen, nur steckt da meine Mutter den Kopf zur Tür heraus und lädt uns zu einem Eistee ein. Als ob Natalie nicht mitten in unserem Garten gerade ihren eigenen Erfrischungskiosk eröffnet hätte! Tja, die arme Mom; der Anblick eines achtbaren Mädchens war wohl etwas zu Beglückendes für sie. Ich sage zu Natalie: ›Au, verdammt, nichts wie weg hier‹, lasse Rasenmäher Rasenmäher sein und setzte mich zack, zack mit ihr ab. Deshalb trägt für alles, was danach passierte, sozusagen meine Mutter die Schuld.«

»Dann war deine Mutter mit ihr einverstanden«, sagte Sophia.

»Oh, aber sicher. Meine Eltern waren beide mit ihr einverstanden. Natalies Eltern waren dagegen. Sie hatten natürlich so einiges über mich gehört. Außerdem trug ich das Haar in diesem Sommer so lang, daß es mir den halben Rücken runterhing. Natalies Vater hat mich ›Jesus‹ genannt. ›Gehen du und Jesus heute abend ins Kino?‹ Das war, als sie ihr noch nicht verboten hatten, sich mit mir zu treffen. Später konnten wir uns nur noch heimlich sehen. Ich hatte inzwischen bei der Bizeps-Vermietung angefangen, und sie fuhr mit mir, wenn ich meine Aufträge erledigte – verbrachte den Tag mit mir, während ihre Eltern dachten, sie wäre zum Schwimmen in ihrem Club.«

»Ach, die verbotene Frucht! Kein Wunder, daß ihr aufeinander abgefahren seid«, sagte Sophia.

Ich wollte gerade weitererzählen, als mich eine Art Halluzination mitten im Luftholen daran hinderte. Ich schwöre, daß ich Natalies Arm sah, nur ihren Arm, der im offenen Fenster meines Wagens lag. Sie wartete auf dem Beifahrersitz, während ich bei einer Kundin war. Und ich kam aus dem Haus der Kundin heraus, ging den Plattenweg hinunter und bewegte mich in strahlendem Sonnenlicht direkt auf Natalies nackten, sonnengebräunten Arm zu.

Sophia sagte: »Und was passierte dann?«

»Oh«, antwortete ich ihr, »dann haben wir geheiratet.«

»Das kommt mir ein bißchen arg plötzlich vor«, sagte Sophia.

»Ihr Eintritt ins College stand kurz bevor. Im September wäre sie abgereist.«

Sophia zögerte einen Moment. Dann fragte sie: »Habt ihr gemußt?«

»Gemußt? Ach so. Heiraten. Nein«, sagte ich, »wir haben nicht gemußt. Aber ich bin sicher, daß alle Nachbarn das gedacht haben. Für die Nachbarn war ich ein schlechter Kerl. Und Natalie war ›das liebe, süße, unschuldige Bassett-Mädchen‹. Sie müssen mordsmäßig enttäuscht gewesen sein, als Opal erst ein Jahr und zwei Monate nach unserer Hochzeit ankam.«

Sophia sagte: »Also, warum –«

»Na, wie auch immer!« sagte ich. »Du kannst dir vorstellen, wie ihre Eltern reagiert haben. Meine nahmen es gelassener auf. Sie hofften wohl, daß ich durch die Heirat etwas ruhiger werden würde. Sie setzten sich mit Natalies Eltern zusammen und verständigten sich auf einen Modus vivendi für uns – kamen überein, daß wir über der Garage der Bassetts wohnen sollten, daß wir beide die Towson State University besuchen sollten und daß ich weiter bei der Bizeps-Vermietung arbeiten sollte, damit es so aussah, als sei ich der Ernährer. Nicht daß ich das wirklich gewesen wäre. Unsere Eltern finanzierten praktisch alles. Unsere beiden Mütter eröffneten eine regelrechte Einrichtungsschlacht, und es dauerte nicht lange, bis wir uns zwischen all den Möbeln kaum mehr bewegen konnten. Und nach Opals Geburt! Da haben sie vollkommen durchgedreht. Wiegen, Kinderwagen, Wickelkommoden ... Ich weiß nicht, wo *ich* bei all dem gesteckt hab. Ich meine, ich kann mich ehrlich gesagt über weite Strecken an nichts mehr erinnern. Und plötzlich stand ich eines Tages an unserm Vorderfenster und sah auf die Einfahrt hinunter, wo Natalie das Baby im Auto verstaute. Es war ein Volvo Kombi, den ihre Eltern uns zu Opals Geburt geschenkt hatten. Und ich sah, wie sie die Tür auf der Beifahrerseite zumachte und um das Auto herum zur Fahrerseite ging, und sagte zu mir: ›Großer Gott im Himmel! Ich hab offenbar eine von diesen Kombi fahrenden Mamis geheiratet!‹ Also ließen wir uns scheiden.«

Sophia, eben dabei, sich die Finger abzulecken, hielt inne. »Einfach so, ruck, zuck?« wollte sie wissen.

»Nein, so nicht. Nicht sofort. Es gab vorher noch 'ne Menge Unerfreulichkeiten. Zugegeben, ich war kein Mustergatte. Schließlich nahm sie Opal und ging. Hat mich noch nicht mal vorgewarnt. Hat mir noch nicht mal 'ne zweite Chance gegeben. Du hast Natalie ja gesehen. Du hast ja gesehen, wie sie da quasi vor sich hindümpelt, abgekapselt, stur, nervtötend. Oder vielleicht hast du sie dir nicht so genau angesehen.«

»Nein, nicht so genau«, sagte Sophia. »Sie kam mir sehr ... gesetzt vor.«

»So kann man's auch nennen«, sagte ich zu ihr. Und dann: »Aber warum vergeuden wir unsere Zeit mit all diesem Zeug? Als ob wir nichts Besseres zu tun hätten!« Ich nahm die Teller, stellte sie auf den Boden und lüpfte ihre Serviette.

Was ich ihr erzählt hatte, stimmte aufs Wort, nur hatte ich eine Menge ausgelassen. Zum Beispiel, warum wir geheiratet hatten. Ich erzählte ihr nicht, daß ich es war, der dazu gedrängt hatte – daß ich förmlich darauf gebrannt hatte zu heiraten, kein Nein hatte gelten lassen und nicht länger hatte warten wollen. Ich erzählte ihr nicht, daß ich zu Anfang das Gefühl gehabt hatte, endlich nach Hause gekommen zu sein. Kaum zu glauben, ich weiß; für mich selber kaum zu glauben. »Ist das alles wirklich passiert?« würde ich gern jemanden fragen. »Bin das wirklich ich gewesen? Welchen Eindruck habe ich auf andere gemacht? Würdest du sagen, daß ich die Außenwelt überhaupt wahrgenommen habe?«

Ich wußte nur, daß ich eines Morgens zum Vorderfenster hinaussah und dachte: »Großer Gott im Himmel!« Ich hatte das Gefühl, aus einem langen berauschten Schlaf erwacht zu sein, und das letzte, woran ich mich erinnerte, war Natalie, die mir Limonade brachte. »Könnte ich dein Interesse wecken?« hatte sie gefragt. Und ich hatte einen Schluck getrunken und plötzlich festgestellt, daß ich mit einer Kombi fahrenden Mami verheiratet war.

Sophia kam jetzt sonntags immer mit dem Morgenzug aus Philadelphia zurück, damit wir mehr Zeit füreinander hatten. (Ihre Mitbewohnerin verbrachte die Sonntage immer bei ihrer Familie in Carrol County, und wir wußten, daß wir das Haus für uns alleine hatten.) Ich holte sie vom Zug ab und fuhr sie nach Hause, und dann bereiteten wir uns ein Riesenlunch zu, das eigentlich ein Frühstück war – mit Speck, Eiern, Waffeln und allen Schikanen. Anschließend gingen wir nach oben in ihr Bett, das gar kein Himmelbett war. Es war ein Messingbett – im Prinzip etwas Ähnliches. Außerdem gab es da noch einen volutenverzierten Nachttisch, auf dem eine Lampe mit Seidenschirm stand, und einen Toilettentisch mit Glasknöpfen. In den Schubladen lag ordentlich zusammengelegt und geschichtet die Wäsche, in alle Ecken waren winzige, mit getrockneten Blumen gefüllte Duftkissen gesteckt. Ich weiß es, weil ich nachgesehen habe, als sie im Badezimmer war. Aber ich habe alles wieder so hingelegt und glattgestrichen, wie ich es vorgefunden hatte. Sie hat keinerlei Verdacht geschöpft.

Später am Nachmittag sahen wir uns eine Videokassette an

oder machten einen Spaziergang, wir trennten uns aber früher als an den anderen Tagen, weil sie noch ihren üblichen sonntäglichen Kleinkram erledigen mußte: die Nylonstrümpfe durchs Wasser ziehen, Haare waschen, ein paar Blusen für die kommende Woche bügeln. »Ab, marsch, marsch«, sagte sie, und ich verdünnisierte mich grinsend und verbrachte den Abend damit, sie mir in ihrem gesteppten Morgenrock und ihre Duschvorhangstange mit feuchten Nylonstrümpfen behängt vorzustellen. Selbst ihre prosaischsten Rituale erschienen mir noch liebenswert und anrührend.

Unter ihren Freunden waren zwei Ehepaare, alle anderen waren alleinstehende Frauen, und ich kannte sie nur aus Erzählungen – welche Schlankheitskuren sie in letzter Zeit gemacht hatten, wo sie im Urlaub hingefahren waren, was für Probleme sie mit ihrem Freund hatten. Mit den Ehepaaren machte sie mich persönlich bekannt. Sie nahm mich zum Abendessen zu den Schmidts mit, und die Partons waren auch eingeladen. Sie waren okay. Ziemlich nett, würde ich sagen. Ich hatte mir ein khakifarbenes Sportjackett von Joe Hardesty geliehen, weil ich meine Tweedjacke jetzt im Sommer nicht mehr anziehen konnte. Wir sprachen die meiste Zeit über die Orioles. Ich glaube, einer der beiden Männer hatte etwas mit dem Bau des neuen Stadions zu tun.

Sie fragte mich, was mit *meinen* Freunden wäre. Gab's da nicht ein Paar, mit dem man sich mal verabreden konnte? Ach, Frauen werden früher oder später immer so gesellig. Sie fragte, was denn mit meinem Bruder und seiner Frau wäre. Ich sagte: »Du lieber Gott, Sofe, du willst dir doch nicht 'n ganzen Abend lang Fotos von einem Kleinkind ansehen.« Sie sagte, daß sie das überhaupt nicht stören würde. Also, ich wollte die Sache diesmal wirklich richtig machen. Ich sagte: »Weißt du was, ich hab 'ne Idee! Ich werd mal mit Len Parrish sprechen. Vielleicht können wir mit ihm und einer von seinen Freundinnen ausgehen.«

Weil ich mir sonst niemanden vorstellen konnte – beispielsweise keinen von meinen Arbeitskollegen. Martine und Everett hatten sich offenbar getrennt, jedenfalls schloß ich das daraus, daß Martine den Transporter nicht mehr fuhr. Außerdem hätte Sophia keiner von ihnen gefallen. Ray Oakleys Frau mochte mich nicht; sie sagte, daß ich einen schlechten Einfluß auf ihn hätte. Meine einzige Hoffnung war Len. Woran man ersehen kann, in welcher verzweifelten Lage ich mich befand.

Und er sah das genauso. »O Mann, Kumpel«, sagte er, »ich weiß nicht. Ich hab schrecklich viel zu tun.« Und schließlich willigte er doch ein, sich mit uns auf einen Drink zu treffen. Er nannte mir eine Bar in der Innenstadt, von der ich noch nie etwas gehört hatte.

Das Ganze sollte am Sonntag abend stattfinden, Lens einzigem freien Abend, was zur Folge hatte, daß ich bei Sophia war, als sie in ihren Kleidern kramte und sich überlegte, was sie anziehen sollte. Sie mußte mindestens schon ein halbes Dutzend Outfits anprobiert haben. Von jedem sagte ich: »Das sieht toll aus«, und sie sagte: »Nein« und zog es wieder aus.

»Es ist doch nur Len«, sagte ich in dem Bemühen, sie zu beruhigen. »Ich mag den Kerl noch nicht mal. Er ist eher das, was *Mom* sich unter einem Freund für mich vorstellt.«

»Und wozu machen wir das dann überhaupt?« fragte sie schmollend.

»Frag mich was Leichteres«, sagte ich.

Als wir aufbrachen, hinterließen wir auf ihrem Schlafzimmerboden eine geschlossene Decke achtlos abgeworfener Kleider. Sie hatte sich schließlich für eine braune Hose und so eine lange weiße Bluse entschieden – soweit ich sehen konnte nichts wesentlich anderes, als was sie auch sonst schon angehabt hatte.

Wir nahmen ihr Auto, weil meins mal wieder in der Werkstatt war. Ich fuhr, und sie paßte auf die Hausnummern auf. Es stellte sich heraus, daß die Bar gar nicht zu übersehen war: vorne eine Schaufensterscheibe mit der Aufschrift DOUGALL's, fahrig hingepinselt, als hätte der Schriftenmaler den Job mit letzter Kraft ausgeführt. Wir hörten schon die Musik, bevor wir aus dem Auto ausgestiegen waren. Ich kam mir plötzlich alt vor; ich hatte schon vor langer Zeit den Anschluß an die aktuelle Musikszene verloren. Und Sophia kam sich fraglos noch älter vor. Sie blieb in der Türöffnung stehen und strich sich das Haar zurecht. Dann gaben wir uns einen Ruck und gingen hinein.

Natürlich kam Len zu spät. Natürlich mußten wir eine halbe Stunde allein dasitzen – ich hätschelte ein Bier, sie spielte mit dem Fuß ihres Weinglases, und dabei brüllten wir beide uns über den Lärmpegel irgendwelche Verlegenheitsfloskeln zu. (»Ist das nicht ein irres Bild da über der Bar?« – »Ach, du liebe Güte, ja!«) Endlich kam Len hereingedüst, ein gut ein Meter achtzig großes Mädchen im Schlepptau, das so weißblond war, daß ich sie auf den ersten Blick für kahlköpfig hielt; keine Spur von Augenbrauen im Gesicht; ein schlaffes langes Handtuch mit einem blassen Schmollmund. Sie trugen beide schwarze Rollkragenpullis, obwohl es ein warmer Juniabend war. »Barn!« sagte Len und schlug mir auf die Schulter. »Wartet ihr beiden schon lange? Ich habe vor dem Eingang nach deinem Auto Ausschau gehalten; ich dachte, ihr wärt noch gar nicht da.«

»Wir sind mit Sophias Auto gekommen«, sagte ich. »Sophia, das ist Len Parrish. Sophia Maynard. Und, äh –«, ich sah die Blondine an.

»Kirsten«, sagte Len lässig. »Barnaby gehört dieses sagenhafte Auto, das bei ihm in den völlig falschen Händen ist, weil er's nicht zu schätzen weiß«, erklärte er Kirsten, während er einen Stuhl für sie vom Tisch abrückte.

»Ja, davon hast du gesprochen«, sagte sie, drapierte sich auf den Stuhl und griff träge nach der Getränkekarte, die mitten auf dem Tisch stand. Ihre Fingernägel waren u-förmig geschnitten, konkav in der Mitte, mit scharfen Außenecken. Sie weckten in mir den Wunsch, meine Finger zur Faust zu krümmen.

»Dann gehen Sie und Gaitlin schon lange zusammen aus?« fragte Len Sophia, winkte währenddessen aber einem Kellner. Sie sagte: »Oh, seit fünf Monaten«, und er sah sie mit leerem Gesicht an. Dann fragte er Kirsten: »Was möchtest du?«

»Ein Mineralwasser«, sagte sie ihm, obwohl sie noch die Getränkekarte studierte.

Er bestellte zwei Mineralwasser, zusammen mit einem Snack namens Tacos, von dem wir begeistert sein würden, wie er uns schwor. Dann wandte er sich wieder an Sophia. »Der Kerl hier ist ein Verrückter, ich hoffe, Sie wissen das. Er ist total verrückt«, sagte er. »Hat er Ihnen von seiner kriminellen Vergangenheit erzählt?«

»Oh, aber ja«, sagte sie lächelnd.

»Unser Barnaby ist der Schnüffelnaseneinbrecher«, sagte Len zu Kirsten.

Kirsten hob nur ihre nicht vorhandenen Augenbrauen und wandte sich dann der Rückseite der Getränkekarte zu, aber Sophia sagte: »Der was?«

»So wurde er in der Zeitung genannt«, sagte Len. »Die Leute fanden beim Nachhausekommen das Silber an seinem Platz, die Stereoanlage an ihrem Platz, aber ihre gesamte Post war geöffnet und ihre Fotoalben waren durchgeschnüffelt worden.«

Ich sagte: »*Sie* will das gar nicht hören, Len.«

Sophias Lippen waren leicht geöffnet.

»Der Typ war krank im Kopf!« sagte Len. »Liebesbriefe verschwanden aus Schrankfächern, Schlösser an Tagebüchern waren aufgebrochen –«

Ich hätte ihn am liebsten erwürgt. »Du hast's gerade nötig«, sagte ich. »Du warst doch dabei! Du hast doch ein Riesenschwein gehabt, daß du nicht auch verhaftet worden bist!«

»*Ich* hab immer das Schränkchen mit dem Schnaps ausfindig gemacht«, sagte Len selbstgefällig zu Sophia.

Ich verstand nicht, wieso Schnaps sich auch nur im geringsten Maße rühmlicher ausnahm, aber im selben Moment kehrte das Lächeln auf Sophias Gesicht zurück. Ich sagte: »Himmel, Arsch und Wolkenbruch, Parrish –«

»Oh, ts, ts, Barnaby; was für eine Sprache.« Er sagte zu Sophia: »Man hat ihn auf eine Sonderschule geschickt, um ihn auf den Pfad der Tugend zurückzuholen und ihm das Fluchen abzugewöhnen.«

»Das war keine Sonderschule, verdammt noch mal!«

»Ja, es kann sein, du hast recht, es war doch keine«, sagte er. »Aber man hat dich die zehnte Klasse wiederholen lassen. *Irgendwelche* Gründe muß das ja gehabt haben.«

Sophia sah mich an. Ich sagte: »Ich hatte das ganze Jahr vorher dauernd geschwänzt, verstehst du?«

Ich wollte nur jeden Verdacht ausräumen, daß ich geistig behindert war, doch Sophia vermutete mehr dahinter. Ein milder Zug lagerte sich um ihre Augen, und sie sagte: »Oh, Barnaby, hast du zu Hause Probleme gehabt?«

»Nein, nein. Ich *weiß* nicht, warum ich das gemacht habe«, sagte ich gereizt. Inzwischen war Kirsten in meiner Wertschätzung sehr gestiegen. Sie war sichtlich gelangweilt von alledem und ließ den Blick über das Gedränge an der Bar gleiten. »Tausend Dank«, sagte ich zu Len. »Ich liebe es geradezu, alte Kamellen aufzuwärmen.«

Len sagte: »Hmm?« und lehnte sich zurück, damit der Ober den Drink vor ihn hinstellen konnte. Als nächstes kamen die Tacos, die sich als eine Art Dreh-dir-deine-eigene-Roulade entpuppten – winzige Crêpes aus Maismehl, dazu ein Sortiment von Füllungen. Normalerweise bin ich allergisch gegen Speisen mit einem spanischen Namen, aber diese verschaffte uns zumindest die Gelegenheit, uns auf etwas anderes als meinen unerfreulichen Charakter zu konzentrieren. Wir drückten alle das Kreuz durch und langten nach den Maiskölbchen und der scharfen Mexikanischen Sauce. Es ging ein bißchen so zu wie am Basteltisch im Kindergarten. Die Frauen begannen eine separate Unterhaltung. (»Wie lange kennen Sie Len?« hörte ich Sophia fragen, und Kirsten antwortete: »Ahm, drei Tage? Nein, vier«), während Len und ich mit verschiedenen Füllungen experimentierten. Zuletzt waren wir soweit, daß wir die Gemüsestifte mit dem Löffelstiel in die Saucenschalen katapultierten. Wir entwickelten das zu einem regelrechten Wettkampfspiel mit komplizierten Regeln. »Du hast geschummelt!« hielten wir einander vor. »Du hast mit dem Broccoliröschen viel zu lange gezielt, ich hab's genau gesehen, das Zeitlimit ist weit überschritten.« Das hat mir wirklich Spaß gemacht. So was geht einem verloren, wenn man so selten mit irgendwelchen Spezis zusammen ist. Ja, ich würde sagen, der Abend endete besser, als er angefangen hatte.

Sophia war offenbar auch der Meinung. Als wir uns draußen auf dem Gehweg von den beiden verabschiedeten, sagte sie zu Kirsten: »Wir sollten das mal wieder machen.« (Das zeigte, wie wenig sie Len Parrish kannte. Wenn wir das wirklich wieder machten, würde er wahrscheinlich eine andere Frau bei sich haben.) Und im Auto wollte sie von mir wissen: »Glaubst du, daß ich Len gefallen habe?«

»Ganz bestimmt«, sagte ich zu ihr.

In Wirklichkeit bezweifelte ich, daß er von ihr mehr als ihre bloße Gegenwart registriert hatte; er hatte sie mit einem einzigen Blick taxiert und dann abgehakt. Aber wen scherte das? Ich fuhr mit offenem Fenster und Sophia neben mir die Charles Street lang und fühlte mich in diesem konkreten Moment vollkommen glücklich.

Gegen Ende Juli kam Opal für eine Woche zu Besuch nach Baltimore. Es war das erste Mal, daß ihr das erlaubt worden war, und angesichts all der Vorsichtsmaßnahmen, die getroffen worden waren, hätte man annehmen können, daß sie einem Serienmörder oder etwas Ähnlichem ausgeliefert werden sollte. Als erstes mußte ich Natalie am Morgen von Opals Ankunft anrufen, sobald ich aus den Federn war, bloß um sie wissen zu lassen, daß ich auch wirklich und wahrhaftig wach war. (Es war ein extrem früher Zug, Ankunft um sieben Uhr zweiundfünfzig.) Dann mußte ich noch mal von Penn Station aus anrufen, durfte nicht warten, bis wir zu Hause waren, um Bescheid zu sagen, daß ich pünktlich am Zug gewesen war und Opal in meine Obhut genommen hatte. (»Laß mich mal eben mit ihr sprechen«, verlangte Natalie, und Opal nahm den Hörer und sagte: »Ja« und »Ah-hah« und »Ich glaub schon« und beäugte mich dabei so gründlich, als erstattete sie Rapport über meine generelle Tauglichkeit als Vater.) Außerdem bekam sie die Anweisung, bei meinen Eltern zu wohnen. Was nur vernünftig war, denn ich hätte auf dem Fußboden schlafen müssen, wenn sie bei mir geblieben wäre; aber ich machte trotzdem Rabatz. »Aha«, hatte ich zu meiner Mutter gesagt, »ihr glaubt wohl, ich hause in irgendeinem Loch, ja?«

»Komm, Barnaby. Du weißt, daß du herzlich willkommen bist, während ihres Aufenthalts hier wieder in deinem alten Zimmer zu wohnen«, sagte meine Mutter zu mir. Aber natürlich machte mich schon der bloße Gedanke daran nervös.

Opal kam mir plötzlich viel erwachsener vor. Vielleicht hatte es damit zu tun, daß sie von ihrer Mutter weg war. Sie ließ sich das Haar wachsen – es war jetzt schon fast schulterlang –, und sie trug ein schlichtes dunkles Kleid, das nicht so kleinmädchenhaft war wie die Sachen, die sie sonst anhatte. Ich sagte: »Hey, Ope, du wirst ja eine richtige junge Dame!« Sie verzog das Gesicht, dabei preßte sie die Lippen in einer Weise zusammen, die aus ihren Grübchen zwei runde Klammern machte, und ich sah zum erstenmal, wie sehr sie Natalie ähnelte. Komisch: Natalie war eine Schönheit, aber jetzt begriff ich, daß sie als Kind Opals nichtssagendes, glattes Gesicht gehabt haben mußte – reizlos bei einem Kind, attraktiv bei einer erwachsenen Frau. Doch, auch bei einem Kind attraktiv. Tatsache war, daß diese Opal... wirklich hübsch war. Ich räusperte mich und sagte: »Also, dann!« Ich nahm ihren Koffer – ein blauer Samsonitekoffer, ein Seniorenkoffer –, und wir machten uns auf den Weg zu meinem Auto.

Zuerst fuhr ich sie zu meinen Eltern. Großes Tamtam. Toast und frisch gepreßter Orangensaft, eine neue Puppe gegen die Kissen im Gästezimmer gelehnt. (Mom war voll ins Großmama-Geschäft eingestiegen.) Dann nahm ich sie mit in meine Wohnung, weil sie die noch nie gesehen hatte. Ich hatte alles picobello saubergemacht, hatte mir von Martines Neffen ein paar Brettspiele ausgeliehen – Monopoly und Life und so weiter – und hatte die Hardesty-Kinder abkommandiert, die jetzt auf unnatürliche Art und Weise auf der Terrasse rumhingen, als wir ankamen. Joey lag mit gekreuzten Beinen auf einer Gartenliege, und Joy sprang Springseil. Sie waren beide jünger als Opal – ich würde sagen sechs und acht, in dem Dreh; zwei spindeldürre Blondschöpfe in Shorts und T-Shirts –, aber so etwas wie die Platzhirsche hier. Joey bombardierte Opal sofort mit Fragen (»Bist du mit dem Zug gekommen? Bist du auch in der Lok mitgefahren?«), und Joy warf das Springseil weg und schlug ein paarmal schnell und gekonnt auf den Steinplatten Rad. Unterdessen kam Opal näher an meine Seite und tat keinen Mucks.

»Ich nehme sie nur schnell mit rein und zeige ihr meine Wohnung«, sagte ich zu den Hardesty-Kindern. »Anschließend könnt ihr dann vielleicht hier draußen auf der Terrasse ein bißchen Limonade trinken.« Ich hatte schon einen Krug Limonade gemixt und bei mir in den Kühlschrank gestellt – ein Vorschlag von Sophia. Sie war mir bei den Vorbereitungen für diesen Besuch eine große Hilfe gewesen. Die Brettspiele waren ihre Idee. Ihr müßt irgend etwas miteinander machen, wodurch ihr euch besser kennenlernt. An diesem Abend waren wir bei ihr zum Abendessen, und sie hatte diesmal ihren Trip nach Philadelphia abgesagt.

Ich entdeckte offenbar jeden Tag neue liebenswerte Züge an Sophia.

Opal gab zu meiner Behausung keinen Kommentar ab. Ich führte sie überall rum, aber sie sagte nichts. Ich war besorgt, sie würde negative Eindrücke sammeln, um sie ihrer Mutter weiterzusagen. »Ich weiß, daß es nichts Umwerfendes ist«, sagte ich, »aber es ist erschwinglich. Und die Hardestys sind unheimlich nette Vermieter.«

»Wo ist denn deine *Badewanne*«, war alles, was sie sagte.

»Ahm, ich benutze die Dusche oben in der Wohnung.«

»Mußt du bei denen anklopfen, bevor du reingehst?«

»Nein«, sagte ich. Ich wußte nicht recht, worauf sie hinauswollte. »Ich geh einfach rein. Ich meine, das ist bloß ihre Küche. Dann geh ich den Gang lang zum Badezimmer. Das ist keine große Angelegenheit.«

Sie sagte nichts weiter.

Ich brachte die Limonade und drei Pappbecher mit Opal im Schlepptau nach draußen auf die Terrasse, aber sie wollte keine. Sie wartete ab, bis ich alle drei Becher gefüllt hatte, bevor sie mir das mitteilte. Ich fühlte mich ein bißchen düpiert, zeigte es aber nicht. Ich sagte: »Na gut, was möchtest du dann?« Sie sagte, daß sie nicht durstig sei. Beide Hardesty-Kinder nippten an ihrer Limonade und sahen Opal mit runden himmelblauen Augen über den Becherrand hinweg an.

Anschließend nahm ich Opal mit zur Arbeit. Wir fuhren zuerst zu Mrs. Alford, weil an diesem Tag ihr Neffe kam und ich versprochen hatte, ihm beim Beladen seines Transporters zu helfen. Er brachte das Werkzeug ihres Mannes in sein Häuschen nach West Virginia. Mrs. Alford nahm Opal sofort unter ihre Fittiche. »Komm mit und sieh dir den Quilt von unserem Planeten an, an dem ich gerade arbeite«, sagte sie. »Komm mit und sieh dir das winzige Teeservice an, mit dem meine Enkelkinder so gern spielen, wenn sie bei mir zu Besuch sind.« Opal ging bereitwillig mit – zu bereitwillig, dachte ich – und drehte sich noch nicht mal mehr nach mir um. Ich hatte den Eindruck, daß sie sich bei Frauen wohler fühlte.

Ernie, der Neffe, war ein kräftiger, muskulöser Bursche, und wir waren schnell mit dem Beladen des Transporters fertig. Er sagte mir, daß er das meiste von dem Zeug wahrscheinlich weiterverschenken mußte. »Ich wohne in einem Häuschen, das nicht größer ist als Tante Jessies Küche. Ich kann das überhaupt nicht unterbringen! Aber sie ist meine liebste Verwandte. Ich möchte ihr auf gar keinen Fall weh tun.«

Von Mrs. Alfords Haus aus fuhren wir kurz zum Büro der Bizeps-Vermietung, und ich stellte Opal Mrs. Dibble und ein paar anderen Mitarbeitern vor, die zufällig gerade da waren – Ray Oakley und Celeste. Mrs. Dibble lud Opal ein, dazubleiben und mit dem Kopiergerät zu spielen, während ich zu meinem nächsten Job fuhr, aber ich sagte: »Vielleicht ein andermal« – und schnappte mir einen Hausschlüssel vom Brett. »Wir fahren zu Maud May, wenn ich ihre Post zu Hause abgeholt habe«, sagte ich. »Ich stell mir vor, daß Opal sie toll findet.«

»Na gut, dann kommst du eben später noch mal her«, sagte Mrs. Dibble zu Opal, und Celeste schenkte ihr einen Streifen zuckerfreien Kaugummi.

Aber die Sache mit Maud May lief nicht so gut, wie ich mir das ausgemalt hatte. Es fing damit an, daß im Pflegeheim Karawanen von Rollstuhlfahrern hin und her fuhren. Ich war daran gewöhnt; ich hatte mir nur nicht überlegt, wie Opal darauf reagieren würde. Sie schob sich so dicht an mich heran, daß sich unsere Füße verhedderten, und hakte sich mit einem Finger in eine Gürtelschlaufe meiner Jeans ein. Und dann war Maud May in gereizter Stimmung. Sie hatte wahrscheinlich Schmerzen. Sie saß auf einem Stuhl neben ihrem Bett, die blitzblanke neue Gehhilfe neben sich geparkt, und sagte barsch: »Wer ist das denn«, als wir hereinkamen.

»Das ist meine Tochter Opal. Opal, das ist Miss May.«

»Sie haben mir nie etwas davon gesagt, daß Sie eine Tochter haben.«

»Oh, doch, das hab ich Ihnen sogar oft gesagt«, erwiderte ich. Wenn man es genau nahm, hatte ich es vielleicht nicht getan, aber ich wollte nicht, daß Opal das erfuhr.

»Kein Sterbenswörtchen haben Sie gesagt«, insistierte Maud May. »Bitte nehmen Sie zur Kenntnis, daß ich noch nicht völlig gaga bin. Was bringen Sie mir da?«

»Hauptsächlich Schrott, so wie's aussieht. 'n Haufen Kataloge und so 'n Zeug. Jemand hat Ihnen eine Pflanze an die Haustür gestellt, also hab ich sie mit reingenommen und gegossen. Hier ist die Karte, die dabeigelegen hat.«

»Was für eine Pflanze?« fragte sie inquisitorisch. Sie nahm die Karte entgegen, sah sie sich aber nicht an.

»Irgendwas mit weißen Blüten. Ich kenn mich da nicht aus. Ich hab sie zu den anderen Pflanzen in den Wintergarten gestellt.«

»Bist *du* auch in meinem Haus gewesen?« fragte Maud May Opal.

Opal nickte und hielt sich immer noch an meiner Gürtelschlaufe fest.

»Hast du irgend etwas angefaßt?«

»Nein, sie hat nichts angefaßt. Wofür halten Sie sie? Wieso erheben Sie so eine Beschuldigung?«

»Du liebe Güte, Barnaby, regen Sie sich ab«, sagte Maud May zu mir. »Das war keine Beschuldigung. Das war nur eine Frage.«

Aber ich war stinkwütend. Ich warf ihre Post auf den Nachttisch und sagte: »Also, wie auch immer. Wir gehen. Was soll ich nächstesmal mitbringen?«

»Vielleicht noch 'n paar Zigaretten?« bat sie. Sie sprach jetzt mit etwas kleinlauterer Stimme. »Und außerdem noch diese Pflanze, um mein Zimmer hier etwas zu verschönern?«

»Gut«, sagte ich und ging, einen Arm um Opals Schultern gelegt, hinaus.

Im Auto sagte ich: »Der nächste ist Mr. Shank. Mr. Shank wird dir gefallen. Er ist einsam, und er hat so gern Besuch von Kindern.« In meiner Stimme schwang eine aufgesetzte Munterkeit mit, die abzustellen mir nicht gelang.

»Könnte ich nicht einfach wieder zurück zu Grandma?« fragte Opal.

»Was, *jetzt*?«

»Ich könnte Fernsehen gucken oder so.«

»Tja«, sagte ich. »Von mir aus.«

Es war sowieso fast Mittag. Ich dachte mir, daß wir dort etwas essen konnten und sie dadurch neuen Auftrieb bekommen würde.

Zu Hause bei meinen Eltern rief ich Mr. Shank an, um unsere

Verabredung vom Vormittag auf den frühen Nachmittag zu verschieben. Dann ging ich in die Küche, wo Mom und Opal Thunfischsalat durcheinandermengten. »Barnaby Gaitlin«, sagte meine Mutter, »was hast du dir dabei gedacht?«

»Hah?«

»Ein neunjähriges Kind in ein Pflegeheim mitzunehmen!«

»Und?« sagte ich. »Hast du ein Problem damit?«

»Sie sagt, wo sie auch hinguckte, waren Menschen im Rollstuhl. *Alte* Leute! Eine Frau hatte einen Schlauch in der Nase!«

»Mein Gott, Mom«, sagte ich. »Wozu die Aufregung? Machen wir jetzt ein Geheimnis daraus, daß die Menschen alt werden?«

Ja, das taten wir offenbar, denn meine Mutter sah bedeutungsvoll zu Opal hin, die mit gesenktem Blick in dem Salat rührte. »Wir lassen Opal einfach den Rest des Tages mit mir verbringen. Ich werde mit ihr zusammen Grannie und Pop-Pop besuchen.«

»Also, ich begreife nicht, warum du dich so aufregst«, sagte ich zu ihr. Aber ich machte keine weiteren Einwände.

Doch ich hatte den ganzen Nachmittag über das Gefühl, daß in meinem Auto etwas fehlte. So schnell hatte ich mich offenbar an Opals Gesellschaft gewöhnt. Als ich bei Mr. Shank war, dachte ich, daß sie sich seine Münzsammlung hätte ansehen können. Und ich wußte, wieviel Spaß es ihr gemacht hätte, mit Mrs. Glynns Hündchen zu spielen.

In den letzten Tagen meiner Ehe war Opal gerade in der Entwicklungsphase gewesen, wo sie mein Gesicht erkannte. Ich war an ihr Bettchen getreten, sie hatte »Ah!« gekräht, sich mit dem ganzen Körper hin und her gewunden und die Arme ausgestreckt, damit man sie hochnahm. Dann hatten sie mich verlassen. Wann immer ich danach die Wohnung betrat, herrschte dort nicht nur Geräusch-*losigkeit*, sondern so etwas wie ein *Anti*-Geräusch – eine Art, wie soll ich sagen, Loch in der Luft.

An dieses »Ah!« von ihr hatte ich schon jahrelang nicht mehr gedacht.

Mom war angesäuert, als ich ihr sagte, daß wir bei jemand zum Abendessen eingeladen waren. »Bei jemand?« fragte sie. »Wer ist denn dieser Jemand? Ist das ein Mann oder eine Frau? Das hättest du mir aber früher sagen können. Kann die betreffende Person denn überhaupt kochen? Bekommt Opal bei ihr frisches Gemüse und nicht bloß einen Big Mac oder so was?«

»Es ist jemand, der alle wichtigen Nährstoffe auf den Tisch bringt«, versicherte ich ihr.

»Also, ich sage dir, ich mache dich dafür verantwortlich, wenn Opal sich den Magen verdirbt«, sagte Mom.

Es ließ sich wohl nicht vermeiden, daß Sophia und meine Eltern sich früher oder später kennenlernten, aber ich hatte die Absicht, das so lange wie möglich rauszuschieben.

Opal schloß Sophia sofort ins Herz. Ich wußte das vorher. Nicht nur hatte Sophia sich einige Mühe mit dem Menu gemacht (Hähnchenschlegel aus der Garbox mit Kartoffelpüree und Eisbecher mit heißer Karamelsoße zum Nachtisch), sondern sie behandelte Opal auch wie einen vollwertigen Gast: Sie hatte sich für sie herausgeputzt mit Perlen und einem schimmernden blauen Kleid, kredenzte ihr einen besonderen Fruchtsaft mit einem Rührstäbchen, auf das ungefähr ein Dutzend Maraschinokirschen aufgespießt war, und stellte ihr während des ganzen Essens diese Höflichkeitsfragen in typischer Gastgebermanier. Wer war bis jetzt Opals Lieblingslehrerin gewesen? Welche Art Filme sah Opal gern? Welche Art Bücher las sie? Opal antwortete mit ernster Miene und saß mit durchgedrücktem Rücken auf ihrem Stuhl.

Beim Abschied sagte ich »Danke« zu Sophia und drückte ihr heimlich die Hand. Über dem tiefen runden Ausschnitt konnte ich den Ansatz ihres Busens sehen. »Kommst du nachher noch zu mir?« flüsterte ich, und sie nickte und erwiderte den Druck meiner Hand.

Im Auto fragte ich Opal, ob es ihr gefallen hatte. »Ja«, sagte sie. »Das war eine nette Frau.«

»Sie heißt Sophia.«

»Sie hat ein hübsches Kleid angehabt.«

»Du hast ihr auch gefallen«, sagte ich.

Ich fragte mich, ob Opal Natalie das alles erzählen würde. Man wußte nie, was ein Kind in dem Alter für berichtenswert hielt.

Wir hatten bald ein festes Schema. Ich fuhr morgens zum Frühstück zu meinen Eltern, aber ich ließ Opal für die Dauer der Zeit, die ich außer Haus war und meine Arbeit machte, bei meiner Mutter. Dann fuhr ich zum Lunch wieder kurz zu Hause vorbei. So oft war ich sonst in Jahren nicht im Haus meiner Ahnen eingekehrt. Aber es war gar nicht so schlimm. Ich glaube, Opals Anwesenheit nahm der Sache etwas von dem sauren Geschmack.

Nach dem Lunch nahm ich Opal mit zu mir in die Wohnung. Sie ist mit den Hardesty-Kindern nie warm geworden, aber wir sahen uns zusammen etwas im Fernsehen an oder spielten ein Spiel. Eins von den Spielen, das »Life« hieß, gefiel ihr am besten. Ich stellte fest, daß ich selber es nicht ausstehen konnte. »Das ist doch völlig widersinnig«, beschwerte ich mich. »Sieh dir das an. Je mehr Kinder man hat, desto mehr Geld nimmt man ein. Es müßte doch einfach umgekehrt sein! Kinder machen einen ärmer, nicht reicher.«

Doch dann beunruhigte mich der Gedanke, daß sie das persönlich nehmen würde; daß sie annehmen würde, ich wäre alles andere als aus dem Häuschen gewesen, als Natalie erfuhr, daß sie schwanger war. Aber sie sagte nur: »Mir gefallen diese Plastikfigürchen so.« Und sie versteifte den Mund in der ihr eigenen obstinaten Weise und beugte sich vor, um den Zeiger zu drehen.

Ich bemühte mich, meine Aufträge für den Nachmittag auf ein Minimum zu reduzieren, um Mom nicht über Gebühr als Kindermädchen zu mißbrauchen. Nicht daß sie sich beklagt hätte. Sie machte sogar Theater, wenn ich Opal abends mitnahm. Ich nahm sie zum Abendessen zu Sophia mit und anschließend unternahmen wir drei noch irgend etwas – fuhren runter zum Hafen oder sahen uns einmal ein Spiel von den Orioles an. Irgendwas in der Art.

Am Dienstag lud Martine Opal und mich zu einem Geburtstagsessen für einen ihrer Neffen ein. (Von Sophia war nicht die Rede, die sagte, daß sie ohnehin einiges aufzuarbeiten hätte.) Wir grillten Würstchen im Hof; Martine bewohnte das Dachgeschoß von so 'ner alten Bruchbude mit einem großen Hinterhof. Ihre Neffen hatten alle Jeans an, aber Opal, die das nicht wußte, hatte ein Partykleid angezogen – eins von diesen aufgeputzten Dingern, mit einer langen gefältelten Schärpe, die hinten zu einer Schleife gebunden war. Doch dagegen war nichts zu sagen, weil Martine auch ein Partykleid trug. Sie sah darin irgendwie bizarr aus. Ich hatte sie bis jetzt nur im Overall gesehen. Das Kleid war rosa und zu groß oder so, zu breit in den Schultern und unten zu lang. Das Haar war straff zurückgekämmt und wurde von einer blauen Plastikspange in Form eines Scotchterriers gehalten, wie Kinder sie tragen, und sie hatte einen Lippenstift in demselben schrillen Rosa wie ihr Kleid aufgelegt, völlig deplaciert in ihrem grimmigen gelben Gesichtchen. Ich sagte: »Boah! Du siehst ja toll aus!« Was eine glatte Lüge war, denn ihre Aufmachung war ein solcher Hammer, daß ich dachte, es würde auffallen, wenn ich nichts dazu sagte. Martine sagte nur: »Danke.« Ich glaube, sie dachte wirklich, daß sie *toll* aussah.

Außer uns waren an Erwachsenen nur noch Martines Bruder und seine Frau anwesend, die aussah, als ob sie mindestens im zehnten Monat schwanger war, dazu Mrs. Rufus, die Vermieterin. Wir saßen alle auf Klappstühlen, und die Kinder saßen im Gras. Mrs. Rufus bestritt mit einer Serie von Horrorgeschichten über Kindergeburten den Löwenanteil der Unterhaltung. Wenn man ihr eine Weile zuhörte, wunderte man sich, daß die menschliche Rasse nicht schon seit langem ausgestorben war. »Aber Sie haben ja wirklich die Ruhe weg!« sagte sie zu Martines Schwägerin. »Sie sehen ja noch nicht mal nervös aus!«

Dann erzählte Mrs. Rufus, wie ihre Finger zu Würsten angeschwollen waren, als sie mit ihrem jüngsten Kind im achten Monat war. »Wir mußten einen Klempner rufen«, sagte sie, »damit er mit einer Metallsäge meinen Ehering aufsägte.«

Martines Bruder hatte zwei Sechserpack mitgebracht. Obwohl er und ich die einzigen waren, die Bier tranken, hatte es irgendwie auf alle Anwesenden eine enthemmende Wirkung – ein Phänomen, das ich schon öfter beobachtet habe. Ziemlich bald spielten Martine und die Kinder Prisoner's Base, Statues und Simon Says und einen Haufen anderer Spiele, an die ich mich gar nicht erinnern konnte. Auch Opal machte mit. Sie war begeistert. Und als wir uns dann verabschiedeten, war sie genauso derangiert und verschwitzt wie Martines Neffen. Was Mom natürlich total auf die Palme brachte. »Wie soll ich diese Grasflecken jemals wieder rauskriegen?« jammerte sie. Sie hätte erst mal Martine sehen sollen, wenn sie Opal schon schmutzig fand.

Als ich bei mir zu Hause ankam, rief ich Sophia an, und sie kam zu mir. »Du riechst wie ein frisch gemähter Rasen«, sagte sie zu mir. Ich fühlte mich angenehm müde und erschlafft. Ich überließ mich der Vorstellung, wie es wäre, wenn ich immer so leben würde – zusähe, wie mein Kind mit anderen Kindern im Garten spielte, und hinterher mit einer liebenden, liebenswerten, großherzigen Frau im Bett läge.

Nachdem ich Sophia zu ihrem Wagen begleitet und in meiner Wohnung das Licht ausgemacht hatte, ertappte ich den Himmel bei seinem Kunststück mit dem Farbenwechsel, das auch bei Nacht möglich ist, aber nur sehr, sehr selten vorkommt. Und dabei war ich noch nicht mal darauf aus gewesen! Vielleicht war das das Geheimnis, dachte ich. Laß die Dinge auf dich zukommen, wenn und wann sie selber wollen.

Opal sollte am Freitag morgen wieder abreisen. Deshalb stand für Donnerstag abend ein Abschiedsessen auf dem Programm. Zuerst sollte es bei meinen Eltern stattfinden, dann wurde es zu meinem Bruder verlegt. (Jeff war in letzter Zeit irgendwie versessen darauf, alle Familienfeste auszurichten.) Das ärgerte meine Mutter, weil Wicky keine besonders tolle Köchin war. Sie war *überhaupt* keine Köchin, wenn man mich fragte. Es muß wohl an ihrer Herkunft aus dem White Anglo-Saxon-Protestant-Milieu gelegen haben. Essen war nur eine biologische Notwendigkeit, und dazu eine langweilige.

Und um dann alles noch schlimmer zu machen, setzte Mom es sich in den Kopf, daß wir Sophia einladen sollten. Sie erwähnte Sophia nicht namentlich. Sie nannte sie »diese Freundin, mit der du und Opal so oft zusammengewesen seid«. Doch sie verriet sich, als ich sagte, daß die Einladung zu kurzfristig käme. »Wir haben heute schon Mittwoch«, sagte ich. Und Mom erwiderte: »Oh, ich bezweifle, daß Sophia uns das krummnimmt.«

Ich warf Opal einen funkelnden Blick zu. Klatschbase. Sie sah mich nur mit unbewegter Miene an. »Willst du sie einladen, oder soll ich es tun?« fragte Mom. »*Was* nun?«

Ich dachte kurz daran, »weder noch« zu sagen. Aber wie ich Mom kannte, würde sie einen Weg finden, an Sophias Telefonnummer zu kommen – und nichts Schlimmeres als Mom unbeaufsichtigt am Telefon. Ich sagte: »Ich mach das.« Natürlich würde ich's nicht tun. Ich würde sagen, daß Sophia für diesen Abend schon verabredet war, wie sich herausgestellt hätte.

Aber ich hatte die Rechnung ohne Opal gemacht, die mit der Sache abends beim Abendessen herausplatzte. »Grandma möchte, daß du zu meinem Abschiedsessen kommst«, sagte sie Sophia.

Sophia, die am Herd stand, wandte sich zu uns um. Sie strahlte. »Wirklich?« fragte sie mich.

Ich zuckte die Achseln.

»Es findet bei meinem Onkel statt, und Grannie und Pop-Pop Kazmerow kommen auch«, sagte Opal.

»Geht die Einladung von deiner Mutter aus?« fragte mich Sophia.

»Na ja, sie ist sich darüber im klaren, daß es wahrscheinlich zu kurzfristig ist«, sagte ich.

»Ich würde schrecklich gern kommen!«

Ich seufzte.

»Wär's dir lieber, wenn ich nicht käme?«

»Diese Familienveranstaltungen sind immer so öde, das ist alles«, sagte ich ihr.

»Du würdest nicht so denken, wenn du ein Einzelkind wärst«, meinte sie.

Ich sah, es bestand keine Hoffnung, daß sie die Einladung ablehnte.

Wir fuhren mit Sophias Auto, weil wir Opal mitnahmen. (Mom war schon früher gefahren und bemühte sich, Wickys Küche etwas abzutrotzen, das eine entfernte Ähnlichkeit mit einem Essen hatte. Dad kam direkt vom Büro aus.) Zwei Tage lang hatte ich über diese Idee gestänkert, aber als wir jetzt unterwegs waren, ging mir plötzlich das Herz auf. Hier fuhren wir drei durch die warme Julinacht, zwischen den Bäumen vom Roland Park blinkten Glühwürmchen auf, und aus dem Radio drang leiser Oldtime-Jazz. Sophia duftete nach Rosen. Im Fond schaukelte Opal mit den Beinen. Und vor uns lag etwas, das (wenn man nicht allzu genau hinsah) fast ein richtiges Familientreffen war mit Eltern und Großeltern, Onkel und Tante, Cousin und Cousine. Na schön, nur ein Cousin und eine Cousine. Das war sozusagen ein *Mini*treffen. Aber trotzdem. Als wir vor Jeffs Haus vorfuhren, entdeckten wir eine riesige Traube von silbernen Luftballons, die am Laternenpfahl festgebunden waren. Das war eindeutig Wickys Werk. Ich kam plötzlich zu dem Schluß, daß Wicky gar nicht so schlimm war.

Opal wollte die Luftballons losbinden und mit ins Haus nehmen. Sie war irgendwie so beeindruckt davon, daß man fast hätte denken können, sie habe vorher noch nie welche gesehen. Deshalb gestaltete sich unser Auftritt zu einer ziemlich drängeligen Angelegenheit. Ballons waren in der Eingangshalle das vorherrschende Element, und die Menschen mußten sich dazwischen ihren Platz suchen, und gleich nach uns trudelten Dad und Jeff ein, und im selben Moment fing irgendwo im Haus ein Telefon an zu klingeln, und Pop-Pop wollte wissen, wo mein Auto war. Es dauerte ein paar Minuten, bis wir sortiert und auf unsere Plätze im

Wohnzimmer verteilt waren, und da war dann Sophia schon auf irgendeine Weise mit den anderen bekannt gemacht worden. Von *mir* jedenfalls nicht. Ich war bereits in Ungnade gefallen, weil ich J. P. penetrant den falschen Namen gab. »Was gibt's Neues, P. J.?« sagte ich, als er auf mich zugewackelt kam, und Mom und Wicky sagten in einem Atemzug: »Wie bitte?« Und wie ein Idiot machte ich weiter. »P. J., alter Schlurch. Jawoll, das ist er, der Pee–j«, brabbelte ich, bis ich merkte, wie mir quer durchs Zimmer eine Woge von Mißbilligung entgegenschlug, und begriff, daß ich schon wieder Mist gebaut hatte.

Jeff und Wicky lebten in einem sehr hübschen Haus, einem Bau in traditionellem Stil, aber modern eingerichtet mit einer langen S-förmig geschwungenen Couch, niedrigen japanischen Tischchen und dergleichen. Trotzdem hatte ich immer das Gefühl, als fehlte noch etwas. Vielleicht Bücher oder Bilder. Es sah irgendwie kahl aus. Ich wußte, daß meine Mutter ihnen am Anfang ihrer Ehe ein paar Bilder geschenkt hatte, aber sie hatten sie nie aufgehängt, und mein Vater hatte meiner Mutter streng verboten, sie danach zu fragen. Sie sagte: »Aber es ist so schade darum! Vor allem um den Rankleston, den mit dem Stacheldraht und den Topfkratzern. Ich könnte ihn wieder mitnehmen und bei dir im Arbeitszimmer aufhängen, wenn er ihnen aus irgendeinem Grund nicht gefällt.« Dad sagte nicht, was er von diesem Einfall hielt, aber man konnte es ihm vom Gesicht ablesen.

Es war zumindest kein Nachteil, daß wir so viele waren. Die Damen hatten alle ihre Partykleider an – sogar Grannie, die ein beutelförmiges Hemd zierte, an dem vorne ein Hufeisen aus Quarz steckte. Pop-Pop hatte sein Oberhemd bis obenhin zugeknöpft, was für ihn das äußerste an Eleganz war, wozu er sich bereitfand; Dad, Jeff und J. P. trugen Anzüge, und ich hatte meine Geburtstagskrawatte umgebunden. Eine ziemlich festlich wirkende Gesellschaft, würde ich mal sagen. Die Wolke von Luftballons, die über Opals Kopf hin und her wogte, schadete auch nicht.

Und gleich von Anfang an kam Sophia gut an. Umwerfend gut.

Grannie und Pop-Pop kannten sie natürlich schon. Sie gaben ein bißchen damit an. »Wie steht's bei Ihnen in der Bank?« wollte Grannie wissen. »Und was macht Ihre *Mitbewohnerin*?« Und dann sagte Pop-Pop: »Stell hat das Rezept für die Tortillahäppchen mitgebracht, die Ihnen so geschmeckt haben.« Das machte meine Mutter schlagartig wachsam und hellhörig. Sie rückte jetzt auf der Couch näher an Sophia heran. »Ach?« sagte sie. »Haben Sie Mutters Tortillahäppchen probiert? Sind Sie bei ihnen zu Hause gewesen? Hat Barnaby Sie mitgenommen?« – sie bombardierte Sophia mit Fragen, ohne ihr Gelegenheit zum Antworten zu lassen. Währenddessen bot Jeff ihr Weißwein, Scotch und Gingerale zur Auswahl an, und J. P. lehnte schwankend an ihren Knien und bemühte sich, ihrer Perlen habhaft zu werden.

Erst als wir alle um den Eßtisch versammelt waren, gelang es Sophia, auch etwas zu sagen. Dann vollbrachte sie eine Glanzleistung. Sie machte aus unserem Ausflug nach Camden Yards eine kleine Geschichte, in der jeder in einem guten Licht dastand. (Opal hatte das Baseballspiel so schnell kapiert; ich hatte ihr mit soviel Geduld die Regeln erklärt.) Ich sagte immer wieder: »Ach, das ist doch nicht der Rede wert« und: »Das war doch alles in allem nur 'n Durchschnittsspiel« – dabei sah ich augenrollend und treuherzig die anderen Männer an. Jeff wollte wissen, wie Ripken gespielt hatte. Dad fragte mich, ob mir aufgefallen war, daß nach dem Schlag der Einsatz nachgelassen hatte. Ich kam mir wie 'ne Art Hochstapler vor.

Wenn ich als Teenager beim Abendessen saß, kam mir häufig ganz plötzlich der Gedanke, mir die Suppenterrine zu schnappen und sie meinen Eltern über den Kopf zu stülpen. Nudeln würden sich von Dads Schläfen herabringeln, und Moms Bananenrolle würde von Möhrenscheiben verziert. Diese Vorstellung brachte mich dann immer zum Lachen, und ich konnte nicht wieder aufhören. Ich bekam jedesmal einen solchen Lachanfall, daß ich mich verschluckte und zerkaute Essensreste ausspuckte, während mich die beiden böse anstarrten.

Ich weiß nicht, warum mir das gerade in diesem Moment wieder einfiel.

Pop-Pop erzählte Sophia, daß ich als kleiner Junge immer mit ihm zu Baseballspielen gegangen war. »Er und Jeff gingen abwechselnd mit«, sagte er. »Barnaby war ganz weg von dem *Horn*solo! Er war ganz weg! Er sagte immer zu mir: ›Freust du dich nicht, Pop-Pop, daß wir keine Orgelmusik spielen wie die andern armen Baseballmannschaften?‹«

Jedermann schien der Ansicht zu sein, daß es für Sophia nichts Fesselnderes geben könne, als in den abwegigsten Zusammenhängen meinen Namen genannt zu hören. Und sie sah wirklich so aus, als amüsierte sie sich prächtig. Sie lächelte und nickte und vergaß ganz, ihre Scheibe Ananas aus der Dose zu essen.

»Wie habt ihr beiden euch eigentlich kennengelernt?« wollte Mom wissen, und meine Großmutter gab wieder ein bißchen an: »Sie haben sich im Zug kennengelernt«, platzte sie dazwischen.

»Im Zug?«

Das Wort ließ vor meinem inneren Auge eine Vision von Sophia damals im Zug erstehen: der goldblonde Knoten, der Federmantel, die ruhigen weißen Hände, die das mit Heftklammern verschlossene Päckchen in Empfang nahmen. Da war er endlich, mein persönlicher Engel, hatte ich mir eingebildet, aber diese Vorstellung war ja nun offenbar überholt. Es war so, wie wenn man jemandem vorgestellt wird, der einen beispielsweise an einen früheren Klassenkameraden erinnert, und wenn man ihn dann richtig kennt, denkt man an den Klassenkameraden gar nicht mehr. Sophia war inzwischen einfach nur Sophia – mir so vertraut, so sehr ein Teil meines Lebens, daß ich mir gar nicht vorstellen konnte, wie sie auf die Menschen wirkte, die hier mit am Tisch saßen.

Nur war ganz offensichtlich, daß sie sie mochten. Sie berichtete ihnen jetzt ausführlicher von unserer Zugfahrt. »Er hat mich von oben bis unten mit Kaffee vollgegossen«, sagte sie, und sie lachten und warfen mir anerkennende Blicke zu, als ob ich etwas Witziges gemacht hätte. Sie sagte: »Zuerst war ich ärgerlich, aber als ich sah, wie nett er war und wie wohlerzogen –«

»Barnaby wohlerzogen?« sagte meine Mutter.

»Oh, er hat sich hundertmal entschuldigt und hat mir geholfen, den Schaden zu beheben, und deshalb haben wir dann angefangen, uns miteinander zu unterhalten, und er hat mir von seiner Arbeit erzählt ...«

Die eine und andere resignierte Miene da und dort, aber ich glaube nicht, daß sie das bemerkte.

»– und hat mir seine Kunden so einfühlsam beschrieben, verstehen Sie ... Und der Clou vom Ganzen war, daß ich dann in Philadelphia Opal noch kurz zu sehen bekam.«

Das war eine große Nettigkeit von ihr. Einfach nur dadurch, daß sie Opals Namen nannte und ihr über den Tisch hinweg zuzwinkerte, erinnerte sie die anderen daran, daß dieser Abend eigentlich Opals Abend war. Ich sah, wie das allen wieder bewußt wurde. Grannie, die links von Opal saß, tätschelte ihr die Hand und sagte: »Dann hast *du* also Sophia als erste von uns allen kennengelernt, du kleine Schlaubergerin!«

Opal lächelte auf ihren Teller hinunter.

»Und dann hat Barnaby Sie um Ihre Telefonnummer gebeten ...«, meinte Wicky zu Sophia.

»Nein, nein. Das ging alles von mir aus. Ich war diejenige, die anrief und ihn bat, für meine Tante zu arbeiten.«

Sie lachten wieder, und Pop-Pop schlug sich mit der Hand aufs Knie.

»Ja, wirklich«, sagte sie, ebenfalls lachend, »ich muß zugeben, ein bißchen Geflunker war mit dabei. Aber Tante Grace brauchte wirklich Hilfe, und deshalb hatte ich dabei kein allzu schlechtes Gewissen.«

»Das brauchten Sie auch nicht!« sagte Grannie beschwichtigend.

»Er war eine große Hilfe für sie – hat das ganze Haus wieder in Schuß gebracht. Sie müssen doch sehr stolz darauf sein, daß Sie einen so fürsorglichen Menschen aus ihm gemacht haben.«

»Oh, vielen Dank, Sophia«, sagte meine Mutter zu ihr. »Es ist lieb von Ihnen, daß Sie das sagen.« Sie sah Dad am unteren Ende des Tischs an. »Aber er hat uns früher auch einigen Kummer bereitet.«

»O ja, das weiß ich alles«, sagte Sophia. »Aber schauen Sie doch mal, was aus ihm geworden ist.«

Alle schauten. Ich beantwortete ihre Blicke mit einem zaghaften Winken, das ungefähr so aussah wie ein Scheibenwischer, der auf halber Strecke stehenbleibt.

In den Fotoalben, die ich früher durchgeschnüffelt habe, blieben die Menschen sich immer so dauerhaft treu. Sie neigten dazu, irgendwie bei jeder Aufnahme dieselbe Pose einzunehmen, denselben Gesichtsausdruck aufzusetzen. Auf der ersten Seite sah man einen jungen Mann, einen jungen Vater am Strand, der mit vor der Brust verschränkten Armen und leicht seitwärts geneigtem Kopf neben seiner Frau und dem Baby stand; und auf der letzten Seite dann, zwanzig Jahre später, stand er immer noch so da, die Arme vor der Brust verschränkt, das Haar zwar ein wenig gelichtet, aber der Kopf war immer noch seitwärts geneigt, die Frau zu seiner Linken, nur daß das Baby inzwischen größer als sein Vater war und zu seiner eigenen Lieblingspose gefunden hatte. Sogar der Strand war häufig derselbe. Ich blätterte Seite für Seite um und achtete nicht auf meine Freunde. (»Gaitlin! Wo bleibst du denn, Mann? Guck mal, was wir oben gefunden haben!«) Ich nahm zum Beispiel einen kleinen Jungen ins Visier und begleitete ihn durch seine ersten Lebensjahre, die Kindergarten- und die Collegezeit. Ich sah, wie er seine Hochzeitstorte anschnitt, und der Teufel sollte mich holen, wenn er nicht jedesmal dieselbe grimmige Miene, dasselbe verschämte Grinsen oder dasselbe fröhliche Lächeln zur Schau trug.

Ich hätte ganz gern gewußt, ob Menschen sich nie ändern konnten. Mußten sie sich einfach damit abfinden, daß sie für immer, von der Wiege bis zur Bahre, die blieben, die sie waren?

In jener Runde bei Opals Abschiedsessen hatte ich das Gefühl, daß *ich* mich geändert hatte. Ich winkte meiner Familie zu, als ob ich mich weit, weit von ihr entfernt hätte – als ob ich ein ganz anderer Mensch wäre, nun, da ich Sophia liebte.

9

Dann beschuldigte mich Sophias Tante des Diebstahls.

Sie sagte, ich hätte ihr das Geld aus dem Mehlkasten gestohlen, in dem sie es aufbewahrt hatte.

»Dieser Mehlkasten ist stadtbekannt!« sagte ich. »Jeder weiß, wo sie ihr Geld aufbewahrt. Wie kommt sie gerade auf *mich*?«

Ich sprach mit Mrs. Dibble, denn hatte Mrs. Glynn den Anstand besessen, mir ihre Beschuldigung ins Gesicht zu sagen? Oh, nein. Nein, sie intrigierte hinter meinem Rücken. Sie rief an einem Sonntagabend Mitte August die Firma an, und zwar unter der Nummer für Anrufe außerhalb der Bürostunden. Das war Mrs. Dibbles Privatnummer. Fiel gleich mit der Tür ins Haus, daß ich ihr Geld genommen hätte, ohne Wenn und Aber. Felsenfest davon überzeugt, daß ich der Übeltäter war.

Mrs. Dibble fragte sie, wieso sie da so sicher war. »Es könnte alle möglichen Erklärungen geben«, sagte Mrs. Dibble zu ihr – oder zumindest behauptete sie, daß sie das zu ihr gesagt hätte, als sie mir von dem Gespräch berichtete. Ich fragte mich, was sie wirklich gesagt hatte. Vielleicht hatte sie gesagt: »Ja, gerade dieser Mitarbeiter ist früher schon einmal mit dem Gesetz in Konflikt gekommen.«

Aber nein, sagte ich mir, wahrscheinlich hatte sie das nicht getan. (Es würde zunächst einmal ein sehr schlechtes Licht auf die Bizeps-Vermietung werfen.)

Komisch: Als Mrs. Dibble mir die Nachricht eröffnete, durchfuhr mich so ein Schuldgefühl, als ob ich es wirklich getan haben könnte. Ich mußte zu mir sagen: *Halt. Warte mal.* Was denn, vom ersten Arbeitstag an hatte ich mir die allergrößte Mühe gegeben, nicht an die persönlichen Sachen meiner Kunden zu gehen. Es war schon fast eine Obsession. Ich nahm mich streng an die Kandare;

ich machte im Vorbeigehen ostentativ eine offenstehende Schreibtischschublade zu, und einmal steckte ich das Tagebuch, das ich einer Kundin ins Krankenhaus bringen sollte, in eine Einkaufstüte, damit ich nicht in Versuchung geriet, einen Blick hineinzuwerfen.

Mrs. Dibble eröffnete mir die Nachricht am Telefon, aber das war nicht ihre eigene Entscheidung. Zuerst fragte sie mich, ob ich kommen und mit ihr persönlich sprechen wollte. Ich sagte: »Wieso? Was gibt's denn?«

Sie sagte: »Ach, einfach nur dies und das.«

»Lassen Sie's raus«, sagte ich.

Sie seufzte. Dann sagte sie: »Hören Sie, Barnaby, ich würde mir wünschen, daß Sie auf das, was ich Ihnen jetzt sagen werde, nicht überreagieren«, und dann erzählte sie mir, daß Mrs. Glynn glaubte, ich hätte ihr Geld gestohlen.

Ich sagte: »Ich werde auf der Stelle mit ihr sprechen.«

»Das geht nicht. Sie müssen mir versprechen, daß Sie das nicht tun. Es würde alles nur noch komplizierter machen. Ich dachte mir, ich sollte Sie warnen, bevor sich die Polizei bei Ihnen meldet.«

»Die Polizei?«

So etwas wie ein kalter Schauer rieselte mir den Rücken herunter.

»Glauben Sie, daß sie mich verhaften werden?« fragte ich.

»Nein, nein«, sagte Mrs. Dibble mit einem gezwungenen Lachen. »Das mit dem Verhaften ist gar nicht so einfach! Sie werden Ihnen vermutlich ein paar Fragen stellen, um Ihre Version der Geschichte zu hören.«

»Ich hasse diese Frau«, sagte ich.

»Kommen Sie, Barnaby.«

»Was hab ich ihr getan? Wie kommt sie einfach so aus heiterem Himmel auf mich?«

Dann dachte ich, daß ich wußte, warum. Ich dachte daran, wie Sophia mich ihrer Tante präsentiert hatte. »Man könnte es wohl eine Anmache nennen«, hatte sie mit diesem triumphierenden Gesichtsausdruck gesagt.

Sie war ebenso stolz auf meine Sünden wie ich auf ihre Tugenden.

Mrs. Dibble überlegte laut, wie ich die fehlenden Stunden bei Mrs. Glynn ausgleichen konnte. Eine Stunde pro Woche bei Mrs. Alphonse, meinte sie; eine Stunde bei dem Mann im Rollstuhl drüben in Govans ... Sie wußte, wie sehr ich gearbeitet hatte, um noch mehr Geld zu sparen, sagte sie. Aber ich hörte nur mit halbem Ohr zu. Ich mußte unbedingt Sophia erreichen.

Zuerst einmal war ihre Nummer besetzt. Ich versuchte es einmal und noch einmal, dann knallte ich den Hörer auf die Gabel. Fuhr in Rekordgeschwindigkeit zu ihrem Haus und hämmerte gegen die Eingangstür. Es war Sonntag abend nach elf. Normalerweise wäre sie im Bett gewesen. Aber überall brannte Licht, auch in ihrem Zimmer, und die näher kommenden Schritte kündigten jemanden in Straßenschuhen an, der vom Zubettgehen noch weit entfernt war, und als sie die Tür aufmachte, trug sie das, was sie am Nachmittag getragen hatte.

»Barnaby«, sagte sie.

Nicht im mindesten überrascht, deshalb wußte ich, daß es ihre Tante gewesen sein mußte, mit der sie telefoniert hatte.

»Ich habe das Geld nicht genommen«, sagte ich.

Sie hielt die Wange gegen die Türkante gepreßt und sah mir prüfend ins Gesicht. Sie sagte: »Selbst wenn du es getan hättest, würde das meine Gefühle für dich nicht ändern.«

»Ich hab es nicht genommen, Sophia. Glaubst du wirklich, daß ich so was tun würde?«

»Nein, natürlich nicht«, erwiderte sie.

Dann trat sie auf mich zu und küßte mich, wandte sich anschließend um und ging voran ins Wohnzimmer.

Aber nachdem wir uns auf die Couch gesetzt hatten, sagte sie: »Ich weiß, daß du unter Druck stehst, weil du deine Schulden bezahlen willst.«

»Und deshalb hast du gedacht, daß ich einfach in die Küche

von irgend 'nem alten Weiblein spaziert bin und mir die achttausendsiebenhundert Dollar von ihren Spargroschen genehmigt habe?«

»Zweitausendneunhundertsechzig«, sagte sie.

»Wie bitte?«

»Zweitausendneunhundertundsechzig waren nach ihren Worten in dem Mehlkasten.«

Im hinteren Teil des Hauses fiel mit einem flüchtigen dumpfen Laut die Kühlschranktür zu, und dann begann irgendein Gegenstand aus Glas oder Porzellan zu singen, wurde aber sofort zum Schweigen gebracht. Betty, die versuchte, diskret zu sein. Sie hatten zweifellos über mich gesprochen, bevor ich kam. (»Ich hab dir die ganze Zeit gesagt, daß der Kerl dubios ist, Sophia. Hab ich nicht von Anfang an ein schlechtes Gefühl gehabt?«)

»Sag mir ehrlich«, sagte ich zu Sophia, »hast du deiner Tante gegenüber jemals etwas davon erwähnt, daß ich mit dem Gesetz in Konflikt gekommen bin?«

Sie errötete und schwieg. Dabei sah sie mir ganz ruhig in die Augen.

»Hast du?« fragte ich.

Sie sagte: »Es könnte sein, daß ich es irgendwann mal erwähnt habe. Ich weiß nicht, vielleicht hab ich gesagt, daß du früher mal Probleme hattest. Ich hab das aber nicht böse gemeint! Ich wollte nur beweisen, daß du ein interessanter Mensch bist! Ich hab außerdem gesagt, daß du aus sehr guter Familie bist. Ich hab gesagt, daß es nur am Alter oder was weiß ich gelegen hat und an den Umständen und daß du dich völlig geändert hast und ich absolutes Vertrauen zu dir habe.«

»Oh, vielen Dank«, sagte ich.

Sie sah mich forschend an, vielleicht fragte sie sich, wie ich das meinte. Ich wußte es eigentlich selbst nicht genau. Ich seufzte. Ich legte den Kopf zurück in die Sofakissen und schloß die Augen.

»Barnaby«, sagte sie. Sie sprach jetzt so behutsam und taktvoll, daß ich sofort hellhörig wurde. Ich machte die Augen auf und drehte den Kopf in ihre Richtung. »Ist es irgend so ein Kredithai?« wollte sie wissen.

»Was?«

»Derjenige, dem du das Geld schuldest.«

Ich lachte.

»Ich kenne mich mit diesen Dingen aus, Barnaby. Ich habe in meinem Beruf dauernd damit zu tun – mit Menschen, die so hoch verschuldet sind, daß sie glauben, sie kommen da nie wieder raus. Mit horrenden Zinsen und endlosen Gebühren ... Ich möchte dir helfen, Barnaby. Ich habe keine achttausendsiebenhundert Dollar, aber ich habe, warte mal ... Auf meinem Sparkonto sind –«

»Es sind meine Eltern«, sagte ich.

»Deine Eltern?«

»Ich schulde *ihnen* das Geld.«

»Aber um Himmels willen«, sagte Sophia. »Du schuldest deinen *Eltern* achttausendsiebenhundert Dollar? Und sie lassen dich das zurückzahlen?«

»Das ist doch nicht weiter verwunderlich«, erklärte ich ihr. »Eine Schuld ist eine Schuld.«

»Ja, aber deine Eltern sind so ... gutsituiert.«

Ich mußte lächeln. Es amüsiert mich immer wieder, wie die Leute das Wort »reich« vermeiden.

»Ich finde es einfach abscheulich«, sagte Sophia. Sie saß jetzt bolzengerade, praktisch mit Hohlkreuz auf der Sofakante. »Wenn man ruhig zusieht, wie der eigene Sohn sogar an den Wochenenden arbeiten muß und bei irgendwelchen Leuten im Keller wohnt! Kaum komme ich bei dir angefahren, linst diese neugierige Mimi Hardesty zum Fenster raus, kaum wollen wir miteinander schlafen, ruft sie die Treppe runter, ob sie schnell noch eine Maschine Wäsche waschen kann!«

Ich lächelte wieder, aber sie bemerkte es nicht.

»Und du läufst doch praktisch in Lumpen herum, und dein Auto ist kurz davor auseinanderzufallen ... Was *denken* sich deine Eltern dabei?«

Ich hätte ihren Zorn wahrscheinlich dämpfen können, wenn ich ihr von der chinesischen Figur und dem allen erzählt hätte. Das hätte das Verhalten meiner Eltern plausibler aussehen lassen. Aber es hätte *mich* schofler aussehen lassen. Und außerdem gefiel es mir, jemanden über meine Eltern schimpfen zu hören. Ich muß zugeben, es freute mich.

Nein, ich war nicht in Bestform an diesem Abend. Ich war gehässig, widerborstig, niederträchtig und boshaft. Als Sophia in die Küche ging, um uns ein Glas Wein zu holen, steckte ich ein Porzellanschälchen in Form eines Seidenschuhs ein, das auf ihrem Couchtisch stand. Und das Schälchen gefiel mir noch nicht einmal! Und ich hatte schon gar keine Verwendung dafür.

Am Montag morgen verschlief ich. Ich sollte für Mrs. Figg Besorgungen machen, weil sie sich in jedem zweiten Laden der Stadt nicht mehr blicken lassen konnte. Aber ich versetzte sie und ging auch nicht ans Telefon, als es klingelte. »Sind Sie zu Hause, Barnaby?« fragte Mrs. Dibble meinen Anrufbeantworter. »Mrs. Figg ist reif für die Zwangsjacke!« Ich drehte mich bloß rum und schlief weiter.

Was mich schließlich aufweckte, war Mimi Hardesty, die vom oberen Treppenabsatz herunterrief. »Barnaby?« Ihre Stimme klang merkwürdig hoch und kindlich. »Hier ist ein Gentleman, der Sie sprechen möchte.«

Das Wort »Gentleman« hört man heute in der Alltagssprache nicht mehr oft. Vor allem nicht in Mimi Hardestys Sprache. Ich setzte mich auf und sagte: »Wer ist es denn?«

»Ahm, ein Polizeibeamter. Kann er zu Ihnen runterkommen?«

»Ja, sicher«, sagte ich.

Unterdessen kroch ich aus dem Bett, schnappte mir meine Jeans und kroch wackelig hinein. Schwere Schritte näherten sich wummernd. Ich zog verzweifelt an den Decken. Aus irgendeinem Grund war es höllisch wichtig, das Bett wieder zum Sofa umzubauen. Aber ich hatte es schon so lange ausgezogen gelassen, daß ich nicht mehr wußte, wie das Scheißding funktionierte, und außerdem war es jetzt zu spät. Der Polizist war ein älterer, grauhaariger Mann, überraschend hager für seinen schweren Schritt. Er hatte schon den Ausweis in der Hand, um ihn mir zu zeigen. Liest sich diesen Ausweis wirklich jemand durch? Ich tat es jedenfalls nicht. Ich hab noch nicht mal seinen Namen verstanden, obwohl er ihn mit lauter, freundlicher Stimme nannte. Ich sah, wie sich hinter ihm auf halber Treppe Mimi Hardesty vorbeugte und mich beäugte. Sie hatte die eine kleine Hand vor den Mund geschlagen, und ihre Augen waren riesengroß und kreisrund.

»Ich möchte Ihnen nur ein paar Fragen stellen«, sagte der Polizist und steckte den Ausweis wieder ein. Ohne sich zu Mimi umzuwenden, sagte er: »Danke, Ma'am.«

Mimi sagte: »Ach so! Ja, natürlich«, machte kehrt und hastete die Treppe hinauf. Sie hatte Shorts an, und obwohl ihre Beine vorne mit Sommersprossen übersät waren, waren sie hinten von einem reinen, makellosen Weiß.

Unter Streß registriert man die lächerlichsten Banalitäten.

Aber ich sagte: »Bitte, nehmen Sie doch Platz«, als ob ich völlig unbesorgt wäre. »Ich kann mir denken, was Sie mich fragen wollen«, sagte ich. (Ich dachte, daß es besser für mich wäre, wenn ich die Sache zur Sprache brachte, bevor er es tat.) Ich schaufelte einen Armvoll schmutzige Wäsche vom Stuhl. »Ich weiß, daß eine Kundin von uns glaubt, ich hätte sie bestohlen.«

Der Polizist setzte sich und schlug einen Spiralblock auf. »Und, haben Sie das?« fragte er freundlich.

Ich sagte: »Nein.«

Er sah mich einen Augenblick mit undurchdringlicher Miene an. Ich fragte mich, ob es das vielleicht schon gewesen war. »Haben Sie?«, »Nein«, und er würde wieder gehen. Aber so einfach sind die Dinge leider niemals. Er hatte seine Dienstvorschrift: Er mußte meinen Namen notieren, mein Alter, die Dauer meiner Anstellung bei der Bizeps-Vermietung. Schließlich resignierte ich und setzte mich auf meine Bettkante. Ich hatte nackte Füße, was mich ihm gegenüber irgendwie ins Hintertreffen brachte, aber ich befürchtete, wenn ich aufstand, um mir meine Turnschuhe zu grapschen, könnte er denken, daß ich mir eine Pistole holen wollte.

Ich sagte ihm auch, daß ich wußte, wo Mrs. Glynn ihr Geld aufbewahrte. »Das weiß jeder«, sagte ich.

Er fragte: »Haben Sie das Geld jemals *gesehen*?«

»Nein«, erwiderte ich. Dann sagte ich: »Hey! Glauben Sie, daß sie womöglich Wahnvorstellungen hat?«

Aber der Polizist sah mich daraufhin nur kurz an und klappte seinen Notizblock so verdrießlich und angewidert zu, daß ich zu Däumlingsgröße zusammenschrumpfte.

Als an dem Abend, als ich verhaftet wurde, im Haus der Amberlys die Alarmanlage losging, schickte die Polizei einen Hubschrauber, und der tuckerte nun oben in der Luft herum. Ich war ein bißchen high. Wir waren alle ein bißchen high – ich, Len und die Muller-Jungen. Ich sagte zu den anderen: »Laßt mich das mal machen« und rief vom Schlafzimmer der Amberlys aus die Polizeidirektion Nord an. »Ich möchte eine Beschwerde vorbringen. Hier draußen macht ein Hubschrauber einen Höllenlärm und stört dadurch die nächtliche Ruhe.«

Der Mann am anderen Ende fragte mich nach meiner Adresse und ließ mich dann eine Weile warten. Als er wieder an den Apparat kam, sagte er: »Ja, Sir, das ist unser Hubschrauber, den haben wir auf einen Anruf hin losgeschickt.«

»Ja, wenn das so ist«, sagte ich frech, »dann wissen Sie sicher auch, wie Sie ihn zurückbeordern können.«

Und ich legte auf, ganz Würde und Hochnäsigkeit. Dann brachen wir vier in Gekicher aus. Da fuhr draußen vorm Haus ein Auto vor, und ein Lichtblitz begann über die Decke zu kreisen.

Das war der allerletzte Moment, bis zu dem die Welt im großen und ganzen noch eine gute Meinung von mir hatte.

Gegen drei Uhr nachmittags rief Sophia an. Ich lag wieder im Bett, schlief aber nicht. Trotzdem ließ ich den Anrufbeantworter für mich antworten. »Ich bin's, Barnaby«, sagte sie. »Ich versuch's später noch mal. Ich wollte dir nur Hallo sagen.«

Sie wollte sagen: »Hallo, in letzter Zeit mal wieder 'n paar dicke Dinger gedreht?«

Ich stand auf und ging pinkeln. Ließ Wasser über die Zahnbürste laufen und steckte sie dann zurück in den Halter, ohne mir die Zähne geputzt zu haben, wie ein Kind, das seine Mutter hintergehen will.

Mrs. Dibble rief wieder an. »Also. Ich weiß nicht, was in Sie gefahren ist«, legte sie gleich los. »Sie enttäuschen mich ernstlich, Barnaby. Rufen Sie mich an, sobald Sie meine Nachricht bekommen haben. Mrs. Morey braucht eine Füllung für ihre Gasflasche am Grill. Martine läßt Sie daran erinnern, daß sie zu ihrem Auftrag zu Mrs. Alford gefahren werden muß. Außerdem möchte Mrs. Hatter mit Ihnen darüber sprechen, ob sie ab morgen regelmäßig zu ihr kommen können.«

Ich konnte mich noch nicht mal an Mrs. Hatters Gesicht erinnern, so selten hatte sie unseren Service in Anspruch genommen. Vielleicht hatte sie einen Schlaganfall gehabt oder so was. Tja, Pech gehabt. Ich stocherte mit dem Fuß in den Klamotten auf dem Boden nach meinen Turnschuhen herum.

Während ich meinen Kaffee trank, bekam ich noch zwei weitere Nachrichten. Mrs. Figg teilte mir mit, daß ich ihr den ganzen Vormittag verdorben hatte. Und Natalie fragte, ob ich meinen Besuch am nächsten Wochenende auf Sonntag verschieben konnte. Opal hatte offensichtlich für Samstag eine Einladung zu einer Geburtstagsparty bekommen. »Ich würd's ja gar nicht erwähnen«, sagte Natalie, »aber das Geburtstagskind gehört zu den beliebtesten Mädchen der Klasse, und es bedeutet Opal viel, daß sie eingeladen worden ist.«

Schon recht; es bedeutete ihr mehr als ein Besuch von ihrem Vater. *Na schön*, dachte ich, *dann fahr ich eben gar nicht.*

Inzwischen hatte ich allmählich das Gefühl, gestorben zu sein oder so was, weil ich mir so viele Anrufe anhörte, ohne an den Apparat zu gehen. Deshalb schnappte ich mir die Autoschlüssel und verließ die Wohnung. Machte mich auf den Weg zu Mrs. Figg, um den Stier bei den Hörnern zu packen.

Draußen war es brüllend heiß. Ich brauchte praktisch Topfhandschuhe, um mein Lenkrad überhaupt anfassen zu können. Ich fuhr wie eine gesengte Sau, zischte bei Gelb über die Kreuzung und hupte jeden Fußgänger an, der sich der Illusion hingab, daß ich ihm sein Vorrecht lassen würde, wenn er die Straße überquerte.

»Wenn ich eine Hilfe bräuchte, die mich versetzt«, sagte Mrs. Figg, als sie mir die Tür aufmachte, »jemand, dem ich für jeden Handschlag in den Ohren liegen müßte, also, dann könnte ich auch meinen Sohn nehmen, verdammt und zugenäht.« Sie sah mich verärgert an, das runzlige Mündchen geschürzt – keine alte Frau, aber eine vertrocknete, verschrumpelte, die einen Groll auf das ganze Universum hatte. Das hielt sie aber nicht davon ab, mir ihre Liste zu geben – wen sonst hätte sie dafür drankriegen können? Die meisten von unseren Mitarbeitern wollten nichts mehr mit ihr zu tun haben.

Ich fuhr zuerst zur Reinigung und holte die Hemden ihres Mannes ab. Normalerweise hätte ich die ganze Zeit die Luft angehalten, solange ich da drin war (der Krebs fällt an solchen Orten förmlich über einen her), aber heute atmete ich die mit Chemiegerüchen geschwängerte Luft in tiefen, langen Zügen ein, während ich wartete. Ich fragte mich, was Mrs. Figg wohl angestellt hatte, daß man sie hier nicht mehr sehen wollte.

Bei Ed's Electronics (wo sie einem Verkäufer eins mit der Handtasche übergezogen hatte, wie ich zufällig erfahren hatte) holte ich ihren Kassettenrecorder von der Reparatur ab. Anschließend fuhr ich noch zur Apotheke und zum Haushaltswarenladen, und das war's dann. Aber als ich zu Mrs. Figg zurückkehrte, was bekam ich da zu hören? Am Kassettenrecorder waren die Schaumstoffkissen nicht erneuert worden. »Wenn ich eine Hilfe bräuchte, die die Dinge frei nach Schnauze –« fing sie an, aber ich machte schon auf dem Absatz kehrt und stampfte davon. Ich fuhr noch mal zu Ed's Electronics und machte einen solchen Rabatz, daß Mrs. Figg sich daneben wie eine Bilderbuchkundin ausgenommen hätte. Dann fuhr ich zurück zu ihr und hätte ihr die Schaumstoffkissen beinahe ins Gesicht geworfen.

Bei Mrs. Morey ging ich schnurstracks zur Terrasse und nahm die Gasflasche aus der Halterung am Grill. »Möchten Sie sich nicht ansehen, was ich gerade zum Blühen überredet habe?« fragte sie mich und kam hinter mir her. Aber ich sagte nur »Mmf« und war schon wieder auf dem Weg zu meinem Auto, als ob ich sie gar nicht richtig gehört hätte. Ließ an der Tankstelle die Gasflasche füllen, langte in die Tasche nach meinem Geldbeutel und förderte zwei Schaumstoffkissen in einem Plastikbeutelchen zutage. Sie waren wohl an die Quittung geheftet gewesen und hatten sich irgendwie gelöst. Na schön, zu spät. Ich warf sie in den Mülleimer.

Zu Hause waren drei neue Nachrichten auf meinem Anrufbeantworter. Sophia sagte: »Hallo, mein Schatz. Ruf mich doch im Büro mal an, ja?« Mrs. Dibble sagte: »Ich warte auf Ihren Anruf. Wo stecken Sie denn?« Und dann wieder Sophia: »Warum rufst du nicht an, Barnaby? Soll ich heute abend mit dem Essen zu dir kommen? Oder nicht. Ich warte auf deine Antwort.«

Ich machte mir ein Sandwich mit Erdnußbutter und aß es im Stehen an der Bar. Dann verputzte ich den letzten Rest Milch direkt aus der Flasche und warf sie in den Mülleimer, obwohl auf ihr draufstand, daß sie für das Recycling bestimmt war. Anschließend schaltete ich den Fernseher ein und sah mir eine Talkshow an, es war diese widerliche Art Talkshow, bei der sich die Teilnehmer gegenseitig im Beichten von Unerquicklichkeiten zu überbieten suchen. Ich mußte mich dazu aufs Bett setzen, weil mein Stuhl bei der hohen Luftfeuchtigkeit der reinste Klebstoff geworden war. Sogar meine Decken fühlten sich feucht an. Über mir lieferten sich die Hardesty-Kinder mit schrillen Piepsstimmchen einen ausdauernden Streit, und ihre Mutter zog sich offenbar ihre tägliche Familienserie rein, denn jedesmal, wenn in meiner Sendung eine Redepause eintrat, hörte ich es oben munter schnattern.

Es war der erste Werktag seit Monaten, an dem ich am Nachmittag nicht zu Mrs. Glynn ging. Der Gedanke ließ mich innerlich zusammenzucken. Ich ließ mich zurück in die Kissen fallen und bedeckte mit einem Arm meine Augen.

Ich mußte wohl ein bißchen geschlafen haben. Als das Telefon klingelte, liefen im Fernsehen die Abendnachrichten.

»Hey, Gaitlin«, sagte mein Anrufbeantworter. (Martines Reibeisenstimmchen.) »Geh mal ran, ja?«

Ich wälzte mich herum und griff nach dem Hörer. Ich sagte: »Was ist?«

»Wieso bist du noch nicht hier? Es ist zehn vor sieben. Du hast versprochen, mich zu fahren!«

»Tatsächlich«, sagte ich. »Wo soll's denn hingehen?«

»Meine Herren! Zu Mrs. Alford natürlich! Wir sollen ihr doch die Küche ausräumen, weil der Maler kommt.«

Ich sagte: »Kannst du das nicht alleine machen?«

»Gott, Barnaby. Ich hab doch keinen fahrbaren Untersatz, hast du das vergessen? Was ist *los* mit dir? Du läßt dir doch hoffentlich wegen dem Quatsch von Mrs. Glynn keine grauen Haare wachsen?«

»Aha«, sagte ich. »Du weißt es also auch schon. Na, prima. Es muß ja in der ganzen Stadt rum sein.«

»Die hat sie doch nicht alle! Meinst du, das weiß hier nicht jeder? Jetzt mach dich auf die Socken. Wir kommen sonst zu spät.«

Ich sagte: »Na schön.«

Ich kam zu dem Schluß, daß es vielleicht gar keine schlechte Idee war. Sophia würde nicht ewig am Telefon warten. Sie würde früher oder später herkommen, und mir war in diesem Augenblick einfach nicht danach, ihr gegenüberzutreten.

Martine wartete vorm Haus, als ich bei ihr ankam – sie lehnte an einem geparkten Auto und aß Schweinekrusten aus einer Zellophantüte. Sie hatte den üblichen Overall an, dazu ein ärmelloses Herrenunterhemd, einen alten Fetzen, der vom vielen Tragen und Waschen schon fast durchsichtig geworden war. »Wenn du weiter so trödelst, sind wir nicht vor Mitternacht fertig«, sagte sie beim Einsteigen.

Ich sagte: »Gern geschehen«, und sie sagte: »Ach so. Danke.«

Dann fläzte sie sich in ihren Sitz, stemmte die Stiefel gegen das Armaturenbrett und wandte sich wieder ihren Schweinekrusten zu. Zwischendurch hielt sie mir die Tüte hin, aber ich schüttelte den Kopf.

Die Küche für den Maler auszuräumen war keine Affäre. Ich hätte das leicht alleine geschafft. Aber wir hatten es hier wohl mit Mrs. Alfords privatem kleinen Seelenstärkungs- und Beschäftigungsprogramm zu tun, denn als sie uns die Tür aufmachte, waren ihre ersten Worte: »Ach, ich bin einfach begeistert, wenn ich sehe, was junge Frauen heutzutage fertigbringen!«

Sie trug an diesem Abend ein minzgrünes Hauskleid, das eine fatale Ähnlichkeit mit der Anstaltskleidung von Geisteskranken hatte. Doch sie hatte eine von ihren klaren Phasen und redete uns beide mit dem richtigen Namen an. »Ich möchte, daß Sie die leichten Sachen nehmen, Martine«, sagte sie, »die Töpfe und Pfannen und so weiter und sie hinten an der Eßzimmerwand stapeln. Sie können dann die Möbel nehmen und den Mikrowellenherd, Barnaby.«

Aber Martine mußte angeben und sich die Mikrowelle schnappen. Sie wankte damit los, und ihre Arme krümmten sich aus ihrem Unterhemd hervor wie zwei zum Zerreißen gespannte braune Kabeltrossen. Ich folgte ihr, in jeder Hand einen Stuhl, und Mrs. Alford, die eine Bratpfanne an die Brust gedrückt hielt, bildete das Schlußlicht. »Lassen Sie uns das machen«, sagte ich zu ihr. Sie klang schon ganz kurzatmig. Sie antwortete: »Ach ja, ich glaube ...« Sie stellte die Bratpfanne auf die Anrichte und verschwand im Wohnzimmer. Wir hörten ihre gedämpften Schritte auf dem Teppichboden und kurz darauf das Knarz, Pause, Knarz ihres Schaukelstuhls.

Bevor wir den Trittschemel rausbrachten, benutzte Martine ihn noch mal, um die Gardinen abzunehmen. Es wurde allmählich dunkel draußen, und die nackten blauschwarzen Fensteröffnungen verliehen der Küche ein deprimierendes Aussehen. In den Ecken hingen Schatten unter der Decke. Helle Flecken markierten die Stellen, wo die Uhr, das Gewürzbord und der Kalender gehangen hatten. Nachdem ich ihn abgenommen hatte, blätterte ich den Kalender heimlich durch. Ich sah, daß alle Arzttermine eingetragen waren – Doktor dies, Doktor das, Mammographie, medizinische Fußpflege. Alles, was mit ihrer Familie zu tun hatte, war mit einem Ausrufezeichen versehen. »Die Enkelkinder kommen!« »Ernie über Nacht!« »Edward hier zum Labor Day!« Dann checkte ich meine Termine bei ihr, doch sie hatte mich nicht namentlich erwähnt. »19 Uhr Bizeps-Vermietung«, hatte sie geschrieben. Ohne Ausrufezeichen.

»Was guckst'n dir da an?« wollte Martine wissen. Sie stand so dicht hinter mir, daß ich zusammenschreckte. Ich legte den Kalender ohne Antwort beiseite.

Als die Küche leer war, fuhr Martine mit einem Staubwedel oben an den Wänden entlang, während ich den Fußboden fegte. Ich fand eine Münze, einen roten Knopf und eine leicht angegammelte Tablette. Aber die Tablette sah ganz unverdächtig aus, deshalb legte ich sie zusammen mit der Münze und dem Knopf auf eine Untertasse. Dann gingen wir aus der Küche ins Wohnzimmer rüber. Mrs. Alford saß mit gefalteten Händen in ihrem Schaukelstuhl – las nicht, nähte nicht, sah nicht fern – das Gesicht erschöpft und leer. Aber als ich mich räusperte, setzte sie sofort ihre muntere Miene auf und sagte: »Was? Schon fertig? Liebe Zeit, das ging ja schnell!« Und sie fragte uns, ob wir irgendwas Erfrischendes trinken wollten oder so, aber ich sagte zu ihr, daß wir los mußten.

Im Auto fing Martine an, auf ihrem Lieblingsthema herumzuharfen: Everett. Wie froh sie war, daß sie ihn los war; daß sie sich jetzt gar nicht mehr vorstellen konnte, was sie überhaupt an ihm gefunden hatte. Ich hätte gern über meine Probleme gesprochen, aber sie schnatterte in einem fort weiter, so daß ich gar nicht zu Wort kommen konnte. Sie sagte, daß Everett ihr alle Willie-Nelson-Kassetten geschenkt hatte, die es je gegeben hatte, und daß er sie jetzt zurückhaben wollte; es stimmte natürlich, daß sie sie jetzt nicht mehr hörte, aber er konnte trotzdem nicht erwarten, daß er sie zurückbekam, bloß weil sie ihn abserviert hatte.

»Mmhmm«, sagte ich und konzentrierte mich aufs Fahren.

Ich hatte keine Lust, Sophia an diesem Abend zu sehen. Ich hatte einfach keine Lust; ich wußte nicht genau, warum. Ich dachte an ihr großflächiges, sanftes Gesicht und das herzliche Lächeln und daß ihre blauen Augen immer so aussahen, als wären sie von innen erleuchtet, wenn sie in der Sonne stand, und ich fühlte mich ganz klein und häßlich. Ich konnte nicht sagen, warum.

»Ich will dir mal ein Beispiel erzählen«, sagte Martine. Ein Beispiel für was? Sie hatte weitergeredet, und ich hatte den Anschluß verloren. »Sagen wir mal, er geht die Straße lang und ein Mann springt vom Dach«, sagte sie. Wahrscheinlich meinte sie Everett. »Weißt du, was er sagen würde? Er würde sagen: ›Hey, warum passiert ausgerechnet *mir* das? Hey, ist das nicht irre, daß jemand ausgerechnet in dem Moment vom Dach springt, wo ich vorbeigehe!‹ Das ist typisch für Everett. Er glaubt, die ganze Welt dreht sich um ihn. Wo er nicht ist, ist überhaupt nichts los.«

»Ein Solipsist«, sagte ich. Ich kannte das Wort noch aus dem Philosophieunterricht.

»Genau«, sagte sie und fingerte in der Tüte mit den Schweinekrusten.

»Grüne Ampel: Jetzt denken wir mal ganz scharf nach«, sagte ich zu dem Fahrer vor mir. »Was tun wir, wenn die Ampel grün wird? Ah, ja. Sehr gut.«

Martine knüllte die Zellophantüte zusammen und stopfte sie in den Aschenbecher. »So«, sagte sie. »Hast du dich schon entschieden?«

»Was?«

»Wegen dem Transporter. Ja oder nein?«

»Was für 'n Transporter?« fragte ich.

»Everetts Transporter, was denn sonst für einer? Die Kiste ist doch in 'nem Topzustand, das mußt du zugeben.«

Ich hatte absolut keine Meinung zu Everetts Transporter, und ich konnte mir nicht vorstellen, wieso sie dachte, ich hätte eine. Ich spulte das Band mit unserer Unterhaltung zurück. Nichts. »Tja, ähm«, sagte ich, »*ich* fand auch immer, daß er noch sehr gut aussieht. Aber machen wir uns nichts vor: ich bin kein Mechaniker.«

»Aber du hältst das nicht für 'ne Schnapsidee?«

»Was halte ich nicht für 'ne Schnapsidee?« fragte ich.

»Das wir zwei das machen und zugreifen.«

»Zugreifen?« fragte ich. »Du meinst kaufen? Wir zwei? Einen Transporter kaufen?«

»Lieber Heiland, wo warst du denn die ganze Zeit?«

»'tschuldigung«, sagte ich. »Ich hab wohl irgendwas nicht mitgekriegt.«

Wir waren jetzt in dem Straßenabschnitt, wo sie wohnte, und ich hatte eigentlich vorgehabt, sie einfach nur rauszulassen. Statt dessen fuhr ich jetzt auf einen Parkplatz. »Ich hab den Kopf mit andern Dingen voll«, sagte ich. »*Dir* ist es ja vielleicht egal, daß ich das Opfer eines himmelschreienden Unrechts bin, aber –«

»Herrgott noch mal, jetzt komm ich mir aber *verarscht* vor! Wozu hab ich mir die ganze Zeit den Mund fusselig geredet?«

Sie hätte sich einen besseren Zeitpunkt dafür aussuchen können. Aber andererseits war sie so ziemlich der einzige Freund, den ich auf Gottes weitem Erdboden noch hatte, und so drehte ich mich zu ihr und sagte: »Ich entschuldige mich in aller Form, Martine. Erzähl mir das Ganze noch mal.«

Sie seufzte. »Also, paß auf, Everett hat den Transporter von einer Frau in Howard County gekauft –« sagte sie.

»Howard County, aha«, sagte ich und bemühte mich, ein möglichst wißbegieriges Gesicht zu machen.

»– und sollte ihn in sechsunddreißig Monatsraten abbezahlen. Aber er war mit den Raten bald im Rückstand, und seine Mutter mußte für ihn einspringen. Und jetzt will er nach New York gehen, sagt er, wo er mit dem Transporter nichts mehr anfangen kann, deshalb hat er zu seiner Mutter gesagt: ›Behalt *du* die Kiste, ich kann die Raten jetzt nicht mehr bezahlen.‹ Und sie hat geantwortet: ›Hast du das überhaupt schon mal gekonnt, sag mir mal? Und was soll ich mit 'm Transporter?‹ Und deshalb hat sie mich angerufen und gefragt, ob ich ihn nicht kaufen will.«

Im Halbdunkel war Martine nur noch ein Schwarzweißbild wie auf einem Foto. Vor Eifer zusammengekniffene schwarze Augen, bizarr abstehende schwarze Haare um die hohen weißen Wangenknochen.

»Und du meinst, wir beide sollten ihn zusammen kaufen?« fragte ich.

»Also, eins steht schon mal fest, ich kann das unmöglich alleine schaffen. Aber ich kann mit Ach und Krach die Raten bezahlen, wenn du seiner Mutter das zurückgibst, was sie schon bezahlt hat: zweitausendvierhundert Dollar.«

»Zweitausendvierhundert Dollar!« sagte ich. »Martine. Alles, was ich habe, ist gerade mal die Hälfte. Außerdem steh ich immer noch bei meinen Eltern in der Kreide, vergiß das nicht.«

»Ja, ja«, sagte sie, »aber nicht mehr, wenn du dein Auto verkaufst.«

»Wie bitte?«

»Dein Auto ist dreißigtausend Dollar wert, wußtest du das? Ich hab in einem Katalog nachgeschaut.«

Ich fing an zu lachen. Ich sagte: »*Was* ist mein Auto wert?«

»Es gibt da so Kataloge, in denen der Preis für jedes gebrauchte Auto steht, das je vom Band gegangen ist. Deshalb bin ich in 'ne Buchhandlung gegangen und hab einen davon durchgeblättert, und da stand es schwarz auf weiß: 'ne 63er Corvette Sting Ray

Coupé in erstklassigem Zustand wird zum Preis von dreißigtausend Dollar gehandelt.«

Das haute mich wirklich vom Stuhl. Aber ich konnte immerhin noch sagen: »Wir können kaum behaupten, daß mein Auto in einem erstklassigen Zustand ist.«

»Na schön, dann zieh halt ein paar tausend ab. Dann hast du immer noch ’n Haufen Knete. Hast du mir nicht immer gesagt, dein Auto wär ’n Sammlerstück?«

»Theoretisch ist es das wahrscheinlich auch«, sagte ich. »Aber es war schon ziemlich abgewrackt, als Pop-Pop es damals gekauft hat, und es dürfte dir nicht entgangen sein, daß ich das arme Ding nicht gerade verwöhnt habe.«

»Ach, du bist so negativ!«

Sie knallte mir die Faust aufs Knie. Ich sagte: »Hey, was soll das?« Ich griff nach der Faust und beförderte sie zurück auf ihr Bein. Dann legte ich einen Arm über ihre Schultern. »Ich möchte ja kein Spielverderber sein –«

»*Bist* du aber«, sagte sie, doch eine Vergnügtheit wider Willen hatte sich in ihre Stimme eingeschlichen. Sie kuschelte sich näher unter meine Schulter und sagte: »Hör mir mal ’n Augenblick zu, ja? Ich will dir sagen, wie ich’s mir vorgestellt habe. Du verkaufst dein Auto und zahlst deinen Eltern als erstes deine Schulden zurück. Hör auf, dein Geld groschenweise zusammenzukratzen, zahl’s ihnen einfach zurück und fertig. Schaff dir die chinesische Plastik ein für allemal von der Seele. Wär das nicht toll? Dann nimmst du dir von dem übrigen Geld noch einen Batzen und kaufst mit mir zusammen den Transporter. Was du Everetts Mutter zahlst und meine monatlichen Raten, das geht gerade so fifty-fifty auf – du fährst sogar ein bißchen besser dabei.«

»Aber inzwischen hab ich kein Auto«, sagte ich.

»Du hast dann doch den Transporter, Blödmann!«

»*Wir* haben den Transporter«, korrigierte ich sie. »Und jedesmal, wenn ich hierhin fahren will, willst du dorthin fahren.«

»Sind wir nicht so gut wie immer zu denselben Kunden

unterwegs? Und hängt es dir nicht zum Hals heraus, deinen Job in einem klitzekleinen Spielzeugauto zu machen, das noch nicht mal ’n Rücksitz hat?«

Währenddessen sondierte sie mit den Fingern einen Riß in meiner Jeans quer über dem Knie. Die Fingerspitzen gerieten auf nackte Haut und fuhren spielerisch darüber hin. Sie sagte: »Du kannst den Transporter auch mit zu dir nach Hause nehmen, wenn du willst. Und außerdem: Wir haben ihn doch die ganze Zeit mehr oder minder gemeinsam benutzt, wenn du dir’s genau überlegst.«

»Lieber Gott, mit dreißigtausend Dollar sollte ich vielleicht losgehen und für jeden von uns einen Transporter kaufen oder auch zwei«, sagte ich.

Ich sprach von oben auf ihren Kopf hinunter, in ihr Haar hinein. Es roch verschwitzt. Das machte mich aus irgendeinem Grund an. Vielleicht merkte sie das, denn sie hob das Gesicht, und im nächsten Moment küßten wir uns. Sie hatte einen sehr schmalen, harten Mund. Ich war überrascht, wie sehr mich das stimulierte. Ich umschlang sie mit beiden Armen (keine ganz einfache Sache mit dem hinderlichen Lenkrad vor mir), sie preßte sich an mich, und ich spürte ihre spitzen kleinen Brustwarzen an meinem Brustkorb.

Dann setzte sie sich zurück und ich mich auch. Ich stellte erleichtert fest, daß wir beide wieder zur Vernunft gekommen waren. (Oder zumindest halb erleichtert.) Aber als nächstes schaltete sie die Zündung aus. Sie legte mir den Autoschlüssel in die Hand und reckte mir wieder ihr Gesichtchen entgegen.

»Willst du?« fragte sie.

Ihr Blick war angespannt, und ihr Gesicht hatte einen spitznäsigen, erregten Ausdruck angenommen, was mich traurig für sie machte. Ich hatte Martine nie wirklich als Frau betrachtet. Na ja, sie war keine Frau, sie war bloß ein bissiges, scharfzüngiges kleines *Ding*. Deshalb sagte ich: »Ach, ähm ...«

Und trotzdem machte ich mich im selben Augenblick wieder über sie her, als ob mein Körper entschieden hätte, in eigener

Regie zu handeln. Ich hielt sie zwischen den Händen (man konnte jede Rippe einzeln fühlen in dem schlottrigen Drillich), aber sie beugte sich über mich und schaltete die Scheinwerfer aus. Dann riß sie sich los und stieg aus dem Auto, und das alles in einer einzigen ungestümen Bewegung. Ich stieg auf meiner Seite aus und ging hinter ihr her zum Haus. Die Verandadielen ächzten unter unseren Schritten. Die Treppe zum ersten Stock hatte einen Teppichbelag, die zweite Treppe, ohne Belag, war so steil, daß ich zwei Stufen hinter Martine zurückbleiben mußte, damit ich beim Hinaufgehen nicht von ihren Stiefelabsätzen getroffen wurde.

Als wir im zweiten Stock ankamen – einem einzigen großen Dachzimmer in stickiger, staubiger Dunkelheit – umarmten und küßten wir uns wieder und stolperten auf ihr Bett zu. Das Bett hatte ein weißes oder pastellfarbenes Kopfbrett, das aussah wie eine Gittertür und so hoch war, daß es der Dachschräge wegen weit ins Zimmer hatte gerückt werden müssen. Es quietschte, als wir darauf landeten. Martine atmete in kurzen, heißen, nach Speck riechenden Stößen gegen meinen Hals, während ich an den Verschlüssen ihres Overalls herumfummelte. Es waren die Art Dinger, wo man einen Messingknopf und einen Messingachter gegeneinander verschieben muß. Ich glaube, ich hab seit meiner Kindergartenzeit mit so was nichts mehr zu tun gehabt, aber es fiel mir alles wieder ein.

»Martine«, sagte ich flüsternd (obwohl mich niemand hören konnte), »es tut mir leid, aber ich, äh, ich hab nichts dabei«, aber sie sagte nur: »Macht nichts, ich hab welche«, drehte sich um und kramte in ihrem Overall. Dann schob sie mir etwas Warmes, Weiches, Zerdrücktes in die Hand: ihren Geldbeutel. Das machte mich irgendwie noch trauriger. Aber mein Körper stürzte eigenmächtig weiter und ließ meinen Verstand überhaupt nicht zu Wort kommen.

Jedenfalls nicht, bis alles vorbei war.

Und dann sagte er: »Was sollte *das* denn?«

Eine Frage, die Martine sich wahrscheinlich auch stellte, denn sie drehte sich weg von mir, raschelte mit irgendwelchem Bettzeug, stand dann auf und entfernte sich quer durchs Zimmer. Ein Licht flackerte auf – nur eine trübe Neonleuchte an der Wand über dem vorsintflutlichen Elektroherd. Es brachte eine Martine zur Erscheinung, die, mir zugewandt, den Kopf leicht schräg geneigt, die Tagesdecke um sich raffte. Sie hatte noch ihre Socken an. Verrutschte schwarze Socken. Darüber weiße Vogelbeinchen.

»O Gott!« sagte ich.

Sie richtete den Kopf auf und sagte: »Okay. Ich nehme an, du willst gehen.«

»Ja, halt ich für das beste«, sagte ich und griff nach meinen Klamotten. Martine drehte sich um und verschwand durch eine Tür – die Badezimmertür zweifellos –, dabei machte die Tagesdecke ein schabendes Geräusch, während sie hinter ihr her über die Bodendielen schleifte.

Ich rief ihr einen Abschiedsgruß zu, als ich ging, aber sie antwortete nicht.

Damals, als Natalie und ich noch verheiratet waren – in der allerletzten Phase unserer Ehe, als alles schon drunter und drüber ging –, passierte es mir, daß ich nach einem Abendkurs von einem Auto angefahren wurde. Ich landete für mehrere Stunden in der Notaufnahme, wo man mich gründlich untersuchte, doch alles, was ich abbekommen hatte, waren ein paar Kratzer und blaue Flecken.

Als ich schließlich gegen Mitternacht nach Hause kam, trug Natalie im Bademantel den Säugling umher. In der Wohnung brannte bis auf eine abgedunkelte Lampe kein Licht, und Natalie erinnerte mich an eine Figur auf einem alten Sakralbild – das Gewand eine fließende Glocke, der Kopf tief gebeugt, das Gesicht im Schatten. Sie schwieg bis zu dem Moment, als ich unmittelbar vor ihr stand, hob dann den Blick und sagte: »*Mir* ist es inzwischen egal, ob du nach Hause kommst oder deine Zeit lieber in der Kneipe verbringst. Aber was ist mit deiner Tochter, die sich die ganze Zeit fragt, wo du bleibst. Hast du denn nicht wenigstens mal einen Gedanken an deine Tochter verschwendet?«

Nur schlief meine Tochter tief und fest und hatte meine Abwesenheit offenbar gar nicht bemerkt.

Ich sah Natalie in die Augen – schwarze Ovale voller Vorwurf, die den Lampenschein schluckten, ohne auch nur den kleinsten Strahl zurückzuwerfen. Ich sagte: »Nein, hab ich nicht, wenn du's wissen willst. Ich hab mich zu gut amüsiert.« Dann verschwand ich ins Bett. Ich *fiel* förmlich ins Bett – in voller Montur wie jemand, der fix und fertig ist vom Trinken und von kurzen Abenteuern mit Frauen.

Manchmal denke ich, daß ich dunkel ahne, warum Ditty Nolan aufgehört hat, aus dem Haus zu gehen. Es hat wohl damit zu tun, daß sie Jahre mit der Pflege ihrer Mutter verbracht hat. »Wenn man mich so lange zu Hause einsperrt«, sagte sie, »wird man schon sehen: Dann bleibe ich für immer zu Haus.«

Wenn ihr mich für so 'n schlimmen Finger haltet, werdet ihr schon sehen: Ich führe mich noch schlimmer auf, als ihr es euch vorstellen könnt, sagte ich mir. Ich sagte es mit zusammengebissenen Zähnen. Ich sagte es am Ende meiner Ehe. Und ich sagte es den ganzen schlimmen Montag lang, der mir vorkam, als hätte er mindestens einen Monat gedauert.

Zu Hause waren zwei neue Nachrichten von Sophia auf meinem Anrufbeantworter und eine von Mrs. Dibble. Aus Sophias Stimme sprach Geduld ohne die geringste Verärgerung, woraufhin ich mich ziemlich mies fühlte. Mrs. Dibble war ganz geschäftsmäßig. »Ich möchte, daß Sie mich anrufen, sobald Sie nach Hause kommen, Barnaby. Ganz gleich, wie spät es ist. Rufen Sie mich unter meiner Privatnummer an.«

Also rief ich sie an. Scheiß drauf. Wenn sie mich feuern wollte, brachten wir's am besten gleich hinter uns.

Es war noch nicht zehn Uhr, doch sie lag offenbar schon im Bett, denn sie nahm so prompt ab und antwortete in dem superalerten Ton, den die Leute anschlagen, wenn sie nicht zugeben wollen, daß man sie geweckt hat. »Ja!« sagte sie.

»Ich bin's«, antwortete ich.

»Barnaby.«

Pause, ein gedämpftes Scharren und Wetzen. Sie setzte sich offenbar auf und stopfte sich die Kissen zurecht. »Ich habe hier Ihre Aufträge für morgen«, sagte sie. »Mrs. Cartwright möchte, daß Sie ihr helfen, ein Geburtstagsgeschenk für ihre Nichte auszusuchen. Mrs. Rodneys Rasenmäher muß zum Warten gebracht werden. Miss Simmons möchte ein Rollo angebracht haben. Und Mr. Shank hat darum gebeten –«

»Moment mal«, sagte ich. »Soll ich das alles an einem Tag erledigen?«

»Ja«, sagte sie, und ihre Stimme schwankte kurz – die Folge eines unterschwelligen Lachens. »Päckchen zur Post für Mr. Shank, Kamin reinigen bei den Brents –«

»Kamin reinigen?« fragte ich. Es war August. Wir hatten gerade Hitzerekorde.

Das Lachen kam näher an die Oberfläche. »Für Mrs. Binney Pflanzen vom Eßzimmer ins Wohnzimmer räumen –«

Mrs. Binney zog Usambaraveilchen, die höchstens fünfzehn Zentimeter hoch waren. Es gab überhaupt keinen Grund dafür, warum sie meine Hilfe brauchte, wenn sie die woanders hinstellen wollte.

»Mrs. Portland möchte, daß Sie nächste Woche täglich zu ihr kommen«, sagte Mrs. Dibble. »Ihr schwebt vor, ihre sämtlichen Möbel umzuräumen. Und die Winstons haben angefragt –«

»Was geht hier eigentlich vor?« fragte ich.

»Ich kann es mir eigentlich nur so erklären, daß sie Ihnen etwas sagen wollen, Schätzchen.«

Ich schwieg einen Moment. Dann sagte ich: »Wie haben sie es erfahren?«

»Wenn ich das wüßte. Von mir jedenfalls nicht, das versichere ich Ihnen.«

Ich wußte nicht, was ich sagen sollte.

»Sie lieben Sie, Barnaby«, sagte Mrs. Dibble, und das Lachen war nun aus ihrer Stimme verschwunden. Sie sprach jetzt in einem Fest- und Lobrednerton, der mich verlegen machte. »Es ist ihnen nicht entgangen, wie sehr Sie sich in all den Jahren um sie gekümmert haben.«

»Sie schmeißen mich also nicht raus?« sagte ich.

»Rausschmeißen? Sie?«

»Also, ich weiß ja, daß ich auf 'n paar Anrufe von Ihnen nicht reagiert habe.«

»Aber ich würde Sie doch nie rausschmeißen, Barnaby. Haben Sie mir das wirklich zugetraut? Sie sind doch mein bester Mitarbeiter! Das erzähle ich jedem, der es hören will! ›Barnaby wird mal die Firma *übernehmen*‹, sage ich. ›Ihr werdet schon sehen: Wenn ich alt und grau bin, kauft Barnaby mich aus.‹«

»Barnaby tut was?« fragte ich.

»Oh, natürlich auf Teilzahlungsbasis oder so. Wenn ich es mir leisten könnte, würde ich Ihnen die Firma schenken! Es liegt mir viel daran, daß ein fähiger Mann sie übernimmt.«

Ich schluckte.

»Aber was reden wir uns *jetzt* darüber die Köpfe heiß?« fragte Mrs. Dibble. »Im Augenblick müssen wir uns überlegen, wie Sie mit all diesen Aufträgen klarkommen.«

Ich sagte: »Das krieg ich schon auf die Reihe, Mrs. Dibble. Überlassen Sie das einfach mir.«

Nachdem ich aufgelegt hatte, saß ich einen Augenblick da, die Hände ganz fest zwischen die Knie gepreßt.

Dann rief ich Sophia an. Ich sagte ihr, daß es mir leid tat. »Ich hätte schon längst anrufen sollen«, sagte ich. »Ich hab deine Nachrichten bekommen. Ich hab einfach 'n Durchhänger gehabt, verstehst du? Ich hab mich nicht besonders kontaktfreudig gefühlt.«

Sie sagte: »Das verstehe ich. Das verstehe ich vollkommen. Du brauchst mir das nicht zu erklären.«

»Aber ich muß mich bei dir entschuldigen«, sagte ich. »Wirklich, verzeih mir bitte.«

»Schon geschehen!«

Galt das auch, wenn sie gar nicht begriff, *was* sie mir verzieh?

Dann wollte sie wissen, ob sie noch zu mir kommen sollte. Aber ich dachte, wenn sie herkam, würde sie das bestimmt begreifen, und deshalb lehnte ich ab. Ich beteuerte, daß ich müde war; ich beteuerte, daß ich eine Dusche brauchte. Sie drängte mich nicht weiter. Sie sagte nur: »Na schön, mein Schatz, dann schlaf recht gut«, und wir machten aus, daß wir uns am nächsten Tag treffen wollten. Ich sagte ihr, daß ich sie zum Abendessen ausführen würde – in irgendein romantisches Lokal.

Es war mir ernst gewesen, als ich sagte, daß ich müde war, trotzdem konnte ich nicht einschlafen, als ich schließlich im Bett lag. Ich war voller Entschlossenheit. Ich vibrierte förmlich vor lauter Plänen für den kommenden Tag.

Ich mußte unbedingt an diesen Katalog herankommen. Ich mußte mein Auto verkaufen und meinen Eltern meine Schulden zurückzahlen. Und das kam noch zu all den Jobs dazu, die ich für die Bizeps-Vermietung zu erledigen hatte, denn ich konnte meine Kunden nicht im Stich lassen. Sie verließen sich schließlich auf mich.

Langsam sah es so aus, als ob ich wirklich eine Entwicklung durchgemacht hätte.

10

»›Der Lack ist strapaziert und rostfleckig‹«, sagte Len.

»Sie ist ›hundertprozentig fahrtauglich‹«, sagte ich.

»Sie ist ›nicht fachmännisch gewartet‹«, sagte er.

Wir zitierten aus *Automobilpreise für den Sammler* – die Innenseite des Umschlags, wo das Bewertungssystem erläutert wurde. Wir rissen uns gegenseitig den Katalog aus den Händen und lasen uns laut die Formulierungen vor, die unseren jeweiligen Standpunkt stützten. Ich beharrte darauf, daß mein Auto das Prädikat »gut« verdiente, doch Len versteifte sich auf »mangelhaft«. Insgeheim wäre ich glücklich gewesen, wenn wir uns in der Mitte auf die Kategorie »zufriedenstellend« geeinigt hätten. Aber zunächst wollte ich meine Stellung nicht kampflos räumen.

»Wenn du mit der Kiste zu ’nem Händler gehst«, sagte Len, »lacht er dich bloß aus.«

»Vielleicht sollte ich *tatsächlich* zum Händler gehen«, sagte ich und tat so, als ob ich mir das ernstlich überlegte.

Ein Händler würde wahrscheinlich noch fünfzig Mängel mehr finden, als Len beanstandet hatte. Len war meine beste Option. Und mein Bluff hatte offenbar funktioniert, denn Len sagte schnell: »Natürlich berücksichtigt ein Händler deine Interessen nicht so wie ich.«

»Oder ich deine«, sagte ich zu ihm. »Deswegen hab ich dir ja das Vorkaufsrecht gelassen. Du und ich, wir kennen uns doch schon so lange.«

Aber jetzt hatte ich den Bogen vielleicht überspannt. Len sah mich mit zusammengekniffenen, argwöhnischen Augen an.

Aufgespürt hatte ich ihn schließlich auf dem Areal des Wohnbauprojekts in Brittany Heights – einer Hügelkette ohne Bäume und Sträucher, draußen im Baltimore County. Bei allen abfälligen

Bemerkungen über Lens berufliche Tätigkeit hatte ich tatsächlich noch nie ein Projekt von ihm gesehen. Das hier hatte etwas Geisterhaftes: brandneue, pastellfarbene Stuckschlösser, verstreut über welliges Wiesenland, ohne erkennbare Straßen und Zufahrten und ohne irgendein Anzeichen von Leben in ihnen oder um sie herum. Da gab es Türmchen, Zinnen und Bogentüren. Auf dem krenelierten Dach des Musterhauses, vor dem wir standen, flatterte ein Wimpel. Es war, als ob wir uns in eine Gegend mit lauter Miniaturkönigreichen in Hörweite der Autobahn verirrt hätten.

»Ich mach mal 'n Vorschlag«, sagte Len, klappte den Katalog zu und gab ihn mir zurück. »Ich schlage vor, wir einigen uns auf ›mangelhaft‹, aber ich lege noch tausend Dollar drauf, weil du's bist.«

Der Listenpreis für eine Sting Ray in mangelhaftem Zustand war viertausendfünfhundert Dollar. Ich schüttelte den Kopf.

»Zweitausend?«

»Tut mir leid«, sagte ich. Ich warf den Autoschlüssel in die Luft, fing ihn wieder auf und wandte mich zum Einsteigen um. »Sag nicht, daß ich dir keine Chance gegeben hätte«, warf ich ihm über die Schulter zu und rutschte hinters Lenkrad.

»Warte mal, Barn!« Er grapschte nach der Autotür und hielt sie fest. »Wo willst du hin?«

»Zum Händler«, sagte ich.

»Wieso hast du's denn so eilig? Wir haben doch gerade erst angefangen, miteinander zu reden!«

»Hey, Mann«, sagte ich, »wer zögert, hat verloren.« Und ich griff nach der Autotür, um sie zuzumachen, aber er ließ sie nicht los.

»Also gut«, sagte er und stieß einen Seufzer aus, der zu verstehen gab, daß er das Opfer eines Halsabschneiders geworden war. »Nur weil du's bist, sagen wir ›zufriedenstellend‹.«

Zufriedenstellend bedeutete zehntausend Dollar. Ich hörte auf, an meiner Autotür zu zerren.

Zwischen dem Tag, an dem wir uns auf den Verkaufspreis einigten, und dem Tag der Schlüsselübergabe lagen etwa zweieinhalb Wochen – Zeit genug für den Papierkrieg –, aber ich hatte bereits das Gefühl, daß mir das Auto gar nicht mehr richtig gehörte. Meinen Augusttrip nach Philadelphia zum Beispiel machte ich zusammen mit Sophia per Bahn, weil ich mir die Ironie des Schicksals vorstellen konnte, daß ich, das Geld in greifbarer Nähe, auf der I-95 einen Totalschaden baute. Und jedesmal, wenn ich durch die Stadt fuhr, war mir mehr als sonst der würzige Geruch des sonnendurchwärmten Wageninneren und die einzigartige Kurvatur der Lenkradspeichen gegenwärtig. Ich war nie ein Autonarr gewesen, hatte nie alle Modelle im Kopf gehabt wie viele von meinen Freunden; doch jetzt erkannte ich, daß ein Sting Ray einen eigenen Charakter hatte. Draußen auf freier Straße summte er wie eine Hummel. Mit dem nachgerüsteten Kühlergrill und den seitlichen Lüftungsschlitzattrappen an der Motorhaube, Dingen, die von einer kaum zu bändigenden Kraftentfaltung sprachen, erinnerte er mich an ein prahlerisches kleines Kind.

Pop-Pop sagte ich zunächst noch nichts von dem Geschäft. Ich wollte es ihm erst erzählen, wenn die Sache über die Bühne war, damit er mir nicht mehr in die Parade fahren konnte.

Am zweiten Samstag im September – einem milden, feuchtwarmen grauen Morgen, so einem Tag, an dem man sich nur schwer zu irgend etwas aufraffen kann – fuhr ich zu Lens Terrassenwohnung. Martine kam mit dem Transporter hinter mir her, damit ich eine Rückfahrgelegenheit hatte. Die ganze Transaktion fand vor dem Haus am Gehweg statt – Len ging ein paarmal um das Auto herum, blieb dann stehen und strich mit dieser selbstgefälligen, besitzergreifenden Art über den einen Kotflügel, die mir auf die Nerven ging. Er war schon in seinem Wochenendoutfit: Polohemd, Khakihosen, Segelschuhe ohne Socken. Ich konnte seine arrogant hochgestriegelten Haare nicht ausstehen. Und als er einstieg und den Motor anließ, kam es mir so vor, als ob er das ganz verkehrt machte. Das erste leise Surren fehlte; er war zu hastig. Ich rief: »Vorsicht, da –«

Aber Martine, die, beide Hände in den Gesäßtaschen vergraben, in meiner Nähe rumhing, sagte: »Laß los, Barnaby«, und das tat ich.

Auf dem Weg zum Pickup fragte sie mich, ob ich fahren wollte, aber ich hatte keinen Bock darauf. Ich hockte zusammengesunken auf dem Beifahrersitz von dem Transporter – *unserem* Transporter, wozu auch immer das gut sein mochte, mit seinen speckigen Kunststoffsitzen und den angeschmutzten weißen Pelzwürfeln, die vom Rückspiegel herabhingen – und ich sagte Martine alles, was ich an Len Parrish nicht ausstehen konnte. »Ich mache ihm keinen Vorwurf, daß er mich die Sache allein hat ausbaden lassen«, sagte ich. »Es hätte mir nichts genützt, wenn sie ihn auch geschnappt hätten; davon rede ich gar nicht mehr. Aber daß er jetzt so auf dem hohen Roß sitzt. Daß er gemeinsam mit meiner Mutter die Nase über mich rümpft und daß er Sophia die Sache mit dem Schnüffelnaseneinbrecher erzählt hat. Wo er doch mit dabei war! Wo er doch selber Dreck am Stecken hat!«

»Laß los«, sagte Martine wieder und machte den Blinker an.

»Du hast ja gesehen, wie er sich heute morgen aufgeführt hat. So ganz Mr. Cool – so desinteressiert. Ich mach dich mit ihm bekannt, er sagt: ›Ah-hah‹ und sieht dich dabei nicht mal an; muß sich als erstes das Auto beglotzen. Noch nicht mal 'n kurzen Blick in deine Richtung.«

Verstohlen warf ich jetzt selbst einen Blick zu ihr hinüber. Sie saß auf dem Kissen, das sie beim Autofahren immer unterlegte, und klopfte mit einem Finger aufs Lenkrad, während sie darauf wartete, daß die Ampel umsprang. Ihr Profil war vogelschnabelartig vorgereckt, reglos und unverwandt auf das Signallicht in der Höhe fixiert.

Martine und ich hatten seit kurzem einen neuen Umgangsstil. Wir vermieden sorgfältig alle Berührungen, auch zufällige, und jeden allzu direkten Blickkontakt. Unser Umgangston war locker und flapsig wie jetzt: »Und?« sagte Martine. »Das is'n Arschloch. Jetzt hör auf mit dem Quatsch, Gaitlin.« Und sie haute den Gang rein und bog mit Vollgas links ab, bevor der Gegenverkehr in Bewegung kam.

Vielleicht sollte ich etwas sagen. Die Sache offen zur Sprache bringen. Aber wie sagt man so was? ›Hey, is' ja gut, wir zwei haben 'ne Dummheit gemacht. Aber dadurch ändert sich doch nichts zwischen uns, oder? Können wir jetzt nicht einfach die Löschtaste drücken, und alles ist wieder so wie vorher?‹

Aber ich sagte nichts, und sie sah unverwandt geradeaus. Sie schien mit Hilfe ihrer Nase zu fahren. Beide Hände umklammerten das Lenkrad; an einem Handgelenk baumelte an dem braunen Lederband ihr Haustürschlüssel. Mir fiel etwas ein. Ich sagte: »Der Schlüssel.«

»Was für'n Schlüssel?«

»Der Schlüssel von der Corvette. Ich hab ihn an dem Anhänger gelassen. Ich hab ihm den Schlüssel mit dem Anhänger gegeben, mit dem Chevyanhänger, den ich von Pop-Pop gekriegt habe, als er mir den Wagen überschrieben hat.«

»Na und? Du fährst jetzt 'n Ford. Was willst du da mit 'm Chevroletanhänger?«

Sie hatte recht. Ihrer Logik ließ sich nicht widersprechen. Aber ich hatte den Anhänger sehr lange bei mir gehabt. Das Kunststoffglas war so gelb und stumpf geworden, daß man die beiden gekreuzten Flaggen darunter kaum mehr erkennen konnte. In Momenten der Anspannung fuhr ich mit dem Daumen darüber, wie ich früher in meinem Kinderbett immer über die Satineinfassung meiner Zudecke gestrichen hatte. Der Gedanke, daß Len das jetzt machte, brachte mich um.

Am Montag abend schaute ich bei meinen Eltern vorbei und wählte mir dazu einen Zeitpunkt, wo sie nach meiner Berechnung beide zu Hause sein mußten. Sophia hatte angeboten mitzukommen, aber ich hatte folgendes Bild im Kopf: Ich stehe in der Eingangshalle Mom und Dad gegenüber, ziehe das Geld aus Opals Klammer und sage: »Hier. Ich wollte das nur schnell vorbeibringen.« Und dann lege ich es auf Moms ausgestreckte Hand und gehe wieder. Sophia kam in diesem Bild nicht vor, was kein Affront sein sollte. Ich mußte das allein erledigen.

Aber solche Sachen hauen nie so hin, wie man sich das denkt. Zunächst einmal stellte sich heraus, daß siebenundachtzig Hundertdollarscheine aufeinandergelegt ein Bündel ergaben, das zu dick für eine Geldklammer war. Ich mußte den Kassierer bitten, es mit einer von seinen Papierbanderolen zu umwickeln. Und als ich zu Hause ankam, erschienen nicht meine Eltern entgegenkommenderweise beide zusammen an der Tür. (Wann taten sie das überhaupt jemals?) Es erschien einzig meine Mutter mit einem schnurlosen Telefon in der Hand und ihr Gespräch sogar fortsetzend, während sie mich einließ. Ihre Lippen formten den Namen »Wicky«, bevor sie kehrtmachte. Folglich konnte ich nicht in der Eingangshalle bleiben. Ich mußte ihr wohl oder übel ins Wohnzimmer folgen, mich auf die Couch setzen und warten, bis sie ihr Gespräch beendete.

»Also, ich muß schon sagen«, sagte sie zu mir, während sie die Gesprächstaste drückte. »Ich weiß, ich hab mir geschworen, mit meinen Schwiegertöchtern keinen Krach anzufangen, aber das ist manchmal gar nicht so einfach.« Sie wandte sich zur Treppe und rief: »Jeffrey?«

»Was ist?« kam es nach einigen Augenblicken schwach zurück.

»Dein Sohn ist da.«

»Welcher Sohn?«

»Der schlechte«, rief ich, nur um ihr die Mühe zu ersparen.

Mom verdrehte die Augen gegen mich und setzte sich in den Sessel links von mir. Sie hatte die Hosen an und das weiße Herrenhemd, die sie gewöhnlich beim Gärtnern trug. (Ich hatte sie mir irgendwie etwas rausgeputzter vorgestellt. Mom in ihrem Outfit für die Soignierte Guilforder Dame, Dad im Anzug. Wie ein Puppenstubenpaar, Hand in Hand in der Tür.) »Wie geht es Sophia?« wollte sie wissen.

»Gut.«

»Warum hast du sie nicht mitgebracht?«

»Oh, ähm –«

»Sophia würde sich nie so aufführen wie Wicky«, sagte sie. »Sophia ist so rücksichtsvoll.« Und dann begann sie über Wicky herzuziehen und ihren Plan, für Dad eine Geburtstagsparty zu geben. »Ich habe zu ihr gesagt: ›Wir möchten auf gar keinen Fall, daß du dir irgendwelche Mühe machst, Wicky‹, und sie hat gesagt: ›Oh, das macht mir doch überhaupt keine Mühe‹, und jetzt weiß ich auch, warum. Denn zuerst hat sie gesagt, daß ich mich nur an den gedeckten Tisch zu setzen brauchte, und dann hat sie gesagt, na ja, daß ich ja vielleicht meinen Artischockendip machen könnte und außerdem noch –«

»Wem gehört denn der Transporter draußen in der Einfahrt«, wollte mein Vater wissen. Er kam ins Wohnzimmer mit einer Zeitschrift in der herabhängenden Hand, den Zeigefinger als Lesezeichen zwischen den Seiten. Er war noch im Anzug, aber ohne Krawatte und trug keine Schuhe, sondern seine Samtpantoffeln. »Der rote Pickup«, sagte er zu mir. »Bist du damit gekommen?«

»Ja, ähm –«

»Du hast vergessen, die Scheinwerfer auszumachen.«

»Oh, ich bleib sowieso nicht lange«, sagte ich.

»Jetzt renn doch nicht gleich wieder weg«, rief meine Mutter. »Bleib zum Essen! Es gibt Krabbensalat. Es ist reichlich da.«

»Danke, aber ich hab schon gegessen«, sagte ich. »Ich bin nur schnell vorbeigekommen, um –«

»Du hast schon gegessen? Zu Abend gegessen?« fragte sie. Sie warf einen Blick auf ihre Armbanduhr. »Es ist noch nicht mal halb acht.«

»Stimmt.«

»Gott, Barnaby. Wie bist du unkultiviert!«

Ich sah sie an. Ich sagte: »Wie kommst du denn darauf?«

»*Wir* essen immer um acht«, sagte sie.

»Speisen«, sagte ich.

»Wie bitte?«

»Ihr *speist* immer um acht. Das hast du doch sagen wollen.«

Sie richtete sich in ihrem Sessel kerzengerade auf. »Ich verstehe nicht –«

»Grannie und Pop-Pop speisen allerdings um halb sechs«, sagte ich, »und was für sie richtig ist, kann für mich nicht falsch sein.«

»Natürlich nicht!« sagte Dad. Er beugte sich vor und legte die Zeitung auf den Couchtisch, als ob er zu dem Schluß gekommen wäre, daß die Situation seine ungeteilte Aufmerksamkeit verlangte. »Aber wir könnten doch zusammen einen Drink nehmen«, sagte er. »Vielleicht einen Scotch? Oder ein Glas Wein?« Er rieb sich die Hände.

»Nein, wirklich, ich bin nur gekommen, euch das hier zu geben«, sagte ich und griff nach meiner Jeansjacke, die auf meinen Knien lag. Es war draußen noch nicht so kalt, daß man eine Jacke anziehen mußte, aber ich hatte etwas mit möglichst geräumigen Taschen gebraucht. »Hier«, sagte ich. Ich zog den Packen Geldscheine heraus, beugte mich vor und legte ihn meiner Mutter auf den Schoß.

Sie starrte darauf herunter. Mein Vater hörte auf, sich die Hände zu reiben.

»Ich verstehe das nicht«, sagte meine Mutter.

»Was gibt's da nicht zu verstehen?« fragte ich sie.

»Na ja, was *ist* das?« fragte sie.

»Das sind achttausendsiebenhundert Dollar, Mom. Da muß es doch bei dir klingeln.«

Sie sah hoch zu meinem Vater. Der blickte in einem Anfall von Geistesabwesenheit über ihren Kopf hinweg ins Leere.

»Aber... ist das dein Geld?« fragte sie. »Wo hast du das her? Und auch noch in bar. Wie kann man mit soviel Bargeld in der Tasche in Baltimore herumlaufen! Es würde mich ja interessieren, wie du an soviel Geld herangekommen bist.«

»Das war überhaupt kein Problem«, sagte ich. »Nur als die Farbbeutel geplatzt sind, hat's 'ne Riesensauerei gegeben.«

»Nun mal im Ernst, Barnaby. Hast du irgendwas angestellt?«

Komisch, daß mir nie der Gedanke gekommen war, daß sie darauf als erstes verfallen würde. Ich schnaubte verächtlich. Ich sagte: »Keine Sorge. Es ist alles legal. Ich hab Len Parrish die Corvette verkauft.«

»Was, du hast die Corvette verkauft?« fragte mein Vater, plötzlich wieder präsent. »Mein Sohn«, sagte er, »ob das eine kluge Entscheidung war?«

Ich hatte keine Lust, mich auf eine Diskussion einzulassen. Ich sagte zu Mom: »Du kannst es ruhig nachzählen. Überzeug dich davon, daß ich dich nicht übers Ohr haue.«

Einen Augenblick dachte ich, sie würde es tatsächlich tun. Sie nahm die Scheine ganz behutsam in die Hand und drehte sie um. Aber dann sagte sie: »Das ist schon in Ordnung.«

Als ich auf der Bank das Bündel Geld bekam, war es mir so dick vorgekommen, doch jetzt überraschte es mich, wie dünn es eigentlich war. All die Jahre hatte sich dieses Geld zwischen uns aufgetürmt. Ich dachte an die Anspielungen und Vorwürfe von Mom, an ihr Ich-kann-mir-dies-nicht-Leisten, Ich-kann-mir-das-nicht-Leisten und daran, wie sie im ostentativen Vollgefühl ihres Rechts ihre Nase jederzeit unverfroren in meine Geldangelegenheiten gesteckt hatte. Ich dachte an den Traum, den ich früher gehabt hatte, daß sie mir nach meiner Hochzeit oder nach der Geburt meines ersten Kindes die Schuld erlassen würde. Und dabei war es so ein unscheinbares Päckchen! Zugegeben, es war eine Menge Geld – zumindest für mich –, aber hätte man nicht eigentlich erwarten können, daß ich damit schon früher überkomme?

Ich sagte: »Na schön. Dann sind wir also quitt, und die Sache ist erledigt?«

»Ich denke schon«, sagte meine Mutter mit schwacher Stimme.

Da hätte irgendwie schon etwas mehr kommen können. Mehr

Glück, mehr Erleichterung, was weiß ich. Ich stand auf. Ich sagte: »Also, ich geh dann mal.«

Meine Mutter blieb sitzen. Dad brachte mich zur Tür.

Mit Mrs. Glynn hatte ich, nachdem sie ihre Beschuldigung gegen mich vorgebracht hatte, einen Monat lang nichts mehr zu tun. Sophia auch nicht (sie würde nie wieder ein Wort mit ihr reden, sagte sie), aber ich hörte über Ray Oakley ein wenig von Mrs. Glynn. Er ging an meiner Stelle zu ihr. Er sagte, sie hätte die Arbeitszeit bei ihr auf eine Wochenstunde reduziert, und selbst in der Zeit bekäme er sie kaum zu sehen. »Ich tu mein Möglichstes, ihr aus dem Weg zu gehen«, sagte er. »Ich hab Angst, daß sie sagt, *ich* hätte sie auch bestohlen.«

Ich für meinen Teil dachte kaum noch an sie. Sophia fand das unglaublich nachsichtig von mir, doch es hatte eher damit zu tun, daß ich einfach dachte, man bekommt für alles früher oder später seine Rechnung präsentiert. Betrachten wir's einmal so: Ich hätte wahrscheinlich 'ne Weile im Gefängnis gesessen, wenn meine Eltern nicht reich gewesen wären. Und selbst reiche Eltern hätten mir nicht helfen können, wenn jemand dahintergekommen wäre, daß ich in der Nacht von meinem sechzehnten Geburtstag einen Buick Kabrio gestohlen hatte. Darum war gewissermaßen ausgleichende Gerechtigkeit im Spiel, wenn Mrs. Glynn mir etwas anhängte, was ich nicht getan hatte.

Selbst daß ich meine Corvette los war: ausgleichende Gerechtigkeit sozusagen.

Ich hatte noch immer Sophias Porzellanschühchen. Eines Abends brachte ich es zurück und stellte es zwischen den Krimskrams auf dem Kaminsims; da gehörte es zwar nicht hin, aber falls sie sein Fehlen in der Zwischenzeit bemerkt hatte, sollte sie denken, sie selbst habe es auf den falschen Platz gestellt. Ich glaubte aber nicht, daß sie es bemerkt hatte. Ich kam mir schlau, geschickt und durchtrieben vor, während ich den Schuh geräuschlos zwischen eine Messinguhr und eine Noppenglasvase stellte.

Ich schob die Hände in die Taschen meiner Jeans und entfernte mich pfeifend.

Mrs. Glynns Anschuldigung war also nicht ganz unberechtigt.

An einem Freitagnachmittag gegen Ende September rief sie mich an. »Barnaby Gaitlin?« sagte sie – ein vorlautes Alte-Damen-Stimmchen. Aber ich kannte so viele alte Damen, daß ich zunächst nicht drauf kam, wer sie war. Ich sagte in unverbindlichem Ton: »Ja?« Wenn man mich direkt anrief, ging es gewöhnlich um eine Beschwerde.

»Hier ist Grace Glynn.«

Ich war auf einmal hellwach.

»Sophias Tante«, sagte sie zur Erinnerung.

»Ja«, sagte ich.

»Wie *geht* es Ihnen?« fragte sie.

»Gut.«

»Die Arbeit läuft zufriedenstellend?«

Ich wartete ab, worauf sie hinauswollte.

»Ich frage mich«, sagte sie nach einer Pause, »sind Sie wohl so lieb, heute abend mal zu mir nach Hause zu kommen?«

»Zu Ihnen nach Hause?«

»Ich wollte nur ein wenig mit Ihnen plaudern, es dauert bestimmt nicht lange.«

Ich sagte: »Ich glaube, da muß ich passen, Mrs. Glynn. Trotzdem vielen Dank.«

»Bitte! Bitte, bitte!«

»Tut mir leid«, sagte ich und legte auf.

Irgendwo hatte meine Nachsicht auch ihre Grenzen.

Als das Telefon nach ein paar Minuten wieder klingelte, ließ ich meinen Anrufbeantworter rangehen. Aber diesmal war's Sophia. »Barnaby, ich wollte fragen, ob –«

Ich nahm den Hörer ab. »Hi«, sagte ich. »Ich siebe unerwünschte Anrufer aus. Du rätst nicht, wen.«

»Tante Grace«, sagte Sophia.

»Nanu. Du wußtest, daß sie angerufen hat?«

»Sie hat mich auch angerufen. Ich hab gerade eben aufgelegt.«

»Was führt sie denn jetzt wieder im Schilde?« fragte ich.

»Das hat sie mir nicht gesagt, aber wir werden's heute abend wohl erfahren.«

»Wir?«

»Ich hab ihr gesagt, daß wir vorbeikommen.«

»Ohne mich«, sagte ich.

»Ach, Barnaby, bitte!«

Sie hatte eine ganz andere Stimme als ihre Tante – fester und viel tiefer –, nur die zum Ende hin steigende Satzmelodie war die gleiche. »Ich glaube, sie will sich entschuldigen«, sagte Sophia.

»Von Entschuldigen hat sie zu *mir* nichts gesagt.«

»Aber warum lädt sie uns sonst ein?«

»Vielleicht, um mich verhaften zu lassen«, sagte ich.

»Red keinen Unsinn. So wie sie es ausgedrückt hat, will sie mit uns ›plaudern‹. Sie hat gesagt: ›Ich weiß, daß ihr sehr böse auf mich seid. Aber bitte, bitte kommt beide her, damit wir miteinander plaudern können.‹«

»Sie plant 'ne Art Angriff aus dem Hinterhalt«, sagte ich. »Hinter ihrer Zimmerpalme lauert 'n Kopfgeldjägertrupp auf mich.«

Sophia lachte, aber es war ein pflichtschuldiges Lachen, als ob sie mit ihren Gedanken ganz woanders wäre. »Wie hätte ich ihr das abschlagen können?« fragte sie. »Also hab ich zugesagt.«

»So geht das nicht, Sophia. Dazu hattest du kein Recht.«

»Ja, aber Liebling, sie ist meine Tante!«

Ich schwieg einen Moment. Ich möchte ja nicht als Paranoiker dastehen, doch mir ging kurz durch den Kopf, daß Sophia möglicherweise mit ihr unter einer Decke steckte, was immer die vorhaben mochte. Ich wußte, daß Sophia dazu eigentlich zu redlich war, aber trotzdem war da einen winzigen Moment lang dieser Zweifel. Unterdessen war offenbar ein anderes Gespräch in unsere Leitung geraten – weit entfernte, undeutliche Stimmchen, eine Frau plapperte drauflos, und eine andere Frau lachte. Die beiden klangen so unbeschwert. Ich hatte das Gefühl, als ob wir nicht nur mit einem anderen Gespräch, sondern auch mit einer anderen Zeit verkoppelt wären, einer einfacheren und unschuldigeren Epoche, während ich hier in meinem verfahrenen, verworrenen Leben steckte.

Ich sagte zu Sophia: »Also gut, mein Schatz. Dir zuliebe.«

Sie sagte: »Oh, danke! Vielen Dank, Barnaby!«

»Aber wir bleiben nur 'n Moment«, sagte ich.

»Ganz bestimmt.«

»Nur so lange, daß es nicht unhöflich wirkt, damit's nicht zu Mißhelligkeiten zwischen Verwandten kommt.«

»Klar.«

Als ich auflegte, kam ich mir vor wie ein Schwindler. Nun mal ehrlich: Nichts konnte mir gleichgültiger sein als ihr Verhältnis zu ihren Verwandten. Insgeheim stellte ich mir vor, daß Mrs. Glynn sich wirklich bei mir entschuldigte. Und wenn schon, denn schon: warum nicht alle andern auch? Die Amberlys und die Royces und Mr. McLeod mit seiner chinesischen Figur. Ich malte mir aus, wie sie sich in Mrs. Glynns Wohnzimmer in einer Reihe aufstellten, um – was eigentlich zu sagen? Nicht, daß sie mich zu Unrecht beschuldigt hatten, soviel konnte ich nicht erwarten. Aber vielleicht, ja, daß sie überreagiert hatten oder daß sie versäumt hatten, mildernde Umstände gelten zu lassen. Oder daß sie mich trotzdem irgendwie mochten. Was weiß ich.

Verabredet war, daß ich zu Sophia fahren würde, wenn sie von der Arbeit nach Hause gekommen war, und dann zusammen mit ihr weiterfahren würde zu Mrs. Glynn. Doch Martine verspätete sich mit dem Transporter; sie hatte irgendwo noch einen Auftrag zu erledigen. Ich mußte Sophia anrufen und sie bitten, mich abzuholen. Das war ihr nur recht, zweifellos fuhr sie sowieso lieber mit ihrem Saab als mit meinem rüttelnden, schüttelnden Transporter – doch mich machte es fuchsteufelswild. In den zwei Wochen, seit ich die Corvette los war, hatte mich Martine dreimal ohne fahrbaren Untersatz sitzenlassen, und ich mußte mich zweimal von ihr zur Schnecke machen lassen, weil ich sie versetzt hatte. Außerdem hatten wir uns ja nun selbst dadurch in die Sackgasse manövriert, daß wir beständig im Tandem eingesetzt wurden. Mrs. Dibble hatte uns aus irgendeinem Grund schon immer gern zusammengespannt, aber jetzt war es noch schlimmer. Bei jedem Auftrag mußte berücksichtigt werden, daß Martine und ich zusammen ein Auto fuhren, obwohl wir acht Kilometer voneinander entfernt wohnten und uns nicht mehr riechen konnten. Wie war ich nur auf die Idee gekommen, mich auf eine solche Vereinbarung einzulassen?

Und mein armes kleines Auto, mein verschollenes kleines Auto. Dieses Auto – so verlottert und abgerissen – verkörperte geradezu meine Identität. Ich hätte mich nie im Leben von Martine beschwatzen lassen dürfen, es zu verkaufen.

Hier zeigt sich, was ich meine, wenn ich sage, daß mein Leben verfahren ist.

Sophia trug noch ihr Nahkampfoutfit für die Bank, als sie bei mir ankam; ich dagegen hatte Jeans und einen ausgeleierten schwarzen Pullover an. Kam gar nicht in die Tüte, daß ich mich für diesen Anlaß in Schale warf. Ich stieg zu ihr ins Auto und lehnte ihr Angebot, mich fahren zu lassen, ab. »Drück einfach auf den Pinsel und laß es uns hinter uns bringen«, sagte ich.

Sie sagte: »Hör zu, Barnaby, versprich mir, daß du nett zu ihr bist.«

»Habe ich gesagt, daß ich nicht nett sein will?«

»Sie ist nur eine hilflose alte Dame. Versprich mir, daß du das nicht vergißt.«

Aber so, wie die Dinge liefen, war es offenbar Sophia, die das vergaß.

Oh, am Anfang war sie ziemlich freundlich. Sie drückte ihre Wange an die ihrer Tante und sagte ihr, wie hübsch sie aussah. Mrs. Glynn trug ein Seidenkleid mit einem weiten Oberteil, dazu, mehrfach um den Hals geschlungen und ihr trotzdem bis zu den Knien reichend, eine Perlenkette, mit der sie hätte seilspringen können. Ich hatte sie noch nie mit Schmuck gesehen, ebensowenig in Lederpumps an Stelle der Turnschuhe. Und Tatters kläffte wütend im Wohnzimmer. Ich hatte vorher nur einmal erlebt, daß er eingesperrt war, als der Pfarrer zu Besuch kam.

»Wie geht's dir so, Tante Grace?« fragte Sophia. »Was macht deine Schleimbeutelentzündung?« Als wären sie ein Herz und eine Seele. Das ging mir einigermaßen auf den Geist, das kann man mir glauben. Als wir uns hinsetzten, entschied ich mich für einen Schaukelstuhl und nicht für meinen üblichen Platz neben Sophia auf der Couch. Ich klemmte die Hände zwischen die Knie und sah verdrießlich zu, wie Mrs. Glynn es sich in ihrem Lieblingssessel bequem machte.

»Was für eine schlechte Verbindung?« sagte sie zu Sophia. »Ich weiß nicht, was du meinst. Ich habe dich sehr gut verstanden.«

Das führte zu einem kurzen, betretenen Schweigen, bis sich Sophias Stirn wieder glättete und sie sagte: »Ich sagte Schleimbeutelentzündung, nicht schlechte Verbindung.«

»Ach, meine Schleimbeutelentzündung. Oh, die ist ganz reizend«, sagte Mrs. Glynn seltsamerweise. Sie schlang die Finger ineinander und beugte sich in meine Richtung. »Ich glaube, wir haben nicht mehr miteinander gesprochen, Barnaby, seit ich entdeckt habe, daß ich bestohlen worden bin.«

»Nein«, sagte ich, »das haben wir nicht.« Ich war irgendwie verlegen, weiß Gott, warum.

»Es war natürlich ein *äußerst* mißlicher Vorfall. Äußerst mißlich. Aber Sie wissen ja, was ich immer sage: Geld ist schließlich nur Geld.«

Ich hatte sie noch nie etwas Derartiges sagen hören, aber ich nickte.

»Letzten Endes kommt es doch auf das Menschliche an. Meinen Sie nicht auch?«

»Na ja ...«

»Meine Nichte hält große Stücke auf Sie. Ich kann das verstehen und goutieren. Und Ray Oakley arbeitet nicht halb so gut wie Sie. Ich schlage vor, wir lassen das Vergangene ruhen.«

Ich war noch nicht fertig mit meiner Computeranalyse ihrer Worte, da wechselte Sophia schon die Tonart: »Das schlägt doch dem Faß den Boden aus!« sagte sie zu ihrer Tante.

»Wie bitte?« sagte Mrs. Glynn.

»Wir lassen das Vergangene ruhen! Ich muß schon sagen, du bist wirklich großzügig!«

»Bitte, Liebes?«

Ich sagte: »Sophia –«

»Das reicht bei weitem nicht aus, Tante Grace. Du mußt dich bei Barnaby entschuldigen. Ausdrücklich und in aller Form entschuldigen.«

»Sophia, es ist okay«, sagte ich.

Ich fühlte mich irgendwie geschmeichelt. Aber ich sagte: »Wir reden einfach nicht mehr darüber. Ist ja keine große Sache.«

»Na, wunderbar«, sagte Sophias Tante zu mir. »Dann darf ich also damit rechnen, daß Sie wieder regelmäßig zu mir kommen?«

»Nein, du darfst *nicht* damit rechnen, daß er wieder regelmäßig zu dir kommt«, rief Sophia. »Er kommt nur über meine Leiche wieder regelmäßig zu dir!«

Ich sagte: »Liebling.« Ich wandte mich zu Mrs. Glynn: »Ich habe ... äh, leider überhaupt keine Termine mehr frei«, sagte ich. »Aber ich bin sicher, Ray Oakley –«

»Du hast das Geld gefunden, stimmt's?« sagte Sophia zu ihrer Tante.

»Was, Liebes?« fragte ihre Tante mit bebender Stimme.

»Du hast das Geld genau da wiedergefunden, wo du es versteckt gehabt hast, und jetzt traust du dich nicht, es uns zu sagen.«

Das schien mir eine allzu gewagte Unterstellung zu sein. Es lag näher, daß ihr einfach eingefallen war, daß ich nicht der einzige war, der ihr Versteck kannte. Ich sagte: »Auf jeden Fall –«

»Die unredlichste von uns dreien bist du«, sagte Sophia zu ihrer Tante. Zwei striemige rosa Flecken hatten sich auf ihren Wangen gebildet. »Du hast das Geld gefunden und willst es nicht zugeben. Ich wette, du hast noch nicht mal die Versicherung verständigt.«

»Im Gegenteil. Ich habe sie sofort verständigt«, sagte Mrs. Glynn. »Großer Gott, ich würde doch nie einen *Betrug* begehen.« Sie sprach sehr förmlich, sehr ruhig, wobei es ihr irgendwie gelang, die Lippen nicht zu bewegen.

Ich starrte sie an.

»Na bitte«, sagte Sophia zu mir und lehnte sich auf ihrem Sitz zurück.

»Ich weiß nicht, wie ich so vergeßlich sein konnte«, sagte Mrs. Glynn. Ein Streifen von überschüssigem Naß ruhte anscheinend auf dem Rand ihrer Tränensäcke. »Ich hab die Warnungen beherzigt, die ich von allen Seiten bekommen habe, versteht ihr? Jeder hat mich davor gewarnt, ich soll nicht allen Leuten auf die Nase binden, wo ich mein Geld aufbewahre. Deshalb hab ich es aus dem Mehlkasten herausgenommen und es woanders hingetan. Und ich will euch auch sagen, *wohin*: Ich hab's in die Tasche von meinem Winterbademantel gesteckt. Dann hab ich es einfach ... ich weiß nicht, ich werd wohl allmählich senil, ich hab's vergessen! Ich hab in den Mehlkasten reingeguckt und das Geld nicht mehr gesehen und hatte total vergessen, daß ich es selber herausgenommen habe! Ich hab hoffentlich nicht Alzheimer. Meint ihr, ich hab vielleicht Alzheimer? Es ist mir wochenlang nicht wieder eingefallen, aber heute morgen hab ich mir ein paar Wollsachen aus dem Mottenschrank geholt, weil sich das Wetter geändert hat, und da hab ich meinen Winterbademantel hängen sehen und hab gesagt: ›Großer Gott! Da hab ich ja mein Geld reingesteckt!‹ Ich bin ein Hohlkopf, Kinder. Ich bin ein vergeßlicher alter Hohlkopf.«

»Das kann doch jedem mal passieren«, sagte ich zu ihr. »Vergessen Sie's einfach.«

Ich warf Sophia einen Blick zu und wartete auf ihre Zustimmung, aber sie hatte so ein leeres Gesicht. »Hab ich nicht recht, Sophia?« fragte ich.

»Hmm?«

»So etwas haben wir doch alle schon mal gemacht, nicht?«

»Oh, ja ...«

»Ja, und wenn Sie Alzheimer haben, Mrs. Glynn, dann haben wir wahrscheinlich alle Alzheimer.«

Mrs. Glynn versuchte zu lächeln und versetzte damit das Naß über ihren Tränensäcken in bedenkliche Bewegung. Ich sagte noch mal: »Hab ich nicht recht, Sophia?«

»Doch«, stimmte sie nach einer kurzen Pause zu.

»Gut. Damit wäre die Sache erledigt«, sagte ich und stand auf. »Sie brauchen uns nicht zur Tür zu bringen. Wir finden alleine raus«, sagte ich zu Mrs. Glynn.

»Eine Maus?«

»Ich hab gesagt, *wir finden alleine raus*«, sagte ich.

»Ach so.«

Ich wollte verschwinden, bevor sie mich noch mal nach meinen Terminen fragen konnte. (Meine Versöhnungsbereitschaft hatte schließlich *Grenzen*.) Aber Sophia saß noch immer mit diesem leeren Gesicht auf der Couch. An der Tür sagte ich: »Sophia?«

Sie stand endlich auf und ebenso Mrs. Glynn. Sie küßten sich nicht zum Abschied. »Also, Tante Grace«, sagte Sophia nur, »nächstesmal bist du hoffentlich nicht so schnell damit bei der Hand, einen unschuldigen Menschen zu verdächtigen.« Und sie schob sich den Riemen ihrer Tasche über die Schulter. Mrs. Glynn stand stocksteif da, die Hände fest ineinander verknotet.

Ich hätte erwartet, daß Sophia sich freundlicher verhalten würde. Doch es gefiel mir irgendwie, daß sie es nicht tat.

Im Auto sagte ich: »Na! Es hat sich ja herausgestellt, daß du recht hattest mit deiner Vermutung, warum sie uns sehen wollte.«

»Ja...«, sagte Sophia. Sie machte keinerlei Anstalten, den Motor zu starten.

Ich sagte: »Wie wär's, wenn ich dich zum Essen einlade?«

»Zum Essen?«

»Was ist los, Sofe?« fragte ich. »Hast du irgendwas?«

Sie sah mich an. Sie sagte: »Ich hatte keine Ahnung, daß Tante Grace ihr Versteck gewechselt hat.«

»Tja, sie sollte es lieber gleich noch mal wechseln«, sagte ich, »weil sie schon wieder mindestens zwei Leuten von dem neuen Versteck erzählt hat.«

»Und deshalb hab ich das Geld in das alte Versteck gelegt«, fuhr Sophia fort, als ob ich gar nichts gesagt hätte.

»Was für Geld?« fragte ich.

»*Mein* Geld. Zweitausendneunhundertsechzig Dollar.«

Einen Augenblick mißverstand ich sie. Ich sagte: »*Du* hast das Geld gestohlen?«

Was natürlich Unsinn war, weil ja gar kein Geld gestohlen worden war, aber Sophia sagte nur: »Ich? Nein.« Sie ließ den Motor an, und wir fuhren los.

Ich sagte: »Fang von vorne an, Sophia.«

»Ich hab mich verantwortlich gefühlt, verstehst du?« sagte sie. Wir kamen an eine Kreuzung, sie bremste und sah mich an. »Mir war klar, daß Tante Grace es mir zur Last legt, daß ich dich ins Haus gebracht habe. ›Okay‹, hab ich mir gesagt, ›dann ersetz ich ihr einfach das Geld, das sie vermißt, von meinem Geld.‹ Deshalb hab ich's von meinen Ersparnissen genommen. Ich hab mich am letzten Dienstag krank gemeldet – da war Tante Grace bei der Fußpflege –, dann bin ich mit meinem Schlüssel zu ihr ins Haus reingegangen und hab das Geld in den Mehlkasten gelegt.«

»Aber wie soll sie sich das erklären? Erst fehlt das Geld, und dann ist es wie durch einen Zauber wieder da«, sagte ich.

»Das ist ihre Sache, wie sie sich das erklärt«, sagte Sophia.

»Und sicher haben die neuen Scheine andere Werte als die alten. Du hast die alten Scheine doch nie gesehen, oder? Du weißt nicht, ob es Zehner oder Fünfziger waren; du weißt nicht, ob sie mit einem Gummiband umwickelt waren oder ob sie in einem Umschlag oder einer Brieftasche steckten.«

»Nein, und das ist mir auch ganz egal«, sagte Sophia. Sie warf den Kopf so heftig zurück, daß eine Haarnadel aus ihrem Knoten flog und auf dem Rücksitz landete. »Ich wollte nur deinen unbescholtenen Namen wiederherstellen.«

»Na, *du* würdest vielleicht 'ne Kriminelle abgeben«, sagte ich.

Dann wurde mir klar, was mich störte; nicht die Logistik, nicht der Wert der Geldscheine, nicht das Gummiband ...

Ich sagte: »Du hast geglaubt, daß ich's getan habe.«

»Nein, nein«, sagte Sophia.

Hinter uns hielt ein Auto und hupte.

»Du hast tatsächlich geglaubt, ich hätte das Geld gestohlen.«

Sophia nahm den Fuß von der Bremse. Wir überquerten die Kreuzung, dann fuhr sie rechts ran und parkte. »So sieht es vielleicht aus, aber so ist es nicht«, sagte sie und sah mir ins Gesicht. »Ich konnte es nur nicht ertragen, daß sie dich verdächtigt hat, das ist alles.«

»Lieber Himmel, Sophia, willst du jetzt überall Geld verstekken, wo welches geklaut worden ist, während ich zufällig in der Nähe war?«

»Nein«, sagte Sophia, »weil ich kein Geld mehr zum Verstecken habe. Das waren meine gesamten Ersparnisse und das Gehalt für den nächsten Monat.«

Ich stützte den Kopf auf die Hände.

»Aber Barnaby! Das ist doch nicht weiter tragisch. Ich hol's mir einfach wieder, wenn ich nächstesmal bei ihr bin.«

»Sicher«, sagte ich. »Es sei denn, sie kommt in der Zwischenzeit auf die Idee, einen Kuchen oder sonst irgendwas zu backen, und findet dein Geld, bevor du es dir holen kannst.«

»Das tut sie ganz bestimmt nicht. Sie bewahrt ihr Mehl in der Tiefkühltruhe auf und nicht im Mehlkasten. Ich könnte mein Geld ewig da drin liegenlassen!« Dann breitete sich auf ihrem Gesicht ein Lächeln aus. »Weißt du, woran mich das erinnert?« sagte sie. »An die Geschichte von O. Henry, die Weihnachtsgeschichte. *Das Geschenk der Weisen.*«

»Wie kommst du denn darauf?« fragte ich.

»Ich meine, ich schenke dir etwas, und es stellt sich heraus, daß du gar nichts damit anfangen kannst. Und trotzdem war es nicht umsonst, denn es beweist, wie sehr ich dich liebe.«

»Hm«, sagte ich.

Ich muß zugeben, ich war gerührt. Noch nie hatte jemand so etwas für mich getan.

Ich sagte: »Aber schenken sich die beiden Personen in der Geschichte nicht gegenseitig etwas?«

»*Du* bist das Geschenk für mich, Barnaby«, sagte sie. Und als sie sich zu mir beugte und mich küßte, duftete sie nach Blumen, und ihre Lippen waren so weich wie Blütenblätter.

Manchmal dachte ich, daß ich von Anfang an recht gehabt hatte: Sophia war mein Engel.

11

In meiner Familie war es Tradition – ich meine meine eigene kleine gescheiterte Exfamilie –, daß Natalie mich an Opals Geburtstag erinnerte. Sie rief mich eine Woche vorher an und tat zweifellos ihr Möglichstes, um einen Moment zu erwischen, wo ich nicht zu Hause war, so daß sie eine Nachricht auf meinem Anrufbeantworter hinterlassen konnte. »Opals Geburtstag fällt dieses Jahr auf deinen Besuchstag, Barnaby«, lautete diesmal ihre Nachricht, »deshalb kannst du ihr dein Geschenk ja selber geben, statt es mit der Post zu schicken. Ich dachte nur, du wüßtest das sicher gern.«

Ich malte mir aus, wie sie sich zu ihrem Raffinement beglückwünschte. »Benimm dich einmal nicht wie der Rüpel, der du bist, und vergiß den Geburtstag deiner Tochter nicht«, waren ihre Worte, aber so wie sie herauskamen, klangen sie ganz nach Aufmerksamkeit und Fürsorge. Ich stellte mir vor, wie sich ihre Grübchen vor Genugtuung vertieften, während sie den Hörer auflegte.

Tradition war es auch, daß meine Geschenke sich immer als Katastrophe erwiesen. (Ein Goldfisch, der einging, ein Buch mit Geschichten, die Opal Alpträume machten, eine Bleistiftbox, an deren Verschluß sie sich so heftig den Daumen klemmte, daß sie weinen mußte.) Dieses Jahr bat ich Sophia, zusammen mit mir das Geschenk zu kaufen. Sie suchte einen Stoffigel aus – 'ne Art Stachelball mit Knopfnase –, und dann packte sie ihn für mich ein, fraglos schöner, als ich es gekonnt hätte, mit einer Satinschleife und einer silbernen Glückwunschkarte. Auf die Karte schrieb ich: »Herzlichen Glückwunsch zum Geburtstag von Barnaby und Sophia.« Daß ich Sophias Namen mit darunter gesetzt hatte, war spontan geschehen – ich hatte ihr einfach nur für ihre Hilfe danken wollen –, aber sie machte ein so glückliches Gesicht, als sie es sah, daß ich froh war, es getan zu haben.

Wir fuhren mit ihrem Saab nach Philadelphia, mit mir am Steuer bis zur Locust Street. Dort stieg ich aus, und sie fuhr weiter. »Also, wir sehen uns dann in drei Stunden«, sagte sie, denn sie übernachtete jetzt samstags nicht mehr bei ihrer Mutter. Sie hatte ihr eröffnet, daß sie jetzt ein Privatleben habe, um das sie sich kümmern müsse. »Nun gut«, hatte ihre Mutter geantwortet. »Wenn das so ist, dann sparst du dir doch am besten die Mühe, überhaupt noch zu kommen.« Aber Sophia kam trotzdem jeden Samstag, den Gott werden ließ, und setzte sich gelassen über die Launen und spitzen Bemerkungen ihrer Mutter hinweg. Sophia hatte so ein *sonniges* Gemüt. Sie ließ sich von anderen Menschen nicht aus der Ruhe bringen. Ich bewunderte das an ihr. Ich wollte, ich hätte sie zu Natalie mitnehmen können.

Aber es half nichts, ich mußte da alleine durch. Mußte allein vor Natalies Tür stehen wie ein armer Verwandter und in aller Ergebenheit darauf warten, daß jemand auf mein Klingeln reagierte. Gott sei Dank war es Opal, die an die Tür kam. Von Natalie keine Spur, aber sie mußte irgendwo in der Nähe sein, denn Opal rief: »Bis später, Mom«, bevor sie rauskam.

Sie hatte eine rosa Jacke an, die so neu war, daß ich von ihrem einen Ärmel ein Kontrollzettelchen abmachte, das noch daran hing. Darunter trug sie ein spitzenbesetztes Kleid, dazu weißgemusterte Strumpfhosen und Lackschuhe. Ich sagte: »Du siehst ja toll aus«, und sie verzog das Gesicht und sagte: »Ich mußte mich schon für meine Party anziehen. Die fängt um drei an.«

»Also, dann herzlichen Glückwunsch«, sagte ich und gab ihr mein Geschenk.

Dann stiegen wir in den Lift, der noch von meiner Fahrt nach oben dastand. Opal hielt sich die Schachtel mit dem Geschenk ans Ohr und schüttelte, aber sie machte sie nicht auf. Früher hatte sie sie immer sofort aufgerissen. Vielleicht hatte sie inzwischen resigniert.

»Mom und Dad haben mir ein Himmelbett geschenkt«, sagte sie, während wir nach unten fuhren.

Ich hatte nicht gewußt, daß sie ihn »Dad« nannte. Es versetzte mir einen Stoß.

»Der Himmel ist aus weißer Lochstickerei, und es hat eine dazu passende Tagesdecke mit Rüschen.«

Ich sagte: »Das ist ja –«, und dann konnte ich mich gerade noch bremsen, das Wort »toll« nicht zu wiederholen. Statt dessen sagte ich: »Achtung!« weil wir unten in der Eingangshalle angekommen waren.

»Ein professioneller Zauberer kommt, und hinterher gibt's 'ne Torte mit 'ner ganzen Ballettszene aus Zuckerwatte oben drauf.«

»Na, das ist ja –«

An der Ecke Locust und 17. Straße blieb ich stehen. Ich guckte zu Opal runter und sagte: »Wo wollen wir überhaupt hin?«

Sie zuckte die Achseln. Es war ziemlich kalt, deshalb konnte ich ihre Atemwölkchen sehen.

»Wir haben keinen Hund zum Ausführen, und zum Lunchen ist es noch zu früh.«

»Wir könnten uns im Park auf eine Bank setzen.«

Das kam mir ein bißchen einfallslos vor, aber ich sagte: »Einverstanden«, und wir setzten uns wieder in Marsch. Opal hielt das Geschenk in beiden Händen wie eine Kostbarkeit. Mir kamen leise Zweifel, ob es wirklich das Richtige war. Wahrscheinlich war ein Stofftier doch zu kindisch für sie. (Meine Mutter hatte einen Opal an einem Kettchen vorgeschlagen – den Geburtsstein des Monats Oktober. Martine war für ein Videospiel gewesen, aber ich dachte, das würde Natalie wahrscheinlich mißfallen.)

Im Park trafen wir auf das übliche Publikum – unrasierte Männer hingen schlaff auf den Bänken, reiche alte Damen führten im Trippelschritt winzigkleine zickige Köter spazieren, die besser angezogen waren als ich. Wir fanden eine leere Bank, und ich wischte die Blätter weg, damit wir uns setzen konnten. Opal plazierte das Geschenk mit penibler Präzision auf ihren Knien und ging dann daran, die Schleife aufzuknüpfen. Es war so eine rosettenförmige Schleife – ich war tief beeindruckt gewesen, daß Sophia so etwas hinbekam –, und das beste wäre gewesen, wenn Opal sie einfach von der Schachtel abgestreift hätte, aber nein, sie mußte sie aufknüpfen. Ich begriff, daß sie sich ebensosehr Gedanken machte, wie wir die Zeit totschlagen sollten, wie ich. Nachdem sie das Band entfernt hatte, wickelte sie es an der Hand auf und steckte es in die Tasche, und dann löste sie die Karte ab (nachdem sie zuvor den Klebstreifen zu einem Röllchen zusammengedreht und auch in die Tasche gesteckt hatte). »Herzlichen Glückwunsch zum Geburtstag von Barnaby und Sophia«, las sie laut vor. »Wer ist Sophia?«

»Sophia? Du erinnerst dich doch an Sophia. Die abends immer für uns gekocht hat, als du in Baltimore warst. Und die zusammen mit uns bei dem Baseballspiel war.«

Sie betrachtete die Karte noch einen Moment, dann legte sie sie zwischen uns auf die Bank und entfernte nun mit größter Sorgfalt das Einwickelpapier, ohne es auch nur im mindesten zu beschädigen. Heraus kam die Schachtel. Sie nahm den Deckel ab. Ich merkte, daß ich die Luft anhielt. Sie faltete das Seidenpapier auseinander und hob den Igel heraus. Ein armseliges kleines Ding, nicht größer als meine Faust. »Vielen Dank«, sagte sie und besah sich die Knopfnase.

»Also, ich wußte nicht, womit man dir zur Zeit eine Freude machen kann.«

»Der ist schön«, sagte sie.

»Ich kann ihn aber auch wieder mitnehmen und umtauschen, wenn du das lieber möchtest.«

»Nein, er ist super. Wirklich.«

»Also gut«, sagte ich.

Opal legte den Igel wieder in die Schachtel und machte den Deckel zu. Dann nahm sie die Glückwunschkarte wieder in die Hand und schaute sie sich noch einmal an. Drehte sie sogar um und schaute sich auch die Rückseite an, die leer war.

»So«, sagte sie. »Hast du und Sophia, ähm, habt ihr halbe-halbe gemacht, als ihr das gekauft habt?«

»Nein, sie hat mir eigentlich mehr beim Aussuchen geholfen.«

»Ah.«

»Du erinnerst dich doch an sie?« fragte ich.

»Klar«, sagte sie. Dann setzte sie hinzu: »Ich glaub schon.«

»Du glaubst? Du hast sie doch jeden Tag gesehen, als du bei uns warst. Oder fast jeden Tag!«

»Aber ich dachte, sie wär bloß irgend 'ne Frau«, sagte sie.

»Bloß irgend 'ne – ?«

»Ich meine, ist sie so was wie deine *Freundin*?«

»Ja, sicher«, sagte ich. »Ich dachte, du wüßtest das. Wir sind jetzt seit acht oder neun Monaten befreundet.«

»Befreundet wie verliebt?« fragte Opal.

»Hast du das nicht gemerkt?«

Sie schüttelte den Kopf. Sie machte wieder dieses starre, steinerne Gesicht, bei dem mir immer unbehaglich wurde.

»Ope?« sagte ich, »stört dich das?«

Sie schüttelte nur weiter den Kopf.

»*Mochtest* du Sophia nicht, Ope?«

Sie sagte: »Ich mochte sie schon.« Dann preßte sie die Lippen wieder fest aufeinander.

»Wo ist dann das Problem?«

»Es gibt kein Problem«, sagte sie. Sie stand auf und drückte die Schachtel an die Brust. Das Einwickelpapier segelte zu Boden, aber sie schien es nicht zu bemerken. »Können wir jetzt etwas essen gehen?« fragte sie.

»Essen? Ja, von mir aus«, sagte ich.

Obwohl es noch längst nicht Essenszeit war.

Ich bückte mich, hob das Papier auf und warf es in den Papierkorb. Dann verließen wir den Park und schlugen den Weg zu einer nahegelegenen Imbißstube ein, die ich kannte. Ich dachte, daß wir etwas bestellen konnten, was halb Lunch, halb Frühstück war – einen French Toast oder so was. Ich fragte mich, wie spät es wohl war. Ich versuchte immer wieder, einen Blick auf die Armbanduhren der Passanten zu erhaschen, aber sie trugen alle Klamotten mit langen Ärmeln, und ich hatte kein Glück.

Und dann, als wir gerade die Straße überqueren wollten, entdeckte ich Natalie. Sie stand in ihrem roten Mantel und einem langen schwarzen Schal an der gegenüberliegenden Straßenecke und hatte offenbar nicht bemerkt, daß die Fußgängerampel umgesprungen war, weil sie den Blick auf etwas links von sich gerichtet hielt. Ich weiß nicht, warum mich das so von der Rolle brachte. Das war schließlich die Gegend, in der sie wohnte. Wahrscheinlich machte sie noch ein paar Besorgungen kurz vor der Geburtstagsparty. Aber ich sagte mir im stillen: ›Was BEDEUTET das? Überall taucht sie auf‹–, als hätte sie sich nicht ein- oder zweimal in meinem Gesichtsfeld materialisiert, sondern jedesmal, wenn ich mich umsah, zwischen Sichtbarkeit und Unsichtbarkeit changierend wie ein reflektierender Gegenstand auf dem Grund eines Teichs. Ich blieb stehen und sagte: »Oh, sieh mal! Da ist –« Opal folgte mit den Augen meinem Blick, und sie sagte: »Mom.«

Wir gingen zu ihr hinüber auf die andere Straßenseite. Natalie schien nicht überrascht zu sein, uns zu sehen. Es gab offenbar nichts, was Natalie überraschen konnte. Sie musterte mich gelassen und hielt dabei, von dem Schal dazu genötigt, den Kopf sehr gerade, was ihr ein madonnenhaftes Aussehen verlieh. Ich sagte: »Hallo, Nat.«

»Hallo«, sagte sie. Ihr Blick richtete sich auf Opal. »Unterhältst du dich gut?« fragte sie.

»Mir ist kalt«, sagte Opal.

Das hörte ich in diesem Augenblick zum erstenmal und hätte das auch gesagt, wenn Natalie mir Unachtsamkeit vorgeworfen hätte. Doch sie sagte nur: »Was hast du da in der Schachtel?«

»Barnaby hat mir einen Igel geschenkt.«

»Aus Stoff«, erklärte ich, als ob das nötig gewesen wäre. »Kein lebendes Exemplar, ha, ha...«

»Soll ich die Schachtel mit nach Hause nehmen, damit du sie nicht mit dir rumschleppen mußt?«

Aber Opal drückte sie fester an sich und sagte: »Kann ich nicht mit dir kommen?«

Natalies Blick kehrte zu mir zurück.

Ich sagte zu Opal: »Ich dachte, wir wollten zusammen was essen gehen.«

»Ja, schon, aber mir ist so kalt«, sagte sie. »Und außerdem hab ich schon mein gutes Kleid an. Ich möchte es nicht bekleckern. Wir können ja vielleicht das nächstemal gehn. Wir gehn ein andermal! Ich versprech es dir!«

Noch eine Minute sahen Natalie und ich uns forschend an.

»Ein andermal. Na klar«, sagte ich schließlich.

Dann knuffte ich Opal leicht in die Schulter, um ihr zu zeigen, daß ich es ihr nicht übelnahm. Als ich mich aber zum Gehen wandte, rief sie mir trotzdem nach: »Du bist mir doch nicht böse, Barnaby, oder?«

Ich hob im Gehen den einen Arm und ließ ihn wieder sinken, ohne mich umzudrehen.

Zurück im Park setzte ich mich auf eine Bank und streckte die Beine aus. Es war *wirklich* kalt. Eine Frau in kariertem Cape und Hut fütterte die Eichhörnchen. Ein größerer Junge trabte vorbei, und ich sagte: »Heh, Kumpel? Haste mal 'ne Uhrzeit für mich?« Zu spät, ich sah, daß er einen Walkman aufhatte und mich nicht hören konnte. Ich kam mir irgendwie blöd vor mit dieser ins Nichts gesprochenen Frage.

Wahrscheinlich mußte ich zwei Stunden totschlagen. Oder sogar zweieinhalb, bevor ich wieder zurückgehen konnte zur Locust Street, wo Sophia mich abholte. Ich sollte doch in die Imbißstube gehen. Etwas Zeitaufwendiges bestellen. Doch stattdessen blieb ich genauso lethargisch sitzen wie die Männer auf den Bänken um mich her.

Es war nicht nur Opal, die mich beschäftigte.

Ich muß zugeben, daß Natalie die bedeutendere Rolle in meinen Gedanken spielte. »Könnte ich dein Interesse wecken für ein Glas Limonade?« hatte sie mich an jenem ersten Nachmittag gefragt, und ihr Gesicht war so friedfertig gewesen. Sie hatte sich so gerade gehalten. Ihr Blick war so unbeirrt gewesen. Aber nachdem wir eine Weile verheiratet waren, wurde sie reizbar und explosiv. Bei jeder kleinsten Kleinigkeit, die ich falsch machte, schon schossen wir hin und her durch die Wohnung. Und ich hatte wirklich ein Talent dafür, Dinge falsch zu machen. Und dann setzte so was wie 'ne irre Geschwisterrivalität ein, ich kann's nicht erklären. Ich mußte sie einfach ausstechen, mußte beweisen, daß mein unreflektierter, verantwortungsloser, ungehobelter Lebensstil besser war. Und dabei hatte ich sie doch geheiratet, weil *ihr* Lebensstil der bessere war. Wie manche Männer des Geldes wegen heiraten, hatte ich der Qualität wegen geheiratet. Was für eine Ironie, wenn man es sich überlegt.

Als sie mich verließ, dachte ich: ›Na, endlich!‹ Ich hörte auf, meine Kurse zu besuchen, fing an zu saufen und schlief bis mittags oder nachmittags, und niemand war da, der herumnörgelte oder sein Mißfallen zum Ausdruck brachte.

Heute ist mir klar, daß ich sogar ein bißchen gesponnen habe. Zum Beispiel war bei uns an der Küchenspüle so 'ne Schlauchbrause. Wenn das Wasser aus dem Hahn lief und man drückte auf den Knopf, dann hörte der Hahn auf zu laufen und die Brause ging an; und ich kann mich erinnern, daß ich viele Male dastand, den Knopf drückte und wieder losließ und so zwischen Hahn und Brause hin und her wechselte und staunte, wie höflich sie waren. So artig, so wohlerzogen. Ich dachte: ›In all den Jahren hab ich die Qualitäten lebloser Gegenstände unterschätzt.‹

Oder der Blick aus meinem Schlafzimmerfenster: Über die Straße hinter dem Haus neigte sich eine hohe, ausladende Fichte. Jeden Morgen beim Aufwachen fiel mir wieder auf, daß sie in haargenau dem gleichen Winkel seitwärts geneigt war wie die Kiefer auf den Autobahnschildern – den Schildern, auf denen ein

Baum und ein Tisch einen Picknickplatz anzeigen. Und jeden Morgen fragte ich mich von neuem, warum der Baum auf diesen Schildern seitwärts geneigt ist. Hatte das eine besondere Bedeutung? Versprach es Schutz und Sicherheit? Ich meine, ich dachte das *jeden beschissenen Morgen, den Gott werden ließ*. Versuchen Sie das mal 'ne Zeitlang. Mein Denken fuhr sich gewissermaßen in einer Spur fest und schliff die Spur immer tiefer aus, und ich kriegte es da nicht wieder raus.

Ab und zu brachte ich abends ein Mädchen mit nach Hause, und mit einer gekünstelten Nein-wie-interessant-Unterhaltung auf der Couch erledigten wir die Präliminarien, bis mich das Mädchen fragend ansah und ich mir ins Gesicht faßte und feststellte, daß meine Wangen naß waren. Es lief mir einfach nur Wasser aus den Augen. Ich benutze nicht das Wort Tränen, weil ich schwören könnte, daß ich nicht weinte. Aber *irgend* etwas führten meine Augen im Schilde.

Bei so vielen Dingen ging mein Körper anscheinend seine eigenen Wege, ohne mich zu fragen.

Nun ja, diese Phase ging mit der Zeit vorbei. Ich zog aus der Wohnung aus, nahm andere Lebensgewohnheiten an und vergaß Natalie total. Ich sah sie, wenn ich Opal abholte und wieder nach Hause brachte, aber sie spielte in meinem Innenleben eigentlich keine Rolle mehr. Jedenfalls nicht, soweit ich wußte. Nicht in meinem Bewußtsein.

Da hatte ich nun die ganze Zeit gedacht, daß die Zugfahrt, bei der ich Sophia zum ersten Mal gesehen hatte, mein ganzes Leben verändert hätte; und so war es ja auch. Aber es war Natalie gewesen, die das in Gang gesetzt hatte. Natalie in ihrer Küche, das Gesicht so unbewegt und friedlich wie an jenem Tag, als sie mir die Limonade angeboten hatte. ›Könnte ich dein Interesse wecken?‹ Es war die Keksdose auf dem Fensterbrett gewesen – die kümmerliche, angeschlagene Vogelkäfigdose, auf die wir so stolz gewesen waren damals, in unserer Kinderehe. Ach, ich hatte doch einmal alles besessen, was ich mir nur wünschen konnte: ein Zuhause, eine liebende Frau, eine eigene kleine Familie. Einen *Platz* in der Welt. Wie hatte ich das nur wegwerfen können?

Ich kannte durch die Bizeps-Vermietung Ehepaare, die schon fast eine Ewigkeit verheiratet waren – vierzig, fünfzig, sechzig Jahre. In einem Fall sogar zweiundsiebzig. Einer pflegt den anderen, wenn er krank ist, einer ergänzt die Gedächtnislücken des anderen, gemeinsam lernten sie, mit ihren Geldsorgen, dem Selbstmord der Tochter oder der Drogensucht des Enkels umzugehen. Und allmählich schwante mir, daß es keinen Unterschied machte, ob sie den richtigen Partner geheiratet hatten. Am Ende ist man eben einfach mit dem zusammen, mit dem man zusammen ist. Du hast dich an sie gebunden, hast ein halbes Jahrhundert mit ihr verbracht, du kennst sie so gut wie dich selbst oder noch besser, und sie ist im Laufe der Zeit der richtige Partner *geworden*. Oder der einzige Partner, wäre vielleicht der treffendere Ausdruck. Ich wünschte, das hätte mir jemand früher gesagt. Dann wäre ich bei der Stange geblieben. Ich hätte Natalie niemals dazu gebracht, mich zu verlassen.

Sophia wirkte so hell und frisch, als sie mich abholen kam. Ich verspürte einen kleinen Schock, so als ob mir entfallen wäre, mit welcher Frau ich jetzt zusammen war. Aber ich war auch erleichtert. »Sophia!« sagte ich. »Liebling!« Und als sie ausstieg, um mich ans Lenkrad zu lassen, umarmte ich sie so fest, daß sie darüber lachte.

Ich sagte ihr, daß Opal der Igel gefallen habe. Über alles andere schwieg ich mich aus. Und ich sagte ihr schon gar nicht, daß ich zwei volle Stunden allein auf einer Parkbank verbracht hatte. Sophia sagte: »Ach, schön« und fragte nicht weiter nach. Eine von den Eigenschaften, die ich an ihr besonders liebte, war ihre Bereitschaft, den Oberflächenaspekt der Dinge zu akzeptieren. Ich streckte die Hand aus, um ihr Knie zu drücken – eine üppige weiche Handvoll, umhüllt von glattem Nylon.

Als wir dann auf der Autobahn waren, legte sie los mit der

Geschichte von dem gemeinsamen Einkauf mit ihrer Mutter. »Sie sagte mir, sie brauche neue BHs«, berichtete Sophia. »Das ist das einzige, was sie sich nicht per Post bestellt. Deshalb stiegen wir in mein Auto – was macht's, daß sie mitten in der Stadt wohnt, sie muß unbedingt in irgendeinen Vorort fahren –, und da ging's dann auch gleich los: ›Oh, bitte nicht hier lang, fahr da lang‹, und: ›Hier nicht abbiegen, fahr geradeaus.‹ – ›Mutter‹, sage ich, ›ich versprech dir, ich bring dich dahin, wo du hinwillst. Hab doch ein bißchen Vertrauen.‹ Aber hört sie vielleicht auf mich? ›Wenn wir hier lang fahren, kommen wir an eine Baustelle‹, sagt sie. ›Fahr da lang, wo ich dir gesagt habe.‹ Ich sage: ›Ich bin sicher, da ist 'ne Umleitung ausgeschildert‹, aber sie sagt: ›Ich will keine Umleitung!‹ Als ich dann trotzdem abbog, fing sie an zu schmollen. Sie saß da und bewegte den Rest der Fahrt stumm die Lippen – die, nebenbei bemerkt, problemlos war. Da gab es nur eine ganz kurze Fahrbahnverengung. Aber auf dem Rückweg, was tut sie da? Fängt mit dem ganzen Sums wieder von vorne an.«

Es war Sophia offenbar nicht in den Sinn gekommen, daß sie den Anweisungen ihrer Mutter einfach hätte folgen können. Was hätte es für einen Unterschied gemacht? Aber ich machte sie nicht darauf aufmerksam. In meiner neuen zufriedenen Gemütsverfassung lächelte ich einfach nur in mich hinein.

»Mutter hat sich übrigens nach dir erkundigt«, sagte Sophia.

»Hmm?«

»Sie hat gesagt: ›Wie geht's denn dem jungen Mann, mit dem du so viel zusammen bist?‹ Später hat sie mich dann gefragt, ob ich an Thanksgiving zu ihr käme, und als ich ihr sagte, daß ich es noch nicht wüßte, hat sie gesagt: ›Du kannst deinen Freund gerne mitbringen.‹«

»Oh«, sagte ich. »Ja, ich glaub schon, daß ich kommen kann, wenn du das gerne möchtest.«

»Ich hab nein gesagt«, antwortete Sophia.

Das war mir nur recht. Ich sagte: »Wie du willst.«

»Glaub mir, sie würde die ganze Zeit nur sticheln.«

»Klingt, als ob unsere Mütter 'ne Menge gemeinsam hätten«, sagte ich.

Was ich als neuen Vorwand benutzte, die Handvoll Knie zu drücken. Ich dachte, daß ich gern mit ihr ins Bett gehen würde, sobald wir wieder in Baltimore waren, aber der Samstagnachmittag war problematisch. Bei mir zu Hause waren die Hardestys allgegenwärtig – direkt vor meiner Tür zankten sich die Kinder auf der Terrasse, und Joe hämmerte an irgendeiner Heimwerkerarbeit herum. Und Sophias Mitbewohnerin hatte die störende Angewohnheit, samstags Hausputz zu machen.

»Sie würde ganz bestimmt diese gar-nicht-so-versteckten Anspielungen auf mein Gewicht machen«, sagte Sophia, die anscheinend noch über ihre Mutter sprach. »›Möchten Sie noch etwas Truthahn, Barnaby? *Dir* biete ich nichts mehr an, Sophia. Ich weiß ja, daß du keine zusätzlichen Kalorien willst.‹«

»Wag es bloß nicht, auch nur ein Gramm abzunehmen«, sagte ich.

Sie hatte ein köstliches kleines Polster an der Innenseite ihres Oberschenkels, gleich über der Kniekehle. Es gab unter meinen Fingern nach wie eine reife Pflaume.

»Bei dir ist es die Karriere«, sagte sie. »Mutter hat mich jetzt schon dreimal gefragt, ob du jemals daran gedacht hast, dir 'ne andere Arbeit zu suchen.«

»Sie hat aber wirklich 'ne Menge mit Mom gemeinsam«, sagte ich.

»Ich sage: ›Mutter, hör auf. Barnaby ist sehr glücklich und zufrieden bei dem, was er tut‹, und sie sagt immer: ›Ja, aber kann er von seinem Gehalt eine Familie ernähren?‹«

»Kann er«, sagte ich.

»Kann er?«

»Kann er, wenn's keine allzu *hungrige* Familie ist.«

Sophia schnitt ein Gesicht.

Ich wußte, worauf wir da langsam, aber sicher zusteuerten, um welchen heißen Brei wir herumredeten. Wir hatten noch nie ausdrücklich vom Heiraten gesprochen, aber wohl in der letzten

Zeit beide daran gedacht. Ich sagte: »Meiner Meinung nach hat jeder die freie Wahl: entweder ein aufwendiges Leben, für das man viel schuften muß, oder ein einfaches, unkompliziertes Leben, bei dem man es gemütlich angehen lassen kann.«

»Also, du schuftest doch richtig, Barnaby. Du bist ja praktisch ein Sklave. Wirst jederzeit geweckt, wenn Mr. Shank sich einsam fühlt, stellst dir vor Tau und Tag den Wecker, wenn Müllabfuhr ist...«

»Ja, aber das ist eine Arbeit, die mir Freude macht«, sagte ich. »Wenigstens stecke ich nicht in einem Achtstundentag-Korsett.«

»Dafür steckst du in einem Achtzehnstundentag-Korsett!«

»Hey«, sagte ich und nahm den Fuß vom Gaspedal. »Bist *du* der Meinung, daß ich mir eine andere Arbeit suchen soll?«

»Nein, nein«, sagte sie.

»Das hört sich aber ganz so an.«

»Es ärgert mich einfach, mitansehen zu müssen, daß du so viele Überstunden machst und nicht besser dafür bezahlt wirst«, sagte sie.

»Ich krieg genug raus, daß ich davon leben kann«, sagte ich. Dann wurde ich kecker. »Vielleicht würde es sogar noch für eine Ehefrau reichen, wenn die Dame keine allzu großen Ansprüche stellt.«

Das Wort *Ehefrau* hing noch in der Luft zwischen uns. Nach meinen Gedankenspielen im Park hörte es sich eigentlich gar nicht so schlecht an.

»Und machen wir uns nichts vor«, sprach ich schnell weiter. (Im Grunde bin ich ein Feigling.) »Was für 'ne andere Arbeit kann ich denn machen? Ich kann doch nichts. Meine ganze Ausbildung war doch 'n Witz. Ich hab doch nur überflüssiges Zeug gelernt.«

»Aber das ist doch lächerlich«, sagte Sophia. »Du kannst sogar 'ne ganze Menge. Man kann gar nichts Überflüssiges lernen.«

»Nein?«

Das hatte ich noch nie gehört. Es war in meinen Augen so eklatant falsch, daß ich gar nicht wußte, wo ich mit meinen

Einwänden ansetzen sollte. Schließlich sagte ich: »Also, paß mal auf: Im Zweiten Weltkrieg, als in Deutschland die Butter rar war, gingen die Deutschen dazu über, ihr Butterbrot mit der gebutterten Seite unten zu essen. Auf die Weise konnten sie weniger Butter nehmen und hatten doch den Geschmack.«

»Wie bitte?«

»Aber das Erstaunliche ist: Als der Krieg vorbei war, kehrten sie zu der Gebutterte-Seite-oben-Praxis zurück. Man hätte annehmen können, daß sie sich eine neue Gewohnheit zugelegt haben, aber nein, bei der ersten Gelegenheit essen sie ihr Butterbrot wieder mit der gebutterten Seite oben. Das ist die Sorte überflüssiges Wissen, die ich meine.«

Sophia schwieg. Ein Lastwagen mit Hühnern fuhr an uns vorbei – endlose Stapel Lattenkisten, gesträubte Federn.

»Na ja, wie auch immer«, sagte sie schließlich. »Ich möchte dir folgendes vorschlagen, mach deinen Collegeabschluß und bewirb dich dann bei meiner Bank.«

»Bei deiner Bank?«

»Du kriegst da 'ne vorzügliche Ausbildung und dazu ein reguläres Gehalt mit allen Sozialleistungen während der Lehre.«

»Ich würde lieber sterben, als in einer Bank zu arbeiten«, sagte ich.

Ich spürte, wie Sophias Gesicht herumfuhr zu mir. Ich warf ihr einen Blick zu und sah, daß sich ihre Wangen rosa gefärbt hatten. »Also, es tut mir leid«, sagte ich, »aber –«

»Daß ich in 'ner Bank arbeite, das geht in Ordnung, aber du bist über so was erhaben. Das wolltest du doch sagen, ja?«

»Jetzt hör aber auf, Sofe –«

»Bei mir ist das okay, daß ich im Achtstundentag-Korsett stecke und meine Groschen zähle und das Geld zusammenhalte, von dem ja nun absolut nichts mehr da ist, nebenbei bemerkt – meine gesamten Ersparnisse sind futsch, und auf meinem laufenden Konto hab ich bis Ultimo gerade mal dreißig Dollar. *Ich* kann bezahlen –«

»Moment«, sagte ich, »du willst mich doch bestimmt nicht für den Bockmist verantwortlich machen, den du mit deinem Geld gemacht hast.«

»Bockmist? Ich wollte dir helfen! Ich hab gedacht, ich schütze dich! Ich hab gedacht, du würdest mir dafür dankbar sein!«

»Warum sollte ich dir dankbar sein? Ich hab deine Tante nicht bestohlen. Und ich hab dich erst recht nicht gebeten, Schutzengel für mich zu spielen.«

»Nein«, sagte sie. Und etwas ruhiger setzte sie hinzu: »Nein, das hast du nicht. Das ist mir klar. Es war mein Fehler. Du hattest nichts damit zu tun. Aber ich fühle mich einfach, ich weiß nicht, frustriert, wenn du über dein einfaches, unkompliziertes Leben und deine Anspruchslosigkeit sprichst, und ich sitze daneben und wünsch mir, mein Gott, nichts Aufregendes! Einfach nur, daß wir öfter mal essen gehen oder ab und zu mal ins Theater oder ins Konzert gehen. Auch mal zusammen 'ne Reise machen. Aber das können wir nicht! Du verdienst nicht genug, und mein Geld liegt in Tante Graces Mehlkasten!«

Der letzte Satz endete mit einer Art Klagelaut. Ich legte einen Arm um sie, mußte dabei aber die Straße im Auge behalten. »Paß auf, lieber Schatz«, sagte ich, »zunächst einmal verstehe ich nicht, wieso das Geld immer noch bei deiner Tante ist.«

»Aber ich hab dir doch gesagt, daß ich noch nicht wieder bei ihr war. Ich bin ziemlich sauer auf Tante Grace, und das weiß sie auch. Ich finde, daß sie bei weitem nicht so schuldbewußt war, wie es angebracht gewesen wäre.«

»Na und? Du hast doch einen Schlüssel zu ihrem Haus. Schleich dich irgendwann mal rein, wenn sie bei der Fußpflege oder bei der Kosmetikerin ist, und klau dir dein Geld wieder.«

»Ach, das kann ich nicht«, sagte Sophia.

»Warum nicht?«

»Ich hab Angst, daß sie mich erwischt.«

»Das hat dich doch auch nicht davon abgehalten, das Geld hinzulegen.«

»Aber es ist etwas anderes, dabei erwischt zu werden, wenn man Geld *wegnimmt*«, sagte sie.

»Lieber Himmel, Sophia! Doch nicht, wenn es dein eigenes Geld ist!«

»Es gibt keinen Grund, mich anzuschreien«, sagte sie sanft.

Dann rückte sie von mir ab und entwand sich meinem Arm.

Von da an schwieg ich und quittierte ihre gelegentlichen Bemerkungen über die Landschaftskulisse allenfalls mit einem Grunzen. »Hat dieser Baum nicht einen zauberhaften Gelbton?« Grunz. Offenbar war ich wieder mein schwieriges, verstocktes Selbst. So segensreich es war, das ganze Offenbarungserlebnis im Park hätte ich mir sparen können.

Diese kleinen Weisheitsblitze halten nie so lange vor, wie man es gern hätte.

12

Maud May war jetzt seit über sieben Monaten im Pflegeheim. Erst war's das, dann das. Ich glaubte allmählich, daß sie zu den Patienten gehörte, die in ein Pflegeheim hinein-, aber nicht wieder herauskommen. Ihr Haus hatte das schäbige, heruntergekommene Aussehen eines leerstehenden Hauses angenommen, und jedesmal, wenn ich es betrat, schrak es zusammen und zog sich in sich selbst zurück. Die Grünlilie, die ich die ganze Zeit gegossen hatte, hatte so viele Triebe, daß einige bis auf den Boden hingen.

Aber Ende Oktober dann – genau gesagt an Halloween – eröffnete man ihr, sie sei so weit wiederhergestellt, daß sie nach Hause könne. Ich erinnere mich daran, daß Halloween war, weil sie mich bat, ihr einige Knallbonbons zu besorgen, bevor ich sie abholen käme. »Ich möchte nicht, daß mir die Nachbarsgören die Fenster mit Seife beschmieren«, sagte sie. Wie sie an die Tür kommen wollte, wenn sie klingelten, war mir allerdings schleierhaft. Sie war immer noch sehr gehbehindert.

Also brachte ich Martine zu Mrs. Cartwright, wo wir das Gästezimmer ausräumen sollten, und fuhr anschließend weiter zum Supermarkt. Es hatte den Anschein, als ob aus Halloween in diesem Jahr nicht viel werden würde. Seit dem frühen Morgen sah es nach einem Gewitter aus. Trotzdem kaufte ich eine Großpakkung Knallbonbons zusammen mit den anderen Sachen, die auf Maud Mays Einkaufszettel standen – den Pflaumen, den Vollkornzerealien, einer einzelnen Grapefruit, einer kümmerlichen Tüte fettarme Milch. Jeder hätte auf den ersten Blick sagen können, daß das Lebensmittel für einen alten Menschen waren.

Während ich aufschloß und ins Haus ging, versuchte ich es mit ihren Augen zu sehen. Durften die Spitzen der Grünlilie so bräunlich sein? Und was war mit den Schubladen der Anrichte: sahen die irgendwie »durchgeschnüffelt« aus? Ich hatte nicht geschnüffelt, das schwöre ich, aber man weiß ja nie, was die Leute denken.

Im Silber-Faden-Pflegeheim war Maud May schon fertig und wartete. Sie saß neben der Rezeption in dem Rollstuhl, den dort alle Patienten bei der Entlassung benutzen müssen. Ein Sammelsurium von Habseligkeiten okkupierte den Platz um sie herum. »Na, endlich«, fauchte sie, als sie mich sah. »Bentham, wir können gehen.«

Bentham war der Krankenpfleger, der mit der Telefonistin flachste – ein junger Schwarzer, ungefähr zwei Meter zehn groß, mit einer keilförmigen Frisur. Er warf ihr noch eine letzte Bemerkung über die Schulter zu und kam dann herbeigeeilt, um mir Miss Mauds Sachen hinaustragen zu helfen – Koffer, Hutschachteln, Blumentöpfe, eine Gehhilfe aus Aluminium. Wir luden alles auf die Ladefläche des Transporters. Ein Nieselregen hatte eingesetzt, und Bentham sagte: »Miss May wird nicht besonders glücklich darüber sein« – und meinte damit die offene Ladefläche. »Soll ich nicht lieber gucken, ob ich irgendwo 'ne Plane auftreibe?« fragte er.

Aber ich sagte: »Ach, lassen Sie nur«, weil ich dachte, daß die Sachen bloß noch nasser wurden, während wir warteten. Außerdem war Maud May nicht der Mensch, der wegen so was 'n Aufstand machte.

Doch sie hatte sich verändert. Ich hätte es wissen müssen. Auf jeden Fall hatte ich im Lauf der Monate bei meinen Besuchen genügend Anzeichen dafür gesehen. Es fing damit an, daß sie auf die Abschiedsworte des Pflegepersonals kaum reagierte, als Bentham sie zur Tür rausschob. »Oh, Sie verlassen uns?« fragten sie. »Dann passen Sie jetzt aber nur gut auf sich auf, ja?« Die meisten von ihnen sprachen mit dieser süßlichen, piepsigen Babysprachenstimme, die sie wahrscheinlich ganz verrückt machte, aber trotzdem hätte sie »Danke« sagen können. Sie tat es nicht. Sie winkte ihnen gleichgültig zu und machte sich nicht die Mühe, noch einmal den Kopf nach ihnen umzudrehen.

Draußen auf der Straße schrie sie dann so heftig: »Was!«, daß Bentham samt Rollstuhl stehenblieb. »Soll ich in einem Transporter nach Hause fahren?«

»Es ist doch bloß 'ne kurze Fahrt, Miss May«, sagte ich.

»Was ist denn aus Ihrem flotten kleinen Sportwagen geworden?«

»Tja, den hab ich verkauft.«

»Lieber Gott, Barnaby, Sie sind ein Idiot«, sagte sie.

Aber schon schimmerten einzelne Regentropfen auf ihrem Kopf, und sie erhob keine Einwände, als Bentham sie weiterschob.

Ihr in die Kabine zu helfen sorgte für eine neue Verzögerung. »Das Scheißding ist zu hoch«, sagte sie. Und: »Ach, du liebe Zeit! Meine Sachen sind ja patschnaß«, als sie zufällig einen Blick nach hinten auf die Ladefläche warf. Bentham machte ts,ts,ts und hievte sie, eine Hand unter ihren Ellenbogen gelegt, hoch. Ich sagte: »Wenigstens werden Ihre Blumen gegossen, Miss May.« Aber sie lächelte nicht. Nachdem ich die Tür auf ihrer Seite zugemacht hatte, saß sie da und blickte mit erloschenem Gesicht starr geradeaus. Sie beugte sich auch nicht herüber, um die Tür auf der Fahrerseite aufzumachen, als ich herumkam. Ich mußte den Schlüssel benutzen. Man erlebt das häufig bei Invaliden. Zuerst verkünden sie lauthals, daß sie sich nie von anderen abhängig machen wollen, und dann wird es ihnen förmlich zur *Gewohnheit*. Sie werden völlig passiv. Trotzdem hatte ich das von Maud May nicht erwartet.

»Halten Sie die Ohren steif«, rief Bentham, während wir davonrollten.

Wir brauchten zuerst keine Scheibenwischer bei dem leichten, feinen Nieselregen, aber nach und nach wurde die Sicht immer schlechter. Ich erwartete so halb, daß sie mich darauf aufmerksam machen würde. Ich dachte, sie würde mich wieder auf ihre gewohnte rauhbautzige Weise herumkommandieren. Aber sie starrte schweigend vor sich hin. Schließlich stellte ich unaufgefordert die Scheibenwischer an. Ich sagte: »Na, wie ist es, wenn man aus der Haft entlassen wird?«

»Ach...«, sagte sie. Und dann nichts mehr.

Wir kamen vor ihrem Haus an, und ich parkte am Gehsteig. Maud May warf noch nicht mal einen Blick zu ihrer Haustür hin. Glücklicherweise hatte es inzwischen aufgehört zu regnen. Ich sage »glücklicherweise«, weil sie für den Weg zum Haus mit ihrer Gehhilfe eine Ewigkeit brauchte, nachdem ich ihr aus dem Transporter geholfen hatte. Das ging Schrittchen, Pause, Schrittchen, Pause, und sie hob mehrmals demonstrativ die eine oder die andere Hand, um sie vorne an ihrem Mantel abzuwischen, obwohl ich die Gehhilfe nach dem Ausladen abgetrocknet hatte. Auf halbem Weg kam eine Nachbarin zu ihr heraus – eine grauhaarige Frau mit einem runden Gesicht – und nahm Miss May in ihre Obhut, während ich die Sachen reintrug. »Aber Maud, das geht ja schon wunderbar, einfach wunderbar«, sagte sie, doch alles, was Miss Maud darauf erwiderte, war »na?«. Ich ging auf dem Weg zwischen Haus und Transporter mehrmals an ihnen vorbei, und jedesmal hielt Miss May den Kopf gesenkt und hatte den Blick auf ihre Füße gerichtet, während sie hinter ihrer Gehhilfe herschlurfte. »Kloben«, sagte sie zwischendurch, und ihre Nachbarin fragte: »Was ist das denn, mein Liebe?«

»Kloben, das sind diese unförmigen, dicken braunen Treter, die wir in der Roland Park Country Day School tragen mußten.«

In Wirklichkeit waren ihre Schuhe schwarz, nicht braun, aber ich wußte, worauf sie hinauswollte. Bis jetzt hatte sie immer Schuhe wie ein Vamp getragen, vorne offen und mit einem Riemchen hinten. Außerdem hatte sie sonst immer von sich behauptet, man würde sie außer Haus nie in Hosen erwischen, aber an diesem Morgen hatte sie nicht nur Hosen an, sondern sogar Trainingshosen, mit Gummizug und pluderartig an den Knöcheln.

Man hatte am Tag vorher ein Krankenhausbett angeliefert, und das wurde im Wintergarten aufgestellt, damit sie keine Treppen steigen mußte. Ich legte ihr ihre Siebensachen in Reichweite zurecht. Dann half ich ihr die Treppe zur Haustür hinauf, während die Nachbarin uns mit geöffneten Händen folgte, um sie aufzufangen, falls sie stolperte. »Hier riecht's muffig«, sagte sie, als sie ins Haus kam.

»Wir lüften gleich«, versicherte ihr die Nachbarin. »Wir machen alle Fenster auf und jagen die Spinnweben raus!«

»Also, Elaine«, sagte Miss May abrupt. »Wir sehen uns vielleicht irgendwann mal wieder. Mach's gut.«

Man sah der Nachbarin an, daß sie wie vor den Kopf geschlagen war, aber mit beherrschter, strahlender Miene lächelte sie tapfer weiter, während sie sich zum Gehen wandte. Ich sagte: »Vielen Dank«, um Miss Mays schlechtes Benehmen wettzumachen. »Sie wollte doch nur helfen«, sagte ich, sobald die Tür zu war.

»Schaffen Sie mich da auf die Couch«, sagte sie, »und dann verschwinden Sie.«

»Ja, *Ma'am*«, sagte ich.

»Zum erstenmal seit sieben Monaten gönn ich mir jetzt 'ne Verschnaufpause, ohne daß mir irgendein vertrottelter Mitmensch auf die Nerven fällt.«

»Hey, das kann ich verstehn«, sagte ich. Ich fühlte mich ein kleines bißchen besser, weil sie sich wieder wie die alte Maud May anzuhören begann.

Trotzdem ruinierte mir das Erlebnis die Laune für den Tag. Ich kann Ihnen nur sagen: Werden Sie ja nicht alt. Bevor ich bei der Bizeps-Vermietung anfing, dachte ich, jeder, der es so will, kann mit Anstand alt werden. Inzwischen weiß ich, daß so was überhaupt nicht vorkommt – beziehungsweise daß es zwar alle Jubeljahre vorkommt, daß es dann aber nichts als ein blinder glücklicher Zufall ist. Ich muß an die hundert von solchen Wintergarten-Krankenzimmern gesehen haben, vollgestopft mit Krankenhausbetten, Infusionsständern und Nachtstühlen. Ich hab die traurigen, stillen Witwen gesehen, die ihren Lebensweg allein zu Ende gehen mußten und niemanden hatten, der ihnen dabei Trost spendete, so wie sie vorher über Jahre ihren Männern Trost gespendet hatten. Und wenn es der Zufall so will, daß der Mann länger lebt, dann ist das meiner Erfahrung nach noch schlimmer, denn Männer kommen allein nicht gut zurecht. Sie werden zu Kletten wie Mr. Shank. Es fehlt ihnen häufig der innere Gradmesser dafür, wann sie zuviel reden; sie versuchen immer, den Nächstbesten festzuhalten. Stellen ihm eine denkbar abwegige Frage; sie plustern sich theatralisch auf und legen los: »Ach, übrigens, ich weiß da eine lustige kleine Geschichte über etwas, das Sie vielleicht interessieren wird.« Und: »Der langen Rede kurzer Sinn« sagen sie, wenn sie schon so lange erzählt haben, daß selbst der liebe Gott inzwischen die Geduld verloren hätte. Und mit diesem Trick wechseln sie das Thema, ohne eine Pause zu machen – sie hören mit einem Thema auf, und man denkt, daß man nun endlich gehen kann, aber dann haben sie schon mit dem nächsten angefangen; und dazwischen haben sie einem noch nicht mal eine Nanosekunde Zeit gelassen zu sagen: »Jetzt muß ich aber los.«

Und dann diese vom Arbeitgeber zum Abschied in den Ruhestand geschenkten Uhren, die hundertmal am Tag konsultiert werden, weil die alten Leutchen jede Minute zählen! Diese Fensterbänke in der Küche, wo ein Medikament neben dem anderen steht. Diese Kleinstportionen beim Essen, eine drittel Banane aus dem Kühlschrank, die da, sorgfältig wieder in ihre schwarzfleckige Schale eingeschlagen, gelegen und gewartet hat. Ihre alternden Haustiere: die Katze mit den kahlen Stellen im Fell, der arthritische Hund, der auf dem Gehweg neben seinem tapernden Herrchen hertapert. Die Erinnerungshilfen, die überall im Haus mit Tesafilm befestigt sind: »Der Junge, der den Rasen mäht, heißt RICHARD.« »Die Tablette am Nachmittag mit einem GANZEN GLAS WASSER nehmen.« Die jähen Schübe des Verfalls, die man an ihnen erleben kann, heute reden sie noch wie ein Buch, und keine vierzehn Tage später fallen ihnen die einfachsten Wörter nicht mehr ein; schöne, würdevolle Gesichter zerscherben unversehens, verlieren ihre Gestalt und ihren Ausdruck.

Die Gläser, die sie nicht aufschrauben können, die Nadeln, die sie nicht einfädeln können, der Großdruck, den sie sogar mit einer Lupe nicht mehr richtig lesen können. Das Schreckgespenst Pflegeheim, das ständig im Hintergrund lauert, weswegen man immer wieder zu hören bekommt: »Bitte, sagen Sie meinen Kindern nicht, daß ich Sie gebeten habe, mir hierbei zu helfen, ja?« oder: »Wenn die Sozialarbeiterin kommt, tun Sie doch bitte so, als ob Sie mein Sohn wären, damit sie nicht merkt, daß ich allein lebe.« Die sonderbaren Mißverständnisse, teils aus Taubheit, teils aus Geistesabwesenheit – sie bestehen darauf, daß jemand mit Namen Heinz Hartmann das Bombenattentat auf das Welthandelszentrum verübt hat, sie lehnen es ab, in eine Tapas-Bar zu gehen, weil sie meinen, daß es sich um eine Topless Bar handelt, Freiland-Hühner sind für sie Freigänger-Hühner, und sie fragen, ob das Mutterkorn blüht, wenn sie die Stiefmütterchen meinen. »Heut sind Sie aber gut in Form, und das meine ich ehrlich!« sagte eine Krankengymnastin mal zu Mrs. Alford, und die antwortete: »Ich? Unentbehrlich?« Und was mich dabei umhaute, war nicht, daß sie sich verhört hatte, sondern die Freude und das Erstaunen, die auf ihr Gesicht traten.

Sie gehen die Straße lang, und alles schaut weg. Die Leute wollen nicht sehen, was aus dem menschlichen Körper wird – schlaffes Fleisch und schlaffe Haut, Hautverfärbung und Buckel, vorstehender Bauch, knotige Finger, schütteres Haar, Glatze mit Altersflecken. Es wird erwartet, daß man sagt, das Alter sei schön; das ist eine von den Floskeln, die jeden, der anderer Meinung ist, beschämen sollen. Aber alle meine Kunden sind anderer Meinung, da bin ich sicher. Man überrascht sie manchmal, wie sie ein Kind betrachten, wie sie vielleicht das Gesicht und die Händchen eines Einjährigen studieren, und man weiß dann, daß sie staunen: So makellos! So glatt! Eine Haut wie Samt und Seide! Ich bezweifle, daß sie gern wieder jung wären (»Jugend schlägt sich zu viel mit *eingebildeten Sorgen* herum«, sagte Maud May immer), aber ich glaube, niemand würde nein sagen, wenn ihm die Chance angeboten würde, beispielsweise ins mittlere Alter zurückzukehren.

»Fünfzig war schön«, sagte Mr. Shank mal zu mir. »Fünfzig war toll! Sechzig auch. Und fünfundsechzig. Aber irgendwann um den Dreh ... ich weiß auch nicht mehr, wann ... sagte ich zu meiner Frau – das war, als Junie noch lebte –, ›Junie‹, sagte ich, ›soll ich dir was sagen? Ich hab Angst, daß ich mich irgendwann mal umbringe.‹ Und Junie hat mich nur angesehen – sie war so ein lebensfroher Mensch, ein vitaler, lebensfroher Mensch – und hat gesagt: ›Also, Fred, weißt du was? Ich hab manchmal auch Angst, daß ich mich umbringe.‹ Natürlich hat sie es nicht getan. Sie ist im Schlaf gestorben, Gott hab sie selig. Eines Morgens wachte ich auf und wußte es, ohne hinzusehen; es war, als ob in unserem Schlafzimmer noch nie eine solche Stille geherrscht hätte. Aber was wollte ich eigentlich sagen? Worauf wollte ich hinaus? Ach ja. Wenn es schon *Junie* so ging, einem so lebensfrohen Menschen, dann sehe ich für uns andere nicht den kleinsten Hoffnungsschimmer.«

Er sagte das so sachlich, wie jemand den Wetterbericht verliest. Und dann drehte er sich in seinem Sessel um, sah zum Fenster hinaus und strich sich mit den Händen über die Knie, wie er das immer zu tun pflegte, wenn er müßig dasaß.

Und Mrs. Cartwright – die war ja nun ein Paradebeispiel für das, was ich gemeint habe. Sie wollte ihr Gästezimmer ausgeräumt haben, weil sie sich eine Hausgenossin genommen hatte. Irgendeine Frau aus dem Kleinanzeigenteil. Hausgenossinnen bedeuten in der Regel eine große Einbuße an Stunden für die Bizeps-Vermietung, doch das ist es nicht, was mich stört. Mich stört vielmehr, daß Hausgenossinnen den Drang haben, das Regiment zu übernehmen, sobald sie eingezogen sind. Sie lassen ihre Zeitschriften herumliegen, schalten, ohne zu fragen, auf ein anderes Fernsehprogramm um, werfen noch eßbare Nahrungsmittel weg und verpesten die Luft mit irgendeinem aufdringlichen Parfüm. Das kenne ich alles! Trotzdem, es ist nicht unsere Aufgabe, unseren Kunden mit Einwänden zu kommen. Mrs. Cartwright sagte, sie komme nicht an der Tatsache vorbei, daß sie seit dem Tod ihres Mannes keine Nacht ruhig geschlafen habe. Jedes leise Knarren hört sich für mich wie ein Schritt an, sagte sie. Deshalb wurden wir gerufen, um das Gästezimmer von dem Krimskrams zu befreien, der sich in dreißig Jahren darin angesammelt hatte, und in der Woche darauf kam ein völlig fremder Mensch ins Haus, um ihr Gesellschaft zu leisten.

Als ich schließlich bei Mrs. Cartwright ankam, hatte Martine die Kommode schon leergeräumt und wandte sich gerade dem Schrank zu – Strickutensilien, Stoffreste und nicht beendigte Stickarbeiten. »Wie hat denn Maud May auf dich gewirkt?« fragte Martine, und ich sagte: »Alt«, was sie veranlaßte, den Kopf aus dem Schrank zu ziehen und mich anzusehen. Aber statt etwas zu sagen, warf sie mit einem Garnknäuel nach mir. Ich wich zur Seite aus, und es landete direkt im Mülleimer, den sie mitten ins Zimmer gestellt hatte. »Tä–täää!« rief sie.

»Kein Wunder, auf *die Entfernung*«, sagte ich. Ich stellte den Mülleimer weiter weg und langte an ihr vorbei nach einem anderen Garnknäuel. Es entspannt mich immer, wenn ich irgendeinen Fez losmachen kann. Und mit Martine ging das prima, sie machte selber gern Unfug. Wir übten jetzt Zielwurf mit allem, was entbehrlich war, und vielleicht auch mit ein paar Sachen, die es nicht waren. Ein Glas mit Knöpfen zum Beispiel, das beim Auftreffen mit einem wohltuend prasselnden Geräusch zerschellte, das meine Laune mächtig hob.

Aber dann rief Mrs. Cartwright: »Kinder? Was war *das* denn? Ist alles in Ordnung?«

Wir wurden mucksmäuschenstill. »Ja, Ma'am«, rief ich zurück. »Wir räumen bloß auf.«

Danach war meine Laune wieder im Eimer.

Wir schleppten gerade eine unheimlich schwere Truhe nach draußen in den Flur, als ich Martine fragte: »Hast du schon mal dran gedacht, dir 'ne andre Arbeit zu suchen?«

»Wieso? Mach ich was falsch?«

»Ich meine, macht dieser Job dich nicht fertig? Findest du nicht, daß es in gewisser Weise 'n *deprimierender* Job ist?«

Sie richtete sich auf, um nachzudenken. »Also, ich weiß noch, einmal«, sagte sie, »als ich Mrs. Gordoni zu ihrem Vater gefahren hab ... Hast du ihren Vater mal kennengelernt? Er hatte vor Jahren irgendeinen Unfall gehabt und hatte diesen sonderbaren Schaden zurückbehalten, daß sein Kurzzeitgedächtnis völlig ausfiel. Total weg. Von einem Moment zum nächsten hat er alles vergessen.«

Ich sagte: »O Gott.«

»Deshalb lebte er in einem Pflegeheim, und ich mußte Mrs. Gordoni mal zu ihm fahren, weil ihr Auto kaputt war. Und ihr Vater begrüßte sie mit großem Hallo, aber als Mrs. Gordoni aus dem Zimmer ging, um mit einer der Schwestern zu sprechen, fragte er mich: ›Kennen Sie zufällig meine Tochter? Sie kommt mich nie besuchen. Ich weiß nicht, was aus ihr geworden ist!‹«

»Verstehst du jetzt, was ich meine?« fragte ich.

»*Das* hat mich schon fertiggemacht.«

»Na also.«

»Aber du mußt es auch mal von der andern Seite sehen«, sagte Martine.

»Von welcher andern Seite, um Himmels willen?«

»Na, es ist doch immerhin irgendwie 'n Trost, daß Mrs. Gordoni trotzdem hingegangen ist, findest du nicht? Es ist ihr bestimmt nicht gedankt worden, abgesehen von dem einen Augenblick, wo sie vor ihrem Vater stand. Nur diesen einen Augenblick war ihr Vater glücklich. Nicht länger. Trotzdem hat Mrs. Gordoni ihn jeden Tag besucht.«

»Na ja«, sagte ich. Und dann: »Ja, okay.«

Martine hob Oberarm und Schulter, um sich am Hemd das Gesicht abzuwischen. Sie hatte die Ärmel bis zu den Ellbogen hochgekrempelt; ein breites Lederband, an dem ihr Hausschlüssel baumelte, umschloß ihr eines Handgelenk. Es war nicht für das Handgelenk *gemacht*. Eigentlich sollte es an eine Gürtelschlaufe gehakt werden, aber da sie keine Gürtelschlaufe hatte, trug sie es als überdimensionales Armband. Und auf einmal war ich ganz gefesselt von dem Gedanken, wie sie wohl auf diesen Einfall gekommen war. Der Mechanismus ihres Verstandes schien plötzlich so komplex – ein ausgeklügeltes Uhrwerk, das in dem kompakten Köpfchen arbeitete.

Aber als sie »Was?« sagte, sagte ich: »Was heißt *was*?« und beugte mich vor, um den Deckel der Truhe aufzumachen.

Genau wie ich vermutet hatte, war sie bis auf den letzten Zentimeter mit schimmeligen Büchern vollgestopft. Es gibt nichts Schwereres als Bücher. Diese hier hatten verblichene Schutzumschläge in Rosa- und Türkistönen, die es heute gar nicht mehr gibt. *Komm, wir wollen backen. Lustige Spiele mit der Kordel. Bonmots unserer Präsidenten. Die Kunst der freien Rede.*

»Mrs. Cartwright«, rief ich, »sind Sie irgendwo in der Nähe?«

Natürlich war sie in der Nähe. Sie rang am Fuß der Treppe die Hände und wäre wahrscheinlich liebend gern heraufgekommen, um nach dem rechten zu sehen, wenn ihr Herz es erlaubt hätte. »Ja?« sagte sie und sah mit gerecktem Hals zu mir hoch. »Was ist mit den alten Büchern in der Truhe? Sollen wir die wegwerfen?«

»Oh, nein. Ich nehme an, daß mein Sohn die haben will. Bringen Sie sie einfach runter in den Keller.«

Ja, und das ist auch so was: die für die erwachsenen Kinder liebevoll gehamsterten Besitztümer, die sich auf dem Speicher häufen und den Keller verstellen. Die Kinder sagen: »Wir haben keinen Platz dafür. Wir haben nie im Leben Platz dafür!« Aber die Eltern weigern sich zu glauben, daß all dieser lebenslang aufgehäufte Schatz an Trophäen nur Plunder sein soll.

Wir stellten die Truhe auf eine Brücke und bewegten sie rutschend vorwärts – ein Trick, den ich an meinem ersten Arbeitstag gelernt habe. Martine ging vor mir rückwärts die Treppe hinunter. Mrs. Cartwright blieb wie angenagelt in der Diele stehen und zerrte schlechtgelaunt an ihren Fingern, als zöge sie Handschuhe aus.

Zurück im Gästezimmer, schnappte Martine sich einen Besen, während ich mir Mrs. Cartwrights Liste vornahm. »Den Nachttisch aus dem gegenüberliegenden Zimmer herüberholen.«

»Das hab ich schon gemacht.«

Ich trat zur Seite, damit Martine an der Stelle fegen konnte, wo ich gestanden hatte. Sie wirbelte eine kleine Staubwolke auf – zuviel Schwung im Besen. Dünne Sehnen spielten unter der Haut ihrer Unterarme. Die Haut war eigentlich eher olivfarben als gelb, oder vielleicht war das auch nur ein Lichteffekt. Ich warf noch einen Blick auf Mrs. Cartwrights Liste. »Hast du die Matratze auch schon umgedreht?« fragte ich.

»Nee«, sagte sie, »ich wußte nicht genau, was sie damit meint. Die Matratze umdrehen? Wie umdrehen?«

»Wenden – die Unterseite nach oben«, sagte ich. »Hast du das noch nie gemacht? Es gehört normalerweise mit zum Frühjahrsputz.«

»Zu *meinem* nicht. Ich hab noch nie im Leben 'ne Matratze umgedreht. Drehst du deine um?«

»Nein. Aber ich hab's schon oft für Kunden gemacht«, sagte ich.

Und dann, ich weiß nicht, warum, wurde ich plötzlich verlegen. Es lag irgendwie an dem Wort »Matratze«. Einen Augenblick fragte ich mich beinahe, ob es eins von den Wörtern war, die man vor weiblichen Ohren nicht gebrauchen sollte. (Solche Gedanken gehen mir von Zeit zu Zeit durch den Kopf.) Ich redete schnell weiter. Ich sagte: »Vor allem, als Mrs. Beeton noch lebte. Ungefähr einmal im Monat, das kann ich beschwören, hatte ich eins von ihren Kindern am Telefon: ›Hilfe. Fahren Sie schnell zu Mama rüber. Mama redet schon wieder davon, sie will das verdammte Ding umdrehen, ihre ...‹«

Vielleicht sollte ich Unterbett sagen. Oder ist das zu euphemistisch? Glücklicherweise hörte Martine offenbar gar nicht zu. Sie hatte den Besen in die Ecke gestellt und war auf die andere Seite vom Bett gegangen. »Genaugenommen«, sagte ich, »ist dadurch zufällig die Bizeps-Vermietung entstanden. Ich wette, das hast du nicht gewußt. Mrs. Dibbles Mutter hat ihre irgendwann mal umgedreht, und sie ist ihr dabei weggerutscht. Als Mrs. Dibble am Abend nach ihr gucken kam, fand sie sie platt wie eine Flunder darunter.«

Martines Augen weiteten sich. »War sie tot?« fragte sie.

»Nein, nein, bloß mächtig sauer. Mrs. Dibble sagte: ›Du solltest dir dafür eine Hilfe engagieren‹, und ihre Mutter sagte: ›Ich kann mir doch keine Hilfe engagieren, nur um mir meine ... Matratze umdrehen zu lassen!‹ Und Mrs. Dibble sagte: ›Wieso eigentlich nicht?‹ Und sie ging nach Hause und dachte sich die Bizeps-Vermietung aus.«

»Faßt du mal auf deiner Seite mit an?« fragte Martine.

Das tat ich nun endlich. Ich stellte die Matratze auf meiner Seite auf und ging dann auf die andere Seite, um Martine beim Abstützen zu helfen. Wir standen so dicht nebeneinander, daß ich das leise Klicken des Metallverschlusses an ihrem Overall hören konnte, wenn sie einatmete. Ich spürte die geballte Wärme, die sie abstrahlte, und ich roch ihren Geruch, der eindeutig Schweißgeruch war.

Sie sagte: »Wie schaffst du's bloß, deine Mundwinkel immer so zu kräuseln?«

»Übungssache«, sagte ich. Und dann: »Boah! Guck bloß mal, wie spät es ist.« (Aber es war nirgendwo eine Uhr zu sehen.) »Ich hab Sophia versprochen, mich mit ihr zum Lunch zu treffen«, sagte ich. »Wir sollten uns lieber ein bißchen beeilen.«

Martine ließ die Matratze los, und einen Moment lang hatte ich das ganze Gewicht allein zu halten, bis ich sie auch losließ.

Im Transporter fing sie einen Streit an. Ich war es nicht, der ihn anfing. Sie behauptete, ich hätte versprochen, sie zu ihrem Bruder zu fahren. Ihre Schwägerin hatte wieder ein Kind bekommen. Aber ich hatte ihr nichts dergleichen versprochen; das war das erste, was ich hörte. »Wo kommt denn dieses Baby her?« fragte ich. »Wenn ich mich recht erinnere, war sie doch neulich erst schwanger.«

»Sie war neulich schwanger. Und hat das Kind jetzt bekommen.«

»Siehst du?« sagte ich. »Genau das ist der Grund, warum ich mir ein eigenes Auto hätte anschaffen sollen. Irgendwas Gebrauchtes, das ich mir von dem restlichen Geld hätte kaufen können, was vom Verkauf der Corvette noch übrig war. Stattdessen kann ich mir jetzt diesen verdammten Transporter mit dir teilen.«

»Mir kommen gleich die Tränen«, sagte Martine.

»Außerdem ist es für alte Leute ein Problem, in einen Transporter einzusteigen. Das Ding ist ungeeignet für unsere Zwecke. Dieser Hochsitz und Everetts alberne Pelzwürfel –«

Martine streckte unvermittelt die Hand aus und fegte mit einer einzigen raschen Bewegung die Würfel vom Rückspiegel. Riß einfach die Kordel ab, warf die Würfel in die Luft, fing beide mit einer Hand wieder auf und stopfte sie in ihre Jackentasche.

»Zufrieden?« fragte sie.

»Boah«, sagte ich.

»Glaubst du vielleicht, daß es für mich so besonders bequem ist, daß der Transporter bei dir herumsteht? Daß ich jedesmal betteln muß, damit du mich fährst, wenn ich irgendwohin muß? Aber *ich* hab keine andere Wahl. Ich komm nicht aus 'ner betuchten Familie! Ich kann nicht einfach losziehen und mir 'n Auto kaufen, wenn ich zu dem Schluß komme, daß der Transporter ›ungeeignet‹ ist.«

»Du brauchst mir nicht gleich den Kopf abzureißen«, sagte ich.

Wir waren inzwischen vor ihrem Haus angekommen, und ich fuhr rechts ran an den Gehsteig. Aber Martine blieb, wo sie war, und reckte mir ihr spitzes gelbes Gesicht direkt vor die Nase. »Ich weiß nicht, warum ich's mir überhaupt noch antue, mit dir rumzuziehen. Du bist sarkastisch, launisch und negativ. Du glaubst, weil du gut aussiehst, kannst du jede Frau anbaggern. Du glaubst, du bist so lieb und verständnisvoll mit unsern armen alten Damen, dabei bist du bloß – 'n Luftikus. Du hast kein Durchhaltevermögen. Auf dich ist kein Verlaß, und wenn du dir noch soviel Mühe gibst!«

Ich war baff. Ich sagte: »Heh?« Ich sagte: »Wo kommt denn *das* alles auf einmal her?« Und als sie nicht antwortete, sagte ich: »Aber du hast es doch selbst so arrangiert, daß du mich brauchst, wenn du irgendwohin fahren willst.«

»So, das ist ganz genau das, wovon ich rede«, sagte sie. Was nicht den geringsten Sinn ergab.

Dann sprang sie aus dem Transporter und knallte die Tür hinter sich zu.

Ich fuhr mit quietschenden Reifen los. Ich schimpfte laut vor mich hin, als ob sie noch neben mir säße. »Du bist ja verrückt«, sagte ich. »Du tickst ja nicht richtig. Hab ich nicht von Anfang an gesagt, daß die Idee mit dem Transporter 'n Scheiß ist?«

Wenn mich jemand gehört hätte, hätte er mich wahrscheinlich für übergeschnappt gehalten.

13

»Wir sind wahrscheinlich die einzige Familie in Amerika, die zu Thanksgiving ein Mitbringsel-Essen veranstaltet«, sagte Mom, in die Runde blickend.

»O nein, das stimmt nicht«, sagte Grannie. »Lieber Himmel! Wie oft bin ich früher gebeten worden, meine Vanillemousse mitzubringen, als das Essen noch bei Tante Mary stattfand.«

»Das ist die eine Form des Mitbringsel-Essens, Mutter. Die geordnete Form, wo die Gastgeberin den Gästen sagt, was sie mitbringen sollen. Aber ich rede von einer anderen Form, der Anarchoform: Jeder bringt mit, was ihm gerade einfällt. Wer außer uns macht schon so was?«

Moms eigenes Gericht war redundant, deswegen war sie wütend. Sie hatte ihren berühmten Zucchinikuchen gemacht, den Wicky auch gemacht hatte, wie sich herausstellte. (Nach Moms Rezept. Meinem Eindruck nach dürfte sie damit schwer ins Fettnäpfchen getreten sein.) Außerdem war kein Truthahn da. Jeff hatte darauf bestanden, daß er und Wicky dieses Jahr das Essen gaben, und deshalb nahmen alle an, daß sie den Truthahn beisteuern würden. Das hatten sie aber nicht getan. Wicky sagte, ihr Ofen sei zu klein für einen Truthahn für zehn Personen. Wie es schien, hatte sie alle Mühe auf die Dekoration verwandt: Kreppgirlanden in herbstlichen Gelb- und Orangetönen schmückten das Eßzimmer, und über die ganze Länge des Tischs zog im Gänsemarsch eine ganze Siedlerfamilie mit brennenden Kerzendochten auf den Hüten und Hauben. Und bevor wir anfingen zu essen, mußten wir uns auf Wickys Wunsch alle an den Händen fassen und singen »Come Ye Thankful People, Come«. Nur waren sie und Sophia die einzigen, die über die erste Zeile hinaus den Text konnten.

Unser Menü bestand aus: zwei Zucchinikuchen, Grannies Vanillemousse, Sophias versunkenem Apfelkuchen aus der Garbox und einem Salat, den Opal mit einer Vinaigrette angemacht hatte. Da war Opal fein raus, denn wir waren alle so froh, etwas auf dem Tisch zu sehen, was nicht süß war, daß ihr Essensbeitrag der Schlager des Tages war.

Ich für meinen Teil hatte es mir leichtgemacht und vier Flaschen Wein mitgebracht. Ich hätte wohl Grund gehabt, mich zu beschweren, denn ich hatte extra einen Wein gekauft, der speziell zum Truthahn paßte. Aber hey! Auf die Weise, dachte ich, konnte ich wahrscheinlich wieder ein oder zwei Flaschen mit nach Hause nehmen.

»Ich hab mich extra erkundigt«, sagte Mom. »Ich hab Wicky schon vor mindestens vierzehn Tagen gefragt: ›Wicky, *was* an Essen soll ich denn nun mitbringen?‹ Aber sie sagte: ›Was du willst. Das klappt schon alles, da bin ich sicher.‹ Mom wedelte nonchalant mit den Fingern, offenbar Wicky nachahmend. ›Jeder von uns entscheidet selbst, was er machen will‹, gab sie mir zur Antwort. ›Das macht doch viel mehr Spaß.‹«

Ich an Wickys Stelle hätte ihr das krummgenommen, aber Wicky lächelte unbekümmert und reichte J. P. ein Karottenscheibchen aus dem Salat.

»Ach, na ja«, meinte mein Großvater, »das wichtigste ist doch, daß wir zusammen sind. Das ist doch der Sinn von Thanksgiving! Alles in Eintracht versammelt. Würdest du das nicht auch sagen, Jeffrey?«

Mein Vater sagte: »Häh? Äh. Ja, genau.« Er neigte dazu, sich in sich selbst zurückzuziehen, wenn Pop-Pop mit seinen Erbauungsreden anfing.

»Und wir sind, toi, toi, toi, alle gesund. Mutters Blutdruck ist unter Kontrolle, meine Augen sind nicht schlechter geworden. Opal ist dieses Jahr bei uns, und sie hat sich zu einer jungen Dame gemausert! J. P. hat's schon zu einem Kindersitz gebracht...«

Allem Anschein nach ging Pop-Pop in der Reihenfolge der

Sitzordnung vor. Bei Thanksgiving-Essen in früheren Jahren war er nach dem Alter vorgegangen, aber heute fing er mit Grannie, zu seiner Linken, an (sie trug ihr mit Münzen benähtes Truthahn-T-Shirt), dann kam er selbst und schließlich Opal und J. P. zu seiner Rechten – J. P. hatte ein Miniatur-Businessoutfit an, das bereits mit Zucchinikuchen beschmiert war.

Als nächstes kam mein Bruder am Kopfende des Tischs dran. »Jeff ist auf dem besten Weg zum Wertpapiermillionär«, sagte Pop-Pop, und Jeff lehnte sich mit einem jovialen Lachen zurück und verschränkte die Hände vor dem Bauch. Der erfolgreiche Patriarch, das war offenbar das Image, auf das er hinarbeitete. Ich weiß nicht, warum mir das erst jetzt aufging. Der einzige Patriarch, den Jeff in seinem Leben kennengelernt hatte, war unser Großvater Gaitlin gewesen, ein dickbäuchiger Mann, der eine gute Zigarre zu schätzen wußte, worin die Erklärung dafür liegen konnte, daß Jeff die Hände vor einem imaginären Bauch faltete und sein Lachen in einem emphysemischen Pfeifen enden ließ. »Na ja, nicht direkt ein *Millionär*«, sagte er unter einem Anfall von Raucherhusten. Kein Wunder, daß er so scharf darauf war, bei allen Familienfeiern den Gastgeber zu spielen!

Pop-Pop kam jetzt zu Mom. »Und unsere Margot ist die neue Vorsitzende vom Harbor Arts Club«, sagte er, während Mom zuerst ihre Tischgenossen zur Linken und dann ihre Tischgenossen zur Rechten mit einem Queen-Elizabeth-Lächeln bedachte. »Und Jeffrey ist mit seinen menschenfreundlichen Aktivitäten natürlich weiterhin ein leuchtendes Beispiel für uns alle ...« Mein Vater zuckte ein wenig zusammen, verbeugte sich und trank noch einen Schluck Wein.

Ich bin nie dahintergekommen, an wen *genau* Pop-Pop seine Informationen richtete. Wir alle kannten sie schon. Vielleicht an den lieben Gott? Ich warf einen Blick zur Zimmerdecke.

»Sophia. Miss Sophia feiert zum allerersten mal mit uns Thanksgiving«, sagte Pop-Pop, »aber wir hoffen, daß es beileibe nicht das letzte Mal sein wird.« Sophia errötete und sandte ein Lächeln zu ihrem Busen. Sie trug heute eine Hochfrisur, was ihr ein festliches, elegantes Aussehen verlieh.

»Wir schulden Sophia Anerkennung dafür, daß sie einem gewissen jungen Mann geholfen hat, langsam in ruhigeres Fahrwasser zu kommen«, sagte Pop-Pop. »Und da wir gerade bei ihm sind – « Und nun kam ich an die Reihe.

»Hab ich euch nicht immer gesagt, Barnaby schafft das schon? Er ist ein sehr, sehr lieber Junge«, sagte Pop-Pop, beugte sich über den Tisch und sah mir ernst ins Gesicht. »Ja, ich glaube sogar, manche würden sagen, er hat seinen Engel gefunden. Häh? Häh?« Und er setzte sich zurück und blickte in die Runde. »Würdet ihr das nicht auch meinen?«

Aber niemand ging darauf ein (ein Kazmerow hatte kein Recht, das Thema Gaitlin-Engel aufs Tapet zu bringen), und so kam er nun zu Wicky. »Und last but not least unsere bezaubernde Gastgeberin Wicky. *Nazdrowie*, Wicky!«

»Auf Wicky«, stimmten wir ein und erhoben unsere Gläser. (Alle außer J. P., der mit der Vanillemousse beschäftigt war.) Auch Opal hielt schüchtern ihre Pepsidose hoch. Wicky sagte: »Ach, kommt. Ich hab doch gar nicht viel gemacht!«

Ich sah, wie Dad Mom mit gerunzelter Stirn einen warnenden Blick zuwarf: Jetzt ja nicht lauthals zustimmen.

Wenn ein Essen hauptsächlich aus Nachtisch besteht, kann man nicht genau sagen, wann es zu Ende ist. Wicky stand schließlich auf, um abzuräumen, lehnte aber alle Hilfsangebote ab, und so blieben wir anderen um den Tisch herum sitzen. Ich sah meine Weinreserve rapide schwinden. Ja, ich hatte sogar den Verdacht, daß Jeff allmählich ein bißchen betrunken wurde. »Reich die Flasche noch mal hier *runter*«, sagte er irgendwann einmal mit der Pfeffersackstimme, die er sich neuerdings zugelegt hatte. »Wer hat sich die Flasche gekrallt?« Als sich herausstellte, daß sie leer war, schickte er mich nach einer Flasche aus seinem Vorrat in den

Keller. Beziehungsweise in den »Weinkeller«, wie er es nannte. »Tu mir doch die Liebe und hol mir einen Cabernet aus dem Weinkeller, ja?« Seine Aussprache war jetzt eine winzige Spur englisch geworden.

Ich stand gehorsam auf – ich fühlte mich sehr nüchtern und verantwortungsvoll, vielleicht wegen Pop-Pops Rede –, ging durch die Küche und dann die Stufen zum Keller hinunter. Ein lückenlos gefülltes Flaschenregal stand neben der Waschmaschine. Ich pickte mir den Cabernet heraus, der am teuersten aussah, und ging damit nach oben.

In der Küche schrubbte Wicky Teller ab. Sie trug ein hautenges beiges Strickkleid, und die Haltung, in der sie dastand, machte aus ihren Pobacken zwei kleine feste Grapefruits, die den Stoff spannten. Sie riefen förmlich danach, von zwei Händen umschlossen zu werden. Sie riefen nicht, sie *befahlen* es geradezu. Mich befiel wieder mal so ein unwiderstehlicher Drang, ich stellte die Flasche auf eine Arbeitsplatte und trat einen Schritt näher.

»Barnaby«, sagte meine Mutter.

Mir blieb das Herz stehen.

Ich fuhr herum und sagte: »*Was denn*? Ich hab bloß Wein geholt! Jeff hat mich gebeten, Wein raufzuholen.«

»Ja, aber ich glaube, den brauchen wir nicht mehr, meinst du nicht auch? Wir haben doch alle mehr als genug davon gehabt«, sagte Mom.

»Oh«, sagte Wicky und drehte sich um. »Soll ich Kaffee machen?«

»Überlaß das nur mir«, sagte Mom. »Geh rein und ruh dich ein bißchen aus.«

»Oh, vielen Dank. Das ist sehr lieb von dir«, sagte Wicky.

Sie hatte natürlich keine Ahnung davon, daß Mom immer behauptete, ihr Kaffee schmecke mehr wie Tee.

Ich schnappte mir die Weinflasche und wollte Wicky gerade ins Eßzimmer folgen, da legte Mom mir die Hand auf den Arm und sagte noch mal: »Barnaby.«

»Ja, Ma'am«, sagte ich. Ich war mir nicht ganz sicher, ob sie nicht mitgekriegt hatte, was ich mit Wickys beiden Grapefruits vorgehabt hatte.

»Ich möchte, daß du das hier zurücknimmst«, sagte sie und zog von irgendwoher aus ihrer Kleidung einen zusammengefalteten ultramarinblauen Scheck hervor.

Ich sagte: »Häh?«

»Das ist dein Geld.«

»Was für 'n Geld?«

Sie drückte mir den Scheck in die Hand, und ich glaube, weil es ein Scheck war, dauerte es so lange, bis ich begriff, worum es ging. Zunächst einmal stellte ich die Weinflasche auf die Arbeitsplatte, dann faltete ich den Scheck auf und besah ihn mir einen Moment. »Zahlen Sie gegen diesen Scheck achttausendsiebenhundert Dollar an Barnaby Gaitlin oder Überbringer.«

»Warum?« fragte ich.

»Ich bin zu dem Schluß gekommen, daß ich das Geld nicht behalten möchte.«

Das riß mich nicht so vom Hocker, wie man vielleicht denken könnte. Ich sah mir weiter den Scheck an, in der Hoffnung, er würde mir mehr verraten. Der Platz hinter »Verwendungszweck« war frei gelassen. Wenn sie den doch nur ausgefüllt hätte! Schließlich hob ich den Blick.

»Warum?« fragte ich sie noch mal.

»Ach ...«, sagte sie, wandte sich um und griff nach der Kaffeemaschine. »Es schien mir einfach richtig so«, warf sie mir über die Schulter zu.

»Aber du hast immer gesagt, ich soll das Geld zurückzahlen.«

»Ach ...«

»Du hast gesagt, daß es *so* richtig wäre.«

Sie ließ geräuschvoll Wasser in die Kaffeemaschine laufen.

»Du willst mich bloß in meiner gewohnten Rolle festhalten«, sagte ich. »Es wäre dir lieber, wenn ich weiter Schulden bei euch hätte.«

»Sei nicht albern«, sagte sie und drehte das Wasser ab.

»Jetzt, wo ich meine Schulden abgetragen habe, hast du nichts mehr, womit du mich schikanieren kannst.«

»Das ist doch albern. Du kannst deine Schulden nie abtragen.«

»Wie bitte?«

Sie gab keine Antwort. Aus dem Abmessen des Kaffees machte sie eine größere Angelegenheit.

»Ich *habe* meine Schulden bei dir gerade bezahlt«, sagte ich.

Sie preßte die Lippen aufeinander.

»Achttausendsiebenhundert Dollar«, sagte ich zur Erinnerung. »Cent für Cent. Bar auf die Hand.«

Sie fuhr herum. Sie sagte: »Glaubst du wirklich, das Geld kann austilgen, was ich durchgemacht habe? Bei unseren ganzen versnobten Nachbarn Klinken putzen und Kotau machen, damit sie nicht vor Gericht gehen?«

»Ich hab dich nicht darum gebeten«, sagte ich.

»›Na ja, das müssen wir uns erst mal überlegen, Mrs. Gaitlin‹«, sagte sie und schlug dabei einen hochnäsigen, affektierten Ton an. »›Das müssen wir uns erst mal durch den Kopf gehen lassen‹, sagten sie zu mir. Dieser unerträgliche Jim McLeod: ›Ich bezweifle, ob Sie ganz ermessen können, Mrs. Gaitlin, was für ein seltenes und wertvolles Stück diese Schnitzerei zufällig ist.‹ Es machte ihnen einen Riesenspaß, mich bitten zu sehen! Der Emporkömmling Margot Gaitlin. Da zeigt sich's mal wieder, dachten sie: Man kann ein Mädchen aus Canton herausholen, aber man kann Canton nicht aus... ›Man braucht sich doch nur ihren Sohn anzusehen, wenn es noch eines Beweises bedürfte‹, sagten sie. Oh, ja, du bist immer *mein* Sohn gewesen. Ich hab das wohl selber so empfunden. Jeff wurde eher als Dads Sohn gesehen, aber du wurdest als mein Sohn betrachtet. Für dich mußte ich mich persönlich entschuldigen. Du glaubst, das kannst du abtragen? Das kannst du dein Leben lang nicht abtragen. Nicht mit achttausend, nicht mit achthunderttausend Dollar! Nimm dein Geld zurück.«

»Das hättest du wohl gern«, sagte ich und zerriß den Scheck. Dann machte ich Konfetti daraus, riß ihn in immer kleinere Stücke und ließ die Schnipsel zu Boden flattern. Meine Mutter starrte mich nur an – mit offenem Mund, ein Löffelvoll gemahlener Kaffee schwebte zwischen uns.

Ich hatte mir eingebildet, wir hätten uns angeschrien, aber als ich ins Eßzimmer stürmte, merkte ich, daß keiner von den anderen uns gehört hatte. Sie saßen immer noch um den Tisch herum, und als Jeff mich sah, sagte er nur: »Wo ist denn der Wein, Bruderherz?«

»Hoppala«, sagte ich, kurvte im Bogen zurück in die Küche und holte die Flasche. Es war nicht meine Sache, wieviel er trank.

Die Pilgerkerzen waren inzwischen kopflos. Ihre Schultern waren Wachskuhlen mit Kräuselrand. Wicky stand auf, blies sie aus und sagte: »Wollen wir nicht rübergehen ins Wohnzimmer?« Als Mom dann mit dem Kaffeetablett hereinkam, saß ich schon auf der Couch und spielte mit Opal eine Partie Cribbage. Ich winkte das Tablett weiter, ohne aufzusehen, und niemandem fiel etwas auf dabei.

Opal hatte Cribbage erst am Tag vorher gelernt, ihrem ersten Abend bei meinen Eltern, sie konnte es aber schon gut. Ich war richtig ein bißchen stolz auf sie. »Fünfzehn macht zwei, mit Dreiersequenz gibt fünf, mit ›his nobs‹ gibt zusammen sechs«, sagte sie pfiffig. *Ich* vergaß immer, den Buben »his nobs« zu nennen. Ich sagte: »Du hast noch einen weiten Weg vor dir, Ope«, und sie setzte sich zurück und lächelte mich an. Wie sie da so mit untergeschlagenen Beinen saß, konnte man sehen, daß an den Knien ihrer schwarzen Strumpfhose Löcher im Entstehen waren. Ich fand das, ich weiß nicht, warum, ermutigend.

Plötzlich durchfuhr mich dieser Gedanke. Ich dachte, ob Opal wohl einen Besuch von *ihrem* Engel bekommen würde, irgendwann in der Zukunft?

Sie war schließlich eine Gaitlin. Sonderbar, sich das klarzumachen. Sie hatte meinen Nachnamen und zumindest ein paar von meinen Genen, auch wenn sie nicht augenfällig waren.

Wicky wiegte J. P. in den Schlaf und summte dabei irgend etwas ohne Melodie vor sich hin. Jeff stocherte im Kaminfeuer herum. (Ein weiterer Auftritt in der Patriarchenrolle, nahm ich an.) Sophia saß neben Grannie auf dem Zweisitzer, und Dad hatte den einzigen Sessel okkupiert. Deshalb mußte Pop-Pop mich auf der Couch ein Stückchen zur Seite schieben, als er von seinem Gang zur Toilette zurückkam. »Ach ja«, sagte er und ließ sich schwer in die Kissen zurückfallen, »was macht das Auto, Barnaby?«

»Ahm...« Zum Glück kam meine Mutter gerade in dem Moment mit dem Tablett auf ihn zu. »Möchtest du Kaffee, Daddy? Es ist koffeinfreier.«

»Warum, zum Teufel, sollte ich koffeinfreien trinken? Wozu ist Kaffee gut, wenn er einen nicht anregt?«

»Aber denk mal dran, wieviel besser du schläfst, Daddy.«

»Ah!« sagte er, nahm sich aber eine Tasse und rührte mehrere Löffel Zucker hinein, während sie wartete.

»Jeffrey?« sagte meine Mutter dann und ging auf Dad zu.

»Ja, gern, danke.«

Sie beugte sich vor, um das Tablett auf dem Lampentisch neben ihm abzustellen. »Barnaby nimmt sein Geld nicht zurück«, sagte sie zu ihm.

»Wie?« fragte mein Vater.

»Seine achttausendsiebenhundert Dollar. Er will sie nicht zurücknehmen.«

Ich spürte, daß Sophia zu mir herübersah, aber die anderen nahmen keine Notiz. »Fünfzehn macht zwei, nochmal fünfzehn macht vier, mit Doppelsequenz gibt zusammen zwölf«, verkündete Opal, während Jeff den Schürhaken beiseite legte und noch einen Schluck Wein trank.

»Ich wollte ihm das Geld zurückgeben, aber er hat den Scheck zerrissen.«

»Wir besprechen das ein andermal, ja?« sagte mein Vater freundlich.

»Aber ich möchte das geklärt wissen.«

»Ich hab dir gesagt, ein andermal.«

»Ja, wann denn? Wir kriegen ihn doch nur alle Jubeljahre zu sehen.«

»Margot«, sagte mein Vater. »Hältst du es für möglich, daß wir mal ein Familienfest hinter uns bringen, ohne daß du deine ermüdende Marktweibnummer abziehst?«

Wicky hörte auf zu summen. Es entstand eine Pause, dann nahm meine Mutter das Tablett und ging gemessenen Schritts damit zurück in die Küche. Kurz darauf hörte man, wie das Tablett auf eine Arbeitsplatte geknallt wurde. Ein Wasserhahn wurde aufgedreht. Geschirr fing an zu klappern. Wicky warf Jeff einen Blick zu, aber er schüttelte kaum merklich den Kopf, und so blieb sie sitzen.

Grannie räusperte sich. »Liebe Sophia!« sagte sie. »Erzählen Sie uns! Was macht *Ihre* Familie an Thanksgiving?«

Also, zumindest nahmen sie sich nicht *coram publico* gegenseitig auseinander, hätte Sophia antworten können, aber sie sagte zu Grannie: »Ach, leider nichts besonders Aufregendes. Gewöhnlich kommen Mutters beide Cousinen und der Mann der einen Cousine zum Abendessen. Und in diesem Jahr hat sie dazu auch noch meine Tante Grace hier aus Baltimore eingeladen.«

»Sie hat deine Tante Grace eingeladen?« fragte ich.

Aber ich glaube, Sophia hörte es nicht, weil Grannie gerade sagte: »Ach, wie reizend! Und gibt es auch einen Truthahn?«

»Aber ja. Tatsächlich machen wir's ganz ähnlich wie Sie hier – jeder bringt was zu essen mit –, nur daß Mutter jedem sagt, was er mitbringen soll. Tante Grace bringt zum Beispiel ihre Maronenfüllung mit. Sie hat sie vorher schon so weit fertig gemacht, daß sie nur noch mitgebraten werden muß, und ich hab sie damit zum Zug gebracht, aber der Himmel weiß, wie sie nach ihrer Ankunft in Philadelphia zurechtkommt.«

»Du hast sie zum Zug gebracht?« fragte ich.

Das war mir alles neu, das kann man mir glauben.

Sophia bedachte mich mit einem abwesenden Lächeln. »Die Cousinen sind fürs Gemüse zuständig«, sagte sie, »und Cousine Dottys Mann macht die Pies. Er ist ein vorzüglicher Koch, aber sonst ist er eher so was wie ein –«

In der Küche schepperte es. Anschließend klirrten Gläser. Sophia verstummte. Wir anderen wechselten Blicke.

Grannie sagte: »Ja, meine Liebe? So was wie ein ...?«

»Ach, ja! So was wie ein ... Tunichtgut, glaube ich. Aber –«

Ein metallener Gegenstand klirrte so laut, daß es einen Nachhall gab wie von einem Gong.

»Vielleicht sollte ich lieber rausgehen«, sagte Wicky.

»Du bleibst am besten da, wo du bist, findest du nicht?« sagte mein Vater in freundlichem Ton.

Sie setzte sich zurück und zog J. P.s bleischweren Körper näher zu sich heran.

Sophia sah uns einen nach dem anderen an.

»Tunichtgut!« sagte ich.

Sophia sagte: »Was?«

»Ich hab diesen Ausdruck schon ewig nicht mehr gehört.«

»›Tunichtgut‹ hast du nicht gehört?«

»Das ist ja fast mittelalterlich, meint ihr nicht auch?« fragte ich in die Runde. Ich mußte mit erhobener Stimme sprechen, um den Lärm aus der Küche zu übertönen. »Das hätte ja fast in die Zeit von Robin Hood gepaßt. Eigentlich sind ja viele Wörter für Negativgestalten so skurril und altbacken. ›Rabauke.‹ ›Spitzbube.‹ ›Strolch.‹ ›Schlitzohr.‹ Ist euch das schon mal aufgefallen?«

Es war offenbar niemandem aufgefallen.

»›Tagedieb.‹ ›Lumpenkerl‹, sagte ich. »›Galgenvogel.‹ ›Strauchdieb.‹«

»›Packesel‹«, bot Opal überraschend an.

»Na ja, das gehört nicht *direkt* zum Thema ... oder vielleicht doch, wenn man sich's genau überlegt. Und ›unehrenhaft erworbener Gewinn‹. ›Vertane Jugend.‹ Oder, warte mal ...«

»›Gewohnheitssünden‹«, ließ sich mein Vater von seinem Sessel her vernehmen.

»Genau! Aber bei den Wörtern für Tugendbolde ist das wieder anders, jedenfalls soweit ich das –«

Das Telefon klingelte. Wir waren alle so erleichtert, daß jeder von uns eine Bewegung machte, als ob er aufstehen und ans Telefon gehen wollte, aber Mom ging in der Küche ran. Wir hörten sie sprechen, konnten aber nicht verstehen, was sie sagte. »Mm? Mm? Hmm-hmm-hmm.«

Dann erschien sie in der Tür. »Barnaby«, sagte sie – neutrale Stimme, unaufgeregtes Gesicht, untadeliges Äußeres – »das war diese Martine, und sie läßt dir ausrichten, daß sie den Transporter hat, daß sie ihn aber morgen früh bei dir vorbeibringt.«

»Danke«, sagte ich.

Pop-Pop fragte: »Was ist 'n das für 'n Transporter?«

Ich sagte: »Ach, das ist nur der Wagen, mit dem wir unsere Fahrten für Bizeps machen.«

»Der dumme Junge hat die Sting Ray verkauft«, sagte mein Vater zu meinem Großvater.

»Er hat was?«

»Die Corvette Sting Ray verkauft und einen gebrauchten Ford Pickup gekauft.«

Pop-Pop beugte sich auf der Couch vor und starrte mich an. Ich spürte seinen bohrenden Blick, obwohl ich ihm den Rücken zukehrte. Ich drehte mich zu ihm um und sagte: »Ich wollt's dir heute noch sagen.«

»Du hast die Sting Ray verkauft?«

Er war so perplex, daß rund um die Iris das Weiß in seinem Auge zu sehen war.

»Ehm – ja«, sagte ich.

»Warum?«

Ich sagte: »Ich hab das Geld gebraucht.«

»Das Geld, Sohn. Geld hättest du dir doch von mir leihen können! Ich hätte dir gerne was geliehen!«

»Na ja... der Sinn der Sache war ja gerade, daß ich meine Schulden loswerde. Daß ich endlich mal bei niemand mehr in der Kreide stehe.«

Pop-Pop machte ein langes Gesicht.

»Aber, Barnaby«, sagte er schließlich, »das war das einzige Jahr, wo sie die Corvette mit geteiltem Heckfenster gebaut haben.«

»Ach, dieses blöde geteilte Heckfenster«, sagte ich. Dann setzte ich hinzu: »Entschuldigung.« Ich blickte in die Runde. Sie hatten alle einen vorwurfsvollen Gesichtsausdruck – selbst Opal. (Oder vielleicht bildete ich mir das auch nur ein.) »Ich meine«, sagte ich, »ich weiß, was für 'ne tolle Kiste das war, Pop-Pop –«

»Mann, oh, Mann«, sagte Jeff plötzlich. »Es hat mir das Herz gebrochen, als Pop-Pop dir die Corvette geschenkt hat.«

»Wirklich?« fragte ich.

»Für das Auto hätte ich einen Mord begangen!«

»Im Ernst?«

Ich kaute eine Weile stumm an meiner Backe, während ich mir das voll bewußt machte. Unterdessen übernahm Dad die Konversation. »Als ich in Barnabys Alter war«, sagte er, »habe ich natürlich *gearbeitet*, wenn ich Geld brauchte, aber heutzutage ist das ja offenbar –«

»Bei allem gebührenden Respekt, Dad«, sagte ich zu ihm, »du bist nie in meinem Alter gewesen.«

»Wie bitte?«

»Die Zeiten haben sich geändert, meinst du nicht auch, Dad? Die Erfahrungen, die ich gemacht habe, hast du nicht gemacht. Und umgekehrt natürlich. Deshalb kannst du uns nicht miteinander vergleichen, will ich damit sagen.« Ich wandte mich wieder zu meinem Großvater. »Es tut mir leid, Pop-Pop. Mir dieses Auto zu schenken war das Beste, was jemals jemand für mich getan hat, und glaub nicht, ich wüßte das nicht. Aber ich geb mir wirklich große Mühe, jetzt erwachsen zu werden, verstehst du das? Und um das zu schaffen, mußte ich das Auto verkaufen. Ich hoffe, du hast Verständnis dafür.«

Ich hörte Moms Schürze rascheln, während sie ihre Hände darin verbarg. Dann sagte Pop-Pop: »Na klar, Sohn. Das Auto hat dir gehört, und du konntest damit machen, was du wolltest.«

Danach verbrachten wir einen ziemlich normalen Abend, aber das lag einfach daran, daß wir alle erschöpft waren.

Sophia und ich waren im Saab herübergekommen, und wir hatten beide stillschweigend angenommen, daß wir zusammen zu ihr zurückfahren und die Nacht miteinander verbringen würden, weil ihre Mitbewohnerin verreist war. Auf dem Gehweg vor Jeffs Haus sagte ich: »Warum fährst *du* nicht? Dann brauchst du mich bei mir nur rauszulassen.« Aber gleich darauf empfand ich das Bedürfnis, mir ein Übermaß an Entschuldigungen auszudenken. »Ich muß morgen sehr früh anfangen zu arbeiten, und Martine weiß nicht Bescheid, wo sie mich abholen soll, außerdem hat Opal irgendwas von Frühstück gesagt...«

Sophia sagte nur: »Gut«, und dann gingen wir zu ihrem Auto. Ich hatte das Gefühl, daß sie sogar ganz froh war. Wahrscheinlich war ihr eine Nacht allein nicht unwillkommen.

Es hatte im Lauf des Abends geregnet, und die Luft war jetzt feucht und kalt. Wir hatten noch nicht die nächste Kreuzung erreicht, da waren die Fensterscheiben schon beschlagen. Mit extremer Klarheit wurde mir unser Eingeschlossensein bewußt. Unsere Atemzüge waren zu laut, und das blecherne Geräusch von Sophias Kuchenplatte, die bei jeder Kurve über den Rücksitz rutschte, machte unser Schweigen noch auffälliger.

Schließlich sagte sie: »Du hast mir gar nicht gesagt, daß deine Mutter dir das Geld zurückgeben wollte.«

»Ging nicht. Das ist doch gerade erst passiert«, sagte ich.

»Ich verstehe nicht, warum du es nicht genommen hast.«

Ich starrte sie an. »Was, du auch nicht?«

»Das sind schließlich achttausendsiebenhundert Dollar. Überleg mal, was wir damit machen könnten.«

»Na ja, 'ne ganze Menge. Klar. Aber darum geht's nicht. Ich möchte mir über dieses Geld keine Gedanken mehr machen.«

»Dann möchtest du lieber, daß *ich* mir über Geld Gedanken mache.«

»Du? Wie meinst 'n das?«

»Na, ich konnte mir für Thanksgiving noch nicht mal 'n neues Kleid kaufen, weil mein Geld im Mehlkasten ist.«

»Ja und? Dann hol es da *raus*. Du hast doch selber gesagt, daß du wieder Kontakt zu deiner Tante hast.«

»Ach, ich wußte, daß du mir das zum Vorwurf machen würdest«, rief sie und bog auf den Northern Parkway ein. Ich sagte: »Hah? Daß ich dir was zum Vorwurf machen würde?«

»Sie ist schließlich meine Tante, Barnaby. Ich hab nicht so viele Verwandte, daß ich es mir leisten könnte, zu einer sehr liebevollen Tante den Kontakt abzubrechen.«

»Ja, sicher. Das versteh ich«, sagte ich.

»Und es war mir einfach schrecklich, Streit mit ihr zu haben, deshalb hab ich sie letzte Woche irgendwann mal angerufen. Ich wollte es dir sagen, ganz bestimmt, aber dann hab ich's irgendwie wieder vergessen. Ich hab sie gefragt, wie's ihr geht, und sie hat gesagt, daß sie erkältet wäre. Tja, was sollte ich machen? Eine kranke alte Frau einfach abhängen? Ich bin mittags bei ihr vorbeigefahren. Hab ihr 'n bißchen Suppe und Nasentropfen gebracht. Ich konnte sie doch schließlich nicht einfach so sich selbst überlassen.«

»Natürlich nicht«, sagte ich.

Glaubte sie vielleicht, ich wüßte nicht, wie so ein Familienkuddelmuddel lief? Die unverzeihlichsten Dinge wurden ... oh, nein, nicht verziehen. Niemals verziehen. Aber zumindest unter den Teppich gekehrt; für den Augenblick weggewischt; begraben, aber nicht zu tief. Da wußte ich Bescheid.

Ich drehte mein Fenster einen halben Zentimeter herunter, weil ich dachte, die frische Luft könnte den Belag von der Scheibe vertreiben. Ich sagte: »Aber du hast dir dein Geld immer noch nicht aus dem Mehlkasten geholt.«

»Nein.«

Wenigstens hatten wir jetzt das Pfeifgeräusch von meinem Fenster. Es übertönte das Schweigen.

»Warum nicht?« fragte ich sie schließlich.

»Hmm?« sagte sie. Sie beugte sich vor und wischte mit der Hand über die Windschutzscheibe. Ein Irrtum, aber das behielt ich für mich.

»Warum hast du dein Geld nicht da *rausgeholt*?«

»Ach, Gott, es war irgendwie ... nie Gelegenheit dazu.«

»Aber jetzt wäre 'ne prima Gelegenheit«, erklärte ich ihr. »Jetzt ist deine Tante in Philadelphia.«

»Aber Barnaby! Ich kann mich da nicht einfach reinschleichen wie ein Dieb!«

Sie hielt den Blick während dieser Worte auf die Straße gerichtet. Dadurch wirkte die Empörung unecht. Und auf einmal fand ich sie unheimlich ätzend. Ich bemerkte, wie das Licht der Straßenlaternen die Härchen an der Silhouette ihres Kinns anleuchteten – es war schon fast ein richtiger Flaum – und wie groß und breit und herrisch ihre Hände auf dem Lenkrad wirkten. Herrschsüchtig, das war das richtige Wort dafür. War das nicht der eigentliche Grund, warum ihre früheren Beziehungen in die Brüche gegangen waren? »Ich bin wahrscheinlich zu ... selbstbestimmt«, erinnerte ich mich irgendwie an ihre Worte. »So selbstbestimmt, wie's die Männer nicht unbedingt schätzen.« Ja verdammt, sie war zu selbstbestimmt.

Und dann diese künstlich verlangsamte Kinderstimme, die sie annahm, wenn sie von sich als Kind sprach – »Als ich ein kleines Mädchen war« –, als ob sie etwas Exzeptionelleres gewesen wäre als andere kleine Mädchen. Und ihre ewigen Garboxessen, o Gott. Noch so eine verkocht schmeckende, undefinierbare, farblose Eintopfpampe, und ich würde krepieren.

Und dann dieser starre Schematismus: dieses Haare- und Strumpfhosenwaschen am Sonntagabend, dieses totale Fehlen jeglicher Abenteuerlust. (War es nicht eher ein Manko als eine Tugend gewesen, daß sie so gar keine Neugier gezeigt hatte, als der Mann mit dem Paß ihr den Umschlag gegeben hatte?) Ihre Unaufgeregtheit, ihre langweilige Unerschütterlichkeit, als sie annahm, ich hätte ihrer Tante das Geld gestohlen. Da hatte ich nun gehofft, sie würde mich zu sich hinaufziehen, mich mit ihrer Vortrefflichkeit erfüllen! Statt dessen hatte sie nichts Eiligeres zu tun gehabt als meine Verworfenheit zu decken.

Ich sagte: »Komm, Sophia, laß uns das Geld holen.«

»Auf gar keinen Fall«, sagte sie, und sie sagte es so prompt, daß meine und ihre Worte sich praktisch überschnitten.

»Warum nicht? Wenn das Geld dir gehört, warum kannst du's dann nicht?«

Sie sagte: »Bitte, gib jetzt Ruhe. Es geht dich wirklich nichts an, was ich mit meinem Geld mache.«

»Tatsache ist, daß mich das sehr wohl etwas angeht«, sagte ich. »Tatsache ist, daß du mir immer wieder damit in den Ohren liegst, wie schwer dein Leben ist, jetzt, wo du dein Geld los bist. Du redest dauernd davon, was du dir alles nicht leisten kannst, seitdem das Geld in dem Mehlkasten ist. Und weißt du, was ich glaube, Sophia? Es ist dir *ganz recht*, daß es dort ist. Ich glaube, du hast das Gefühl, ich bin dir verpflichtet, solange das Geld im Mehlkasten ist. Ich hab allmählich den Verdacht, daß du es gar nicht zurückhaben willst. Es ist dir lieber, wenn ich für deine Opferbereitschaft in deiner Schuld stehe.«

»Also das ist schlicht und einfach nicht wahr«, sagte Sophia.

Man hätte meinen können, sie würde zumindest die Stimme erheben. Aber nein, sie sprach leise und beherrscht und hielt den Blick weiterhin nach vorn gerichtet, und sie vergaß auch nicht zu blinken, bevor sie in meine Einfahrt einbog. Auch das fand ich ätzend. Sie war einfach genauso wütend wie ich, das wußte ich genau, aber ihr war schon zweimal der Freund abgesprungen, und sie hatte sich geschworen, den hier zu behalten, ganz gleich, als was für ein... Tunichtgut er sich entpuppen würde. Ach, sie war für mich ein offenes Buch.

Ich erinnerte mich daran, was ich zu Mrs. Alford gesagt hatte, als ich ihr den Besuch schilderte, den mein Urgroßvater von seinem Engel bekommen hatte. Engel hinterlassen einen stärkeren Eindruck, wenn sie nicht allzu lange bleiben. Sinngemäß jedenfalls. Wenn sie sich nicht länger aufhalten und ins Reden geraten und einem Gelegenheit geben, sie besser kennenzulernen.

Und jetzt die Geschichte, wie es dazu kam, daß mein Pop-Pop mir seine Sting Ray schenkte:

Ich machte gerade meinen Abschluß an der Renascence School, war an der Towson State University angenommen, und Dad hatte versprochen, sich nach einem Ferienjob für mich umzuhören. Bis jetzt hatte er noch keinen Erfolg gehabt, aber das ist eine ganz andere Geschichte. Was ich sagen will, ist, daß es zur Abwechslung mal gut bei mir lief. Mein Leben hatte aufsteigende Tendenz. Es war viel die Rede von *tabula rasa* und Neuanfang et cetera, et cetera.

Zu Ostern kam ich dann über das lange Wochenende nach Hause und hatte ein bißchen Ärger. Also ich will nicht lange drumrumreden: Ich hab meine Eltern ausgesperrt und hab das Eßzimmer in Brand gesteckt.

Ich kann nicht genau erklären, wie's dazu gekommen ist. Wie kommt es *überhaupt* zu so etwas? Es war ein ganz gewöhnliches Essen an einem Samstagabend, nichts Besonderes. Mein Bruder hatte eine Freundin mitgebracht. Er hatte inzwischen eine eigene Wohnung in der Innenstadt in der Chase Street, und er wollte, daß wir diese Joanna oder Joanne, oder wie auch immer sie hieß, kennenlernten. Aber daran lag es nicht. Das Mädchen war ziemlich harmlos. Und meine Eltern zogen ihre Glückliches-Ehepaar-Nummer ab und erzählten, wie sie sich kennengelernt hatten und so weiter – mein Vater charakterisierte meine Mutter als lebendig, lebenslustig und temperamentvoll (das Adjektiv, das er am liebsten für sie gebrauchte); meine Mutter blickte in dieser bewundernden First-Lady-Manier zu ihm auf. Daran lag es auch nicht. Ich hatte die Nummer schon oft erlebt. Oh, ich behaupte nicht, daß meine Eltern für meine Fehler verantwortlich sind. Meine Mutter trug vielleicht ein bißchen dick auf – mit ihrer aufwendig inszenierten Soignierte-Guilforder-Dame-Nummer, ihrer sorgfältig auf salopp stilisierten Kleidung und ihrem frenetischen Möbelrücken vor jeder größeren Party –, aber mir ist klar, es gibt Schlimmeres. Ich weiß also nicht, woran es lag. Ich hatte wahrscheinlich einfach schlechte Laune. Während des ganzen Essens kämpfte ich dauernd gegen meine alte Angst an, ich könnte mit irgendeiner schockierenden Bemerkung herausplatzen. Es war sogar noch schlimmer als sonst. (Glauben Sie, daß ich an einem leichten Tourette-Syndrom leide, an einer Borderline-Form? Ich habe mich das schon oft gefragt.) Aber ich kam heil über die Runden. Verabschiedete mich in der Eingangshalle höflich von Jeff und Wie-war-doch-gleich-ihr-Name und sah zu, wie Mom und Dad die beiden hinaus auf die Straße begleiteten.

Dann schloß ich alle Türen hinter ihnen ab, stand mit verschränkten Armen drinnen und horchte, wie meine Eltern klopften und klingelten und riefen. (»Barnaby? Barn? Du hast jetzt deinen kleinen Spaß gehabt. Nun laß uns bitte wieder rein.«) Ich gab keine Antwort. Als mein Vater schließlich die Außentreppe hinunterging und sich einen Weg durch die Azaleen suchte, um durchs Eßzimmerfenster hereinzugucken, schnappte ich mir die silberne Dose mit den Streichhölzern, mit denen meine Mutter die Kerzen anzündete, riß ohne zu überlegen ein Streichholz an und steckte die Vorhänge in Brand. Sie waren aus einem gazeartigen Stoff und brannten sofort lichterloh. Mein Vater sagte: »Ruf die Feuerwehr!« (Er sprach mit mir, konnte ich nur annehmen, wer sonst hatte ein Telefon in der Nähe.) Aber meine Mutter sagte: »Nein! Denk an die Nachbarn«, und da nahm ich einen Eßzimmerstuhl und warf ihn durchs Fenster. Es war ein riesiges Gefühl. Ich erinnere mich noch an die Genugtuung, die ich dabei empfand. Ein knallhartes Krachen und Scheppern. Allerdings hatte Dad danach eine Einstiegsmöglichkeit ins Haus.

Ich versuchte nicht, ihn aufzuhalten. Ich ging einfach davon in mein Zimmer, als ob mich das Ganze nichts anginge, und war mir dabei die ganze Zeit bewußt, daß ich wie ein Irrer wirken mußte. Mit schlaff herunterhängenden Armen ging ich wie in schlafwandlerischer Trance die Treppe hinauf und beobachtete mich selbst bei meinem Treiben und Übertreiben, der gleichen Attitüde, wie ich sie mir schon einmal vor Jahren zugelegt hatte, als ich mir den Knöchel verstaucht und anschließend mein Hinken maßlos übertrieben und mit voller Hingabe den Krüppel gespielt hatte.

Na, man kann sich den Tumult sicher vorstellen. Ferngespräche mit Renascence, bei denen den Leuten dort der Kopf gewaschen wurde, weil sie ein so gefährliches Subjekt nach Hause geschickt hatten. Telefonische Beratungen mit dem Schulleiter und meinem Vertrauenslehrer. Aber komischerweise nicht mit meinem Psychologen. Den hatte ich nämlich, und zwar einen ganz passablen, aber in diesem Fall konzentrierte man sich offenbar mehr auf meine verbrecherische Absicht als auf meinen Geisteszustand. Es war sogar die Rede davon, daß die Polizei eingeschaltet werden sollte, aber das war wohl nur eine leere Drohung. Mein Vater ging so weit, von Gefängnis zu reden. »Ich habe dich schon einmal vor dem Gefängnis bewahrt, noch mal tue ich das nicht.« Ich behielt einfach meine abwesende Miene. Ich konnte nur ein schwaches Interesse für die Sache aufbringen, als ob ich mit dem Ganzen nichts zu tun hätte. Ich erinnere mich, daß ich darüber nachdachte, was für eine abstruse Strafe doch das Gefängnis war – so wie wenn man jemanden zur Strafe auf sein Zimmer schickt, im Grunde. Einfach nur wegsperren. Was für eine Idee. Aber ist den Leuten schon mal der Gedanke gekommen, daß weggesperrt zu werden unter Umständen eine Wohltat sein kann?

Wie auch immer, am nächsten Tag war Ostern. Und so versammelten wir uns zum Ostermahl – ich und meine Angehörigen. Jeff ohne die Freundin (sie war wohl eilig wieder ausgeladen worden, mit Rücksicht auf die neuesten Ereignisse), meine Großmutter Gaitlin, die damals noch lebte, und Grannie und Pop-Pop Kazmerow. Natürlich war über den VORFALL hinter meinem Rücken ausführlich gesprochen worden, und ich konnte ohne weiteres sehen, daß alle nur *daran* dachten. Viel Kopfschütteln, viel Geflüster in der Eingangshalle. Verstohlene Blicke auf den Pappeinsatz im Fenster und den angekohlten, mit Blasen bedeckten Rahmen.

Nicht so von seiten Pop-Pops.

Er kam einfach direkt auf mich zu. Ich stand allein vor dem kalten Kamin im Wohnzimmer und fühlte mich wie ein Marsmensch, und Pop-Pop kam direkt auf mich zu und sagte: »Frohe Ostern, Barnaby.«

»Ja, dir auch«, sagte ich.

»Ich freu mich *so*, dich zu sehen.«

»Ich freu mich auch, dich zu sehen, Pop-Pop.«

Dann griff er nach meiner Hand und schob mir etwas zwischen die Finger. Den Chevroletschlüsselring.

Ich sagte: »Was soll ich damit?«

Er sagte: »Du weißt doch, wie schlecht ich sehe. Ich sollte eigentlich schon lange nicht mehr Auto fahren.«

»Aber was –?«

»Du sollst meine Corvette haben. In der stecken noch jede Menge Kilometer. Das ist ein Superschlitten, Barnaby. Die einzige Corvette, die je 'ne geteilte Heckscheibe hatte.«

»Du gibst mir die Corvette?«

Er nickte.

»Soll das heißen, du *schenkst* sie mir?«

»Ich kann mir niemand Besseres vorstellen, mein Junge«, sagte er.

Keine Ahnung, was Jeff in dem Moment für ein Gesicht machte. Hat er mich tatsächlich beneidet? Ich nahm ihn nicht einmal flüchtig wahr. Ich starrte auf die schwarzweiß karierten Flaggen hinunter und blinzelte, um die Tränen zurückzuhalten.

14

In diesem Jahr wolle sie früher mit den Weihnachtsvorbereitungen beginnen, sagte Mrs. Alford zu uns, und nicht bis zum letzten Moment damit warten, sich ihren Baum herrichten zu lassen. Deshalb setzte mich Martine an einem Morgen Mitte Dezember bei Mrs. Alford ab – es war ein kalter, aber ziemlich sonniger Tag, so daß die dünne Schneeschicht, die sich über Nacht gebildet hatte, schon wieder zu schmelzen begann. Ich ging die Treppe zur Haustür hinauf und drückte auf den Klingelknopf, bevor ich mir die Schuhe abtrat, denn Mrs. Alford brauchte immer ein Weilchen, bis sie an die Tür kam. Aber ihr Bruder machte mir auf. Ich erkannte die beiden weißen Haarwolken wieder, die sich über seinen Ohren bauschten. Hatte ich seinen Namen je gewußt? Ich hatte ihn ja nur das eine Mal gesehen.

Aber er wußte meinen Namen. »Ja, ist denn das die Möglichkeit«, sagte er. »Das ist ja Barnaby. Ach, Barnaby. Wie furchtbar lieb von Ihnen vorbeizukommen.« Und er streckte mir die Hand hin.

Ich war auf eine Begrüßung mit Handschlag nicht vorbereitet, aber ich gab ihm die Hand, und dann streifte ich die Schuhe noch ein paarmal an der Fußmatte ab, um zu signalisieren, daß ich hereinkommen und mit der Arbeit beginnen wollte. Aber er wollte offenbar, daß wir beide noch einen Augenblick stehenblieben und uns unterhielten. »Ich kann Ihnen gar nicht sagen, wieviel das bedeutet«, sagte er. »Meine Schwester wäre ja so gerührt darüber gewesen, daß Sie bei ihr reinschauen.«

Wäre gewesen?

Oh-oh.

»Aber kommen Sie doch herein! Kommen Sie herein! Wo habe ich nur meinen Kopf. Bitte«, sagte er. »Darf ich Ihnen Ihre Jacke abnehmen?«

»Äh ... nein, danke. Ich behalte sie an«, sagte ich.

Aber ich ging mit ins Haus. Ich sah echt keine Möglichkeit, mich davor zu drücken.

»Valerie möchte Sie sicher kennenlernen«, sagte Mrs. Alfords Bruder und ging vor mir her durch den Flur. Valerie war vermutlich Mrs. Alfords Tochter. Wir kamen am Eßzimmer vorbei, wo ein bärtiger Mann im Bademantel saß und Zeitung las. Neben ihm hämmerte ein Kleinkind auf das Tablett seines Hochstuhls, aber der bärtige Mann achtete nicht darauf, und als er mich sah, nickte er nur kurz und blätterte die Zeitung um. »Das ist Richard«, sagte Mrs. Alfords Bruder, »Valeries Mann. Sie haben die größeren Kinder erst mal zu Hause gelassen; es kam alles so plötzlich. Und es ist ja auch noch Schule.«

»O ja«, sagte ich. Wir gingen die Treppe zum ersten Stock hinauf. Ich hoffte, daß Valerie nicht *auch* im Bademantel war. Ich sagte: »Es ist noch ziemlich früh. Vielleicht sollte ich –«

»Unsinn. Wir sind schon seit Stunden auf«, sagte Mrs. Alfords Bruder. »Wir haben alle nicht besonders gut geschlafen, wie Sie sich wahrscheinlich denken können.« Als wir oben im Flur ankamen, rief er: »Valerie? Val? Sieh mal, wer hier ist.«

In Mrs. Alfords Schlafzimmer kniete eine Frau in ausgebeulten Hosen vor einer Truhe aus Zedernholz. Sie hatte keine Ähnlichkeit mit Mrs. Alford. Sie war grobknochig und unförmig, trug eine Schildpattbrille und hatte strähniges braunes Haar, und man konnte sehen, daß sie geweint hatte. Sie starrte mich verständnislos an, was begreiflich war, denn wir hatten uns nie kennengelernt.

»Das ist Barnaby«, sagte ihr Onkel zu ihr.

»Barnaby!« sagte sie, stand auf, kam zu mir und umarmte mich. »Oh, Barnaby«, sagte sie. »Was machen wir nur ohne sie?« Als sie sich wieder abwandte, wischte sie sich mit dem Handrücken über die Nase. Sie wirkte eher wie ein zu groß geratenes junges Mädchen als wie eine Ehefrau und Mutter.

»Es tut mir leid, daß Sie Ihre Mutter verloren haben«, sagte ich. »Mrs. Alford war eine unheimlich nette Frau.«

»Sie hat so viel von Ihnen gehalten, Barnaby. Fast jedesmal, wenn ich mit ihr telefoniert habe, hat sie irgend etwas erwähnt, was Sie für sie getan haben, oder hat mir von einem Gespräch mit Ihnen erzählt.«

»Ich hab gar nicht gewußt, daß sie krank war«, sagte ich.

»Soweit man weiß, war sie das auch nicht. Es war ein Herzanfall. Aber ich glaube, sie hat vielleicht etwas geahnt. Ich hab mir den ganzen Herbst Sorgen gemacht, denn warum sonst hätte sie mir plötzlich all die Sachen vom Speicher geschickt. Und ihr Quilt, sehen Sie nur. Sie hat ihn offenbar in aller Eile fertig gemacht, nachdem sie monatelang davon gesprochen hat, daß sie ihn wohl *nie* mehr fertig kriegt.«

Der Quilt hing zusammengefaltet über dem Rand der Truhe. Sie beugte sich vor, hob ihn hoch und faltete ihn auseinander – ein Rechteck aus dunkelblauem Baumwollstoff, auf das in der Mitte ein grellbunter Kreis aufgenäht war. »Der Planet Erde«, sagte sie, und ihr Onkel gab ein schnalzendes Geräusch von sich.

Ich hatte oft von diesem Planetenquilt gehört, hatte ihn aber nie gesehen. Ich hatte ihn mir als eine Art Landkarte aus Stoff vorgestellt – ein Plaid-Kanada, Gingham-USA. Statt dessen bestand der Kreis aus schlecht kombinierten quadratischen Flicken von gerade mal Briefmarkengröße, aneinandergenäht mit den ungleich großen Stichen einer Frau, deren Sehkraft nachließ. Der Planet Erde in Mrs. Alfords Interpretation war hinfällig und gebrechlich, ungeschickt zusammengestückelt, voller Enge und Gedränge und ständig in Gefahr auseinanderzufallen.

»Wie hübsch«, sagte ich. Denn er war *tatsächlich* irgendwie hübsch, auf eine ungewöhnliche, überraschende Weise.

Valerie faltete das Stück Stoff wieder zusammen und strich es liebevoll glatt, bevor sie es in die Truhe legte.

»Die Trauerfeier findet im engsten Familienkreis statt«, sagte sie. »Ich weiß noch nicht genau, wann. Hinterher werden wir wohl Ihre Hilfe in Anspruch nehmen müssen, um das Haus für den Verkauf herzurichten.«

»Ich stehe Ihnen gern zur Verfügung«, sagte ich. »Rufen Sie einfach die Bizeps-Vermietung an, wenn Sie mich brauchen.«

Beim Abschied umarmte Valerie mich wieder, und Mrs. Alfords Bruder gab mir an der Tür wieder die Hand. »Vielen Dank, daß Sie gekommen sind«, sagte er.

Ich sagte: »Tja – ich werde sie vermissen.«

Das war die reine Wahrheit.

Natürlich hatte ich keine Möglichkeit, nach Hause zu kommen, weil Martine weggefahren war, um Ditty Nolans Weihnachtspäckchen auf die Post zu bringen. Also setzte ich mich zum Warten auf den Bordstein vorm Haus, kreuzte die Arme auf den angezogenen Knien und vergrub das Kinn zwischen den Armen. Der Bordstein war noch feucht von dem geschmolzenen Schnee, und ich spürte, wie ein schmaler Streifen Kälte durch den Hosenboden meiner Jeans drang.

»Du meine Zeit! Schon alles fertig?« sagte Mrs. Alford immer, wenn ich eine Arbeit erledigt hatte. »Das sieht ja fabelhaft aus.« Ihre lebhafte, fröhliche, feste Stimme. »Das ging ja wieder mal blitzartig!«

Und dann die Stimmen von anderen Kunden – einige fröhlich, einige traurig und einige total schlecht gelaunt. »Pasta? Was soll dieser ganze *Pasta*quatsch? Zu meiner Zeit nannte man das Spaghetti.«

»Sie werden schon noch früh genug dahinterkommen, junger Mann, daß es gar nicht so besonders selbstlos ist, wenn man sich beim Ausblasen der Geburtstagskerzen wünscht, daß die eigenen Kinder glücklich sind.«

»Früher, in Baltimores Glanzzeit, als die Straßenbahn noch fuhr, als das Zentrum noch die erste Adresse für jeden Bedarf war und wir vier erstklassige Kaufhäuser in einer einzigen Straße hatten: Hutzler, Hochschild, Stewart und Hecht ...«

»... und gegen Mittag oder um den Dreh rum klingelt das Telefon, und meine Nichte sagt: ›Ich warte auf Dad, aber er ist bis jetzt nicht gekommen, und er hat gesagt, er würde um zehn Uhr hier sein.‹ Ich sage: ›Ach, komm, du weißt doch, wie er ist.‹ Gegen eins ruft sie wieder an; um zwei ruft sie wieder an. ›Wo kann er bloß stecken?‹ fragt sie mich. Ich sage: ›Mach dir keine Sorgen, der kommt schon noch.‹ Aber ich war, ehrlich gesagt, inzwischen selber ziemlich besorgt. Um halb vier herum denke ich: ›Oh!‹ Ich denke: ›Oh, heiliger Strohsack!‹ Denn plötzlich fällt es mir wieder ein – ich kann nicht sagen, wie ich darauf gekommen bin –, mir fällt ein, daß mich ihr Vater an dem Morgen um acht Uhr angerufen hat. ›Hallo, Schwester‹, hat er gesagt. ›Ich hab gerade versucht, Sue zu erreichen, aber es war besetzt bei ihr, und ich möchte jetzt losfahren. Kannst du wohl nachher noch mal bei ihr anrufen und ihr sagen, daß ich es mir anders überlegt habe und nicht bei ihr vorbeikomme?‹ sagte er.«

Martine, im Transporter, drückte kurz auf die Hupe. Ich sprang fast aus der Hose.

»*Laß* das, bitte, ja?« sagte ich, während ich die Tür zum Beifahrersitz öffnete. »Ein einfaches ›Hallo‹ ist genug.«

»Was ist 'n los?« fragte sie. Sie hatte den Motor schon abgestellt. »Ich dachte, wir wollten einen Weihnachtsbaum herrichten.«

»Mrs. Alford ist tot«, sagte ich.

»Nein!«

Ich hatte eigentlich nicht so direkt sein wollen. Ich setzte mich auf den Beifahrersitz und machte die Autotür zu. »Sie hat einen Herzanfall gehabt.«

»Ach, Scheiße«, sagte Martine. Dann ließ sie den Motor wieder an. Aber sie fuhr ganz langsam, als wollte sie nicht respektlos erscheinen. »Sie ist eine von meinen Lieblingskundinnen gewesen«, sagte sie, als wir bei der Falls Road ankamen.

Sie war auch eine von meinen Lieblingskundinnen, wurde mir klar. Früher war das anders gewesen. Da war Maud May meine liebste Kundin. Maud May, die sich keinerlei Zwang antat. Aber ich weiß nicht, mit der Zeit lernt man den anderen Menschentyp schätzen – die ultrazivilisierten Typen, die gut gelaunt bleiben und

Contenance wahren, selbst wenn ihnen ständig die Gelenke weh tun, sie nicht mehr ohne fremde Hilfe aus der Badewanne steigen können und nicht immer genau wissen, welcher Tag ist.

Ich in dieser Lage wäre unausstehlich.

»Was schenkst du Sophia zu Weihnachten?« fragte mich meine Mutter am Telefon.

»Och ...«, sagte ich ausweichend.

»Denn ich möchte dir nicht reinreden, aber wenn du je etwas von Großmutter Gaitlins Schmuck haben möchtest – sagen wir etwa vielleicht so etwas wie einen Ring beispielsweise oder etwas dergleichen – brauchst du es nur zu sagen.«

»Danke«, sagte ich, »aber wir haben ausgemacht, daß wir uns in diesem Jahr keine Umstände mit Geschenken machen.«

»Warum das denn, um Himmels willen?«

Das *Warum* war eine Frage des Geldes, aber das wollte ich nicht sagen, weil ich befürchtete, daß Mom das zum Anlaß nehmen würde, wieder auf den achttausendsiebenhundert Dollar herumzuharfen. Statt dessen sagte ich: »Wir sind wohl nicht in Weihnachtsstimmung.«

Mom seufzte. »Aber du hast doch sicher vor, sie zum Abendessen mitzubringen?«

»Sie fährt nach Philadelphia an dem Wochenende.«

»Nach Philadelphia? Soll das heißen, daß du mitfährst?«

»Nein. Ich hab gedacht, ich bleibe im Lande und säge dir und Dad auf den Nerven herum«, sagte ich.

»Oh.«

»Wie ich höre, bist du außer dir vor Freude bei dieser Aussicht.«

»Aber natürlich freuen wir uns, dich bei uns zu haben! Ich dachte nur, Sophias Verwandte würden dich gern ein bißchen besser kennenlernen.«

»Offenbar nicht«, sagte ich.

Sophia hatte mich tatsächlich eingeladen, aber ich hatte mir das Märchen ausgedacht, daß meine Eltern dann enttäuscht sein würden. »Für jemand, der so wenig von seiner Familie hält«, sagte sie, »bist du aber ziemlich häufig mit ihr zusammen.« Ich sagte, daß ich mich verpflichtet fühlte, weil Jeff und Wicky zu Weihnachten Wickys Familie besuchen würden und Mom deswegen ganz von der Rolle war.

Was sie ungelogen auch wirklich war, aber meine Anwesenheit beim Abendessen war kaum dazu angetan, daran etwas zu ändern. »Das Weihnachtsfest wird ziemlich trist dieses Jahr. Bloß du bist da und Grannie und Pop-Pop. Ich frage mich, ob ich nicht Dads Cousine Bertha einladen soll.«

»Du kannst Cousine Bertha doch nicht leiden«, sagte ich zur Erinnerung.

Sie sagte: »Es ist so schade, daß Opal nicht kommt.«

»Wir sind nächstes Jahr wieder dran.«

»Ihr beide seid so gut miteinander ausgekommen ... Sie sollte allmählich die Sommer hier verbringen, meinst du nicht? Oder auch die Winter. Wir könnten sie in einer Privatschule anmelden. Studieren sollte sie dann natürlich am Gaucher College. Wohnen könnte sie bei uns, wenn sie möchte. Obwohl ich annehme, daß sie lieber ins Studentenheim zieht. Aber im Studentenheim ist es immer so laut! Da zu lernen ist so mühsam!«

»Sie ist noch keine zehn Jahre alt, Mom«, sagte ich.

Sie seufzte wieder. Dann fragte sie: »Soll ich vielleicht Len Parrish einladen?«

»Das würde ich mir verkneifen.«

»Ich könnte ihm doch sagen, daß er die Corvette um die Ecke parken soll, wo Pop-Pop sie nicht sehen kann.«

»Es ist nicht die Corvette«, sagte ich.

»Was dann?«

Irgendwann sollte ich mal 'n Orden bekommen für all das, was ich nicht ausspreche. Wie zum Beispiel: »Dein Goldjunge ist 'ne ganz linke Bazille, Mom.« Statt dessen sagte ich: »Er hat bestimmt schon was anderes vor. Er ist 'n sehr gefragter Typ.«

»Na, schön«, sagte sie, »wie du meinst.«

Das war ganz untypisch für sie – ich meine, dieser resignierte, lustlose Ton –, und ich ertappte mich dabei, daß ich Mitleid mit ihr hatte. Ich dachte an das, was sie an Thanksgiving zu mir gesagt hatte: daß ich mehr ihr als Dads Sohn war, daß ich mehr mit ihr als mit Dad in Verbindung gebracht würde. Ich hatte den Eindruck, daß ich das jetzt zum allerersten Mal richtig begriff. Arme Mom! Ich wette, es war kein Zuckerschlecken für sie gewesen, einen so schwierigen Menschen wie mich zu lieben.

Deshalb antwortete ich, als sie sagte, sie müsse auflegen, sie habe einen Friseurtermin: »Weißt du, was ich glaube, Mom? Ich glaube wirklich, dein Haar würde toll aussehen, wenn du es nicht mehr färben ließest.«

Ich wollte ihr etwas Nettes sagen, aber das ging voll daneben. »Es mag ja sein, daß es *dir* nicht gefällt, aber alle meine Freunde sagen, daß es sehr hübsch aussieht!« fauchte sie. Und dann sagte sie auf Wiedersehen und knallte den Hörer auf die Gabel.

Na ja, an sich nicht überraschend. Daß wir Mutter und Sohn waren, bedeutete noch lange nicht, daß wir besondere Antennen füreinander hatten.

»Im anderen Leben«, sagte Maud May, »wird der liebe Gott einiges zu erklären haben.«

»Was denn?« fragte ich. Ich packte Lebensmittel aus, und sie rauchte am Küchentisch eine Zigarette.

»Oh«, sagte sie, »warum Kinder leiden, warum es Krebs gibt und Überschwemmungen und Wirbelstürme ...«

»Glauben Sie, daß man die erklären muß? Mann, Wirbelstürme treten einfach auf. Glauben Sie, der liebe Gott sitzt herum und hetzt den Leuten absichtlich irgendwelche Wirbelstürme auf den Hals?«

»... warum alte Frauen sich den Oberschenkelhals brechen und anderen zur Last fallen ...«

»Bestenfalls kann er einem vielleicht erklären, wie man mit einem Wirbelsturm *umgeht*«, sagte ich, »wie man ihn hinnimmt oder erträgt oder was auch immer: wie man es richtig macht. Das habe ich vor, ihn zu fragen, wenn ich in den Himmel komme: wie man es richtig macht.«

Dann sagte ich: »Jedenfalls sind Sie keine alte Frau.«

»Lieber Gott, Barnaby, Sie haben ja schon wieder diese No-Name-Teebeutel gekauft!«

Ich sah auf die Schachtel in meiner Hand. Ich sagte: »Mist. Ich dachte, es wären Twinings.«

»Interessant, daß Sie glauben, Sie kämen in den *Himmel*«, sagte Maud May trocken. Sie blies eine Rauchwolke in meine Richtung.

»Und außerdem fallen Sie niemand zur Last« setzte ich hinzu.

Sie beguckte sich das Ende ihrer Zigarette, dann drehte sie sich um und drückte sie aus. »Aber wer weiß?« fragte sie den Aschbecher, »heutzutage lassen sie wahrscheinlich alle möglichen Leute rein.«

Weihnachten fiel in diesem Jahr auf einen Montag, deshalb war Freitag, der 22. Dezember, vollgestopft mit diesen Arbeiten auf den letzten Drücker, die unsere Kunden immer dann erledigt haben wollen, wenn sich überraschend Besuch angesagt hat: Faltbetten vom Speicher herunterholen, »Herzlich-Willkommen«-Schilder an unzugänglichen Plätzen aufhängen, größere Mengen Spirituosen herbeischaffen. Das meiste mußte ich allein machen, weil Martine bei ihrem Bruder aushalf. Der Säugling war mit einer Lungenentzündung im Krankenhaus. Ich hatte keine Ahnung gehabt, daß Säuglinge eine Lungenentzündung *kriegen* können. Deshalb verbrachte Martine den Freitagvormittag damit, auf ihre Neffen aufzupassen, und um drei fuhr ich dann bei ihrem Bruder vorbei, um sie für einen Job bei Mr. Shank abzuholen. Mr. Shank hatte es sich in den Kopf gesetzt, das gesamte Mobiliar des Gästezimmers gegen das des Schlafzimmers auszutauschen, und das sollte gleich passieren und nicht erst nächste Woche oder nächsten Monat.

Nur daß es bei Martines Bruder zu Hause nie ohne Komplikationen abging. Zunächst einmal dauerte es länger, bis Martines Schwägerin aus dem Krankenhaus zurück war; und als sie dann schließlich kam, war sie so traurig und verstört, daß Martine sie in diesem Zustand nicht alleine lassen wollte. Also saß ich in der unaufgeräumten Küche und spielte mit Martines Neffen Autorennen mit Rückzugsautos, während sie ihrer Schwägerin hektisch auf den Rücken klopfte und ihr versicherte, daß schon alles gut werden würde. Keine Mutter auf der ganzen Welt, sagte sie, hätte ahnen können, daß ein harmloser Schnupfen einem Baby derart auf die Lunge schlägt. Und *natürlich* würde sich die Bindung zu Jeannette trotzdem einstellen, sie war doch fast den ganzen Tag und die halbe Nacht bei dem Kleinen im Krankenhaus. Also wurde Jeannette wieder etwas vergnügter und bestand darauf, uns noch englischen Kuchen zu servieren, bevor sie uns gehen ließ. Ich bin ganz wild auf englischen Kuchen. Ich mag diese kleinen grünen Dinger so gern, das Zitronat. Warum findet man in der Obst- und Gemüseabteilung nie Zitronat? Was *ist* überhaupt Zitronat? Ich hatte schon zwei Stücke gegessen und war gerade dabei, mir ein drittes Stück abzuschneiden, als Jeannette sagte: »Ach, das ist ja großartig. Gib mir doch bitte mal die Milchpumpe rüber, Barn. Ich verklecker mir gerade die letzte saubere Bluse, die ich noch habe.« Was mich jäh daran erinnerte, daß wir jetzt wirklich gehen sollten.

Martine fuhr, so konnte ich meinen Kuchen essen. Sie war mit ihren Gedanken noch bei ihrer Schwägerin. Sie hätte fast ein Stoppschild überfahren, während sie zu mir sagte, daß Jeannette noch selber im Krankenhaus landen würde, wenn sie nicht aufpaßte. »Der englische Kuchen ist das einzige, was ich sie seit drei Tagen habe essen sehen«, sagte sie, »und englischer Kuchen ist nicht unbedingt das, wovon man sich ernähren kann. Ich wollte sie heute morgen dazu bewegen, etwas zu frühstücken, aber sie sagte, sie könne nichts runterbringen. Ich habe meinem Bruder gesagt, daß sie wenigstens etwas trinken soll. Sie braucht unbedingt Flüssigkeit für ihre Muttermilch.«

»Muß das sein?« fragte ich. »Ich versuche gerade hier etwas zu essen.«

»Was hab ich denn gesagt? Muttermilch? Na, toll.«

»Der ganze Kram schlägt mir auf den Magen«, sagte ich. »Ich verstehe nicht, wie Frauen das aushalten. Tropfende Brüste, Geburtswehen...«

»Was bist du nur für 'n Sensibelchen«, sagte Martine. Sie schlich hinter einem im Schneckentempo fahrenden Betontransporter her. Ich an ihrer Stelle hätte die Spur gewechselt. »Hey«, sagte sie. »Ich will dir 'n Geheimnis verraten. So was wie Geburtswehen gibt's überhaupt nicht.«

»Was sagst du?«

»Das ist alles bloß Propaganda, die Frauen in die Welt gesetzt haben. In Wirklichkeit spüren sie noch nicht mal 'n Kneifen.«

»Nein?« fragte ich.

»Ihr Körper produziert ein Hormon, das wie ein Anästhetikum wirkt, verstehst du, und das während der Wehen freigesetzt wird. So 'ne Art natürliches Novokain.«

Ich lachte. Einen Augenblick hatte ich ihr geglaubt.

Sie sah mich mit einem Glitzern in den Augen von der Seite an, doch sie verzog keine Miene. »Erzähl's nicht weiter«, sagte sie. »Die Frauen halten es seit Millionen Jahren vor den Männern geheim. Sie mögen es, wenn Männer sich schuldig fühlen.«

»Das ist allerdings *wahr*«, sagte ich vielleicht etwas zu emphatisch, denn sie warf mir einen noch listigeren Blick zu.

Wir fuhren jetzt die North Charles Street entlang, vorbei an riesigen Wohnblocks, wo an den Fenstern auch am Tag die elektrischen Kerzen brannten – blasse, schwach weiße Lichtstacheln, die auf mich deprimierend wirkten. Ich wickelte den Rest von dem englischen Kuchen in mein Taschentuch. Ich sagte: »Sophia zum Beispiel.«

»Ah, ja«, sagte Martine. »Sophia.«

Sie hatte nie ein Wort gegen Sophia gesagt, seit sie mitgekriegt hatte, daß wir uns trafen, aber ich konnte mir vorstellen, was sie von ihr hielt. Oder ich glaubte, daß ich es mir vorstellen konnte. Was hielt sie *wirklich* von ihr? Ich musterte Martines Profil. Sie hatte eine Männerledermütze mit großen Ohrenklappen aus Fleece auf, die mich an lange Koteletten erinnerten. Ich sagte: »Sophia mit ihrem Mehlkastengeld zum Beispiel.«

»Mehlkasten?«

»Das Geld, das sie in Mrs. Glynns Mehlkasten getan hat, als man mich des Diebstahls bezichtigt hat.«

Martine verlangsamte wegen einer roten Ampel die Fahrt. Sie sagte: »Sophia hat Geld in Mrs. Glynns Mehlkasten getan?«

»Ja.«

»Als sie noch nicht wußte, daß Mrs. Glynn das Versteck gewechselt hat?«

»Ja.«

Martine schwieg.

»Zweitausend, neunhundert und sechzig Dollar«, sagte ich, als wollte ich sie auffordern, etwas dazu zu sagen.

Martine sagte: »Was, ist sie denn verrückt geworden?«

Ich fühlte mich plötzlich riesig erleichtert. Fast hätte ich »Ah« gesagt, aber ich tat es nicht.

»Sie hat geglaubt, du hättest es wirklich gestohlen«, sagte Martine. »Sie hat tatsächlich geglaubt, du hättest es gestohlen.«

»Sieht ganz so aus«, sagte ich zustimmend.

»Und deshalb ist sie dann hingegangen und ... ja, ist sie denn *verrückt* geworden?«

»Und das Tollste ist, es ist immer noch da«, sagte ich.

»Was ist noch wo?«

»Das Geld ist immer noch im Mehlkasten.«

»Und?«

»Es hängt mir wie ein Damoklesschwert über dem Haupt«, sagte ich. »Sie erinnert mich dauernd daran. Jedesmal, wenn sie etwas kaufen will, heißt es, ach, nein, das kann sie ja nicht, weil sie meinetwegen ihr Sparkonto aufgelöst hat und ihr ganzes Geld jetzt im Mehlkasten steckt.«

»Also, das ist *ihr* Problem«, sagte Martine.

Aber das überging ich. Es sprudelte jetzt aus mir heraus. »Und reden wir mal von Schuld!« sagte ich. »Dieses Geld... erdrückt mich einfach! Dabei könnte sie es wiederhaben, wenn sie wirklich wollte. Jedesmal, wenn sie ihre Tante besucht, kann sie sich schließlich ungehindert im ganzen Haus bewegen. Oder wenn sie Angst davor hat, erwischt zu werden, könnte sie Dienstag hingehen, dem Fußpflegetag ihrer Tante. Sie könnte ihren Schlüssel nehmen und Dienstag hingehen oder irgendwann mal am Freitag nachmittag, wenn ihre Tante beim Friseur ist.«

»Um wieviel Uhr is' sie denn beim Friseur?«

»Keine Ahnung, vielleicht so um vier herum, denn sie war immer schon wieder zu Hause, wenn ich zu ihr gekommen bin.«

Die Ampel sprang um auf Grün, und Martine bog mit Karacho links ab. Ich mußte mich an meinem Türgriff festhalten. Ich sagte: »Zu Mr. Shank, Martine. Geradeaus.«

»Wir fahren nicht zu Mr. Shank«, sagte Martine.

»Wohin denn dann?«

Aber ich wußte die Antwort, bevor sie jetzt rechts und dann wieder links abbog und mit einem harten Ruck vor dem Büro der Bizeps-Vermietung zum Stehen kam.

»Bin im Nu wieder da«, sagte sie.

Ich saß reglos da, während sie weg war. Ich sah zum Seitenfenster hinaus, beobachtete zwei Eichhörnchen, die sich auf dem liegengebliebenen Schnee eine Verfolgungsjagd lieferten, lauschte dem Knacken des abkühlenden Motors. Dann hüpfte Martine wieder in den Wagen. »Können wir?« fragte sie und hob mit listigem Vampirlächeln die linke Hand. In der Handfläche ruhte ein Hausschlüssel, an dem eines der ovalen Bizeps-Schildchen hing. »191« lautete die Aufschrift. Man mußte mir nicht eigens sagen, daß Nummer 191 die Kundin Grace Glynn war.

Als wir auf den Klingelknopf drückten, um uns zu versichern, daß sie nicht zu Hause war, hatte ich ein kurzes Déjà-vu-Erlebnis. In früheren Zeiten hatte ich zu diesem Zweck das Telefon benutzt. Ich rief meine prospektiven Opfer an und ließ das Telefon ein dutzendmal oder öfter klingeln. (Anrufbeantworter waren damals noch nicht so gebräuchlich.) Das gleiche Gefühl auch jetzt – die Anspannung, solange man darauf gefaßt ist, daß jemand zu Hause ist, dann das Aufwallen von Energie und Tatendrang, sobald feststeht, daß niemand da ist. Wir standen lässig auf Mrs. Glynns vorderer Veranda, falls irgend jemand uns beobachtete, aber man hörte nur das Bellen des Hundes. Und so ging Martine schließlich an die Tür und steckte den Schlüssel ins Schlüsselloch.

Mit seinem frenetischen kleinen Tobsuchtsanfall machte Tatters lediglich klar, daß wir ihn getrost ignorieren konnten, und das taten wir. Wir gingen, ohne uns aufzuhalten, in die hinteren Räume, während er uns zwischen den Füßen herumwuselte und dabei hektisch mit seinen Krallen auf dem Boden herumkratzte.

Ein bitterer Geruch hing im Haus, als ob Mrs. Glynn vor kurzem der Toast angebrannt wäre. Auf dem Abtropfbrett neben dem Spülbecken stand auf einem Geschirrtuch eine Untertasse und darauf eine umgestülpte saubere Tasse. Alles andere war aufgeräumt. Ich öffnete ein Küchenschränkchen: Glasgeschirr. Ich machte es wieder zu und öffnete ein anderes. Vier verschieden große Blechbüchsen mit der Aufschrift TEE, KAFFEE, ZUCKER, MEHL. Ich langte nach der Mehlbüchse, und etwas klapperte darin. Zum Vorschein kamen ein hellgrüner Becher und der abgebrochene Henkel, sonst nichts. Martine atmete neben meiner Schulter hörbar aus. Tatters beschnupperte meine Turnschuhe.

Was, wenn Sophia die ganze Sache erfunden hatte? Was, wenn sie nur *behauptet* hatte, sie hätte das Geld hier verstaut? Der Gedanke brachte mich sofort in Rage. Dann rief ich mir ins Gedächtnis, daß Sophia kein Mensch war, der log. Trotzdem wirkte der Ärger noch einen Augenblick nach, vergleichbar dem weißen Fleck, der als Nachbild im Gesichtsfeld bleibt, wenn man direkt in eine helle Lichtquelle geblickt hat.

»Das ist kein Kasten«, sagte Martine, »das ist eine Blechbüchse.«

Ich sagte: »Okay, wo ist dann der Kasten?«

Sie öffnete einen der Unterschränke. Pfannen. Im Schrank daneben lagen Backbleche, Muffinpfännchen und Tortenplatten. Weit und breit kein Mehlkasten. Ich fühlte mich persönlich angeschmiert, als wollte sich Mrs. Glynn über mich lustig machen. »Ich könnte diese Frau umbringen«, sagte ich zu Martine.

»Vergiß es«, sagte sie und machte die zweite Tür wieder zu. »Sie hat's nicht böse gemeint.«

»Nicht böse gemeint. Ich hätte fast meinen Job verloren.«

»Ach was«, sagte Martine. Sie untersuchte das Gestell unter dem Spülbecken, aber da stand nur ein Abfalleimer. Sie sagte: »Glaubst du wirklich, Mrs. Dibble würde dich rausschmeißen? Dann könnte sie ihren Laden dichtmachen. Du hast doch gesehen, wie all unsere Kunden dir den Rücken gestärkt haben.«

»Na gut«, sagte ich, »ja.«

Ich ging in die Speisekammer. Da stand oben auf der Kellertreppe ein Behälter, der der Mehlkasten hätte sein können – ein hoher Metallzylinder –, aber es war Hundetrockenfutter darin. Ich sagte: »Ich wüßte gern, wie sie es erfahren haben.«

»Was erfahren haben?«

»Daß ich Rückenstärkung *brauchte*.«

»Ach«, sagte Martine. »Das hab ich ihnen gesagt.«

»Du?« Ich drehte mich zu ihr um. Sie stand in der Tür zwischen Küche und Speisekammer, mit ihrer falsch geknöpften karierten Wolljacke, die Ohrenklappen in unterschiedlichem Winkel von der Mütze hochstehend.

Ich sagte: »Aha, dann muß ich mich wohl bei dir bedanken.«

»Wofür?« fragte sie. »Mein lieber Scholli! *Bei ihnen* solltest du dich bedanken. Das war voll i–« Sie war vor Begeisterung ins Stottern geraten. »Voll irre war das, wie die sich ans Telefon gehängt und sich für dich stark gemacht haben.«

Ich verstand zuerst »Das war Volley« und hatte plötzlich eine Vision von einem Schwarm alter Leutchen auf einem Volleyballfeld, die mich oben, oben, oben hielten und nicht fallen ließen und der Reihe nach in Aktion traten, um mich über das Netz zu befördern. Sobald jemand ausschied, nahm jemand anders seinen Platz ein. Mochten die Gesichter auch wechseln, das Meer von erhobenen Händen blieb unverändert.

Dann kam Martine herüber zu dem weißgestrichenen Schrank hinter mir. Sie öffnete die Tür der oberen Schrankhälfte und brachte etwas zum Vorschein, das wie ein riesiger Blechtrichter mit einer Kurbel daran aussah. Sie griff hinein und förderte einen durchsichtigen Plastikbeutel voll Geld zutage.

Ich sagte: »Boah!«

Sie gab mir den Beutel. Er fühlte sich staubig an von den Mehlresten, die an ihm hafteten.

»Wie bist du denn *da drauf* gekommen?«

»Das Blechding ist ein Sieb«, erklärte sie.

»Ein was?«

Sie drehte demonstrativ die Kurbel. »Man bewahrt das Mehl darin auf«, sagte sie, »und wenn man etwas backen will, dreht man die Kurbel, und das Mehl fällt in das kastenartige Ding darunter. Meine Großmutter hat fast genau denselben Schrank.«

Ich warf einen Blick in den Plastikbeutel. Ich sah Hunderter und etliche Zwanziger, ein wenig aufgefächert, weil sie nicht von einem Gummiband oder einer Klammer zusammengehalten wurden.

Wenn man etwas gesucht hat und es findet, empfindet man manchmal für einen Sekundenbruchteil so etwas wie ... Enttäuschung, wenngleich das schon wieder ein zu starkes Wort dafür ist. Es ist, als ob einem das Jagdfieber fehlte. Oder etwas dergleichen.

Dann hörte ich die Haustür gehen.

Tatters flitzte kläffend aus der Küche, und Mrs. Glynn sagte: »Spatzi! Hast du mich vermißt?«

Martine und ich starrten einander an.

»War mein kleiner Junge so allein? War mein kleiner Junge so einsam?« flötete sie und kam dabei immer näher. »Oh, oh, oh, was soll ich mir –«

Eine Tasche oder ein Einkaufsbeutel wurde auf einer harten Fläche abgestellt, aber Mrs. Glynn setzte ihren Weg fort. »Vielleicht eine Tasse Tee«, sagte sie. »Oder eine heiße Zitrone, das ist vielleicht noch ... Lieber Gott, diese Taxifahrer reden und reden. Der hat ja gar nicht mehr aufgehört! Mir war schon immer schleierhaft, warum Taxifahrer so ...«

Sie kam in die Küche. Mir blieb fast die Luft weg.

Martine sagte mit normaler Stimme: »Glaubst du, sie hat uns im Wohnzimmer eine Liste hingelegt?«

Mir klappte der Unterkiefer herunter.

»Sie wäre bestimmt nicht weggegangen, ohne uns wissen zu lassen, was wir für sie erledigen sollen«, sagte Martine, ging ein Stück in Richtung Küche und sprach dabei weiter. »Ich wette, sie hat hier irgendwo 'ne Liste hingelegt, und wir müssen sie bloß finden; oder sonst können wir ja auch im Büro anrufen und fragen, ob –«

Sie sprach jetzt lauter als zu Anfang – laut genug sogar für eine Schwerhörige. Sie brachte Mrs. Glynn unsere Anwesenheit im Schongang zum Bewußtsein. »Vielleicht weiß Ray Bescheid. Was meinst du?« fragte sie.

Ich sagte: »Tja ...« und folgte ihr. Was blieb mir anderes übrig. Ich stopfte den Plastikbeutel in meine Jackentasche, während wir aus der Speisekammer herauskamen. Mrs. Glynn stand mit entgeistertem Gesicht am Herd. Sie hatte beide Hände auf die Brust gedrückt. Sie sagte: »Oh!« Und dann: »Wie?«

»Sieh mal, da ist sie ja!« sagte Martine zu mir. »Wie schön, Sie zu sehen, Mrs. Glynn!«

»Aber das ist ja ... Barnaby«, sagte Mrs. Glynn. »Barnaby und die kleine ...«

»Wir springen bloß für Ray Oakley ein«, sagte Martine. »Wir

haben Sie hoffentlich nicht erschreckt. Ray konnte heute nicht kommen, deshalb hat er uns geschickt, und als niemand aufgemacht hat –«

»Aber ... heute? Wäre er heute gekommen?« fragte Mrs. Glynn. Sie hatte einen langen, weiten Mantel an und die Dauerkrulle auf dem Kopf, für die man in den Schönheitssalons für alte Damen eine Vorliebe hat; dadurch wirkte ihr Gesicht nackt und unberaten. Sie sagte: »Ich glaube nicht, daß er *heute* zu mir kommen sollte. Oder?«

»Kann sein, daß Sie recht haben«, sagte ich. Ich wandte mich zu Martine. »Meinst du, wir haben uns geirrt?«

»Sieht ganz so aus«, antwortete sie prompt. »Okay! Dann wollen wir mal wieder!«

»Lieder?« fragte Mrs. Glynn. Ihr Blick wanderte zwischen uns hin und her.

»Entschuldigen Sie den Kuddelmuddel«, sagte ich, während wir an ihr vorbeischlüpften. »Bis dann, Mrs. Glynn! Auf Wiedersehen!«

Und wir machten uns schleunigst aus dem Staub.

Bevor wir zu Mr. Shank weiterfuhren, ließ ich mich von Martine nach Hause bringen, um dort Sophias Geld zu verstauen. Es hatte keinen Sinn, das Schicksal herauszufordern. Ich lief ins Haus, während Martine im Transporter wartete, und versteckte den Plastikbeutel hinter der Bar.

Was hatte sich Sophia dabei gedacht, einen Plastikbeutel zu benutzen? Hatte sie es darauf angelegt, daß ihre Tante das Geld zweifelsfrei als untergeschoben erkannte?

Es geschähe ihr ganz recht, wenn ich es behielte. Es behielte und mir ein Auto davon kaufte – zum Beispiel einen gebrauchten VW. Einen von diesen niedlichen kleinen Käfern.

Nein, keine Angst. Das würde ich nicht tun.

Ich schob einen Berg T-Shirts über das Geld und ging.

Mr. Shank, dann Mrs. Portland und schließlich Mrs. Figg. Wie nicht anders zu erwarten, war es bei Mrs. Figg am mühsamsten. Sie wollte die beiden Buchsbäume rechts und links von ihrer Haustür mit acht Lichterketten geschmückt haben – fast wären uns dabei die Finger abgefroren –, und als wir schließlich fertig waren, meinte sie, es sähe künstlich aus. »Künstlich?« sagte ich. »Na klar sieht das künstlich aus. Das sind bunte Birnen, wo kommt denn in der Natur etwas vor, dem sie ähnlich sehen könnten?«

»Ich meine, die *Anordnung* ist künstlich. Ich wollte sie planloser verteilt haben.«

Also machten Martine und ich das Ganze noch mal. Als wir fertig waren, sagte Mrs. Figg, daß sie nicht daran dächte, die zusätzliche Zeit zu bezahlen, die wir dafür gebraucht hätten. Sie sagte, jeder mit ein bißchen Grütze im Kopf hätte es gleich beim erstenmal richtig gemacht. Ich sagte: »Tun Sie, was Sie nicht lassen können, Mrs. Figg. Fröhliche Weihnachten.«

Allein schon ihr belemmertes Gesicht zu sehen war die Sache wert. Sie haßte es, wenn man ihr die Chance nahm, einen richtig schönen Streit anzufangen.

Das war zum Glück der letzte Job für diesen Tag. (Es war inzwischen stockdunkel geworden.) Ich setzte Martine bei ihrem Bruder ab, und als sie aus dem Wagen hüpfte, sagte ich: »Vielen Dank für deine Hilfe. Du weißt schon, das Geld.«

»Kein Problem«, antwortete sie und schlug dann gleich die Wagentür zu, denn ihre Schwägerin stand schon auf der vorderen Veranda, ganz erpicht darauf, endlich ins Krankenhaus zu kommen.

Es war Sophias letzter Abend zu Hause, bevor sie über das lange Weihnachtswochenende wegfuhr, und wir hatten darüber gesprochen, in einem nicht zu teuren Lokal zu Abend zu essen, sobald ich mit der Arbeit fertig war. Ich dachte, daß es die beste Gelegenheit für mich wäre, Sophia ihr Geld zurückzugeben. Dann kam mir plötzlich der Gedanke: ›Oh, Gott, hoffentlich geht sie jetzt nicht los und kauft dir noch ein Weihnachtsgeschenk.‹ Aber ich wollte nicht bis nach Weihnachten warten, weil es mich beunruhigte, soviel Bargeld bei mir herumliegen zu haben.

Sie sprach gerade eine Nachricht auf meinen Anrufbeantworter, als ich in die Wohnung kam. »... und ich möchte nur wissen ...«, sagte sie.

Ich nahm den Hörer ab. »Hallo?«

»Barnaby«, sagte sie. »Würdest du mir bitte sagen, was los ist?«

»Hah?«

»Was hast du in Tante Graces Haus gemacht? Warum bist du mit dieser Martine dorthin gegangen, wo du doch ganz genau wußtest, daß sie nicht zu Hause ist. Ich hab meinen Ohren nicht getraut. Ich hab zu Tante Grace gesagt: ›Wer?‹ hab ich gesagt. ›Wer ist dagewesen?‹«

Ich legte den Hörer auf die Gabel.

Dann dachte ich: ›Hoppla.‹

Mein Körper hatte sich mal wieder selbständig gemacht. Ich hatte nicht absichtlich aufgelegt. Irgendwie hatte ich wohl ganz vergessen, daß der Hörer nicht auf der Gabel landen darf, wenn das Gespräch nicht unterbrochen werden soll.

Aber statt sie zurückzurufen, angelte ich das Geld hinter der Bar hervor und ging weg.

Die Nacht war klar, so daß die Sterne zu sehen waren – jedenfalls die wenigen, die sich über der Stadt ausmachen ließen –, aber als ich die Terrasse überquerte, ging die automatische Beleuchtung an und löschte sie aus. Einer Eingebung folgend, blieb ich stehen und rührte mich einen Augenblick nicht von der Stelle. Die Lampen gingen mit einem Knacken aus, und der Himmel zeigte prompt sein Farbwechselschauspiel. ›Luum!‹, und das durchscheinende Mitternachtsblau kristallisierte sich heraus. Natürlich dauerte es nur eine Sekunde. Danach wirkte das Blau wieder ganz gewöhnlich, und ich setzte meinen Weg zum Transporter fort.

Ich fuhr zu Sophia, parkte vor ihrem Haus und sah mich nach

irgendwelchen verdächtigen Gestalten um, bevor ich ausstieg. (Meine Jacke war rechts von dem Geld ziemlich ausgebeult.) Dann ging ich die Stufen zur Haustür hinauf und klingelte.

Auf einen Schlag herrschte absolute Stille. Man kennt ja diesen Augenblick, wo das Ohr irgendwas Komisches macht, und auf einmal ist der Ton weg. Es war diese Art Stille. Geräusche, deren ich mir zuvor nicht einmal bewußt gewesen war – das Surren und Rumpeln von irgendwelchen Geräten, durch die Vorhänge zu einem Murmeln gedämpft –, hörten plötzlich auf. Und niemand kam an die Tür.

Ich klingelte noch mal. Autos zischten hinter mir die Straße entlang, und in der Ferne pfiff ein Zug, aber das Haus gab weiter seine Totenstille von sich.

Wenn in der Haustür ein Briefschlitz gewesen wäre, hätte ich das Geld da durchgeschoben. Aber da war nur einer von diesen schwarzen, nicht abschließbaren Briefkästen, und so dumm, dem das Geld anzuvertrauen, war ich nicht. Also blieb ich noch einen Augenblick stehen, und dann drehte ich mich um und ging.

Wahrscheinlich beobachtete sie mich, während ich zurück zur Straße ging. Sie lugte durch die Vorhänge, um sich zu versichern, daß ich wegging. Ich fühlte mich befangen und verkrampft. Durch betont lockeren Gang bemühte ich mich, Unbekümmertheit zu demonstrieren. Noch als ich im Transporter saß – als ich zu Hause angekommen war und den Transporter in der Einfahrt der Hardestys abstellte –, hatte ich dieses Gefühl, heimlich beobachtet zu werden. Als die automatische Beleuchtung anging, zog ich den Kopf ein. Ich hastete mit hochgezogenen Schultern über die Terrasse wie ein verhafteter Verdächtiger in den Fernsehnachrichten.

Okay, sie war sauer auf mich. Sie wollte es mir schwermachen. Aber das Schöne an pedantischen Menschen ist, daß sie ihre festen Gewohnheiten haben. Man weiß immer, wo und wann man sie finden kann, wenn man sie finden will.

15

Am nächsten Morgen um neun Uhr achtundfünfzig saß Sophia auf einer Bank hinten in Penn Station und blickte starr geradeaus. Ich wußte, daß sie mich kommen sah. Aber ich konnte ihren Gesichtsausdruck erst erkennen, als ich näher bei ihr war. (Ich bewegte mich durch Blöcke von Sonnenlicht; sie war kaum mehr als eine Silhouette.) Ich blieb vor ihr stehen. Sie hob das Kinn. Ihre Augen schwammen in Tränen.

Sie sagte: »Du hast aufgelegt, Barnaby.«

»Dafür bitte ich dich um Verzeihung«, sagte ich.

Eine Frau, die mit auf der Bank saß, sah uns neugierig an. Ich setzte mich zwischen sie und Sophia, um ihr die Sicht zu versperren. »Ich weiß nicht, was in mich gefahren ist«, sagte ich.

»Bis jetzt hat mich am Telefon noch nie jemand einfach abgehängt. Noch nie.«

Ich griff in meine Jacke und holte das Geld heraus, das ich inzwischen in einen einfachen weißen Umschlag gesteckt hatte, damit es unauffälliger war. (Ich hatte mir alle möglichen Szenen ausgemalt – sogar einen Zettel in den Umschlag getan für den Fall, daß sie nicht mit mir sprechen wollte.) »Sophia«, sagte ich und räusperte mich zum Auftakt meiner Erklärung.

Aber Sophia ließ sich nicht unterbrechen. »Ich bin einfach nicht so erzogen«, sagte sie. »Tut mir leid, aber ich bin nun mal so. Ich bin es von klein auf gewöhnt, daß man mich mit Respekt und Rücksichtnahme behandelt. Man hat mich gelehrt, daß ich eine achtenswerte Person bin und nicht jemand, den man am Telefon einfach abhängt.«

Ich sagte: »Sieh mal, das lag doch nur daran, daß ich mich ...

wie in einem Verhör gefühlt hab, verstehst du? Du hattest so einen Ton angeschlagen.«

»Na und? Du bist ohne Erlaubnis meiner Tante in ihr Haus gegangen. Da ist es doch nur verständlich, daß ich wissen wollte, was du da gemacht hast.«

»Also, ich würde meinen, es war klar, was ich da gemacht habe. Ich wollte dir dein Geld holen.«

»Habe ich dich darum gebeten? Hab ich dich um deine Hilfe gebeten? Eins kann ich dir sagen, Barnaby, wenn du mir das Geld zurückgebracht hättest, hätt ich's dir ins Gesicht geschmissen!«

Dann starrte sie den Umschlag an. »Das *ist* es doch nicht etwa?« sagte sie mit durchdringender Stimme, was mich dazu veranlaßte, einen verstohlenen Blick auf die anderen Reisenden zu werfen. »Du bist doch nicht etwa hierhergekommen, weil du es mir geben willst?«

Ich sagte: »Sofe –«

»Ich nehm's nämlich nicht, Barnaby. Es sei denn, du zwingst mich dazu mit vorgehaltener Pistole.«

Eine verlockende Möglichkeit, aber ich entschied mich für ein anderes Vorgehen. Ich sagte: »*Nein*, nein, nein. Lieber Himmel, nein! Es ist etwas für Opal.«

»Für Opal?«

»Ihr, ähm, Weihnachtsgeschenk. Du mußt es ihr für mich mitnehmen.«

»Opals Weihnachtsgeschenk ist in dem Umschlag?«

»Nimm es ihr mit, ja? Nimm es mit«, sagte ich. Es kam mir in dem Moment nur darauf an, das Geld loszuwerden, ganz egal wie. Als sie schließlich die Hände öffnete und mich den Umschlag hineinlegen ließ, fühlte ich etwas wie Leichtigkeit in meiner Brust. Ich hatte das Empfinden, als ob eine physische Last von mir genommen worden wäre.

»Du möchtest, daß ich Opal das nach Hause bringe?« fragte Sophia. Sie hob den Blick und sah mir in die Augen.

»Na ja«, sagte ich, »oder vielleicht ... nein.« (Ich sah voraus, daß das Verwicklungen geben würde.) »Nein, ich möchte, daß du es am Bahnhof Natalie gibst.«

»Natalie?«

»Sie weiß, daß du kommst. Sie wartet dort auf dich.«

Sophia blinzelte.

»Sie ist ... ja! Am Informationsstand«, sagte ich. Und dann brachte mich irgend etwas an der Duplizität des Ereignisses, wenn ich so sagen darf, zum Lachen. Ich sagte: »Ich versichere dir, daß es keine Kontrabande ist.«

Ein fragender, leicht verdutzter Ausdruck huschte über ihr Gesicht, als wäre in ihrer Erinnerung irgendeine Saite angeschlagen worden, aber sie sah mir weiter in die Augen.

»Auf Wiedersehen«, sagte ich und stand auf.

»Warte! Barnaby? Willst du schon gehen?«

»Ja, ich hab versprochen, heute zu helfen, Mrs. Alfords Sachen einzupacken. Ach, übrigens«, sagte ich. (Mein Gehirn arbeitete jetzt fieberhaft.) »Falls ihr euch verpassen solltet, du und Natalie, ich hab dir ihre Telefonnummer in den Umschlag getan. Du brauchst sie nur rauszuholen und Natalie anzurufen. Aber es dürfte eigentlich nichts schiefgehen.«

Sie nickte mit leicht geöffneten Lippen. Ich drehte mich um und ging.

»Spink und Kunkle, Installateurfachbetrieb«, stand auf der Karte des Mannes. »UNSER NAME SAGT ALLES.«

»Ihr Name sagt alles?« fragte ich.

»Sicher«, sagte er. Ein sommersprossiger Mann mit rötlichem Kraushaar.

»›Spink und Kunkle‹ sagt alles?«

»›Installateurfachbetrieb‹ sagt alles«, gab er mir gereizt zur Antwort.

»Ach so.«

»Ich soll eine kaputte Dichtung im Bad reparieren.«

»Gut.« Ich gab dem Mann seine Karte zurück, und dann drehte ich mich um und rief ins Haus: »Hallo?« (Ich hatte keine Ahnung, wie ich Mrs. Alfords Tochter anreden sollte, ich hatte ihren Nachnamen nie gehört.) »Der Installateur ist da!«

»Na, prima.« Sie kam die Treppe heruntergepoltert. In ihrer Arbeitskluft war sie noch unförmiger als zuvor. Sie hatte riesige weiße Gummihandschuhe an, in denen sie aussah wie Minnie Maus. »Vielen Dank, daß Sie so kurzfristig vorbeikommen«, sagte sie zu dem Mann. »Wir bemühen uns gerade, das Haus für den Verkauf herzurichten, und Sie wissen ja, wie so eine Lappalie wie ein tropfender Wasserhahn manche Menschen abschrecken kann.«

»Kein tropfender Wasserhahn auf Gottes weiter Erde ist eine Lappalie, Ma'am«, sagte der Mann mit Nachdruck. Er ging hinter ihr her die Treppe hinauf und trug etwas, das wie ein Arztkoffer aussah. »Sie wären geschockt«, sagte er, »wenn Sie einen Meßbecher unter den Hahn stellen würden. Geschockt! Wieviel Wasser Sie verschwenden.«

»Na ja, das Haus hat meiner Mutter gehört, und sie hat sich irgendwie nie ...«

Ich ging zurück in die Küche, wo ich die Töpfe und Pfannen einpackte. Martine verpackte die restlichen Küchenutensilien. Geplant war, daß wir bis zum Abend fertig wären, aber danach sah es nicht aus. Valerie hatte uns schon gefragt, ob wir morgen wiederkommen könnten. Ich sagte: »Morgen? Morgen ist Sonntag.«

»Ja, aber übermorgen ist Weihnachten«, meinte sie.

Also antwortete ich: »Oh, ich denke, das läßt sich machen.«

Ich fühlte mich wirklich dazu verpflichtet, denn sie hatte mir vorher gesagt, daß ihre Mutter mir die Zweitfigur vermacht hätte. »Dieses Ding auf dem Speicher, das so aussieht wie 'ne große Anziehpuppe«, erklärte sie. »Ich kann mir gar nicht vorstellen, wieso sie geglaubt hat ... Aber wenn Sie das Ding nicht haben wollen, sagen Sie es nur.«

»Doch, doch, ich möchte es haben! Ich möchte es haben«, sagte ich.

Wie hätte ich es ihr danach noch abschlagen können, am Sonntag zu kommen? Martine sagte, daß sie auch mit von der Partie wäre, allerdings nur am Vormittag. Das Baby von ihrem Bruder sei endlich aus dem Krankenhaus entlassen worden. Und das bedeute, daß ihre Verwandten nun doch das alljährliche Weihnachtssingen veranstalteten, und sie müsse ihnen helfen, mit den Vorbereitungen rechtzeitig fertig zu werden. Dann sagte sie mir, daß ich auch eingeladen sei. »Du solltest dich ein bißchen herausputzen«, meinte sie, »jetzt, wo du eine Zweitfigur hast, an der du dir deine Klamotten zusammenstellen kannst.«

»In Ordnung«, sagte ich. »Ich kann's gar nicht erwarten, sie in Jackett und Krawatte zu sehen.«

Aber im Grunde nahm ich meine Zweitfigur sehr ernst. Ich ging immer wieder hinaus in den Flur, um nach ihr zu sehen; ich hatte sie gleich vom Speicher heruntergeholt, als ich erfahren hatte, daß sie jetzt mir gehörte. Dabei tat ich so, als überlegte ich mir, wie ich sie transportieren solle. »Vielleicht können wir uns eine Decke ausleihen und sie ihr umlegen«, sagte ich zu Martine, »damit sie nicht auf der Ladefläche herumpoltert...«

»›Ihr umlegen‹?« zog Martine mich auf. »›Sie‹?«

»Ach, komm, Pasko, du mußt zugeben, daß sie ein sehr ausdrucksvolles Gesicht hat.«

Sie schnaubte verächtlich, und wir machten uns wieder ans Einpacken.

Sets, Tischdecken, Servietten, Deckchen. Tupperwaresachen, leere Mayonnaisegläser, Plastikbehälter. Wachspapier, Alufolie, Frischfolie, Tiefkühlbeutel. Ein Vorrat an weißen Kerzen, der ein Leben lang reichte. *Länger* als ein Leben lang, wenn man es genau betrachtete.

Hin und wieder ging mir bei dieser Art Arbeit plötzlich auf, daß man wirklich und wahrhaftig nichts mitnehmen kann. Ich glaube nicht, daß mir das gewöhnlich in seiner ganzen Tragweite bewußt war. Man braucht sich doch nur anzuschauen, was so ein Verstorbener an Besitztümern hinterläßt: schlicht und einfach alle, auch die, an denen sein Herz am meisten hing. Kein Koffer ist erlaubt, kein Handgepäck, keine Tasche, keine Brille. Man verbringt sieben oder acht Jahrzehnte damit, sich seine Sachen anzuschaffen, sie aufzubauen, abzustauben, zu versichern; und dann verläßt man diese Welt, ohne das Geringste mitzunehmen, so nackt wie an dem Tag, an dem man in ihr angekommen ist.

Ich sagte zu Martine: »Ich sollte mir 'ne andre Arbeit suchen.«

»Fang nicht schon wieder *damit* an«, sagte sie und schlug die Klappen eines Kartons über einer Ladung Kochbücher zu.

»Es ist doch nicht normal, daß jemand in meinem Alter öfter auf einer Beerdigung als auf einer Party ist.«

Martine lächelte vor sich hin.

Mrs. Alfords Bruder kam mit einem leeren Kaffeebecher herein. Er spülte ihn unter dem Wasserhahn ab und stellte ihn in die Spülmaschine. (Alte Leute spülen das Geschirr fast immer vor.) Dann ging er wieder, mit gesenktem Kopf davonstapfend, allem Anschein nach ohne uns zu bemerken.

Über uns bearbeitete der Installateur mit Gehämmer und Geschepper die Rohre, und mir ging der Gedanke durch den Kopf, daß der Name wirklich alles sagte. »Spink!« machten die Rohre. »Kunkle!« Im Wohnzimmer gab ein Stereo-Radio-Recorder Alternativrock von sich – vermutlich war es das erstemal, daß diese Mauern so etwas zu hören bekamen. »Hör mal«, sagte ein Kind – wohl zu seiner Mutter. Sie war jetzt dabei, die Bücher einzupacken. »Dieser Song stammt aus der Zeit, bevor der Leadsänger übergeschnappt ist. Okay? Und jetzt der nächste ... kleinen Moment. Der ist entstanden, *nachdem* er übergeschnappt war. Hörst du das? Merkst du den Unterschied? Gut, dann laß mich beide noch mal spielen. Verstehst du, der hier ist aus der Zeit, *bevor* er übergeschnappt ist. Und der ...«

Der bärtige Ehemann kam in die Küche spaziert, machte den

Kühlschrank auf und warf einen forschenden Blick hinein. Dann schlug er ihn wieder zu und spazierte davon. Ich hatte ihn immer noch nicht sprechen hören. Im oberen Stock schrie das Baby, und jemand sagte: »Aber was. Aber was.« (Es kam mir so vor, als ob das der Installateur wäre.) In einer Schublade fand ich ein Bibertuch – wie man es zum Schutz zwischen Tischtuch und Tischplatte legt –, nahm es mit in den Flur und hängte es der Zweitfigur um die Schultern. Sie starrte mich aus runden Augen an, als hätte ich mir eine Freiheit erlaubt.

Gesetzt den Fall, mein Urgroßvater wäre eines Tages die Straße langgegangen und hätte da – wen getroffen? Niemand anders als seinen Engel, die Frau mit dem goldblonden Zopf. »Miss!« hätte er gerufen. »Warten Sie, Miss. Ich habe mich nie bei Ihnen bedankt.«

Sie hätte sich umgedreht und gesagt: »Bei mir?« Sie wäre so eine uninteressante Durchschnittsfrau gewesen, vielleicht sogar hausbacken, vielleicht hätte sie aufgesprungene Lippen gehabt oder eine glänzende Nase, je nach Jahreszeit. »Wofür denn?« hätte sie gefragt, und da hätte er erkannt, daß er sich geirrt hatte – daß es eben doch keine Engel gab. Oder daß seine Engel eine Menge Menschen waren, denen er es nie zugetraut hätte.

Wo hätte ich eigentlich ein in graues Leinen gebundenes Hauptbuch mit braunen Lederecken hernehmen sollen?

Martine schleppte einen Karton durch den Flur. »Allmählich geht uns der Platz aus«, sagte sie. »Ich fang jetzt an, die Sachen hier zu stapeln.« Dann sagte sie: »Hey-hey.« Sie wäre um Haaresbreite mit dem Alternativrocker zusammengestoßen. Der kurvte um sie herum und umfing seinen Stereo-Radio-Recorder schützend mit beiden Armen. Seine Mutter hatte wohl schließlich die Nase voll gehabt.

Ein anderer Junge saß am Eßzimmertisch – bis jetzt hatte ich vier Jungen und zwei Mädchen gezählt – und las in einem Comic. Er sah erst auf, als ich »Ah . . .« sagte, denn auf dem Teppich direkt vor meinen Füßen hatte ich einen ekelhaften braunen Haufen entdeckt. »Ist das da Hundekacke?« fragte ich den Jungen. »Oder was? Ist hier 'n Hund im Haus? Da ist Hundekacke auf 'm Teppich.«

»Keine wichtige«, erklärte er seelenruhig.

Ich sagte: »Aha.« Und dann: »Okay.« Ich wartete noch einen Moment und beschloß dann, meinen Weg in die Küche fortzusetzen. Erst als ich noch ein Bord leergeräumt hatte, ging mir auf, daß er »keine richtige« gesagt hatte. Ich grinste.

Inzwischen müßte Sophia in Philadelphia angekommen sein. Sie würde, den Umschlag in der Hand, mit knallenden Absätzen durch den Bahnhof zum Informationsstand gehen und nach Natalie Ausschau halten. Sicher, sie hatte Natalie einmal gesehen, aber nur kurz und vor längerer Zeit. Sie würde sich fragen, ob sie einander erkannten. Vielleicht würde sie eine Frau in einem roten Mantel bemerken und denken: »*Ist* sie das?« Und dann würde ihr klarwerden, daß die Frau zu dick war oder zu blond. (Und im selben Moment tauchte die wirkliche Natalie vor meinem inneren Auge auf – ihre aufrechte, schlanke Gestalt und das ruhige Gesicht, die ernsten, nachdenklichen braunen Augen.)

Ich angelte einen Schraubenzieher aus meiner Tasche und schraubte einen verrosteten Dosenöffner von der Wand hinter dem Herd ab. Ich legte ihn in die Kiste für den Abfall, die wir neben dem Hinterausgang bereitgestellt hatten. Mrs. Alfords Bruder sagte: »Oh, was ist das denn?« Ich hatte ihn nicht mal kommen hören. Er beugte sich über die Kiste und besah sich den Dosenöffner. »Ich hab zu Hause nur so'n Ding für die Hand und nichts, was an der Wand hängt«, erklärte er mir.

»Warum nehmen Sie den hier dann nicht mit?« fragte ich. »Der wandert sonst nur in den Müll.«

»Ja, vielleicht... es ist doch schade, den wegzuschmeißen, meinen Sie nicht?«

»Aber ganz bestimmt«, sagte ich.

Er drückte den Dosenöffner fest an die Brust und trottete davon.

Ich hörte ihn im Eßzimmer sagen: »Da ist Hundekacke auf dem Teppich, Johnny«, aber ich verstand Johnnys Antwort nicht.

Sophia müßte jetzt schon seit mehreren Minuten dastehen und warten. Sie würde nach rechts und nach links schauen und sich mit ärgerlich gerunzelter Stirn auf die Unterlippe beißen. (Ich stellte sie mir in ihrem Federmantel vor, obwohl sie in letzter Zeit häufiger etwas Beiges mit einem Gürtel getragen hatte, das sie sich im letzten Schlußverkauf zugelegt hatte.) Vielleicht würde sie die Frau am Informationsstand fragen: »Haben Sie in der letzten Zeit hier eine Frau bemerkt, die so ausgesehen hat, als wartete sie auf jemand?«

Sie würde immer öfter auf den Umschlag in ihrer Hand hinuntersehen und sich fragen, ob es schon Zeit war, Natalies Telefonnummer herauszuholen.

Das letzte, was noch an der Wand hing, war eines von diesen batteriebetriebenen Rührgeräten. Ich nahm es aus der Halterung und legte es in den Karton mit den Küchenutensilien. Dann schraubte ich die Halterung ab, und als ich sie von der Wand nahm, wurde ich von der Woge eines unvorstellbaren Glücksgefühls überrollt. Ich wußte zuerst nicht, wo es herkam. Ich betrachtete die Halterung, ohne mir dabei etwas Besonderes zu denken, das war alles. Ich starrte auf die einer Acht ähnelnden Löcher, die über die Schraubenköpfe geschoben werden. Sie erinnerten mich an etwas. An die Messingverschlüsse von Martines Overall.

Martine kam wieder in die Küche, klopfte sich den Staub von den Händen und schnappte sich den nächsten Karton. Ich sagte: »Martine?«, und sie antwortete: »Was is'?«, und ich sagte: »Doch denk ich dein.«

»Häh?« sagte sie.

Doch ich konnte erkennen, daß sie wußte, was ich meinte.

Drüben im Eßzimmer führte Mrs. Alfords Bruder seinen neuen Dosenöffner vor. »Barnaby wollte ihn in den Müll tun«, sagte er. »Könnt ihr euch das vorstellen? Meine Güte, der tut's noch viele Jahre!« Im Oberstock lief im Stereo-Radio-Recorder irgendwas

Lautes, Dissonantes. Und in Philadelphia machte Sophia den Umschlag auf. Sie starrte auf das Geld hinunter, das darin lag, und schnappte kurz nach Luft. Sie sah sich im Bahnhof um. Dann faltete sie meinen Zettel auseinander. »Sophia«, las sie, »Du hast es nie begriffen: Ich bin ein Mann, dem man vertrauen kann.«